김원일 중단편전집 · 4

잃어버린 시간

김원일 중단편전집 · 4

잃어버린 시간

문이당

### 작가의 말

　문이당의 호의로 그 동안 썼던 중단편소설을 총망라하여 '중단편 전집' 다섯 권을 펴내게 되었다. 앞으로 짧은 소설을 몇 편쯤은 더 쓰게 될런지 모르지만, 지금 마음 같아선 이쯤에서 대충 마무리짓고 싶어 '선집'이라 하지 않고 '전집'이란 이름을 붙였다. 단편소설을 쓰지 않은 지는 십 년이 지났고 중편소설에도 손 놓은 지 몇 년이 흘렀다.
　일곱 달 동안 5편의 작품을 다시 읽으며 최근에 배운 컴퓨터란 편리한 기계를 통하여 고쳐쓰기를 마쳐 출판사에 넘기니, 마음이 그렇게 홀가분할 수 없다. 선배들이 들으면 시건방진 소리겠지만, 자주 우울증에 시달린 나로서는 죽음이 불가항력적 운명이라 믿으면서도, 젊은 시절부터 그 돌연한 사망이 멀리 있지 않다고 느끼며 살아왔다. 삶은 늘 불안했지만 그렇다고 죽음을 두려워하지는 않았다. 가벼운 정신병의 일종이라 자위하기가 마흔고개를 넘기고부터였다. 그런 강박관념으로 울적해질 적마다 건강이 허락할 때 지금 해낸 이 결정본의 작업부터 마무리지어야 한다고 초조해 했다.
　나는 이번 고쳐쓰기 과정을 통해 전 작품을 손보았다. 특히 초기 작품을 많이 다듬었다. 지면에 한번 발표했던 작품을 다시 고쳐 내놓음이 나쁜 버릇이라고 문제 제기를 한다면, 나로선 준비한 반론이 없다. 아니, 발표한 작품을 다시 손대는 버릇이 좋지 않다란 말이 더 적절하다 하겠다. 나만이 예외이기를 바라는 마음으로 고치는 작업에 임했다고 강변할 마음은 없다. 그러나 재능면에서 한참 늦깎이라 자탄해 왔고, 무슨 일이든 나름대로 완벽하게 마쳐진 상태가 아니면 께름칙하게 남은 찌꺼기를 참지 못하는 성벽 탓인지, 특히 내 초기 작품을 남들이 읽었다 할 때가 심히 부끄러웠다.

　작품을 고치며 내용이나 줄거리까지 손대지는 않았다. 그 작품을 착상하거나 쓸 때의 내 마음이 지금 생각과 다르거나, 지금 쓴다면 그렇게 줄거리를 짜지 않았을 텐데란 아쉬움이 있어도, 그 당시 내 심경과 작법까지 고칠 마음은 없었다. 또 그렇게 고쳐서도 안된다. 나는 서툰 문장과 남용된 동사·형용사·접속사·조사 따위를 깎아내며, 지금 쓰는 내 문장 어투로 다듬었다. 그러다 보니 쓸데없이 말을 벌여놓은 부분을 손대지 않을 수 없어 작품마다 가지를 잘라내게 되었다. 초기 작품에서 그런 경우가 많았고, 세 번째 권부터 손볼 데가 줄어들었다. 초기 작품 중 어설픈 것이나 한자 제목 또한 여러 편 바꾸었다. 작품이란 다듬으면 다듬을수록 다시 손볼 대목이 생기게 마련이다. 그러나 이쯤에서, 내가 할 수 있는 작업은 얼추 마쳤다. 나의 중단편소설은 이 전집이 결정본이 되는 셈이다.

　작품은 곧 작가 자신의 반영이란 말이 있다. 이십대 후반에서 삼십대에 걸친 내 초기 소설이야말로 그때까지 내가 살아온 삶과 생각의 반영이다. 여자가 없었다면 태어나지 않았을 텐데 하고 허튼 망상에 괴로워하던 소년기, 열등의식에 침잠해 소심하고 내성적이던 사춘기, 가난에 대한 사무친 분노와 원망, 당시 프랑스 실존주의 문학의 영향이 결부되어, 초기 소설은 내 삶의 조건반사처럼, 지금 읽으니 너무하다 싶게 예외 없이 폭력적이다. 막내아우의 죽음을 계기로 세 번째 권부터 그 편협증이 가라앉아 자진해진 내 모습을 작품을 통해 볼 수 있다. 사십대에 이르자 세상을 보는 눈이 침착해지고 시야도 웬만큼 넓어졌다. 좌충우돌 질주하던 자동차가 그쯤에서 평형감각을 찾았달까, 그런 느낌이 든다. 한편, 열정이 소진된 애늙은이 모습도 엿보인다. 어쨌든, 이 모든 작품이 그때그때 작품을 빌려 보여온 내 마음이기에 눈 못 뜬 강아지새끼들을 보듯 앙증맞다.

　발표 당시는 중편소설로 내보낸 「환멸을 찾아서」와 「그곳에 이르는 먼 길」 두 편은 이번 중단편전집에 수록하지 않았다. 작품 길이가 중편을 넘어 짧은 장편에 해당되기에 따로 묶기로 했다.

　원고를 없애버린 초기 습작 몇 편을 빼고 1966년 문단에 발을 디딘 뒤 발표한 모든 작품은 빠짐없이, 지면에 발표 순으로 수록했다. 내 문학성장에 밑거름이 된 여기 실린 소설들은 내 문학세계를 가장 잘 드러낼 뿐더러, 문학과 삶의 살아온 자취이기도 하다.

　출판 시장이 어려운 이때 신간이 아닌 이 중간본을 기꺼이 맡아 출판해 준 문이당 임성규 사장과 애써준 사원들이 진정 고마웁다. 크게 입은 은혜를 마음에 새긴다.

1997년 가을<br>金　源　一

**차 례 / 잃어버린 시간**

작가의 말 —— 5
연 —— 11
오누이 —— 36
시골 여인숙 —— 54
사진 한 장 —— 72
따뜻한 돌 —— 86
미망 —— 106
세상살이 —— 136
숨어 있는 땅 —— 177
잃어버린 시간 —— 201
가을 볕 —— 300

**해설 : 자신만의 진리를 위한 서사적 모험 · 류보선 —— 321**

# 연
## 鳶

　초등학교 사학년 때였다. 바람 쌩쌩 불던 어느 겨울날, 아버지는 방패연을 만들며 내게 이야기했다.
　내 나이 열넷에 돌아가신 니 할부지는 젊은 한시절 방물장사로 떠돌아댕겼지러. 저 울산 땅 마실마실 골짝골짝을 바늘·실·참빗·얼레빗에 연지·곤지 따위를 등짐 지고 허구헌 날 떠돌아댕기다보이 늘 허리가 꼬부장했어. 남도 육자배기 한 가락은 구성지게 잘 뽑아제꼈고 술 또한 대주가라, 팔자에 매인 역마살을 임종 때꺼정 손씻지 몬해, 어느 해 겨울인가, 오줌독이 얼어터질 만큼 추분 날 고주망태가 되어 눈밭에서 객사하고 말았잖았는가베. 역마살 낀 집안은 원체 손 귀한 벱이라 슬하엔 내 하나를 남기고, 니 할무이도 내가 장성하기 전 전쟁통에 하도 굶어 영양실조로 별세했는기라. 지금도 아부지 모습이 눈에 삼삼하구만. 낡은 맥고모자에 무명 적삼을 입고 그 시절 한창 유행하던 당코바지에 짚신을 꿴 채 깐죽깐죽 뱁새걸음 걷던 키 작은 그 장돌뱅이 말이데이. 부산서 물건 받아다가 그걸 다 팔 동안 달포 정도 집을 비웠다 돌아오모, 이틀이나 사나흘 집에 머물곤 했지러. 겨울철이면 그렇게 집에서 쉴 동안 내게 큰 방패연을 만들어주곤 했지러. 분가루같이 곱게 빠순 사금파리를 아교풀에 풀어 그걸 멩주실에 믹이서 연줄 또한 칼날같이 만드셨니라. 그 멩주실에 베이서 귀가 날라갈 뿐한 아아도 있었으이께. 그 연줄 감긴 자새와 연을 내게 주곤 등짐 지고 집을 나설 때, 섭섭해 울라 카는 나를 보고 아부지는 노상 이런 말씀을 하셨는기라. 아부지가 보고 싶으모 이 연을 하늘에 훨훨 띄아라. 저 하늘 높이 연이 나는 거게 아부지가 기실 끼다, 하고 말이다. 나는 엄동 석 달만 아이고 봄・가실에도 연을 날리미, 연맨쿠로 멀리멀리 떠댕기는 아부지를 그리버하며 컸어. 연이 새가 돼서 아주 멀리로 날아가모 내 마음도 연이 돼서 그렇게 넓은 하늘 천지로 떠돌아 댕겼제. 내가 니 나이만했을 때 바람 쌩쌩한 어느 겨울이었어. 내가 날린 연과 마실 아아 연이 싸움을 붙었잖았는가베. 연줄이 서로 섞갈리자 나는 자새 실이 다 풀리도록 연을 멀리로 띄아보냈지러. 자새 실을 빨리 안 풀모 상대방 연줄이 내 연줄 한 군데만 파고들며 씨루이까 내 연줄이 금방 끊기거덩. 낯짝만하던 연이 손바닥만큼 작아지고, 마지막에는 장기알만큼 작아져 까마득히 멀리서 가물거릴 때꺼정 연줄을 좔좔 풀어주었제. 연 싸움 구경한다고 둘러선 마실 아아들이 하늘 저 멀리로 바둑돌만해진 연 두 개를 조마조마하게 치다보았어. 서로 엉킨 연줄을 풀 수가 읎었고 그렇다고 감아딜일 수도 읎으이께 어느쪽이든 한쪽 연줄이 끊기야 싸움이 끝을 보게 되었지러. 그런데 내 자새 연줄이 먼첨 동이 나뿌린기라. 인자 더 풀 연줄이 읎으이께 곱다시 내 연줄이 먼첨 끊길 수밖에 읎는기라. 총알 떨어진 병정 한가지제. 나는 급한 김에 실 떨어진 빈 자새를 든 채 앞쪽으로 쫓아갔거덩. 그러나 쪼매밖에 몬 쫓아가 남으 집 담베락에 마주치고 말았제. 내가 멈춰서자 탱탱하던 연줄이 갑재기 심이 쑥 빠지더라. 고만 내 연줄이 끊기고 만기라. 저 하늘

멀리로 콩알만한 내 연이 너풀너풀 떨어져 날아가더만. 아아들 함성이 터지고, 나는 부끄럽고 분해 쥐구녕에라도 숨고 싶었어. 나는 자새를 던지뿌고 가물가물 멀어지는 내 연을 따라 들길로 쫓아가기 시작했제. 내 연이 어데꺼정 날아가더라도 꼭 찾아오고 말겠다. 이렇게 앙심 묵고 숨질차게 쫓아갔지러. 겨울바람이 차거분 줄도 모르고 들을 질러 멀리 보이는 산으로 쫓아갈 적에, 내 연은 내가 그 적까지 올라가본 적 없는 큰 산 너머로 사라지고 말았제. 한 마장은 좋게 끊기나간 연줄만 찾으모 그 연줄 따라가서 내 연을 찾겠다, 하고 그 높은 산으로 허기지게 올라 안 갔나. 아부지가 돌아오시모 새로 연과 연줄을 맹글어달라 칼 수 있었지마는, 그때사 와 그렇게 잃가뿐 그 연을 꼭 찾고 싶었는지 몰라. 돌부리에 채어 넘어져도 아푼 줄 모르고 산을 열심히 오를 동안, 어느새 해가 꼬박 지고 산 아랫마실은 저녁밥 짓는 연기가 파랗게 피어오르더라. 녹초가 돼서 산꼭대기까지 올라가이까 솔바람소리가 굉장하더라. 바람이 우째 심하게 부는지 나는 소나무를 꼭 붙잡고 있었지러. 내가 연맨쿠로 날아갈 것만 같애서 말이데이. 추분데도 온몸은 땀으로 흠뻑 젖었지러. 제우 정신을 차리고 산 저 아래로 내리다보이까, 거게는 아주 별세계라. 어둠살이 내리는 속에 마실이 점점이 흩어졌고 꽁꽁 언 실개천이 하얗게 내리다보이고, 작은 묏등도 있고……. 아, 나는 그만 딴 시상에 정신이 팔리서 연 찾을 생각도 잊아뿌릿제. 마실 밖을 몬 나가본 나는 첨으로, 세상이란 이렇기 넓구나 하고 탄복했지러. 아부지가 타지에서 집으로 돌아와 다른 마실 이바구를 해줄 적엔, 그저 그렇겠구나 했는데 실제 내 눈으로 사방 천지를 내리다보이까 그만 집으로 돌아갈 맘이 안 나는기라. 그래서 인자 내가 연이 돼서 그 딴 세상으로 훨훨 내려갔제. 밤만 되모 무서버서 통시(변소)도 몬 가는 내가 그때는 웬일인지 무섭증도 없더라. 그로부터 나는 꼬박 닷새 동안 걸뱅이짓 하미 이 마실

저 마실 돌아댕겼어. 그렇게 정신없이 딴 시상을 구경하다 어떤 착한 장돌뱅이를 만내서 제우 집으로 돌아왔는기라……」

오랜 가뭄 끝에 먹장구름이 하늘을 덮었다. 장마가 시작될 모양이라고 마을 사람들은 물꼬를 깊이 트고 논둑을 다독거렸다. 허술한 담장도 손질하고 물이 잘 빠지도록 집 둘레 수채를 쳤다. 낮 동안은 구름이 무겁고 날씨가 쪘지만 해가 진 뒤에도 내릴 듯한 비는 쏟아지지 않았다. 내가 쌀독을 들여다보니 정부미가 한 움큼 정도 남아 있었다. 밥을 짓기에는 양이 부족했다. 그렇다고 밤 여덟시는 넘어야 장에서 돌아올 엄마를 기다리기엔 배가 고팠다. 엄마도 오늘 저녁쯤 양식이 떨어질 줄 모른 채 어제 아침에 집을 나섰을 터이다. 아니, 어쩜 알고 있을는지 몰랐다. 「인자 쪼매 있으몬 개학될 낀데 일우 니 월사금을 우짤꼬.」 엄마는 어제 아침에도 내 월사금 걱정을 하며 간고기 담은 무거운 플라스틱 함지를 이고 삽짝을 나섰다. 한 끼 굶는다고 어디 죽기야 하겠나. 엄마는 이런 생각을 했는지 몰랐다. 긴 여름 해가 지고, 순희는 배고프다고 자꾸 보채었다. 나도 한창 먹성 좋은 중학교 이학년이라 주린 배를 참고 있을 수만 없었다. 뱃속에서 연방 개구리 울음소리가 들렸고 군침이 입 안에 고였다. 나는 신작로 앞 장씨 가게에서 라면 두 봉지를 외상으로 가져왔다. 엄마 꾸중을 듣게 되더라도 어쩔 수 없었.

찬으로 아침에 먹다 남은 신 김치를 놓고 순희와 내가 쪽마루에 앉아 삶은 라면을 먹었다. 마침 돌배산 위에 번개가 한차례 깨어지고 난 뒤였다. 삽짝께에서 인기척이 느껴졌다. 눈을 주니 지팡이를 짚은 키 큰 남자가 꾸부정히 서서 읍내 쪽 신작로를 바라보고 있었다. 그는 밀짚모자를 삐뚜름히 눌러썼고 반소매 회색 남방셔츠에 검정 바지를 입고 있었다. 마루에 삼십 촉 백열등이 걸려 있었으나 남자가 얼굴을 돌리고 있는 데다 불빛의 반사로 나는 그가 누구임을 알아보지 못했다. 낚시꾼일 테지, 하고 생각하다 곧 나는 아버지임을 알았다. 마당귀 목련꽃이 봉오리를 맺을 때니, 두 달 전에 집을 나간 아버지가 이제 돌아온 것이었다. 집을 떠날 때와 달리 아버지는 어디를 다쳤는지 지팡이를 짚고 있었다.

「아부지, 아부지 아입니꺼?」 내 목소리가 떨렸다.

아버지는 몸을 지팡이에 의지하여 천천히 삽짝 안으로 들어섰다. 어느쪽 다리도 절름거리지 않았으나 예전보다 더욱 힘없는 걸음걸이여서 당신은 마치 달이 구름을 가르고 다가오듯한 느낌이었다.

「아이구, 참말로 아부지시네. 우짜다가 짝대기까지 짚고…….」

순희가 맨발로 아버지께 달려갔다. 순희는 아버지 허리에 팔을 감고 울먹였다. 아버지는 수숫대처럼 넋 놓고 멀뚱히 서 있었다.

「어데 많이 다쳤습니꺼?」 아버지가 짚은 지팡이를 보며 내가 물었다.

「머, 쪼매. 그래도 마 괜찮다.」

아버지가 처음 입을 떼었다. 예의 낮고 둥근 아버지 특유의 목소리였다.

「마루로 올라가입시더.」

내가 아버지 한 팔을 끌 때, 다시 한차례 천둥이 맞부딪쳐 우레소리를 내며 깨어졌다. 번개가 섬광으로 뻗고, 그 번갯빛에 돌배산 완만한 능선이 하얗게 드러났다. 우리 남매는 자지러지게 놀라 엉겁결에 아버지 허리에 매달렸다. 아버지 몸에서는 마구간의 퀴퀴한 쉰내와 마른 볏짚 냄새가 났다.

「큰비가 올 모양이데이.」 아버지가 누이 등을 쓸며 말했다.

「아부지는 어데 갔다가 인자 이래 집에 옵니꺼?」

순희가 물었으나, 아버지는 대답이 없었다.

「밥 잡수셨어예?」 내가 물었다.

「읍내서 묵고 왔어. 엄마는 안죽 안 온 모양이구나.」

아버지는 지팡이를 마루기둥에 붙여 세우곤 마루 끝에 앉았다. 남방셔츠 주머니에서 구겨진 담뱃갑을 꺼내더니 한 대를 입에 물었다. 「어제 아침에 나갔는데, 오늘 덕산장 보고 올 낍더. 인자 오실 때가 돼가는데…….」 내가 말했다.

나는 쪽마루에 놓인 부채를 집어 아버지께 드렸다. 아버지는 천천히 부채를 부치며 울 너머 어두운 신작로에 멍한 눈길을 풀어놓았다. 힘없이 벌어진 입과 코에서 남빛 담배연기가 색실처럼 풀어져 부채 부치는 바람에 날렸다. 순간, 돌배산과 초등학교 쪽 주남 저수지 방죽을 가로지르며 뇌성이 쳤다. 우레소리는 연이어 번개를 튀기곤 딱총소리를 내다 잦아들었다. 마치 이마를 쪼갤 듯 눈앞에 번갯불이 번쩍이자, 마루에 걸린 전등이 꺼졌다. 천지가 암흑 세상이 되고 말았다. 어둠에 익숙해질 때까지 꼼짝없이 앉아 있을 수밖에 없었다.

「이래 무서분데 어무이는 우째 올꼬.」 깜깜한 속에서 순희가 작은 목소리로 말했다.

「초가 없지러?」 아버지가 물었다. 순희와 내가 대답을 못하자 아버지는, 「순자 소식은 자주 있나?」 하고 누나를 두고 물었다.

「공장이 청계천서 부천인가 어데로 옮겼다 카는 편지가 왔어예. 돈도 삼만 원 부쳐오고. 그기 하매 보름 전임더.」 내가 말했다.

누나는 올해 열아홉 살이었다. 누나는 먼저 서울로 올라가 자리 잡은 방구리댁 딸 두남이 편지를 받고 작년 봄에 홀로 상경하여 처음에는 완구 만드는 작은 공장에서 일한다는 편지가 왔다. 작년 추석 때 시골을 한 번 다녀가곤 몇 달 소식이 끊겼다 봉제 공장으로 옮겼다는 편지가 온 뒤, 달마다 편지와 함께 집으로 돈을 부쳤다.

「고생이 많을 끼라. 잘 풀리야 될 낀데…….」

아버지는 말끝을 죽이곤 한동안 입을 떼지 않았다.

나는 깜깜한 속에 오직 우리 남매만 처량히 남았고 아버지는 또 집을 나가 어디론가 떠나버린 착각에 빠졌다. 아부지, 하고 나는 입속말로 아버지를 불렀다. 그 소리는 공허하게 내 귀를 잠시 울렸을 뿐 아버지 실체가 느껴지지 않았다. 아버지는 집을 비웠을 때도 집 뒤껼 후미진 어디에 숨어 있듯했고, 정작 집에 있을 때도 나는 늘 당신이 어디로 떠나고 없는 느낌이었다. 한마디로 아버지는 고질적인 떠돌이병자였다.

아버지를 처음 본 동무들은 대부분이, 니네 아버지는 참 유식하게 생겼다고 말했다. 외양만 두고 말하자면 아버지는 우리 학교 교장 선생이나 읍장보다 의젓하고 품위가 있었다. 집 앞 주남저수지에서 낚시를 하다 아버지를 만난 적 있는 우리 학교 영어 선생까지 내가 당신 아들임을 뒤늦게 알곤, 아버지가 어느 대학을 졸업했냐고 물은 적이 있었다. 내가 알기는 아버지가 중학교조차 제대로 졸업하지 못했기에 나는 씩씩하게 대답할 수 없어 잘 모른다고 어물쩍 말했다.

아버지는 성큼한 키에 허리와 다리가 길고 살색이 허여멀쑥했다. 길쭘한 얼굴에 이마가 넓었고 곧고 긴 콧날이 우뚝하여, 선량해 뵈는 선비 풍모를 갖췄다. 마흔 살을 넘고부터 앞과 귀밑머리가 세기 시작하더니 쉰이 못된 나이에 머리칼이 온통 은발로 변했다. 아무렇게나 뒤로 넘긴 결 좋은 긴 머리칼이 바람에 날릴 때나 햇살에 반사될 때 고상한 멋까지 풍겨 타지에서 온 낯선 낚시꾼도 아버지를 농사꾼으로 보지 않았다. 아버지는 평소 말이 없지만 얘기를 할 때도 목소리가 조용한 중에 은근했다. 걸음걸이도 결코 서두르는 법 없이 천천히 큰걸음을 떼어, 아버지가 뒷짐 지고 어깨를 앞으로 가벼이 숙여 저수지 방죽길로 산책할 때면, 학자가 어려운 논제의 실마리를 풀려는 사색의 삼매경에 빠진 그런 장면을 연상케 했다.

그런 인상과 외양에 걸맞게 이름 대신 '도사'란 별칭이 붙어 이웃사람들은 모두 아버지를 정 도사라고 불렀다. 아버지 친구요 주남

저수지 관리장인 민씨는 아버지의 일반적인 그런 풍모와는 다르게 말했고, 그 말은 여러 점에서 설득력이 있었다.
　작년 초여름 어느 날, 저녁 밥상을 받아놓고 내가 아버지를 찾아 나서 주남저수지 수문 옆 공터에 있는 밥집 중 하나에 들렀을 때, 민씨와 젊은 예비군 중대장이 막걸리를 마시며 아버지를 두고 이런 말을 나누고 있었다.
　「정 도사 말인가. 그 사람 눈을 보게. 갈색 동자가 짙게 들어앉아 우째 보모 이 우주으 모든 비밀이라도 풀 듯한 눈이야.」
　「사실 그래요. 늘 무슨 생각에 잠겨 있어 보이니깐 말입니다.」
　「하지만 사실 그 눈은 죽은 동태 눈깔이네. 눈빛에 심이 없어.」
　「듣고 보이까 그럴싸합니더. 무슨 숨가놓은 죄를 감춘 사람같이 눈동자가 불안해 뵙니더.」
　「그러나 사실 그 사람은 인간으로 태어나 우리가 사는 이 세상에 보탬이 될 일을 할 수 읎고, 하고 싶어하지도 않고, 그렇다고 잠자리 한 마리 함부로 쥑일 위인이 몬돼. 처자슥 건사조차 제대로 몬할 맘씨 여리고 심읎는 사람이야. 생명 있는 것들이 태어나고 죽는 이치대로, 그냥 그렇게 자연으 질서에 순응하며, 살아 있으니 사는 수밖에. 있듯 읎듯 말일세.」
　「그럴까예? 그러나 틀림읎이 무신 사무친 과거가 있는 분일 낍니더. 한이 많은 사람 같심더.」
　「글쎄, 그 점까지사 모르지만, 눈만 두고 말하자모 이 시상 일이 아닌 다른 시상의 일만 생각하는 그런 몽상가으 눈일세. 뜬구름이듯 부평초듯 시상을 민들레씨처럼 날리가미 사는 사람으 눈이 대체로 그렇지러.」
　이튿날로 아버지는 또 집을 나간 채 한 달 남짓 지난 뒤에야 행려병자 모습으로 귀가했다.
　민씨와 예비군 중대장의 그런 대화는 빈말이 아니었다. 아버지는 여러 점에서 혼이 약간 빠진 듯한 일면을 자주 보였고, 아버지와 오래 자리해 본 사람은 그 점을 쉽게 눈치챌 수 있었다.
「참, 쪼매 전에 머라고 말했지러?」
아버지는 우리 식구 앞에서도 이렇게 같은 말을 되물을 적이 많았다.
「아이구, 이 주책양반아. 이태꺼정 이바구한 건 어느쪽 귀로 흘리들었소.」
딱하다는 투로 엄마가 이렇게 면박 주면, 무신 딴 생각을 쪼매 하느라 깜박 잊아뿠제 하고 말꼬리를 접으며, 예의 그 깊은 눈동자로 상대방을, 정확히 말해 눈을 마주보는 게 아니고 턱이나 목께쯤 눈길을 낮춰 바라보았다.
「밥이 될 일인가. 반찬거리 될 생각인가. 무신 늠으 생각할 끼 저토록 많은지. 당신 쪼매 전에 또 무신 생각했더랬소?」 엄마가 다잡았다.
「머, 하찮은 생각이제.」
「하찮은 생각이라니예?」
「지난 가실에 말이데이. 저 진주 쪽 갈대밭에서 본 들오리 떼가 문득 생각나서. 밤인데 달이 참 좋았더랬제. 보름달빛이 강변에 쫙 퍼졌거덩. 들오리 떼가 바람에 쓸리는 갈대밭 우로 날아가는 모양이 우째 그래 보기 좋던지⋯⋯.」 마지못한 듯 아버지가 입을 떼었다.
그럴 때, 아버지 눈은 더 당신을 나무랄 수 없게끔 천진난만한 순박함과 어스름녘 산 그리메에 지는 노을 같은 맺힌 한이 담겨 있었다.
우리 집안은 일찍부터 한 마지기 논이나 밭뙈기 한 두렁도 가져 본 적 없었으므로, 아버지는 낫이나 호미자루 한 번 잡아본 적 없었다. 그렇다고 아버지는 일정한 직업을 가져본 적도 없었다. 일

년을 따져 평균 아홉 달은 집을 떠나 어디론가 떠돌아다녔고, 집에 붙어 있을 나머지 달은 낚시로 소일했다. 이태 전 봄까지만도 우리는 읍내거리 장터마당 부근에 살았다. 그때 역시 엄마는 근동 장터를 떠돌며 어물장사를 했고, 아버지는 읍내에서 사 킬로 정도 떨어진 지금 우리가 사는 주남저수지에 낚시를 다니며, 늘 집 떠날 궁리만 하고 지냈다. 새마을 도로가 확장되는 통에 우리가 세 든 읍내 장터집이 헐리게 되자, 아버지는 엄마를 졸라 주남저수지 옆 민씨 별채로 이사를 오게 되었다.

「주남저수지는 우리나라에서 알아주는 철새 도래지 아인가. 내가 새를 무척 좋아 안하나.」 아버지가 말했다.

「당신이사 땅으로 걸어댕기는 철새인께 날아댕기는 철새가 좋겠지예. 그런데 새 구경하는 거도 좋지만 그 구경 댕기모 밥이 생기요 떡이 생기요?」

엄마는 말도 되잖는 소리란 듯 한숨을 내쉬며 돌아앉고 말았다.

「그거말고도, 관리인 민씨 말이 타지에서 오는 낚시꾼들 뒷바라지나 해주모 찬값 정도는 번다 안카나…….」

엄마는 그쪽으로 이사하면 당신 장사 다니는 길이 먼 줄을 알면서, 어떻게 아버지가 집에 눌러 있을까 싶었던지 그 말에 선선히 동의했다. 그러나 주남저수지 쪽으로 이사 와서 보름을 채 못 넘겨 아버지는 슬그머니 집을 떠나고 말았다. 승용차까지 몰고 들이닥치는 부산과 마산 지방 호사 낚시꾼들이 떡밥은 물론 술병이며 안주접시까지 심부름시키는 데 아버지는 더 참아낼 수 없었던 것이다. 더러운 세상, 나쁜 놈들이라며 전에는 입에 담지 않던 욕설을 술김에 종종 뱉더니, 기어코 그 떠돌이병에 발동이 걸렸다. 늘 그게 궁금하지만, 아버지는 집을 떠나 떠돌 동안 숙식을 어떻게 해결하고 다니는지 알 수 없었다. 그로부터 두 달 뒤, 여름이 끝날 무렵에야 아버지는 돌아왔다. 그 행려 끝에 무슨 결심을 굳혔는지 돌배산

자락을 덮은 민씨네 대나무밭의 굵은 대 몇 그루를 쪄와 방패연을 만들기 시작했다. 내가 어릴 때 아버지는 내게 더러 방패연을 만들어주기도 했지만, 근래에 한 번도 없던 짓거리였다. 대나무를 가늘게 쪼개어 햇빛에 말려선, 장두칼로 다듬고, 조선종이에 바람구멍을 뚫어, 거기에 다섯 개 댓개비를 붙여 방패연을 만드는 솜씨는 아마도 아버지가 지닌 유일한 기술 같아보였다. 천장 가운데 태극무늬나 붉은 원을 오려 붙여 만든 연이 큰 놈은 두 번 접은 신문지만했고 작은 놈은 교과서만한 크기도 있었다.
「겨울도 아인데 그 많은 연을 어데다 팔라 캅니껴?」 내가 물었다. 「머 꼭 돈이 목적이라서 맹그나. 쓸모 없어도 맹글고 싶으이께 맹글제. 참새가 날라 카모 기러기만큼 와 하늘 높이 몬 날겠노. 먼 데꺼정 갈 필요가 없으이께 지 오를 만큼 오르고 말지러.」 아버지가 쓸데없이 비유까지 곁들여 말했다.
「옛적에 연 맹글어줬다는 돌아가신 할아부지 생각이 나서 맹글어예?」
「사람은 어데 갈 목적이 없어도 어떤 때는 연맨쿠로 그냥 멀리로 떠나댕기고 싶은 꿈이 있는기라. 그런 꿈 없이 일만 하는 사람은 꼭 개미 같으이께, 내가 보기에 사람 사는 목적이 저런가 싶을 때가 있지러. 그 사람들이 보모 내 같은 사람이 쓸모 없이 보일란지 몰라도…….」
아버지가 어설픈 미소를 띠어보였다.
「묵고 살기 바쁘모 그래 산천 구경하고 짚어도 몬 떠나는 거 아입니껴」 하며 나는 엄마를 생각했다.
「그렇기사 하겠제. 그라고 보모 나는 아매 떠돌아댕기는 팔자를 타고났나 보제.」 아버지가 시무룩이 말했다.
아버지는 어떤 날은 며칠 동안 댓개비를 멀리 두고 지내기도 했지만, 신이 받칠 땐 하루에 두 개, 또는 세 개까지 연을 만들 때도 있었다. 어느 일요일이었다. 아버지는 방패연에 이 미터쯤 실을 달아 열 개 남짓 연을 들고 저수지로 나갔다. 나도 아버지를 뒤따랐다. 엄동 한철을 빼고 주말이면 저수지에는 언제나 도회지로부터 원정 온 낚시꾼들이 수십 명 저수지 물가에 점점이 흩어져 있게 마련이었다. 수문 앞에는 술과 밥을 파는 여인숙 겸용 민박집이 있었고, 공터에는 승용차도 예닐곱 대 늘어서 있게 마련이었다. 아버지는 그 연을 공터에 늘어놓았다. 저수지 주변에 연을 띄울 아이들도 없는데 웬 방패연이냔 듯 지나다니는 낚시꾼이 걸음을 멈추었다.

「그거 뭐요?」 낚시꾼들은 뻔히 알면서 싱겁게 물었다.

아버지가 잠자코 있으면, 그것 우리 상대로 파는 거요? 하고 되물었다. 그제서야 아버지는 마지못해 판다고 대답을 흘렸다.

「에끼, 이 사람아, 겨울철도 아닌데 무슨 연을 날려. 더욱 도회지 아파트촌에 연 날릴 데가 어데 있다고.」 낚시꾼이 핀잔을 놓았다.

「이건 날리는 연이 아이라 민속품으로 집에 걸어두는 연임더. 예로부터 연을 집에 걸어두모 비상하는 기상이 있어 집안에 길조가 있다는 말도 몬 들었소? 그림맨쿠로 보기도 좋고요.」 아버지는 은근한 목소리로 대답했다.

「그도 그럴 만하군」 하며 연을 사가는 낚시꾼이 더러 있었다.

아버지는 큰 연은 삼백 원, 작은 연은 이백 원에 팔았다. 낚시꾼들은 그 연을 승용차 뒷자리 선반에 얹어가기도 했고 등에 멘 낚시 가방에 달고 떠나기도 했다. 그날, 여섯 개 연이 팔렸다. 남은 연은 내가 들고 집으로 돌아왔다.

「연 맹글긴 내가 맹글꾸마 팔기는 니가 팔아라. 학교 안 가는 공일날에 말이다. 나는 몬 나앉았겠더라.」 방죽길을 걸으며 아버지가 허탈한 목소리로 말했다.

연 장사가 괜찮은 장사거리가 될 리 없었다. 다음 일요일에 순희와 나는 스무 개 연을 들고 저수지 공터로 나갔지만 판 연은 겨우 네 개였다. 미끼로 지렁이나 떡밥을 파는 장사보다 오히려 못했고, 또 낚시꾼들에게 아무 도움을 주지 못하는 연 팔이가 왠지 부끄러웠다. 그때도 아버지는 집에 머문 지 두 달을 못 채워, 들판의 나락을 거두어들이고 북으로부터 도요새·들오리·물떼새가 한창 몰려들어 주남저수지가 그 새떼 울음으로 분답시끌해질 무렵, 철새처럼 또 집을 떠났다. 아버지는 그래도 저문, 세모가 임박해서야 예의 초라한 행색으로 돌아왔다. 돌아와서 또 연을 만들기 시작했다. 그런 아버지를 보고 엄마는 한숨을 내쉬며, 저건 증말 무신 늠으 미친 짓인지 모르겠다며 아버지를 원망했으나, 아버지가 연을 만드는 일을 방해하진 않았다. 아버지가 한푼 돈도 벌어들이지 않았지만 엄마는 늘 그 정도 잔소리로 타박을 그쳤다.

뇌성이 치고 전기까지 나간 것으로 보아 아무래도 큰비가 쏟아질 것 같아, 나는 엄마 귀가가 적이 걱정되었다. 어둠 속에서 순희의 나직한 한숨이 들렸다.

「이래 깜깜한데 어무이가 우예 올꼬.」 순희의 혼잣말이 떨렸다.

「아무래도 내가 마중 나가봐야 되겠다.」

나는 마루에서 내려섰다. 어둠 속을 더듬어 뒤꼍으로 가선 자전거를 끌고 앞마당으로 나왔다.

「내하고 같이 갈까?」 아버지가 물었다.

「편찮은데 그냥 쉬시이소.」

나는 자전거를 끌고 삽짝을 나섰다. 곧 소나기가 정수리를 파며 쏟아질 것 같았다. 지면이 고르지 못한 샛길을 빠져나가자, 읍내로 통하는 포장 안된 신작로가 나섰다. 길 옆 미루나무가 벌받는 학생처럼 늘어서서 어둠 속에 판화처럼 찍혀 있었다. 희미하게 트인 신작로에는 비 쏟아지기 전 팽팽한 긴장만 감돌았다. 불을 켜지 않아도 익숙한 길이라 나는 자전거 페달을 힘주어 밟았다. 조금이라도 빨리 엄마를 만나 아버지가 돌아왔음을 알리고 싶었다. 습기 머금은 눅진한 맞바람이 얼굴을 스쳤다. 내가 타고 가는 자전거는 올봄, 내가 중학교 이학년에 진급하자 누나가 사준 선물이었다. 나는 지금도 그때 감격을 잊지 못한다.

　―밤일을 끝내고 돌아와 라면 끓일 물을 연탄불에 얹어놓고, 이 편지를 쓴다. 베니어판으로 칸칸이 막아놓은 창문 한 짝 없는 다락방에서 열네 시간을 미싱과 씨름하다 돌아오니 몸이 햇솜같이 풀어지구나. 새벽부터 밤 아홉시까지 뽀얀 실밥 먼지와 미싱소리 틈새에서 쉴 틈 없이 일을 해도 한 달에 채 육만 원이 내 손에 들어오지 않는다. 그래도 누나는 일류 미싱사가 되겠다는 꿈이 있기에 오늘도 내일을 믿으며 참고 일한다. 아버지가 돈 벌어 우리도 남 보란 듯 살자는 꿈은 버린 지 오래고, 내게 희망이 하나 남았다면 일우야, 네가 훌륭한 사람이 되는 길이다. 가난의 때를 벗고 우리 집안이 펴이는 길은 이제 네 성공 하나에 달렸다. 일우 네가 일학년 전체에서 수석을 했다니! 나는 네 편지를 받고 눈이 붓도록 울었다. 그래서 네게 무슨 선물을 사줄까 하고 생각하다 문득 자전거가 떠올랐다. 읍내 중학교까지 십릿길, 걸어 통학하자면 아무래도 한 시간 가까이 걸리겠지. 중고품이나마 자전거를 타고 가면 이십 분이면 족할 텐데. 내가 자전거를 사준다면 절약한 사십 분으로 공부를 더할 수 있고, 엄마 장사하는 데 물건도 실어 날라줄 수 있을 것 같구나. 내 처지로 보나 또 우리 집안 형편으론 과분하지만 너에게 자전거를 사주기로 마음먹었단다. 보내는 돈으로 읍내 자전거방에 가서 쓸 만한 중고품 한 대를 사기 바란다……

　좌흔 마을까지 나오자 길가에 늘어선 상점들도 전기가 나가 촛불이나 석유 등잔불을 켜놓고 있었다. 나는 마을회관 앞에서 갈라지는 읍내 쪽 포장된 신작로로 내처 자전거를 몰았다. 그 길은 마산과 부산으로 연결된 국도였다. 어두운 신작로에는 소를 몰고 돌아오는 농부 한 사람 외 다른 사람을 만나지 못했다. 거기에서 다시 한참을 달려갔을 때야 나는 미루나무 사이 희끄무레한 길로 머리에 큰 함지를 인 키 작은 아낙네 자태를 볼 수 있었다. 엄마였다. 엄마는 함지 속에 든 간고기를 다 팔았어도 그것을 머리에 이고 올 적이 잦았다. 장거리에서 쌀과 보리쌀 몇 됫박, 찬거리를 사서 이고 왔던 것이다. 읍내에서 주남저수지까지는 십릿길인데 엄마는 버스비 칠십 원을 아끼려 어두운 길을 혼자 타박타박 걸어오고 있었다.

「어무이, 아부지가 돌아왔어예.」

나는 엄마 앞에 자전거를 세웠다.

「그래에?」

「짝대기 짚고 쪼매 전에예.」

「병은 안 든 것 같고?」

「늘 그렇지 머예. 심 하나 읎이 쓰러질 듯 말임더.」

나는 엄마 머리에 얹힌 함지를 받아 자전거 짐받이에 실었다. 아니나다를까, 함지에는 팔다 남은 간전갱이 몇 마리와 한 말 남짓한 쌀부대가 들어 있었다.

뇌성이 다시 한차례 하늘 복판에서 쪼개졌다. 엄마는 흠칫 어깨를 떨었고, 나는 몸이 오그라드는 듯한 놀람으로 무심결에 자전거 핸들을 눌러 잡았다.

「짝대기를? 그라몬 어데 다쳤단 말인가?」

「그렇지는 않은 거 같고……」

「늘 배창자가 아푸다더니 속병이 곪아터진 게로구나. 객지로 돌아댕기며 굶기도 오지기 굶었을 끼고.」 그럴 줄 알았다는 듯 엄마는 아무렇지 않게 말했다. 「참, 양석 떨어졌을 낀데 너그들 저녁밥은 우쨌노?」

「장씨 집에서 라면 두 봉지 꿔다 묵었지예.」

「아부지는?」
「읍내서 묵고 왔다 캅니더.」
 자전거 짐받이에 얹힌 함지를 고무줄로 묶자, 나는 천천히 자전거를 몰았다. 함지 쪽에서 쿰쿰한 비린내가 코끝에 따라왔다. 그 냄새는 이미 후각에 익은 엄마 냄새이기도 했다.
「엄마, 자전거에 타예. 그라몬 퍼뜩 갈 수 있을 낀데.」
 다른 때 같으면 사양하던 엄마가 오늘따라 아무 말 없이 안장 앞쪽 파이프에 머리수건을 깔고 올라앉았다. 내색은 않았지만 엄마 역시 아버지를 빨리 만나고 싶은 모양이었다. 힘주어 페달을 밟자 엄마 온몸에서 풍겨나는 비린내가 정답게 내 쪽으로 옮아왔다.
「쯧쯧, 그래도 숨질 붙었으몬 더러 처자슥은 보고 싶은지 집구석이라고 찾아드니……. 원쑤야, 그런 원쑤가 어딨노. 그런 남정네가 이 시상에 몇이나 될꼬. 그래 굶으미 맥 놓고 떠돌아댕기도 우째 안죽 객사를 안하는고 모리겠데이.」 엄마는 한숨 끝에 아버지를 두고 혼잣말을 중얼거렸다.
 뙤약볕 아래 장터마다 싸다니느라 까맣게 그을린 엄마 얼굴을 떠올리자, 나는 공연히 코허리가 쩡하게 쓰렸다. 엄마는 키가 작고 몸매가 깡마른 데다 살결이 검어, 볼 때마다 안쓰럽고 측은한 마음이 늘 내 마음 한 귀퉁이에 그늘을 만들었다. 그럴 적마다 아버지에 대한 원망 또한 반사적으로 내 감정을 자극했다. 아버지에 대한 그 원망 섞인 감정은 고체의 단단한 증오라기보다 가을 바다 썰물이 되어 당신을 내 옆에서 멀리로 밀어내는 작용을 했다. 아버지에 대한 그런 마음은 엄마의 경우도 비슷하리라 여겨졌다. 다만 순환의 법칙을 좇아 한때의 미움도 시간이 흐르면 연민으로 녹아, 끝내 밀물이 되어 엄마 여윈 마음을 다시 채워주리란 점만이 다를 뿐이었다.
 우리가 읍내에서 민씨 아저씨 집으로 이사해 온 초여름, 아버지가 집을 떠나 한 달째 소식이 없을 즈음이었다. 마루에 앉아 엄마와 민씨 부인이 아버지를 두고 나누던 말을 나는 방에서 새겨들었다.

「전생에 무신 늠으 액이 끼었는지, 서방복 읎다 캐도 이런 팔짜는 드물 낌더. 첫 서방은 어장 배를 탔는데 시집간 지 한 달이 채 몬돼 물귀신이 되고 말았뿟지예. 그라고 삼 년 뒤에 장사하다 만난 남자가 애들 애빈데, 이 사람은 여지껏 단돈 십 원짜리 한 닢 집에 들다는 적이 읎심더. 무신 걸뱅이 혼귀가 붙었는지 늘 그래 밖으로만 싸돌아댕기는 거 아이겠습니껴. 샛계집 둘 위인이 몬되는 줄이사 알지마는, 참말로 그 걸뱅이 혼귀는 시상으 명약도 다 소용 읎는 병인기라예.」

엄마가 아버지를 처음 만나기는 마산에서 부산 가는 경전남부선 완행기찻간이라 했다. 해질 무렵 통근차라 찻간은 출입구까지 승객들로 들이차 발 디딜 틈이 없었던 모양이었다. 엄마가 마산 어시장에서 젓거리 멸치를 네 상자 받아 그걸 머리에 이고 비좁은 승강구를 막 올라섰을 때였다. 통학생들이 승강구 입구에까지 빼곡히 늘어서서 엄마가 멸치상자를 미처 내려놓을 틈새를 못 찾고 있을 때, 새댁, 그거 이리 주소 하며 멸치상자를 덥석 받은 이가 아버지였다. 팔소매를 걷은 풀색 작업복에 벙거지를 눌러쓴 아버지는 그때도 역시 정처 없이 떠도는 중이었다. 아버지는 멸치상자를 내려주는 도움으로 임무를 다했고, 엄마는 그냥 고맙다고만 말했다.

「우짜다 그쪽으로 눈이 가서 흘끗 보이까 그 남정네가 맥 놓고 바깥 경치를 바라보고 있습디다. 그쪽이나 이녁이나 그냥 그뿐이었지예. 차가 읍내에 도착해서 나는 멸치상자 이고 내렸는데, 이튿날 진영장에서 말입니더…….」

엄마는 아버지를 다시 만났다. 오후 두시가 넘어 전을 잠시 옆 장사꾼에게 맡기고 길가 포장 없이 벌인 좌판 막국수를 허겁지겁 먹고 있는데, 옆 자리 가마니에 털석 주저앉은 사람이 아버지였다. 아버지가 엄마를 좇아 기차에서 내리지 않았고, 엄마 또한 아버지를 찾아 그 막국수 좌판을 찾지 않았는데, 우연의 일치였다.

「뒷날에 들어 안 이바구지만, 그때는 저 경북 땅 문경 쪽에서 반년간 탄광일을 해서 춤지에 돈푼깨나 들어 있었답디더. 그라이께 또 마음에 바람이 찬 기지예. 그 양반이사 차비마 쥐모 앉아서 메칠을 배겨내지 몬하니까예. 돈 떨어져 읎으몬 굶고 정 굶어 머든지 묵어야겠다고 맘묵으면 날품도 팔고 하며 시상 천지를 훨훨 떠돌아댕기는 기 취미 아이겠습니껴. 새맨쿠로 말입니더. 새사 어데 취미로 날아댕깁니껴. 지 묵고 새끼 믹일라꼬 벌게이(벌레) 잡으로 죽을 똥 날아댕기지예. 그라이께 그 남자는 떠돌아댕기는 기 취미기도 하지마는 그기 바로 살아가는 일이라예.」

「그라모 아아 아부지가 그때 진영장에는 무신 일로 내맀는공?」 민씨 부인이 물었다.

「무신 볼일이 있었겠습니껴. 장 구경이나 할라고 우째 진영 장바닥에 흘러들어온 기겠지예. 막걸리 한 사발을 시키놓고 멍청히 앉아 좌판 뒤쪽 토담 너머를 넋 놓고 바라보는 꼬라지가 우째 처량해 뵈던지. 담 너머 흐드러지게 핀 살구꽃이 머 그래 새삼스럽다꼬 왜가리처럼 모가지를 질게 빼고 말입디더. 그래서 내가, 읍내에 누구를 찾아왔소 하고 말을 붙였지예.」

「그라고 보이 일우엄마가 그때 마음이 쪼매는 동했나 보네예. 먼첨 말을 걸었으이께.」 민씨 부인이 까르르 웃었다.

「장사하는 여편네가 입 꾸매고 앉아 우째 장사해예. 되는 말이든동 안되는 말이든동 자꾸 지분대야 괴기를 팔 것 아인교.」

「그래도 그렇제, 일우아부지가 괴기 살 사람은 아이지 않았잖습니껴.」

「하여간에 그 사람이 그제서야 내 쪽을 보더니, 새댁이구먼예 하며 알은체합디더. 머리를 설레설레 흔들며 멀쭉히 웃는 얼굴이 그래도 세상 물정에 닳지 않은 순박해 뵈는 티가 있어서…….」 엄마는 민씨 부인 묻는 말을 피해 아버지 첫인상을 좋게 말했다.

그로부터 엄마는 아버지와 짝이 된 모양이었다. 아버지는 그때까지 장가를 가지 않았고 엄마는 시집을 갔으나 자식 딸리지 않은 청상이었다. 이튿날, 엄마가 낙동강변 마을 수산리 장터로 길을 떠날 때, 아버지가 함지를 대신 들고 엄마와 동행했다. 사진 한 장 남아 있지 않은 것으로 봐 예식도 올리지 않고 살림을 시작한 듯한데, 이듬해 누나가 태어났다.

집으로 들어가는 골목 어귀 신작로에서 순희가 엄마와 나를 기다리고 있었다. 어둠 속 미루나무 밑이라 순희를 미처 보지 못했으나, 순희가 엄마와 나를 먼저 알아보았다.

「아부지가 동전 세 개를 주미 초하고 활명수 한 빙 사오라 캐서, 내가 갔다왔어예. 가슴이 답답하다 카더마는 지금 마루에 누버 있어예.」 골목길로 들어가며 순희가 엄마한테 말했다.

아버지는 방으로 들어가지 않고 목침을 베고 쪽마루에 모로 누워 있었다. 몸을 새우처럼 웅크리고 있었다. 그 꼴이 마치 엄마의 지청구를 피할 요량이거나 동정을 받겠다는 불쌍한 거짓 모색 같아 나는 아버지가 미웠다. 머리맡 기둥 옆에는 초 한 자루가 뽀윰하니 타고 있었다.

「그래, 방구석에 기어들어갈 심도 없는 양반이 또 어데까지 싸질러댕기다가……」 하다 엄마는 말을 끊고, 「어데가 그래 아파요?」 하고 아버지에게 물었다.

「멀 잘몬 묵었는지 사흘 전부터 명치가 꽉 맥히더니마는 계속 하혈이 심해서 통 묵지를 몬하누만. 인자 내 명도 다 했는가 봐.」

아버지는 나른하게 몸을 일으키더니, 앉은걸음새로 비적비적 방 안으로 들어갔다. 아버지와 엄마 대화는 그것으로 끝났다. 갑자기 개구리 울음소리가 요란하게 들렸다.
 후두두, 마치 키로 콩을 까불듯 굵은 빗방울이 떨어졌다. 이어 세찬 소나비가 쏟아지기 시작했다. 마당에 금세 뽀얀 물보라가 일고, 마루 끝에 켜놓은 촛불이 바람에 깐죽거리며 죽었다 살아났다 했다. 비바람에 촛불이 더 견디지 못하고 꺼졌다. 한참 뒤, 담장 밖 도랑물이 콸콸 내려가는 소리가 들렸다. 순희와 나는 마루 끝에 다리를 드리우고 앉아 쏟아지는 비 구경을 하고 있었다. 습기 머금은 시원한 냉기가 기분좋게 얼굴에 닿았다.
「너그들도 인자 마 자거라. 아침 일찍 일어나서 맑은 정신으로 공부해야 효과가 있지러.」 부엌에서 목물을 하고 나온 엄마가 우리를 보고 말했다.
 아버지가 집에 계시지 않을 때는 엄마와 순희가 큰방에서 함께 자고 나 혼자 골방을 썼다. 오늘은 아버지가 돌아왔기에 순희와 내가 건년방을 써야 했다. 삼베 홑이불과 베개를 가지고 순희가 건년방으로 넘어왔다. 싸늘한 맨방바닥에 등을 붙이고 누웠으나 나는 쉬 잠을 이루지 못했다. 잠이 오지 않기는 순희도 마찬가지였다. 우리는 귓전을 치는 줄기찬 빗줄기를 기분좋게 새겨듣고 있었다.
「오빠야, 우리 아부지는 참말로 이상한 사람이데이 그자. 와 집에 안 붙어 있고 그래 돌아만 댕기는공. 돈 벌어오는 거도 아이면서 말이다.」 깜깜한 속에 순희가 조그만 목소리로 말했다.
「이상한 거는 이 시상에 참 많지러. 이 넓은 세상에 이 많은 사람 중에 니하고 내가 우째 성제간으로 태어났는공? 그런 것도 다 이상한 이치지러. 또 저런 얼비(어리석은) 아부지와 한평생 같이 살면서 죽을 동 살 동 열심히 돈벌이 하로 댕기는 어무이 마음도 이상하고.」
「어무이가 어데 아부지 믿고 사나, 우리 크는 거 보고 살지러.」
 순희는 언젠가 엄마가 했던 말을 그대로 옮겼다.

「그렇기사 하지마는, 그래도 엄마가 어데 아부지하고 쌈하는 거 봤나?」
「어무이가 따까(몰아)세아도 아부지가 말대답을 안하이까 싸움이 안되는 기제.」
「아이다. 그래도 어무이는 마음속으로 아부지를 좋아하는기라. 나는 어무이 맘을 안데이. 어무이가 우리보담 아부지를 더 좋아하는 거를 말이다. 니는 안죽 모르지마는 부부란 거는 그런 기다. 아무리 쌈을 해도 칼로 물 베기란 말을 니도 들었제?」 내가 젠 척 말했다.
「내 짝 경자아부지는 참 좋은 아부지라. 과수원도 크게 하고, 읍내 갔다오모 과자랑 책이랑 선물을 꼭 사오고, 옛날 이바구도 잘 해주지러. 그런데 우리 아부지는 우리도 어무이도 벨 볼 일 읎는 모양이라. 몇 달 만에 집에 와도 우리가 하나도 안 반가분지 웃지도 않으이까. 돈이 읎으이께로 머 사오지사 몬하지마는 그저 남 대하드끼 그래 안 대하나.」
「어무이 보기 미안하고, 아무것도 몬 사오이 우리 보기 부끄러버 그렇겠제.」
「어른도 부끄럼 타나?」
「아부지가 바로 그런 사람인기라.」 나는 순희 쪽으로 돌아누웠다. 「그라모 니는 아부지가 이 세상에서 머를 젤로 좋아하는 거 같으노?」
순희는 잠시를 생각에 잠기더니, 오빠는 하고 되물었다.
「나도 그걸 생각해 보모, 아부지는 하고 싶은 일도, 좋아하는 일도, 그 어떤 희망도 벨로 읎는기라. 지난달에 성구새이한테 내가 물었지러. 우리 아부지 같은 사람은 무신 직업이 젤로 어울릴꼬, 하고 말이다.」
성구형은 마산에서 고등학교를 다니는, 새마을 지도자 종식 씨

맏아들이었다.
「그라이까 머라 카더노?」
「너거 아부지가 공부를 많이 했으모 예술가가 될 사람이다 카더라.」
「예술가라이?」
「음악·미술·문학 같은 거 하는 사람 말이다.」
「공부 많게 한 예술가들은 다 저래 걸뱅이맨쿠로 돈도 없이 맥 놓고 떠돌아댕기는 기가?」
「그렇지는 않겠지러. 아부지는 명예도 돈도 욕심이 없으이께. 또 지위 높아 으스대고, 큰집에서 잘 묵고, 옷 잘 채리입는 그런 데 신경 안 쓰이까 하는 소리겠제. 벨로 관심도 없고. 선생님 말처럼 사람은 큰 뜻을 품고, 그걸 이룰라꼬 물불 안 가리고 매진해야 되는데, 아부지는 천연덕스레 그쪽과 담을 싼 사람이거덩.」
「와 그럴꼬. 증말 경아 말맨쿠로 아부지는 머리가 쪼매 이상한 사람 아일까?」
「미친 사람이사 아니제.」
「수수께끼 같은 아부지가 맞다. 우리가 풀 수 없는 수수께끼 말이데이」 하더니 순희는 졸리운 목소리로 중얼거렸다. 「아부지가 돌아오이께 인자 누부야가 보고 젆다. 서울서 고생하는 누부야만 생각하모 늘 목이 안 메나. 이분 추석에도 내리올란강…….」

작년 추석 때, 누나는 집에서 이틀 밤을 자고 서울로 올라갔다. 큰 가방에 가득 넣어온 선물을 풀어놓고 누나가 집을 나설 때, 나는 마당귀에 선 석류나무 가지 하나를 꺾어 누나에게 주었다. 익어 터져 상큼한 분홍 알을 촘촘히 내보인 석류가 많이 달린 가지였다.
「집 생각이 날 때 이 석류나 보며 마음을 달래야제.」
누나는 함빡 웃으며 석류 가지를 들고 신작로길을 나섰다. 순희와 나는 읍내 역까지 누나를 배웅했다. 벼를 거두어들인 뒤라 황량

한 들에는 따가운 햇살만 맑게 쏟아졌고, 종달새가 어깨춤을 추며 놀고 있었다.

빗발이 좀 가늘어졌다. 어느 사이 순희가 낮게 코를 골았다. 큰 방에서 엄마 말소리가 여리게 들려왔다.

「묵질 몬해 빈속이라 카더마는 당신 그래도 안죽 그 심이사 쪼매 남았구려.」

엄마 목소리가 부드러웠으나, 아버지는 아무 말이 없었다.

「참, 오늘 덕산장에서 천상 당신 닮은 늙은이를 만냈구마.」 엄마가 말했다.

「내 닮은 늙은이라이?」

「나이가 환갑은 다됐습디더. 쪼맨헌 빽을 들고 어물전을 어슬렁거리다 내하고 눈이 마주쳤지예. 그라더이 그 영감이 내 쪽으로 옵디더. 옷매무시가 꾀죄죄하고 고무신이 흙고물이라, 아매도 길 나선 지 오래된 행색 같습디더. 그런데 그 영감이 내 앞에 쪼구리고 앉더마는 손때 탄 맥고모자를 들썩해 보이는 기 아입니껴. 내가 알지도 몬하는데 말입니더. 그라더이 그 영감이 춤지에서 꼬깃꼬깃 접은 종이를 내놉디더. 여기 적힌 사람을 본 적 있느냐민서. 나이는 서른다섯 살인데 왼손 등에 불에 덴 흉터 있는 남자 이름이 박 머라 카더라. 그런 사람 찾는다꼬예. 사연을 들어보이까, 고향이 황해도 송화로 일사후퇴 때 마누래와 아들 하나 데불고 피란 내리왔다지 멉니껴. 그런데 그만 천안 근방에서 아들을 잃아뿌렸다 안캅니껴. 그로부터 영감 내외가 스물아홉 해가 지낸 지금까지 그 아들을 찾아댕긴다이, 그 정성이 어데 보통입니껴. 그 동안 고아원·미군 부대, 어데 안 알아본 데가 읎답디더. 묵고 살 만하게 되고부터 아들 찾을라꼬 신문에도 여러 분 광고를 내고예. 그런데 작년에 마누래가 죽고 나자, 장사하던 냉면집도 이남서 낳은 아들한테 물리주고, 인자는 일 년 열두 달을 전국 방방곡곡으로 아들 찾아 헤맨다 안캅니껴. 그 사정을 들어 보이 얼매나 안됐던지. 나도 눈물이 나올라 캐서……. 마누래가 살았을 적에도 일 년이모 네댓 달은 장사도 마누래한테 맽기고 이곳 저곳 수소문하고 댕겼다 캅디더. 이 이바구를 들으이까 문득 당신 생각이 나서. 증말 당신도 머 그런 샛자슥 찾아댕기는 거 아인교? 참말 속 시원케 말해보소.」
엄마가 그 대답을 듣고 싶어 묻는 목소리는 아니었다. 엄마가, 쿡쿡 속웃음을 웃었기 때문이었다.
「허허, 임자가 내하고 한두 해 살아봤나. 내라는 사람을 임자가 모른다 카모 시상 천지에 누가 알꼬.」아버지의 마지못한 듯한 대답이었다.
「참말 당신은 죽어서도 땅에 묻히서 몬 있을 낌더. 연맨쿠로 어데로 훨훨 떠댕기야 직성이 풀릴 사람인께로.」
「글씨러, 내 속에 무신 그런 바람잽이 귀기가 끼었는지……. 내 마음을 나도 잘 모르겠구마.」아버지의 나직한 한숨소리가 들렸다.

아버지가 다시 집을 떠나기는 그해 추석이었다. 누나가 집으로 내려왔다 이틀을 쉬고 상경했을 때, 읍내 역까지 배웅을 나간다고 따라 나선 아버지는 끝내 집으로 돌아오지 않았다. 아버지가 누나를 따라 서울로 올라간 것은 아니었다.
아버지가 돌아가셨다는 속달 전보가 집에 날아들기는 그해 막바지 첫 강추위가 시작되어, 기온이 영하 십팔 도까지 떨어진 무렵이었다. 아버지는 무엇을 보려, 무엇을 하려, 아니면 무엇을 찾아 그곳까지 흘러들어갔는지, 저 전라도 땅끝 진도에서 떠돌이 생활을 영원히 마감했던 것이다.
그로써 아버지는 예술가도 되지 못했고, 끝내는 아무것도 아닌 상태로, 우리 가족을 제외하곤 어느 누구 마음에 기억할 만한 그 무엇조차 남기지 못한 채, 이름없이 사라졌다. 마침 나는 방학이 시작되어 아버지 시신을 찾으러 나선 엄마와 동행했다.
　아버지는 진도군 보건소 영안실에 안치되어 있었다. 보건소 의사 말로는 아버지 병명이 위암이라 했다. 엄마가 동의하자 아버지 장례는 그곳 화장터에서 소각되었다. 우리 모자는 아버지의 뼈 몇 조각을 보자기에 싸서 섬을 떠났다.
　발동선이 다도해를 빠져 목포가 가까울 즈음, 뱃전에 기대어 선 엄마는 무슨 생각에선지 보자기에 싸온 아버지 뼈를 바다에 흩뿌렸다.
　「당신, 인자 처자가 보고 싶어도 집으로 돌아올 수 없으이께 이 넓고 넓은 바다로 마음놓고 떠돌아댕기소. 떠돌아댕기며 괴기 구경 바다풀 구경이나 실컨 하고 사소.」
　엄마 눈에서 눈물이 흘러내렸고, 머리카락이 몰아치는 바닷바람에 흩날렸다. 엄마는 넓은 바다를 두리번거리며, 마치 죽은 아버지를 파도 높은 물이랑에서 찾듯 한동안 젖은 눈을 풀어놓았다. 엄마가 흑, 울음을 삼키더니 쥐고 있던 뼈를 턴 보자기에 얼굴을 묻었다. 엄마는 어깨를 들먹이며 사무치게 흐느꼈다. 나는 엄마 어금니 사이에서 스며나오는 쇳조각같이 여문 한 음절을 들을 수 있었다.
　「아이고, 내사 인자 누구를 믿고 우예 살꼬…….」　(1979. 12)

## 오누이

 식당 안 조리대 쪽에서 사기그릇 깨어지는 소리가 났다. 이어, 어머 이걸 어쩐담 하는 비탄이 들렸다.
 「무얼 깨뜨렸나 보구나.」 거실 응접의자에 앉아 꽃꽂이를 하던 노 여사가 식당 쪽을 보았다.
 「큰이모님, 미안해요. 접시를 씻다 그만……」
 주희가 식당에서 얼굴을 내밀었다.
 「경옥이가 씻을 텐데 네가 뭘 거든다구. 손이나 다치지 않았냐?」 노 여사는 전지가위로 백합 줄기를 적당한 길이로 잘라 바늘판 가장자리에 꽂았다.
 「전 괜찮아요.」
 가정부 경옥이가 마침 슈퍼마켓에 심부름을 가고 없어 모처럼 큰이모 댁에 일박했던 주희가 가사를 도우고 떠난다는 게 오히려 일만 저지른 꼴이 되었다.
 일요일이었다. 망사 커튼 사이로 여름 아침의 밝은 그늘이 거실 안을 은은히 채우고 있었다. 에어컨을 가동시켜 놓았으므로 거실이 시원했다. 노 여사는 플라스틱 물그릇에 담긴 강아지풀 줄기를 가위로 잘랐다. 식물 줄기는 물에 담근 채 잘라야 쉬 시들지 않음도 그네가 꽃꽂이 강습소에서 배운 상식이었다.

주희는 낭패한 얼굴로 깨진 접시를 잠시 내려다보다 가운데가 갈라진 접시를 원상태로 이를 맞춰 붙여보았다. 두 송이 장미꽃이 다시 마주보며 활짝 피었다. 접시의 갈라진 금도 머리카락이 지나간 듯 별 표가 나지 않았다. 그러나 접시를 본디 상태로 만들어놓기는 불가능했다. 이제 사기접시는 그릇이 아니라 아무짝에도 쓸모 없는 까팡이였다. 주희는 어릴 때부터 몸집만큼 손도 컸고 손마디가 굵은 탓인지 손가락 놀림이나 손재주가 곰상스럽지 못했다. 그릇을 깨뜨리는 실수뿐만 아니라 가정 시간에 십자수 놓는 바느질도 서툴렀고 글씨도 찬찬하고 예쁘게 쓰지 못했다. 선머슴처럼 물건 망가뜨리기를 잘했다. 동무가 우스갯소리를 해서 주희가 자기도 모르게 옆구리나 어깨를 치면 동무가 아프다며 비명을 지른 적도 한두 번이 아니었다.

「주희야, 깨진 그릇은 눈에 안 띄게 멀리 버려라. 옛말에 깨진 그릇 여러 사람이 보면 좋질 않단다.」 노 여사가 말하곤 덧붙여 혼잣말로 중얼거렸다. 「요즘 그릇이야 종잇장 같으니 고이 써도 몇 년을 제대로 쓴담. 예전에는 좋은 유기그릇을 이 하나 안 빠뜨리고 대물림했는데…….」

주희 손에 힘이 빠져나가자 접시는 다시 두 쪽으로 나누어졌다. 한 줄기에서 피어난 두 송이 장미도 각각 떨어졌다. 주희는 깨진 접시를 포개어 한쪽으로 치우곤 고무마개를 뽑아 탁한 설거지 물을 개수구로 뽑아냈다. 수도꼭지를 틀자 물이 쏟아졌다. 주희는 씻은 그릇을 깨끗한 물로 대충 헹구곤 마른 행주로 손을 닦았다. 깨진 접시를 내버리려 그것을 집으려 했을 때, 그릇 가장자리 물기에 피가 묻어 있음을 발견했다. 수포 위에 머물러 있는 선명한 붉은 반

점이 올챙이 꼬리를 만들어 안쪽으로 번져 내려갔다. 주희는 얼른 오른손을 살폈다. 엄지 지문 가운데에 일 센티 길이로 칼날 같은 상처가 났고 피가 배어나왔다. 상처는 가벼웠다. 더욱이 레프트 공격수로서 사용 빈도가 높은 왼손이 아니어서 다행이었다. 주희는 상처 부위를 집게손가락으로 눌렀다. 깨진 접시를 들고 부엌을 나서서 아파트 출입문을 열었다. 주희 큰이모네가 사는 곳은 팔층이었다. 가까이 한강 쪽에서 시원한 바람이 불어왔다. 삼동 저 아래쪽, 어린이 놀이터에서 아이들의 웃음소리가 들려왔다. 쓰레기를 버리는 곳은 엘리베이터가 서는 출입구 옆이었다. 노천 낭하를 따라 그쪽으로 걸으며 주희가 삼동 쪽을 내려다보니 눈부신 아침 볕 아래 학생 둘이 배드민턴을 치고 있었다. 오누이 같았다. 누나 쪽은 주희 나이만했고 남동생은 주호 또래였다. 여학생이 뛸 적마다 갈래 머리칼이 나풀거렸다. 중학생은 흰 운동모를 썼는데 몸이 날렵해서 누나보다 훨씬 잘 쳤다. 주희는 그들을 내려다보며 잠시 시골에 있는 주호를 생각했다. 주호는 충남 예산군 예당저수지 부근에 사는 작은이모네 댁에 얹혀살고 있었다. 작은이모부는 삼 년 전 주희아버지 사건으로 군에서 전역된 대위 출신이었다. 수사 과정에서 장본인은 아무런 하자가 없었지만, 어쨌든 명예롭지 못한 제대였다. 작은이모부는 군복을 벗자 고향으로 내려가 버려진 야산을 매입했다. 그 야산을 손수 개간하여 사과나무 단지를 조성한 자활농이 되었다. 일이 년 차엔 고생도 많았으나 올해부터는 어느 정도 소득을 올린다는 편지가 왔다. 주호는 그곳에서 중학 삼학년에 다니며 과수원 일과 약초 재배에 작은이모부를 도와 한몫을 담당했다. 지난 봄 주호가 봄방학을 이용하여 상경했을 때, 중학 입학이 한 해 늦은 탓으로 완연한 장골티로 변해 있었다. 키도 어른 중키만큼 자랐고 어깨도 넓어 몸집은 작은이모부와 대등했다. 시골 볕에 그을려 농사꾼티가 완연한 데다 언행까지 지나치게 과묵하여 육 개월 만에 보는 동생이 꼭 남의 집 아이 같았다. 그전까지만도 방학 때 한 번씩 만나게 되면 정에 주렸던 오누이가 서로 껴앉고 울음을 터뜨리기도 했다. 주희는 농사일에 거친 주호의 큰 손이 떠오르자, 얼마나 고생 많고 외롭겠냐는 생각에 금세 코끝이 찡해왔다.

주희는 벽에 붙은 쓰레기 출구의 철제 덮개를 열었다. 깨진 접시는 금방 일층으로 떨어졌다. 깜깜한 통로를 직선으로 떨어진 두 조각난 접시는 다른 쓰레기더미에 묻혀버릴 것이다. 나누어진 두 송이 장미꽃은 이제 다시 한 줄기에서 만날 수 없을 터였다.

아래는 검정 스커트 교복으로, 윗도리는 물빛 티셔츠로 바꿔입고 주희는 거실을 나섰다. 완성된 꽃꽂이를 요모조모 감상하던 노 여사가 현관 쪽으로 돌아섰다.

「합숙소로 가는 길이니?」 노 여사는 주희가 들고 있는 트레이닝 백을 보며 물었다.

「아무래도 주말까진 못 들어올 것 같아요. 다음 주부터 방학이 시작되면 일주일간 휴가를 준대요.」

「한참 먹을 나이에 운동까지 하자면 오죽 배가 출출하랴」 하더니, 잡비는 떨어지지 않았냐고 노 여사가 물었다.

주희는 괜찮아요 하며 이모 눈길을 피했다. 그녀는 재빨리 운동화를 신었다.

「괜찮긴 뭘 괜찮다고 그러니. 거기 좀 기다려라.」

노 여사는 안방으로 들어갔다. 주희는 매사에 친자식 못잖게 신경을 써주는 큰이모에게 용돈 받기가 미안하여 살그머니 현관문을 열고 낭하로 빠져나왔다. 빨리 졸업하고 취업하면 따로 방을 얻어 이런 부담을 덜 수 있을 텐데 하고 생각하자, 큰이모네 집에 기거하는 날보다 학교 합숙소에서 숙식하는 날이 더 많은 지금 생활이 주희로서는 새삼 다행으로 여겨졌다. 실업 팀 서너 곳에서 지난 봄부터 본격적인 스카우트 손길이 다가왔으므로 졸업 후 주희 취업은

오누이 39

이미 확정된 거나 마찬가지였다. 주희는 겨울만 넘기면 방을 한 칸 얻고 주호를 서울로 불러올려 고등학교에 진학시킬 작정이었다. 엄마가 출감할 때까지 결혼을 않고 주호 뒷바라지나 하며 살아야지 하는 결심을 굳힌 지 벌써 이태 전이었다.

「자, 이것 가져가래두.」

엘리베이터 앞까지 따라온 노 여사가 만 원권 한 장을 내밀었다. 주희가 사양했지만 노 여사는 한사코 주희 손에 돈을 쥐어주었다. 노 여사의 넉넉한 살림으로 보면 그 정도 용돈은 대수롭지 않았다. 주희 큰이모부는 이름있는 건설회사 이사였다. 오늘도 날이 새기가 바쁘게 운전기사가 벨을 눌렀고, 이모부는 골프복 차림으로 골프장으로 떠났다. 여고 삼년생 큰딸은 음악대학 진학을 목표로 하고 있어 아침밥 먹자마자 월 이십만 원 개인 레슨을 받으러 집을 나섰고, 고등학교 일학년생인 큰아들도 영어 개인지도를 받는다고 제 누나를 뒤따라 나갔다.

엘리베이터가 팔층에서 멈추고 문이 열리자 주희는 빈 철제함 안으로 들어가 닫힘 표지판을 눌렀다. 참 깜박 잊었구나, 하며 노 여사가 엘리베이터의 닫히려는 문을 세웠다.

「한 달을 걸렀으니 나도 면회 한번 가얄 텐데.」 주희가 머리만 숙인 채 대답을 못하자 노 여사가 말했다. 「방학이 시작되면 너랑 같이하자.」

「네, 그렇게 해요.」

노 여사가 엘리베이터 문에서 손을 떼자, 문은 닫혔다. 엘리베이터가 가벼운 진동 끝에 하강을 시작했다. 주희는 층 표지판을 올려다보았다. 칠층, 육층, 오층 역순으로 엘리베이터가 아래로 내려갔다. 주희는 깜박이며 불이 들어오는 한층 한층을 일 년, 이 년, 삼 년으로 바꾸어 생각했다. 한 해가 저렇게 빨리 지나갈 수만 있다면 일층에 도착했을 때 엄마는 출감한 지 일 년이 지난 뒤였다.

주희는 잠시 행복한 생각에 잠겨 엘리베이터 벽에 어깨를 기대고 눈을 감았다. 팔 년 뒤면 내 나이 스물일곱, 노처녀로 변해 있겠지. 그 동안 열심히 저축한 돈으로 작은 아파트도 한 칸 가질 테고. 그때쯤이면 현역에서 은퇴하여 모교 배구 코치나 하고 있을까. 주호도 대학을 졸업하고 취직했을런지 몰라. 엄마와 함께 세 식구가 옛날 악몽을 잊고 단란하게 산다면……. 엘리베이터가 멈추는 소리에 주희는 눈을 떴다. 감방에 갇힌 엄마 얼굴이 눈앞을 가로막았다. 갑자기 귀까지 멍멍해지고 현기증이 뒷골을 쳤다. 주희는 활짝 열린 문으로 도망치듯 빠져나왔다. 엘리베이터 철제함이 꼭 엄마가 갇힌 독방 같게 여겨졌다. 큰이모네 집에 들를 때라도 다시는 엘리베이터를 타지 말아야지 하고 되뇌며, 주희는 고층 아파트 밖 더운 아침 햇살 속으로 나섰다.

생각을 말아야지, 하며 주희는 자신을 다잡았으나 요즘 들어 엄마 생각이 부쩍 더 머리를 어지럽혔다. 그 피곤한 중에 며칠 전에는 엄마 꿈까지 꾸었다. 불길한 꿈이었다. 이백 회의 서브 연습에 내리치는 스파이크를 받아올리는 수비 연습을 두 시간이나 강행군하다 보니 훈련이 끝난 저녁 무렵에는 온몸이 젖은 솜처럼 풀어졌다. 다리 근육이 도무지 제 살 같지 않았고 왼쪽 팔목은 관절마저 이완된 듯 수저 들기조차 힘에 겨웠다. 주호에게 편지를 보낸다는 걸 일주일째 미뤄오다 그날 취침 전에는 꼭 쓰려 했는데 너무 지쳐 그만 엎드린 채 잠이 들고 말았다. 꿈속에, 손수건만하게 뚫린 창으로 햇살이 밀려들었다. 감방 안은 회색으로 침잠해 있었다. 엄마는 목을 꺾고 눈부신 창틀을 올려다보았다. 「주희야, 주호야.」 엄마가 절절한 목소리로 오누이를 불렀다. 「난 이제 세상에 나가기 영 그른 것 같으다. 몸도 내 혼도 찌들고 말라 살아갈 의욕을 잃고 말았어. 저 햇살 아래 걷기가 영 불편한 산송장이 되고 말았으니, 하루라도 빨리 못 죽어 한스럽구나. 너희 아버지 따라 저승으로 못

가고 이렇게 연명하는 이 목숨이 저주스러워 나는 날마다 반쯤 미쳐 지낸단다.」 탄식하던 엄마는 갑자기 머리를 시멘트 벽에다 짓찧었다. 머리털이 빠져 정수리가 훤한 거기에서 끈끈한 피가 흘러내렸다. 고함소리를 듣고 여자 교도관이 달려왔다. 쇠창살 사이로 감방 안을 들여다보며 교도관이 앙칼지게 소리쳤다. 「그치지 못해. 매일 한 번씩 꼭 그렇게 발광을 쳐야 속이 후련하냐.」 엄마가 맞받아 악을 썼다. 「날 죽여줘, 날 사형시켜 달란 말이야!」 듣다 못해 주희가 엄마에게 말했다. 「엄만 아직도 아버지를 사랑하시는군요. 삼 년이나 지났으니 이젠 제발 잊으세요. 칠 년만 채우면 세상에 나올 수 있지 않아요. 어쩜 가석방 혜택을 입어 그전에 석방될 수도 있구요. 그때까진 사셔야 해요. 주호와 저를 보고 이겨내야 해요.」 잠결에 내지른 고함을 듣고 경자가 주희를 흔들어 깨웠다. 주희 집안 속사정을 깊이 알지 못했으나 부모가 없는 외로운 처지임을 짐작하던 경자는 주희 꿈 이야기를 캐묻지 않았다. 「피로하니 꿈자리가 어지러운 거지, 그냥 푹 자.」 경자가 하품을 하며 말했다. 주희는 「엄마가 그럴 리 없어」 하며 몽롱하게 중얼거렸다. 그녀가 몸을 돌려 다시 잠을 청하자 경자가 홑이불을 당겨 덮어주었다.

담임 선생이 등사기로 민 방학 동안 과제물을 나누어주고 주의사항을 대충 이르자, 반장이 차려 하는 구령을 외치려 의자에서 일어났다. 반 아이들은 숨을 죽였다. 더위 탓도 있겠지만 곧 시작될 여름방학의 터질 듯한 기쁨 때문에 얼굴이 한결같이 상기되어 있었다.

「잠깐만」 하며 선생이 반장 구령을 막았다.

반 아이들은 어깨를 쭈뼛하거나 발가락을 꼼지락거리며, 선생이 또 무슨 귀찮은 사설을 늘어놓으려나 하는 듯 졸갑증 나는 눈으로 담임 선생 얼굴을 주시했다. 선생의 눈길이 창 쪽 맨 뒷자리로 옮아왔다.
「김주호.」여드름으로 얼굴이 울긋불긋한 주호가 큰 몸을 엉거주춤 일으키자, 선생이 말했다. 「넌 좀 남았다가 교무실로 와.」
말을 마치자 담임 선생은 출석부와 교무수첩을 옆구리에 꼈다. 반장은 엉겁결에 「차려, 선생님께 경례!」를 외쳤고, 이어 교실 안은 소리의 봇물이라도 터진 듯 소란해졌다. 웃음소리와 탄성이 섞갈리고 책상과 의자가 부딪치는 소음으로 한동안 법석을 이루었다. 학생들이 앞뒤 출입문으로 비좁게 쏟아져 나가고, 교실 안이 한결 조용해지자 급우 몇이 주호 쪽으로 모여들었다.
「무슨 일이니, 네가 뭘 잘못했어?」 옆짝이 묻자 다른 학생들도 모두 주호를 바라보았다.
「글쎄, 난들 알 수 있어야지. 그럴 이유가 생각나지 않아」 하며 주호는 대수롭지 않게 말했다.
사선으로 밀려든 정오의 따가운 볕이 교실 창 곁 책상에서 끓었다. 학생들이 분탕 치며 교실을 빠져나간 뒤라 투명한 햇살 속에는 먼지가 어지러이 소요했다.
「너 읍내 극장에 들어갔다 선생님한테 들킨 게 아니니?」 다른 급우가 물었다.
「짜식, 싱겁 떨긴. 내가 극장 갈 팔자라면 오죽 좋겠냐.」
「교무실로 부른다고 다 벌줄 일은 아니니깐.」 옆짝이 위로조로 말했다.
「어쨌든 가봐야지.」
솜털이 수염으로 변하기 시작하는 코밑을 훔치곤 주호가 가방을 들고 일어났다. 교무실 쪽으로 걷자, 문득 불길한 생각이 떠올랐다. 교도소에 있는 엄마나 서울 누나한테 무슨 일이 생긴 걸까 하는 기우였다. 그러나 담임 선생은 자기 집안에 대해서 알지 못하고

오누이 43

있었다. 예산 땅에서 주호의 가정 내막을 알고 있는 사람은 오직 작은이모 내외밖에 없었다. 그렇다면, 아버지의 과거가 새삼 폭로 됐단 말인가? 그러나 아버지는 이미 이태 반 전에 돌아가셨다. 아버지는 이북에서 피란 내려온 혈혈단신으로 남한 땅에서 고생 끝에 자수성가한 분이었다. 고학으로 서울 명문대학 사회학과를 졸업하고 서독으로 유학을 다녀온 뒤 서울 모대학 조교수로 재직중이었다. 학위논문 관계로 그 뒤 두 차례 서독을 다녀온 아버지는, 어느 날 수사기관에 체포되었다. 아버지만 아니었다. 아버지가 중심이 되어 결성한 불온단체 요원 다수가 연루되었다. 아버지가 재직한 학교 학생도 섞여 있었다. 아버지가 서독에서 접선한 북한 정보요원의 편지는 결정적인 증거물로 제시되었다. 아버지는 모든 범죄 내용을 시인했고, 법 절차에 따라 가장 무거운 형을 선고받았다. 아버지 계획은 꿈보다 더 헛된 망상으로 끝나고 말았다. 아버지 사건이 신문에 오르내릴 때, 주호는 초등학교 육학년이었다. 오직 아버지가 무서운 사람이라 느꼈을 뿐, 그는 사상이 무엇인지 아무것도 알지 못했다. 아버지가 스스로 목숨을 바쳐가며 왜 그런 생각을 품었을까 하는 의문만은 지금도 남아 있지만, 아버지가 한 일이 반드시 옳다고 생각해 본 적은 없었다.

담임 선생은 등을 눕혀 의자에 편한 자세로 앉아 있었다. 주호가 어깨를 늘어뜨린 채 선생 앞에 서자, 선생은 옆에 놓인 빈 의자를 가리켰다.

「거기 앉아」하며, 선생은 책상 위 담배 한 대를 피워 물었다.

담임인 박 선생 역시 전공은 국어 과목이었으나 삼학년은 가르치지 않았고 일학년 문법과 이학년 국어를 가르치고 있었다. 주호가 가방을 바닥에 놓고 의자에 앉자 박 선생은 담배연기를 내뿜으며 잠시 뜸을 들였다.

「며칠 전 국어시간에 작문 써낸 적 있지?」

「저만 아니고 모두가 써낸 걸요.」

지난 수요일 국어시간에는 통일에 관한 작문을 반 전체가 의무적으로 써냈다. 전교생이 모두 써내게 되어 있었는데, 학교에서 뽑힌 글은 군 교육청으로, 군 교육청에서 다시 추려 도 교육청으로 보내는데, 거기서 최종으로 뽑힌 글의 학생은 서울에서 개최되는 국토통일원 주최 전국 학생 백일장대회에 직접 참가하게 되어 있었다. 작문을 쓰기 전 국어 선생이 몇 가지 주의말을 일렀다. 「이것은 창작이라기보다 실용문에 가까운 글이니깐 억지로 이야기를 만들거나 꾸며 쓰지 말기 바란다. 또한, 흉악무도한 공산당을 무찌르자는 막연한 구호를 나열해도 안된단 말이야. 반공에 관한 작문이 아니고 통일에 관한 작문이니깐. 너희들도 무슨 뜻인지 대충 알 것이다」 하고 전제한 뒤 선생은 덧붙여 말했다. 「남북 통일이란 휴전선이 없어지고 남북이 한 나라로 통일되는 것이 궁극적인 목표지만 그 목표를 당장 이루기란 불가능한 일이다. 그리고 그 실현 방법을 너희들이 작문으로 써내기도 무리이다. 통일이란 우리 민족이 당면한 최대 목표로, 어떻게 생각하면 너무 거창하고 막연한 말 같지만 사실 꼭 그런 것만도 아니다. 이웃에 육이오 전쟁에 참가했다 다친 상이용사가 있다면 그분을 도와주는 일, 그 가족을 보살펴주는 일, 이북에서 피란 나와 노년에 외롭게 사는 분을 도와주는 일, 나아가 자조·자립 정신으로 내 고장을 잘살게 하는 일, 또 이 땅에 다시는 전쟁이 없어야 한다는 취지, 이런 점도 모두 통일과 결부된다고 볼 수 있지. 그러므로 소박하고 진실하게 써야 한다. 통일에 관련된 것이라면 어떤 제목을 붙이고 내용을 만들어도 상관없다······.」 선생 말이 끝나자 반 아이들은 한동안 제목과 내용을 생각하느라 천장을 멀거니 쳐다보거나 책상에 턱을 괴고 궁싯거렸다. 그러나 앞쪽 자리에서 「생지옥에서 고생하는 북한 학생에게 위문편지를 쓰자」는 소곤거림이 들리더니, 그 말이 뒤쪽으로 넘어오며 「그래, 북한 계집애들한테 연애편지나 써볼까」하는 농으로 번지고, 킥킥거리는 웃음소리가 들렸다.「조용히들 못해!」자기도 미처 느끼지 못하는 사이에 주호 입에서 고함이 터져나왔다.「어쭈, 무슨 명작을 만드신다구.」앞 자리 급우가 돌아보며 빈정거렸다. 주호는 홧김에 녀석 뒷머리통에 주먹질을 하곤 책상 위에 두 팔을 얹고 그 사이에 얼굴을 박았다. 아버지와 엄마가 떠오르자, 주호는 이빨을 앙다물었다. 지난 봄 상경길에 엄마를 면회 갔을 때, 어떤 일이 있어도 눈물을 보이는 못난이가 되어선 안된다는 엄마 말을 듣고부터 주호는 초등학교 육학년 적 기억을 지우려고 애써왔다. 그 뒤부터 그 기억이 떠올려주는 괴로움을 눈물로 풀어버리는 버릇을 애써 참았다. 그런데 갑자기 통일·북한·공산당 이야기가 언급되자 새삼 그때 악몽이 또렷이 되살아났다. 눈앞이 뿌옇게 흐려지더니 뭇 별이 눈앞에서 스러졌다. 무엇을 쓸까보다 왜 이런 내용의 작문을 학교에서 쓰게 할까에 따른 증오심이 부아를 끓게 했다. 주호가 십여 분을 자듯 엎드려 있자, 선생이 그를 흔들었다.「넌 왜 안 쓰니?」「쓸 게 없는 걸요.」「쓸 게 없다니, 평소에 생각했던 통일에 대해 아는 만큼만 쓰면 될 거 아냐.」그제서야 주호는 마지못해 볼펜을 들었다. 선생이 옆을 떠난 뒤에도 주호는 십여 분을 원고지 빈칸만 내려다보고 있었다. 가슴이 막혀 무엇을 써야 할지 갈피조차 잡을 수 없었다.「십 분밖에 안 남았으니 이제 정리할 시간이야」하는 선생 말을 듣자 주호는 며칠 전 누나가 보낸 편지가 생각났다.

「네가 쓴 작문은 내용이 아주 특색 있고 우수했어.」박 선생은 책상 한켠에 놓인 원고지를 집어들었다. 주호가 쓴 작문이었다.「윤 선생이 한 번 읽어보고 개인면담을 해보라기에 나도 읽었던 거다. 그런데 윤 선생 말처럼 그 내용의 진위 여부가 나 역시 궁금하더구나. 지어낸 이야기 같지 않고 꼭 사실 같았어. 중학교 삼학년으로 그 정도 이야기를 꾸며냈다곤 믿어지지 않아.」

무릎 앞에 모아쥔 양손 손톱을 만지작거리던 주호가 얼굴을 들었다.
「선생님, 사실도 아니고 지어낸 이야기도 아닙니다. 작년인가, 잡지에서 그 비슷한 글을 읽었어요. 그래서 그걸 적당히 꾸며 써본 거예요.」
「무슨 잡지였나?」
「생각이 잘 안 나요.」
「윤 선생이나 내가 잘못 짚었는지 모르지만, 혹 그 배구 선수가 주호 네 친누나 아냐?」
「전 누나가 없는 걸요.」
「부모님은 일찍 별세하셨다구 했지?」
「제가 아주 어렸을 때 연탄가스로 함께 돌아가셨어요. 그래서 초등학교는 서울 사시는 큰이모부 밑에서 다녔구, 여기 계시는 분은 작은이모부예요.」
「그건 나도 알고 있어.」
박 선생은 주호 눈을 쏘아보았다. 주호는 선생의 따가운 눈길을 피했다. 입술이 말라오고 가슴이 뛰었다. 어서 빨리 교무실에서 벗어나게 되었으면, 하는 생각밖에 없었다.
「작문 속에 나오는 누나가 네 친누나라 해서 내가 널 달리 대하거나 나쁘게 생각할 하등의 이유가 없다.」 선생이 부드러운 목소리로 말했다.
「정말 그런 게 아니래두요!」
「그럼 선생님 추측이 틀린 것으로 해두자.」 선생은 의자에서 일어났다. 「좋아, 집으로 돌아가거라.」
주호는 가방을 들곤 선생에게 인사도 하지 않고 총총히 교무실을 빠져나갔다. 주호 뒷모습이 시야에서 사라지자 박 선생은 다시 의자에 앉았다. 담뱃불을 끄곤 반쯤 피우다 만 꽁초를 책상 모서리에 놓았다. 주호가 쓴 작문 원고지를 들추었다. 십 분 동안 바쁘게 갈 겨쓴 흘림글씨의 그 작문은 일곱 장을 채 못 채운 짧은 글이었다. 제목은 '배구선수 누나'였다.

　―누나 학교 배구 팀이 전국 대회에서 우승을 차지하자 친선 경기차 일본 원정이 결정되었다. 그러나 다른 선수들은 다 여권이 나왔는데, 레프트 주공격수인 누나 한 사람만 여권이 나오지 않았다. 처음 누나는 그 이유를 알 수 없었다. 누나 아버지가 간첩이었으므로 어머니가 아직 교도소에 갇혀 있다는 사실을 까맣게 몰랐던 탓이다. 누나를 낳은 뒤 일 년 만에 누나 아버지는 간첩으로 체포되어 교수형을 당해 죽었고, 누나 어머니는 무기징역 선고를 받아 감옥살이를 하게 된 것이다. 누나는 이모님이 맡아 키웠다. 이모님은 누나에게 아버지가 간첩이었다는 사실을 숨겼고, 누나는 부모님이 모두 병으로 돌아가셨다는 이모님 말만 믿고 자랐던 것이다.

　일본 원정이 좌절되자 그제서야 이모님은 누나에게 모든 사실을 숨김없이 털어놓았다. 큰 충격을 받은 누나는 배구 선수로 성공하려던 꿈을 포기하려 했다. 그러자 감독 선생이 누나를 타일렀다.

　「실망할 필요는 없다. 네 가정 환경을 내가 비로소 알게 된 이상 앞으로 그 문제는 내가 책임지고 해결하겠다. 오직 지금부터 네 노력에 달렸다. 너는 근성이 있고 누구보다 성실한 노력형이니까 반드시 대성할 수 있다. 네가 국가대표로 뽑혀 레프트 주공격수만 된다면 그런 문제는 자동적으로 해결될 거다.」

　누나는 감독 충고를 좇아 다른 동료 선수가 잠을 자는 자정 무렵에도 체력 단련을 게을리하지 않았다. 잘 웃지 않고 말수도 줄었다. 날마다 교도소에 있는 어머니에게 편지를 쓰고 한 달에 한 번 꼴로 면회를 갔다.

　십칠 년째 감옥에 갇혀 사는 누나 어머니, 통일이 되기 전까지는 함께 살 수 없는 어머니와 딸, 그들이 한솥밥을 먹으며 함께 살 수 있는 날은 언제일까. 만약 누나가 국가대표 선수가 되어 국제 대회에서 북한 팀을 이긴다면, 누나 어머니가 자기 죄를 깊이 반성한다면, 그 상으로 누나 어머니가 석방될 수 있을까?
 오늘도 누나는 모처럼 틈을 내어 손수 짠 어머니 스웨터를 들고 교도소로 면회를 간다.

 노 여사와 주희가 수원교도소에 도착한 시간은 오전 열한시가 조금 못되어서였다. 노 여사가 주민등록증을 내보이고 동생 면회신청서를 써낼 동안 주희는 영치금 접수 창구 쪽으로 가서 수속을 끝내었다. 노 여사는 남편 승용차에 싣고 온 속옷·양말 따위 차입물과 빵·음료수 등 사식도 창구에 접수시켰다.
 마침 중복날이어서 면회 온 재소자 가족과 친지들로 신청 창구 앞은 시장터처럼 붐볐다. 아침부터 더위가 찌기 시작하더니 대기실 안도 열기와 사람 내음으로 차 있었다. 노 여사와 주희는 대기실 구석자리에 한 사람이 앉을 만한 발쯤하게 빈 나무의자를 발견했다. 둘은 옆사람 양해를 얻어 겨우 엉덩이를 걸칠 수 있었다.
 시멘트 바닥에 맥 놓고 주저앉아 있는 노파, 누가 보건 말건 젖통을 내놓은 채 아기에게 젖을 빨리는 아낙네, 꾀죄죄한 삼베 등거리가 벌써 땀으로 찬 시골 노인, 조갈증을 만난 듯 아침부터 청량음료를 마셔대는 장발의 젊은이, 그들은 옆 자리 낯선 사람과 곧 친해져 재소자의 억울한 죄상과 복역 기간의 고통에 대해 한숨을 섞어가며 얘기를 늘어놓았다. 그들은 모두가 줄에 넌 빨래같이 주눅든 몰골이었다. 오직 눈동자만 초롱하게 살아 면회신청 창구 위에 붙은 확성기에서 사람을 찾거나 호출하는 소리라도 들릴 때면 일제히 눈을 그쪽으로 보내곤 했다.
 「글쎄요. 사상범이지 뭡니까. 여자 몸으로 그런 중죄를 지었으니 형량이 무거운 거지요.」

노 여사가 옆에 앉은 수더분하게 생긴 시골 아낙네와 이야기를 나누고 있었다. 시골 아낙네는 올케가 산림도벌죄에 걸려 현재 재판이 계류중에 있어 면회를 온 참이었다.

「여자가 사상범이라니, 그럼 간, 간첩이었나요?」 아낙네가 베어먹다 만 시루떡을 쥔 채 물었다.

「간첩은 무슨 간첩. 남편 하는 짓을 알며 신고 안한 데다, 심부름까지 했으니 그 죄가 좀 작아요.」 노 여사는 말을 끊고 한숨을 내쉬었다. 「제 친정어머님은 아들 하나 못 둔 청상으로 딸 셋을 남부럽지 않게 키웠답니다. 다 고녀를 졸업시켰구, 옥에 갇힌 올케는 내로라 하는 여자대학까지 졸업하지 않았겠수.」

「물려받은 전답이 수월찮았던 모양이지요?」

「동대문 포목시장에 사리원댁이라면 다들 알지요.」

「사리원이라? 그럼 이북 출신이네요?」

「육이오 전쟁통에 내려왔지요. 아버님은 미군기 폭격에 죽구.」

「아줌마 나이도 꽤나 지긋한데, 그럼 친정어머님 연세는?」

「장사 손놓은 지가 햇수로 이십 년 넘지요. 작년에 그렇게 고대하던 통일을 못 보구 그만 돌아가셨다우.」

노 여사는 손수건으로 이마에 맺힌 땀과 눈언저리를 찍었다. 딸이 옥에 갇히자 친정어머니는 노구를 이끌고 이태 동안 도맡다시피 옥바라지를 했건만, 작년 겨울 면회를 다녀오다 얼음판에 넘어져 정강이뼈가 부러진 뒤, 봄이 되기 전에 속앓이병까지 얻어 진자리에서 일어나지 못한 채 눈을 감았다. 「불쌍한 것. 지애비 하나 잘못 만나 당하는 그 고생을 어찌 말루 다 형용할 수 있으랴. 내 죽어두 눈 고이 못 감는다. 불쌍한 순임이, 그 어린 손주들 생각하면 저승서도 한을 못 풀어 내 차마 눈 못 감는다……」 친정어머니는 임종하기 전까지 여의도 큰딸네 집에 누워 가래에 잠긴 목소리로 이 말을 되뇌었다.

혹 필요할까 싶어 차에 싣고 온 김밥으로 점심을 때우고 나도 주희엄마 수인 번호는 불려지지 않았다. 시간은 이미 오후 한시를 넘어섰고 대기실 밖 넓은 마당은 한낮의 땡볕으로 끓고 있었다. 일부 사람이 대기실을 빠져나갔지만 아직도 스무 명이 웃도는 사람이 재소자 번호가 확성기를 통해 불려지기만 초조히 기다리고 있었다. 이제 대부분은 넋이 빠져 말을 잃었고, 더위에 지쳐 졸고 있는 사람마저 있었다.

「오늘따라 더 더디구나.」 노 여사가 옆에 앉은 주희에게 말했다.
「글쎄요, 지난번에는 한 시간 만에 호명이 됐는데……..」
「혹 그사이 의무실로 옮겨간 게 아닐까?」
「그렇담 면회가 안된다고 사전 연락이 있었겠죠 뭘.」

주희는 손수건으로 목줄기를 타고 내리는 땀을 닦았다. 면회신청을 해놓고 차례가 오기를 기다리는 초조함이란 경기장에서 시합시간을 기다리는 조바심보다 오히려 더했다. 앞 대전에 실력 차이로 삼 세트에서 끝날 줄 예상했는데 대접전 끝에 오 세트까지 갈 때면 한 시간 남짓한 시간을 기다리기가 코트에서 뛸 적보다 더 마음을 옥죄었다. 근육은 달군 시우쇠처럼 긴장되고 아무리 닦아도 손바닥은 땀으로 흥건했다. 대기실에서 두어 시간, 어떤 때는 끼니까지 걸러가며 확성기로 엄마 번호가 호명되기를 기다리는 시간이 지루해서 주희는 엄마 면회 날은 홍역이라도 치르는 마음이었다. 「우린 아무 걱정 없어요. 엄마, 마음 단단히 먹고 늘 건강에 조심해요. 뭐 따로 필요한 건 없나요? 자주 편지 올릴 게요.」 오 분 면회 시간 동안 이런 인사말을 나누는 게 고작인데도, 시합 관계로 한 달에 두 번인 고정 면회를 부득이 거르면 큰 죄를 지은 듯한 괴로움으로 피가 마를 지경이었다. 그러나 면회 가는 날은 새벽 선잠을 깨고부터 이상한 불안감으로 가슴이 떨리고 쇠창살 너머 엄마 얼굴을 대할 일이 또 그렇게 두려울 수 없었다.

「백삼십 번, 백삼십 번…….」

드디어 주희엄마의 번호가 확성기를 통해 흘러나왔다.

노 여사와 주희는 대기실을 빠져나왔다. 미결수와 기결수 면회장소가 달랐으므로 둘은 땡볕이 따가운 마당을 질러 별관 쪽으로 서둘러 걸었다. 별관 입구를 지키는 교도관에게 노 여사는 주민등록증을 제시하고 동생 수인 번호를 대었다. 삼 번 창구로 지정이 되어, 둘은 좁은 복도를 따라 두 개 쇠창살 앞을 지났다.

쇠창살 저쪽, 밝은 그늘 속에 주희엄마는 꼿꼿이 서 있었다. 머리칼은 뒤로 묶었고, 푸른 수의 밖으로 긴 목이 돋보였다.

「순임아…….」 노 여사는 손수건으로 터져나오는 오열을 막으며 말을 잇지 못했다.

주희는 눈물이 슴벅거려 엄마를 똑바로 바라볼 수 없었다. 설움의 응어리가 목구멍을 막았고 다리 힘이 풀려 쓰러질 것만 같았다.

「엄마…… 별일 없지요?」 주희가 가까스로 말문을 열었다.

「훈련이 고된가 보군. 그새 많이 그을렸다.」 언제나처럼 엄마는 냉랭한 목소리로 말했다. 그네는 얇고 파리한 입술을 다물고 언니 쪽으로 눈길을 옮겼다. 「이 더운 날씨에 언니까지 걸음하셨군요. 집에는 별일 없지요?」

「그래. 우리야 다 잘 있지. 자나깨나 네 걱정 아닌가. 건강은 괜찮구? 여름이라 보내긴 수월했겠다만. 전에 좋잖다던 신경통은 어떠냐?」 노 여사는 쇠창살을 잡고 얼굴을 들이밀었다.

「이제 다 나았어요. 수감 생활에도 훨씬 단련됐구요」 하더니, 주희엄마는 딸에게 말했다. 「너도 바쁠 텐데 자주 오지 마라. 일이 년 사이 내가 나갈 것두 아니구, 내 신변에 무슨 일이 생기면 여기서 다 통지해 줄 테니 아무 걱정 말구. 주호두 잘 있지?」

「예, 그저께 편지 왔어요. 엄마하고 누나 만나러 한 번 올라오겠다구. 저도 가을쯤, 실업 팀에 입단할 것 같아요.」

「모두 잘되얄 텐데」 하며 주희엄마는 눈길을 깔았다. 그러더니 반듯한 이마를 바로 들고 말했다. 「죄 많은 엄마라 이렇게 널 보기도 부끄럽구나. 그러나……」 하던 말을 끊고 주희엄마는, 「이모님 모시구 돌아가거라. 늘 마음을 굳게 가져. 심지가 굳은 사람만이 영원히 살아남는다」 하고 말했다.

엄마의 목소리에는 조금도 감정이 섞여 있지 않았다. 엄마의 차가운 얼굴을 보자 주희는 삼 년 전 그날 밤이 생각났다. 집안이 어수선하고 시끄러워 잠결에 눈을 뜨니 방문이 활짝 열려 있었다. 거실에는 불이 훤히 켜졌고 권총 찬 점퍼 차림의 남자들 여럿이 신을 신은 채 웅성거렸다. 놀랍게도 아버지와 엄마가 수갑을 차고 있었다. 주희는 울음을 터뜨리며 엄마에게 달려갔다. 주희 울음소리에 주호도 깨어나 함께 울기 시작했다. 무서움에 자지러진 오누이를 남겨두고 아버지와 엄마는 그길로 연행되어 집을 떠났다. 거실 시계는 새벽 두시 반을 가리키고 있었다. 「엄마 아빠 곧 돌아올 테니 울지 마.」 대문 밖에 대기하던 지프에 오르며 그렇게 말하던 엄마 얼굴은 오누이와 달리 두려움을 담고 있지 않았다. 어쩌면 그런 사태를 예감하고 있은 듯, 찬바람이 도는 냉랭한 표정이었다.

몇 발 비켜서 있던 교도관이 엄마 옆으로 다가왔다.

「오 분이 지났어요..」 교도관이 말했다.

주희엄마는 언니에게 눈인사를 보내곤 돌아섰다. 쇠창살에 매달린 노 여사와 주희의 눈이 그 뒤를 좇았으나, 주희엄마는 꼿꼿한 자세로 걷기만 할 뿐, 끝내 돌아보지 않았다.

「엄마, 주호랑 함께 살게 되면 더 자주 면회 올 게요!」 주희가 큰소리로 외쳤으나, 엄마 쪽에서는 아무런 대답이 들려오지 않았다.

(1980. 2)

## 시골 여인숙

　해가 서산마루에 걸려 있었다. 하루종일 하늬바람이 불었다. 주차장 뒤 강변을 따라 포플러가 줄줄이 늘어서 있었다. 그 수많은 잎새들이 기우는 햇살을 받고 있었다. 저녁 무렵이라 낮보다 바람이 드세었다. 포플러 잎새가 바람결에 해딱해딱 나부꼈다. 잎면이 잎면끼리 부딪쳐 손뼉 치는 소리가 났다. 하늘에는 구름 몇 덩어리가 놀고 있었다. 노을을 받아 한쪽이 붉었다.
　절름발이 소년은 흙먼지가 풀풀 이는 주차장 마당에 서 있었다. 내일이 삼거리목 장날이었다. 장 전날 밤은 주로 단골 장꾼들이 여인숙에 묵다 보니 빈방이 없었다. 소년은 주머니에 손을 꽂고 주차장 마당을 어슬렁거렸다. 간이식당·주유소·잡화상·자전거포·타이어 수리점·이발관·약방이 주위에 널려 있었다. 그 앞으로 궤짝에 과일이나 과자를 늘어놓은 노점이 줄지어 있었다. 이따금 시외버스가 주차장으로 들어와 멈춰섰다. 겉칠이 벗겨진 낡은 완행버스였다. 버스는 손님을 부린 뒤 다시 싣고, 잠시 쉬다 떠났다. 버스가 도착할 때마다 소년은 다리를 절며 버스 문 앞으로 다가갔다.

소년뿐만 아니었다. 노점상 장사치들도 과일과 과자와 음료수병 따위를 들고 버스 차창에 붙어 섰다. 그들은 물건을 팔려고 높은 목청으로 떠들었다. 소년도 질세라 따라 외쳤다.
「따뜻한 방 있심더. 숙박비도 쌉니더. 하룻밤 쉬다 가시이소.」
버스에서 내린 손님은 대체로 소년 말을 귀담아듣지 않았다. 그러나 소년은 그 말을 되풀이했다.
「내룡 손님 퍼뜩 오이소. 사백 원에, 한 사람만 타모 떠납니더.」 「설창 오백 원, 설창 손님 오이소.」 주차장에 늘어선 서너 대 합승택시 운전수들도 연방 손님을 불렀다. 반반하게 차려입은 손을 보면 그 손님 짐을 빼앗듯 거머쥐었다. 대체로 손님들은 물건을 이고 든 채 주차장을 빠져나갔다. 더러 못이긴 채 운전수에게 짐을 맡기며 합승택시에 오르기도 했다.
고속도로가 생기고부터 지방 국도는 한 시절 성시를 잃고 말았다. 그 이전, 버스가 강을 건널 때 나룻배 두 척이 서로 오가며 버스는 물론 길손까지 실어 날랐다. 그때는 강변 나루터 주위에도 술집과 상점들이 있었다. 주차장도 늘 왁자지껄했다. 여관 하나와 여인숙 세 개도 날마다 손님으로 꽉 찼다. 삼 년 전, 지방 국도 북쪽 일 킬로에 고속도로가 훤히 뚫렸다. 강에도 튼튼한 시멘트 다리가 걸쳐졌다. 길손은 이제 나룻배를 이용할 필요가 없었다. 모두 걸어서 다리를 건넜다. 완행과 직행버스도 다리를 이용했다. 그렇게 되자 나루터 주위 술집과 상점은 문을 닫았다. 새마을 사업이 시작되자 그런 가겟집도 허물어졌다. 여관도 문을 닫고 각시동네 쪽으로 옮아갔다. 세 개 여인숙 중 하나도 작년에 폐업을 했다.
밀양에서 오는 버스가 주차장 안으로 들어섰다. 흙먼지가 일고 지푸라기가 회오리로 날아올랐다. 소년은 종종걸음으로 버스 문 앞에 다가갔다. 발뒤꿈치를 들고 차창 안을 살피며 버스를 한 바퀴 둘러보며 누군가를 찾았다. 소년은 뜨악한 얼굴이 되었다. 혹시나 싶어 버스 문 앞에 붙어섰다. 예닐곱 사람이 버스에서 내렸다. 그 중 장꾼도 섞여 있었다.
「황씨 안 탔습니껴?」 소년이 장꾼 한 사람을 잡고 물었다.
허드레 옷가지를 파는 김씨였다. 그는 금성여인숙 단골로 거나하게 취해 있었다.
「뒤차로 오겠제.」
「가술장서 보기는 봤지예?」 김씨를 따라가며 소년이 물었다.
「요새는 장사가 망쪼 들었다. 황씨도 파리만 날리더만.」 김씨가 붉은 방울눈으로 소년을 건너다보았다. 「와 묻노? 황씨 지집아가 보고 싶우나?」
「그게 아이고예.」
「니 도대체 몇 살이고?」
김씨가 의뭉스런 웃음을 띠었다. 소년은 부끄러움으로 몸을 돌렸다. 절뚝거리며 주차장 마당 가운데로 걸어갔다.
「열댓 살밖에 안 처묵은 늠이 벌씨러 꼬치에 양기 올랐나.」 등 뒤에서 김씨가 조롱조로 말했다.
밀양에서 온 버스가 주차장을 빠져나가고 있었다. 김씨는 주유소 옆 골목으로 꺾어들었다. 몇 발을 못 가 '금성여인숙'이란 나무간판이 외등 아래 달려 있었다. 김씨는 열린 철대문 안으로 들어섰다. 열댓 평 남짓한 마당 건너에 안채가 있었다. 주인이 거처하는 안방과 대청과 부엌, 손님을 받는 방이 두 개 붙어 있었다. 기와를 얹어 꼴을 갖춘 안채와 달리 별채는 처마가 낮은 함석집이었다. 여인숙을 경영하기 위해 지은 조잡한 가건물로 쪽마루 앞에 두고 방 네 개가 나란히 붙어 있었다.
「아이구, 김씨 오요. 오늘도 전을 일찌감치 거두뿌린 모양이제. 이래 초저녁부텀 들이닥치구로.」
안채 대청에 걸터앉아 담배를 피우던 화양댁이 반색을 하며 김씨를 맞았다. 화양댁은 여인숙 안주인이었다. 마흔 중반 나이라 아직 젊음이 남았다고 분을 하얗게 바르고 입술엔 루즈가 흘러내릴 듯했다.

「허허, 전자리 일찍 거뒀다꼬 내가 숙박비 몬 낼까 바 그카요?」 김씨가 화양댁 옆에 주저앉았다.

「자네 왔나.」 안방 문이 열리고 여인숙 주인 장 영감이 얼굴을 내밀었다. 상고머리칼이 허옇게 센 늙은이였다. 「자넨 요새 장사에 영 손놓았구만 그래. 예로부터 닷새장은 파장이 하루 대목이라 카는데, 해도 안 빠진 시간에 벌씨러 자빠지겠다고 기어들어와?」

「머 쥐새끼 이마빡만한 기술 장바닥이 예부터 어데 옳은 장인고. 요즘이사 봄갈이니 머니 들일 바뿌이 촌늠들도 장볼 틈이 어딨는 교. 아이들 입학이니 머니 캐서 쌈짓돈도 바닥났지러, 물가는 다락 같이 오르지러. 그카이께 장구경도 벨 볼 일이 없는기라요. 난도 인자 장돌뱅이 노릇 치아뿌리야겠소. 젠장, 하루 일당도 몬 버는 장사를 벌이노모 머합니껴.」 걸쩍한 목소리로 떠벌리던 김씨는 점퍼 주머니에서 담배를 꺼냈다. 화양댁이 피우던 담뱃불을 건네주었다.

「자네도 영 작패하누만. 자네 그 짓마저 손 놓으모 멀 하겠다고 그카노. 장돌뱅이 손털고 일어서모 거간꾼하고 도둑밖에 할 짓이 없어. 한군데 박혀 농살 짓겠나, 도회지로 나간들 지게를 지겠나.」 말벗이 없어 그립던 차라 장 영감이 핀잔부터 놓았다.

「영감님도 구들목 장군 되이까 느는 건 잔소리뿐이네. 젊은 내사 우예 살든 장 따라마 댕기모 입은 살 텐께 영감님은 묏자리나 보아놓으소. 저승 가서도 발꼬랑내 나는 길손 푼돈 울가내고 살란 교?」

「아이구, 김씨 주댕이는 청산유수네.」 화양댁이 눈웃음을 치며 말했다. 그녀는 서방 장 영감과 스물이나 나이 차이가 졌다. 화양

시골 여인숙 57

댁은 장 영감이 사 년 전 상처한 뒤 들어앉은 후처였다. 그네는 후살이로 들어오기 전 부산에서 술집에 다녔다는 소문대로 되바라진 여자였다. 외간남자와 스스럼없이 농을 잘해 여인숙 안주인치곤 안성맞춤이었다. 장 영감이 연로한 데다 후사가 없으니 몇 년 뒷수발이나 하다 보면 여인숙은 굴러들어올 재산이었다. 그네의 속셈대로 장 영감은 요즘 악성 신경통으로 바깥 출입을 못하고 지냈다.

「주둥이 하나로 묵고 사는 팔자에 목청 애껴뒀다 뭣에 써.」 김씨가 말했다.

「물에 빠져 죽어도 주둥이는 동동 뜨겠소」 하곤 화양댁이 늙은 서방을 보았다. 「영감, 김씨가 삼거리목으로 와 이래 빨리 왔는강 그 꿍꿍이속셈 안죽 모르요?」 장 영감은 주름진 눈만 꿈벅거렸다. 「월촌댁 술집에 새로 색시 하나를 들어앉혔다우. 그년을 후려볼라고 눈독깨나 들이고 있는 걸 내 벌써러 눈치챘지러.」

화양댁은 깔깔대며 마루에서 일어섰다. 그네는 통치마에 싸인 큰 엉덩이를 흔들며 부엌으로 들어갔다.

「아무렇게나 생각해. 내 죽으모 같이 썩어질 연장인데 아껴뒀다 멀 해.」

김씨는 피우던 담배를 마당에 내던졌다. 그는 마루에 벌렁 눕더니 유행가를 읊었다. 김씨는 스물다섯에 장가갔으나 산욕열로 아내를 잃은 뒤 서른여섯 된 지금까지 홀아비로 삼거리목 주위 장터를 떠돌고 있었다.

해가 서산 너머로 져버렸다. 노을도 팥죽색으로 사그라들었다. 어둠이 바람에 실려 낮게 내려왔다. 바람이 주차장 주위 가게 문짝을 흔들어 유리창이 떨렸다. 지푸라기가 주차장 마당에 쓸려다녔다. 구두닦이가 검불을 모아 빈 양철통에 불을 지폈다. 구두닦이가 부는 휘파람소리를 바람이 싸잡아갔다. 노점상 장사치들도 저녁밥을 먹으려 더러 주차장을 빠져나갔다. 주차장은 어둠에 잠겨갔고,

가게들도 이제 전등을 켰다. 서너 식당에서는 술꾼들의 노랫소리가 와자지껄했다. 여자의 간드러진 웃음과 사내의 고함도 섞여 들렸다.
 부산과 마산을 잇고 밀양 쪽과 닿는 삼거리목은 예부터 교통의 요지였다. 면사무소조차 없는 삼백여 호 촌락이지만 닷새마다 장이 섰다. 우암·산남·유등·죽동·물통걸·밀포, 그외에도 숱한 마을들이 삼거리목에서 사방팔방 흩어져 있었다. 그곳 사람들은 모두 삼거리목 장날을 이용하여 물건을 사고 팔았다. 외지로 출타할 때도 삼거리목 주차장을 이용했다. 고속도로가 생겨 직행버스는 각시동네 쪽으로 빠졌지만 완행버스들은 아직도 삼거리목 주차장을 들렀다 떠났다.
 소년은 주차장 마당에서 뭉그적대고 있었다. 밀양에서 오는 막차를 기다리는 참이었다. 막차는 늘 저녁 일곱시 반경에 도착했다. 그사이 마산과 부산을 잇는 완행버스 두 대가 주차장을 거쳐갔다. 그때, 한 대의 버스가 주차장으로 들어섰다. 밀양에서 오는 버스였다. 오늘 장이 서는 가술은 밀양에서 오다 보면 삼거리목에서 이수로 삼십 리 북쪽에 있었다. 버스를 확인하자 소년의 게슴츠레하던 눈이 또렷해졌다. 소년은 절뚝거리며 버스 문 앞에 바짝 다가섰다. 흙먼지가 얼굴에 끼얹어왔다. 낯선 얼굴 몇이 버스에서 내렸다. 이어 눈에 익은 약장수 패거리 둘이 출입구 계단을 밟았다. 소년은 발뒤꿈치를 들어 버스 안을 살폈다. 황씨가 버스 통로에서 어정거리고 있었다. 소년의 가슴이 뛰기 시작했다. 우선 약장수를 잡는 일이 더 급했다. 그는 등산용 류색을 멘 안경잡이 팔을 붙잡았다.
 「아저씨들, 이번 장에도 오셨습니껴. 오실 줄 알고 미리 방을 따뜨바게 덥아놨심더.」 소년은 안경잡이 팔을 끌고 주유소 쪽으로 걸었다.
 「어따, 그 자슥. 평안여인숙에 갈까 바서 그카는 모양이제.」

안경잡이가 류색을 추슬렀다. 류색 안에 연고통이 왁살대는 소리가 났다. 류색에는 벤 데, 찢어진 데, 삔 데, 독충 물린 데 바르는 외상용 연고통이 들어 있었다. 약장수는 그외에도 위통·복통·설사·변비에 먹는 분홍색 알약도 팔고 다녔다.

「오늘 가술장 재미 좀 봤습니껴?」 소년이 인사조로 물었다.

「재미? 재미는 고사하고 네미 씹도 몬 봤다.」

뒤에 오던 등산모 쓴 약장수가 욕질하며 가래침을 뱉었다. 소년은 후딱 버스 쪽을 돌아보았다. 황씨가 버스에서 내리고 있었다. 그런데 응당 그 뒤를 따라내려야 할 정례가 보이지 않았다. 소년의 마음이 다급했다.

「그라모 먼첨 들어가이소.」

소년은 금성여인숙으로 들어가는 골목 입구까지 약장수를 안내하곤 냉큼 돌아섰다. 그는 절뚝거리며 버스 쪽으로 뛰어갔다. 황씨가 이쪽으로 걸어왔다. 그는 등이 휘도록 등짐을 지고 있었다. 오늘따라 맥빠진 걸음걸이였다. 다른 장꾼들은 내일 아침녘에 도착할 화물차 편에 짐을 부쳤으나 그는 늘 손수 등짐을 지고 다녔다. 김과 멸치는 함부로 다루면 부서지기 때문이라지만, 꼭 그 이유만은 아닌 듯했다. 소년이 둘러보아도 등짐처럼 늘 달고 다니는 정례가 종내 보이지 않았다.

「어라, 정례는 우째됐습니껴?」

소년이 떫은 감 씹는 소리로 황씨를 맞았다. 황씨가 얼굴을 들고 소년을 보았다. 말이 없었다. 까맣게 쪼그라진 얼굴이 다시 땅으로 숙여졌다.

「부잣집 알라(아기) 보는 데 팔아뿐다 우짠다 캐쌓더마는 증말 어데로 넘가뿌린 거 아입니껴?」 소년이 마른침을 삼키며 물었다.

「아파서…….」 된숨을 내쉬던 황씨가 마지못해 말했다.

「어데가 아파예?」

「감긴지 열병인지, 어젯밤엔 온몸이 불덩이 같더구만. 인자 열이 좀 가라앉길래 가술 밥집에 맽겨놨제.」
「병원이 아이고 밥집에예?」
「귀천 없는 목숨에 병원은 무신 병원. 대추나무집 골방에 눕아뒀어. 두어 장 보고 약첩값이나 장만해서 오겠다 했지러. 죽을병은 아닌게 그 동안 미염이나 때 거르지 말고 믹이달라 안캤나.」
사시장철 장 따라 떠돌다 보니 햇볕에 까맣게 그을린 황씨 얼굴이 쓸쓸했다. 마른 멸치를 닮아가는 몰골이었다. 황씨는 올해 환갑을 맞는 나이였다. 부모가 누군지, 어디서 태어났는지 자기도 출생 내력을 잘 모른 채 살아온 세월이었다. 어릴 때 기억으로 장터에서 장터로 어느 장돌뱅이를 따라다니느라 발바닥에 늘 물집이 가라앉지 않던 추억이 고작이었다. 황씨 성도 쇠장 거간꾼 성을 그대로 물려받았던 것이다. 그 거간꾼이 농부 황소 판 돈을 털다 감옥소로 넘어가자, 한동안 남사당패를 따라다녔다. 열다섯 살 때 거기서 뛰쳐나와 서너 장꾼 곁살이를 거쳤다. 황씨가 자립을 하기는 해방이 되고였다. 스물다섯 나이에 처음으로 건어물을 취급한 것이 여태까지 그길을 벗어나지 못하고 있었다. 장가도 서너 번 갔지만 늘 씨를 받지 못했다. 소 거간꾼을 따라다녔던 어느 해 겨울, 눈길에 미끄러져 벼랑에서 떨어진 일이 있었다. 그때 불알을 다쳐 한 달여 걸음을 제대로 못 걸었던 적이 있었다. 그 낙반이 빌미가 됐는지 황씨는 생식 불능자였다. 장바닥을 돌며 늘 집을 비우다 보니 여편네들은 몇 년을 못 견뎌 황씨를 떠나갔다. 모은 돈을 챙겨, 또는 바람이 나서 도망쳤던 것이다. 황씨가 정례를 거느리기는 그애가 여섯 살 때였다. 정례는 수산 장바닥에서 참외 껍질을 주워먹고 있었다. 거지꼴이었고, 땟국 전 맨발인 채였다. 여름인데도 냄새 나는 머리칼에 이가 끓었다. 황씨가 불쌍히 여겨 계집애를 옆에 두고 하룻밤을 재웠으나 부모가 나타나지 않았다. 어떻게 수산까지 떠돌아왔는지 그애의 이력을 아는 사람이 아무도 없었다. 여러 곳을 수소문해도 끝내 애 임자를 찾지 못했다. 황씨는 늘그막에 수양 손녀 하나를 얻은 셈이었다. 세 끼를 제때 먹이고 철 따라 옷을 갖춰 입히니 정례도 땟물을 벗었다. 통통히 살도 오르니 귀염성스러웠다. 김·미역·마른 멸치·북어를 늘어놓은 전 앞에 유독 눈이 초롱한 계집애가 오도카니 앉아 있는 모습을 장터마다 볼 수 있었다. 외로운 황씨에게는 정례가 좋은 말동무가 되었다. 그렇게 황씨가 장터마다 정례를 데리고 다니기 햇수로 벌써 사 년째였다.
　「대추나무집 골방이라…….」 소년이 입속말로 중얼거렸다.
　「곧 낫겠지러. 천한 목숨은 명이 긴 벱이니까.」
　등짐에 눌려 꼬부장한 황씨는 여인숙으로 걸음을 재촉했다. 소년은 황씨를 따라가다 걸음을 멈추었다. 목이 메고 눈앞의 불빛이 뿌옇게 흐려보였다. 흐린 불빛이 어둠에 풀어져 깊은 강이 되어 흘러갔다. 소년은 돌아섰다. 주머니에 손을 꽂고 주차장 마당을 멀거니 바라보았다. 어느 구석을 살펴도 단발머리 정례는 보이지 않았다. 미송이 오빠, 하며 쪼르르 달려올 것만 같은 열 살 꼬맹이가 그의 눈에 어칠비칠 어려보였다. 정례는 넘어질 듯 넘어질 듯 달려오는 민들레씨 같은 계집애였다. 후 불면 수십 개의 보송한 씨앗이 초여름 더운 바람 따라 날아가는 민들레씨같이 정례 얼굴이 수십 개가 되어 어둠 속에 하얗게 살아났다. 바람만 넘치는 휑한 공지에 그는 하릴없이 서서 어둠 속에 떠다니는 작은 흰 우산들을 보고 있었다. 소년은 여인숙으로 들어가기 싫었다. 말못할 그리움, 슬픔 같은 게 작은 날개를 만들며 그의 마음을 멀리로 떠나보냈다. 그는 주차장 뒤를 빠져 강변 쪽으로 걸었다. 외롭고 허전할 때면 그는 늘 강변을 찾았다. 절뚝거리며 걷는 그의 좁은 등을 바람이 밀었다. 강이 그를 막아섰다. 강바람이 찼다. 어둠 속에 모래펄이 희끔하게 드러났다. 강물은 더 짙은 어둠으로 길게 누워 있었다. 바람에 실려 은은한 복사꽃 향기가 콧속으로 스며들었다. 소년은 강 건너에 눈을 주었다. 아무것도 보이지 않았다. 바람으로 부푼 어둠 저 멀리, 불빛 여러 개가 뽀윰하니 눈을 뜨고 있었다. 다시 보자 불빛은 곧 없어졌다. 바람에 묻혀버렸나, 아니면 잘못 본 걸까 하며, 소년은 강변 모래펄에 주저앉았다. 강 건너 멀리에 대평이 있었다. 거기 불빛이겠거니 여겨졌다. 소년은 낮에도 강변으로 나왔다. 강 건너 복숭아밭이 온통 연분홍으로 눈부셨다. 흰꽃·분홍꽃이 한데 어우러져 아지랑이 속에 졸고 있었다. 소년은 강바람에 어깨를 떨었다. 세운 무릎 사이에 뺨 시린 얼굴을 박았다. 버드나무 잎새가 무수한 손뼉소리를 내며 떨어댔다. 모래펄에 감겨드는 물소리가 들려왔다. 어디선가 밤새가 울었다. 물총새일까, 아니면 물떼새일까, 소년은 잘 구별할 수 없었다.

   소년이 삼거리목으로 처음 오기는 구 년 전, 일곱 살 때였다. 그 시절, 소년 엄마는 경남 일대 싸구려 술집에 작부로 떠돌았다. 예쁘지 못한 얼굴에 나이 서른을 넘겼으므로 술집에서도 별 인기가 없었다. 거기에다 소년까지 혹처럼 붙어 늘 안주인 하대가 심했다. 소년 엄마는 마산 부둣거리 객줏집에 있다 일자리를 구해보겠다고 이곳으로 왔던 것이다. 소년 엄마는 주차장 통술집에 쉬 일자리를 얻었다. 그러나 일주일 만에 사건이 벌어졌다. 소년 엄마가 주인 남자와 살을 섞었기 때문이었다. 주인 남자가 소년 엄마를 유혹했는지, 엄마가 주인 남자를 후렸는지 알 수 없었다. 두 여자는 머리끄덩이를 붙잡고 주차장 마당이 떠나갈세라 싸웠다. 일주일째 부엌 바닥에서 거적을 깔고 잤던 소년은 그날 밤으로 엄마와 함께 통술집에서 쫓겨났다. 삼거리목을 떠나려 해도 이미 밤이 깊었다. 하는 수 없이 모자는 보따리를 챙겨들고 금성여인숙을 찾았다. 소년 엄마는 혼자 사 홉들이 소주 한 병을 비워가며 자정이 넘도록 통술집 주인 여자와 세상의 모든 사내를 두고 욕질했다. 소년이 아침에 눈을 뜨니 방안에 엄마가 없었다. 엄마만 없어진 게 아니었다. 엄마 핸드백과 보퉁이도 없어졌다. 엄마는 새벽 첫차도 오기 전에 소년을 남겨두고 도망을 치고 말았던 것이다.「돈 벌모 널 데불로 오꾸마. 만약 여기를 떠나더라도 가는 곳은 여인숙에 알려두거라.」소년 엄마가 남기고 떠난 편지 쪽지였다. 그러나 한 달이 지나고 해가 바뀌어도 엄마는 돌아오지 않았다. 소년은 여인숙 심부름꾼 아이가 되었다. 손님 심부름, 손님방 치우기, 온갖 허드렛일을 맡아 했다. 학령기가 되어도 호적이 없어 소년은 학교에 입학할 수 없었다. 소년을 두고 그런 일에까지 신경쓸 장 영감도 아니었다. 푼돈조차 주지 않고 소년을 부려먹을 수 있음이 다행이었다. 소년 또한 학교에 다니는 또래가 부럽지 않았다. 소년이 금성여인숙에 눌러앉고 삼 년이 흘렀다. 소년 앞으로 엄마 편지 한 장이 날아왔다.「미송아, 너가 여인숙에서 잘 지내고 있다는 소식은 더러 듣고 있다. 에미도 겨우겨우 명은 잇고 산다. 그러나 내가 빙을 얻어 죽다 살아났고, 지금도 누버 지내는 날이 많아서 안죽도 니를 데불고 올 처지가 몬대구나. 살다 보모 그런 날도 오것제. 몸 조심하거라. 여게 돈 한푼 보내이까 옷이나 사입으라.」편지봉투 안에는 오천 원이 들어 있었다. 편지 뒷면엔 아무런 주소도 적혀 있지 않았다. 장 영감이 우표 소인을 보곤, 울산에서 온 편지라고 말했다.「짐승만도 몬한 미친년. 지 자슥새끼 내뿔고 도망가서 어데 잘되는강 두고 보자. 미송아, 그 미친갱이 에미년은 죽었다 치고 할배캉 그냥 살제이.」장 영감이 소년 어깨를 토닥거리며 말했다. 영감은 자기 주머니에 오천 원을 넣은 뒤 종내 소년의 옷은 사주지 않았다. 김씨가 팔다 남은 불구멍 났거나 찢어진 헌 옷을 얻어 입히는 게 고작이었다. 그 뒤 육 년이 되도록 소년은 엄마로부터 편지를 받지 못했다. 소년도 엄마가 죽었겠거니 생각하고 살아온 터였다.

 소년은 고슴도치처럼 옹크린 채 꼼짝을 않고 있었다. 알 수 없는 설움과 외로움이 강물이 되어 가슴 가득 넘쳤다. 가랑잎처럼 자기가 강물에 뒤채며 흘러가고 있었다. 바람소리에 섞여 먼 곳에서 노랫가락이 아스라이 실려왔다. 가락은 바람을 타고 꿈속인 양 소년 귀를 적셨다.

「석탄 백탄 타는데 연기만 퐁퐁 나고요, 이내 가슴 타는데 연기 한줌 안 나구나……..」

청승맞은 노랫가락이 끊겼다 이어졌다 했다. 뱃사공 김 노인이 읊는 노래겠거니 하고 소년은 생각했다. 각시동네 쪽으로 다리가 놓여져 김 노인은 이제 사공이 아니었다. 삼거리목 사람들은 아직도 그를 김 사공이라 불렀다. 삼 년 전 노를 놓은 김 사공은 거룻배를 띄워 주낙질로 세월을 보냈다. 아들딸이 있었으나 오래 전 돈 벌러 서울로 떠났다. 마누라는 이태 전 죽고 말았다. 아들은 집을 나간 지 칠 년째 종내 소식이 없었다. 명절이면 서울에서 공장에 다닌다는 딸애만 다녀가곤 했다. 김 사공은 강변 오두막에 혼자 살며 밤마다 술을 마셨다. 혼자 마시며, 혼자 울며, 혼자 노래를 읊었다. 「옛날엔 좋았어. 모든 장군들이 날 다 수문장 김 도독이라 불렀제. 황씨도 서른 몇 해 내 배를 타고 강 건너댕기며 장돌뱅이로 살았으이.」 언젠가 김 사공이 황씨와 소주를 마시며 말했다.

「미송아, 미송아!」

주차장 쪽에서 소년을 부르는 소리가 강변까지 들려왔다. 소년은 그 소리를 듣고도 꼼짝 하지 않았다. 이놈으 자석이 봄바람났나, 어데 가뿠노, 하며 화양댁이 주차장 주변을 들쑤시고 다닐 터였다. 꾸중 들을 텐데 어서 가봐야지 하면서도 소년은 움직이기 싫었다. 소년은 어둠 속에 떠오르는 얼굴을 보았다. 정례였다. 정례 얼굴이 여윈 달 같았다. 정례는 홑이불을 덮고 삿자리 바닥에 누워 죽은 듯 잠들어 있었다. 한동안 숨소리조차 낮아지더니 갑자기 입술을 달싹거렸다. 소스라쳐 놀라며 눈을 떠 주위를 둘러보았다. 아무도 없음을 알자 다시 눈을 감았다. 정맥이 비쳐보이는 이마에 진땀이 배어나왔다. 입술이 달싹거리더니, 물을 달라고 말했다.

　소년은 눈을 뜨고 얼굴을 들었다. 눈앞은 먹물로 푼 어둠뿐 아무것도 보이지 않았다. 정례 입김이 아닌, 복사꽃 향기가 바람에 실려와 코끝을 스쳤다. 닷새 전 삼거리목 장날이었다. 정례는 장거리 좌판에서 점심끼니로 국수를 먹은 뒤 여인숙으로 왔다. 마침 소년이 마당을 쓸고 있었다. 정례는 별채 옆에 있는 변소 쪽으로 뛰어가며 소년에게 말했다. 「오빠야, 종이 좀 갖고 온나.」 전에도 그런 적이 더러 있었다. 「똥눌라 카는 모양이제?」 소년은 뻔한 질문을 했다. 「그래, 쎄기 갖고 온나.」 정례는 변소로 들어갔다. 소년은 헌 신문지를 찾아 한 귀를 찢었다. 변소 문을 열자 정례가 구덕 위에 쪼그려앉아 있었다. 용을 쓰느라 뺨이 붉었다. 「종이 주고 문 닫거라.」 정례가 말했다. 소년은 정례를 말끔히 보고 있었다. 정례가 같은 말을 소리쳤다. 「백 셀 때까지 나와야 된데이.」 소년은 신문지를 건네주고 문을 닫았다. 그는 변소 문 앞에 똥누는 자세로 앉았다. 왠지 자기도 똥이 누고 싶었다. 앞뒤로 서로 돌아앉아 엉덩이를 맞대고 그렇게 똥을 누었으면 싶었다. 스물둘까지 세다, 소년이 말했다. 「정례야, 내가 니 밑구멍 딲아주까?」 그 말이 왜 나왔는지 소년 스스로도 알 수 없었다. 말을 하고 나자 얼굴이 화끈거렸다. 변소 안에서 정례가 천연덕스레 대답했다. 「치, 난도 손이 있는데 오빠가 와 딲아주노?」 소년은 할말이 없었다. 「내가 니 어무이맨쿠로 그래 딲아줄라꼬…….」 소년은 가까스로 흘리듯 말했다. 이제 정례 쪽에서 대답이 없었다. 소년은 무료함을 달래느라 땅바닥에 낙서만 했다. 한참 뒤, 정례가 치마를 올리며 밖으로 나왔다. 정례는 소년을 빤히 바라보았다. 소년은 부끄러워 정례를 마주볼 수 없었다. 왜무처럼 여윈 정례 종아리만 보고 있었다. 소년은 천천히 일어섰다. 「갱변에 놀러 가자.」 소년은 발 앞에 있는 돌멩이를 차며 말했다. 둘은 강가로 나왔다. 바람 자고 구름 없는 맑은 날씨였다. 강 건너 연분홍 복사꽃이 활짝 피어 있었다. 살구나무도 담홍색 꽃망울을 촘촘히 달고 있었다. 물에 젖은 모래로 정례가 집짓기 놀이를 했다. 엄마 집은 뚝 떨어져, 아버지 집은 자기집 옆에, 그렇게 세 개 집을 만들었다. 소년은 아버지 집과 엄마 집 사이에 모래를 긁어냈다. 웅덩이를 만들자 바닥에서 물이 괴어 올랐다. 곧 작은 연못이 되었다. 「어무이는 저 물 너머 살고 있데이.」 정례가 웅덩이를 보며 말했다. 「우리 어무이는?」 소년이 물었다. 「너거 어무이도……」 하더니, 정례는 제 엄마 집 옆에 모래를 쌓아 또하나의 집을 만들었다. 그 집이 소년 엄마 집이라 했다.

소년은 모래 한 움큼을 집어들고 일어났다. 손에 쥔 모래를 강쪽으로 던졌다. 별 재미 없던 닷새 전 집짓기 놀이가 새삼 소년의 가슴에 다습게 젖어왔다. 소년은 주차장 쪽으로 절름거리며 걸었다. 주차장으로 나오자 금성여인숙 골목에서 김씨가 나섰다. 김씨는 주차장 공지를 질러 월촌댁 술집으로 들어갔다.

소년은 쭈뼛거리며 여인숙 마당으로 들어섰다. 부엌에서 나오던 화양댁이 소년을 보았다.

「이늠으 자슥아야, 어데로 싸질러댕기노. 대가리 피도 안 마른 늠이 봄바람났나, 도망칠 궁리하나?」 화양댁이 소년 맨숭머리에 알밤을 먹였다. 「방방마다 연탄불도 바야 하고, 주전자에 물도 날라야제. 할 일이 태산 같은데, 그래 니 지금 어데 갔다 오노?」

「주차장에 있었어예.」 소년이 머리통을 쓰다듬으며 볼멘소리로 말했다.

「주차장? 내가 방금 댕기왔는데 거짓말을 밥 묵드키 해!」

소년의 돼먹잖은 말대꾸에, 화양댁이 소년 뺨을 때렸다.

「때리긴 와 때리예. 내가 머 아지매 자슥인교, 여인숙 종늠인교! 아지매가 먼데 사람을 칩니껴!」

소년은 눈알을 부라리며 대들었다. 다른 때 같으면 참을 수 있었다. 오늘은 왠지 심통이 나서 견딜 수 없었다.

「애비 에미 낯짝도 모르는 늠을 밥 믹이 키아줬더마는 인자 맞대 놓고 달겨들어!」 화양댁은 버릇을 고치겠다는 듯 팔뚝을 걷어붙였다. 소년 멱살을 틀어쥐고 흔들었다. 「좋다, 이늠으 새끼. 니가 죽든지 내가 죽든지 결판을 내자!」

「놔예, 놔!」 소년이 화양댁 손아귀에서 벗어나려 손목을 쥐고 비틀었다. 「아지매가 날 키아줬다고예? 할배가 날 키아줬제 아지매 한 기 머 있습니껴. 아지매가 머 우쨌다고 내마 보모 잡아묵을라 캐예. 부모 없는 자속은 어데 사람새끼 아닌교. 증말 더러버서 몬 살겠네……..」

어느덧 소년은 울고 있었다. 안방 문이 열리고 장 영감이 얼굴을 내밀었다. 황씨와 겸상하여 저녁밥을 먹던 참이었다. 장 영감과 황씨는 오랜 친구여서 겸상으로 밥을 먹곤 했다.

「그만큼 해둬라. 어데 집 안이 시끄러버 살겠나. 미송이도 밥 묵고.」 장 영감이 혀를 차며 말했다.

화양댁은 마지못해 소년 멱살을 놓았다. 애한테 무시당한 분함을 못 참겠다는 듯 한동안 눈총을 세워 소년을 흘겨보았다. 이놈으 새끼 어데 두고 보자, 하며 화양댁은 마루로 올라섰다. 그네는 안방 방문을 사납게 여닫으며 들어갔다. 소년은 안방 앞 마루에 걸터앉았다.

「미송아, 여게 온나. 와서 내하고 같이 밥 묵자.」 부엌 부뚜막에서 밥을 먹던 경자가 말했다.

「밥 안 묵겠심더.」 손등으로 눈물을 닦으며 소년이 말했다.

「공매 맞고 안 묵으모 니만 섧제.」

경자는 상추쌈을 뭉쳐 쌌다. 경자는 여인숙 부엌일을 맡아보고 있었다. 납작코에 새우눈인 그녀는 입술까지 불거져, 한마디로 못

생긴 얼굴이었다. 스무 살 갓 넘은 나이에 비해 뚱보였다. 월급을 삼만 원 받고 있었지만, 경자는 부수입이 더 짭짤했다. 깊은 밤이면 몰래 손님 방으로 들랑거렸다. 몸을 파는 짓거리를 장 영감이나 화양댁도 눈치채고 있었으나 모른체했다. 그런 짓이 오히려 손님을 엮어오는 데 도움이 되기 때문이었다. 저녁 식사 뒤면 화양댁과 경자가 주로 주차장에 나갔다. 해살궂은 웃음을 팔아 젊은 남정네를 곧잘 끌어들였다. 산남·밀포는 택시가 들어가지 못하는 마을이었다. 시오리가 넘는 밤길을 걷는 게 싫어 여인숙에 묵고 새벽길을 나서는 손이 더러 있었다. 경자는 혼자 묵는 젊은 손님 마음을 잘 헤아렸다. 어떤 날은 이 방 저 방 건너다니며 두세 차례나 일을 치를 때도 있었다.

소년은 부엌 앞 축담에 넋 놓고 앉아 있었다. 일호실에서 강 기사가 수건을 목에 걸치고 마당으로 나왔다. 칫솔을 입에 물고 세수간으로 오다 소년을 보았다.

「저녁 먹었니?」 강 기사가 물었다.

「묵기 싫심더.」

「왜 그래? 내가 빵 사줄까?」

「괜찮심더.」

강 기사는 일호실에 보름째 묵고 있는 장기 투숙객 중 하나였다. 일호실 손님 셋은 서울에서 내려온 토지개발공사 측량기사였다. 그들은 강 상류 쪽에 댐을 만들고 수로를 낼 측량일을 하고 있었다. 그렇게 되면 주렛골 일대 천수답 수만 평이 수리답으로 건져지는 셈이었다. 측량이 끝나면, 공사는 내년이나 내후년에 시작된다고 그들이 말했다.

「자, 한잔 들게.」 장 영감이 황씨에게 말했다. 「이젠 닷새장도 끝이네. 시골 구석구석까지 질이 뚫리고 장사꾼들이 오토바이로, 트럭으로 물건을 풀어 믹이니 누가 닷새장 보아 묵을라 카나.」

「하긴 그래. 농협 공판장이니, 새마을 연쇄점이 마실마실마다 생겼지러. 텔레비가 마실마다 보급돼 촌늠 눈도 높을 대로 높으이께 장돌뱅이는 상대할라꼬 들어야제.」 황씨의 풀죽은 말이었다. 황씨가 막걸리잔을 비우곤, 한숨 끝에 말머리를 바꾸었다. 「나도 인자 심 딸리서 더이상 장사 몬하겠구만. 내 나이 벌씨러 환갑이 아인가. 모은 돈이나 있다모 어데 주저앉아 살겠구마는 적수공권에 가랑잎 같은 신세니…….」

「그라모 정례는 어떡할라고 그래예?」 화양댁이 물었다.

안방에서 들려온 정례란 말에 소년 귀가 뚫렸다. 소년이 방안 대화에 귀를 기울였다.

「정례 갸를 우예해야 될지 안죽 대책이 안 서구마.」

「요샌 도회지도 식모아아 구하기가 하늘에 별 따기라 안캅니껴. 열 살이라모 나이가 어리기사 하지마는 좋은 임자 만낸다모 돈푼깨나 받을 거로예.」

「화양댁도, 그 소리 좀 치우구랴. 어찌 사람을 소 돼지 팔 드키 팔아넘겨.」 황씨가 말했다.

「황씨도 혼자 몸 건수하기 점점 심드는 판국에, 갸 팔아뿔모 누이 좋고 매부 좋은 격이지, 안 그래예?」 화양댁이 간드러지게 웃었다. 「정례로 봐도 그렇제, 부잣집에 가서 호강하고 핵교도 넣어줄 줄 누가 알아예. 황씨, 어데 내가 주선을 한분 해볼까? 일이십만 원이야 따놓은 당상이고, 잘 팔모 한 삼십만 원도 받을 거로예. 생긴 것도 반반한 데다, 갸 커도 데불고 갈 부모가 읎으이. 아인 말로 화류계로 팔아넘가모 돈을 더…….」

「그 주디(주둥이) 좀 몬 닫겠소!」 황씨가 버럭 역정을 냈다.

「허허, 듣자 카이 임자 말이 해도 너무하네. 머슴아도 아인 아아를 두고 말이다.」 장 영감이 혀를 찼다.

소년은 더이상 안방의 대화를 듣고 있을 수 없었다. 삼거리목을 떠나야 한다는 생각이 불길같이 소년 마음을 싸잡았다. 지금 떠나지 않으면 다시 이런 기회가 오지 않을 것 같았다. 소년은 주위를 둘러보았다. 강 기사는 세수를 마치고 일호실로 들어가고 없었다. 일호실에서 트랜지스터 유행가소리가 흘러나왔다. 부엌은 전등만 켜진 채 휑뎅그레 비어 있었다. 경자누나는 주차장으로 나간 모양이었다. 소년은 발소리 죽여 안채 뒤란으로 돌아갔다. 처마 밑 안방 굴뚝 옆에 썩은 판자가 수북이 쌓여 있었다. 소년은 어둠 속에서 눈을 홉뜨고 판자 한쪽 귀를 들쳤다. 손을 깊숙이 밀어넣었다. 깡통이 잡혀졌다. 깡통을 꺼내어 속에 든 지전과 동전을 주머니에 쓸어넣었다. 손님들이 심부름값으로 푼돈을 줄 때마다 몰래 모아둔 돈이었다.

삼거리목 장터와 진영장을 보고 황씨는 사흘 뒤 가술리로 갔다. 술과 밥을 파는 감나무집으로 들어서자 주인 아낙네가, 정례는 우짜고 호문차 와예 하며 황씨를 맞았다. 이틀 전, 새벽같이 웬 절름발이 사내아이가 와서, 황씨가 데리고 오란다며 앓고 있는 정례를 들쳐업고 갔다는 것이다. (1980. 5)

## 사진 한 장

「선생님, 선생님은 왜 결혼하지 않으세요? 특별한 이유라도 있으세요?」

한준호 박사는 젊은 시절부터 주위 사람들로부터 이런 질문을 받았다. 그럴 때마다 한준호는 겸연쩍은 웃음을 입가에 띠었다.

「나이 드니 혼자 사는 게 편합니다. 사실 젊을 땐 일이 너무 바빠 결혼할 기회를 놓쳤다고 말합니다만.」

「바쁘셨다니요? 아무렴 결혼할 틈도 없이 바빴으려구요. 오히려 바쁘신 분은 더욱 결혼을 빨리 했어야지 않겠어요? 예쁘고 착한 부인을 맞으신담 그 바쁜 일손을 부인이 훨씬 덜어드릴 수 있을 텐데요.」

「내가 해야 할 일과 여자가 하는 일은 다르잖아요?」

「그렇다면 선생님은 여자를 모독하는 입장이군요. 여자란 아기나 낳고 부엌 살림밖에 못한다, 이 말씀 아닙니까?」

「허허, 내가 말을 잘못했습니다. 난 그런 뜻으로 말한 건 아닌데…….」

한준호는 호인답게 웃음으로 말끝을 얼버무리곤, 일이 바쁘다는 핑계로 자리를 뜨곤 했다. 이렇게 되면 질문하던 상대방도 더 어떻게 한준호를 유도 신문할 수 없게 되고 만다. 그러면서도 그의 말을 수긍하기 힘들어 머리를 갸웃했다. 정말 바쁜 사람에게는 결혼이 훨씬 경제적이란 사실은 모든 사람의 공통된 의견이었다. 비근한 예로 동·서양을 막론하고 현처를 얻어 학문이나 예술에 더욱 정진하게 된 사람이 허다했다. 선별된 그런 특정인의 예가 아니더라도 짝짓기란 모든 생명체가 종족 보존을 위해 반드시 필요한 선택이요, 인간의 경우 행복의 많은 부분을 결혼을 통해 확인하게 된다. 칸트·쇼펜하우어·레오나르도 다 빈치·베토벤과 같은 저명인이 결혼을 못했거나 하지 않고 후세에 큰 이름을 남겨 만인의 흠모를 받긴 하지만, 그런 예는 특수한 몇몇에 속했다. 신부나 수녀, 스님은 종교적 신념으로 결혼을 하지 않는다. 그러나 대부분 사람은 결혼을 하면 비로소 가정이 이 사회를 구성하는 작은 집단이며, 행복의 샘이 거기에서 비롯됨을 깨닫고, 안정된 가정 생활에 만족하며 서로가 서로를 돕는 일체감으로 자기 일에 정진했음이 사실이었다.

 내과 전문의 한준호 박사가 육순이 넘도록 결혼하지 않고 지내고 있음은 알 만한 사람은 알고 있었다. 그러나 한준호가 왜 결혼하지 않느냐, 아니면 못하느냐에 대해 정확히 알고 있는 사람은 없었다.

「한 박사는 육이오 때, 스물여덟 살로 함경남도 신포에서 피란을 나왔지요. 저 유명한 흥남 철수 때, 엘에스티를 타고 말입니다. 그때 아마 고향에 굳게 약속한 애인을 두고 왔을 겁니다. 그 애인을 그리며 곧 남북이 통일되겠거니 하고 기다리다 그만 결혼 적령기를 놓쳐버린 게 틀림없습니다. 미국 유학이다, 또 학위를 따고 와 새로 문을 연 종합병원 내과 과장직을 맡아 한동안 바쁘게 보내다 보니, 이미 개업했을 땐 마흔이 가까워 혼자 사는 데

익숙해진 거지요. 이북오도청 월남자 명부를 열람해 보면 이북에서 피란 나온 사람들 중 홀아비로 사는 사람이 의외로 많답니다. 북에서 결혼했다 내려온 사람들 말입니다. 일종에 순결 지키기지요.」

한준호 신상에 대하여 제법 아는 체하는 사람의 그럴듯한 주석이었다. 사실 어떻게 보면 그 말에 일리가 있었다. 그는 명태잡이로 이름난 함남 원산에서 일사후퇴 때 혈혈히 남한으로 내려왔기 때문이었다. 흥남에서 엘에스티 마지막 승선자 무리에 섞여 그가 배에 올랐을 때, 부둣가에는 미처 승선하지 못한 피란민이 와글거리며 안타까이 손을 흔들어댔다. 우는 사람, 울부짖는 사람, 부두와 갑판은 아비규환이었다. 그는 평양 의전을 졸업한 뒤 원산 가톨릭 재단이 운영하는 한 병원에서 인턴 과정을 밟고 있었기에 남한으로 내려오자 곧 육군 군의관으로 입대했다. 다섯 해 동안 군 복무 끝에 소령으로 예편하자, 그는 같이 근무했던 미국인 의사의 도움으로 유학을 떠났다. 사 년 동안 미국 생활을 끝내고 돌아오니 그의 나이는 이미 마흔 고개턱에 당도해 있었다.

한준호가 결혼하지 않은 데에는 다른 견해를 제시하는 사람도 있었다. 그는 한준호 개인병원에서 수간호사로 육 년 동안 함께 일한 미시즈 김이었다. 그녀는 시집가기 전 한 시절, 나이가 스물 넘게 차이 나는 한준호를 존경한 나머지 의사와 간호사의 사무적 관계를 넘어 이성으로 흠모했던 적이 있었다. 그러나 김 간호사의 짝사랑으로 끝났고, 그녀는 다른 남자에게 시집갔지만 삼 년 더 한준호 병원일을 도왔다. 그즈음부터 미시즈 김은 한준호 원장 신상에 관해 내밀한 과거를 캐내는 데 관심을 기울였다. 그래서 주위 사람은 한준호에 관한 미시즈 김 말이라면 어느 정도 신빙성을 갖고 듣게 마련이었다.

「한 선생님이 평양에서 의전을 다닐 때, 일 년간 휴학했다는 사실을 아세요? 그때 한 선생님이 휴학했던 이유를 제가 캐냈지요. 한 선생님은 가톨릭 신부가 되려 원산에 있는 예비 신학교에 입학했던 거예요. 한 선생님네는 대대로 내려오는 독실한 가톨릭 집안이지요. 한 에스터라구, 사촌누님 한 분이 남한 땅에 유일한 혈육으로 계시는데, 지금 소록도 나환자촌에서 천주님 종으로 헌신하고 있답니다. 한 박사님과 일 년에 한두 번씩 왕래가 있지요. 저도 병원에 오신 에스터란 그분을 봤으니까요. 그분 말씀이 헌종 오년 기해사옥 때 조부 대에서 순교자가 한 명 났답니다.」
「한 박사가 왜 신학교를 포기했을까?」
「맞아요, 그 점을 제가 한 에스터 그분한테 여쭈어봤지요. 그랬더니 집안 권유로…….」
「집안 권유라니?」
「한 에스터 그분 오빠가 신부였던가 봐요. 그래서 한 선생님에게는 천주님 사도로서 헌신하기보다 이 세상의 불행한 사람을 위해 천주님 사업을 적극적으로 펼 수 있는 인술을 택하라고 권했나 봐요.」
「결론적으로 신부가 되고 싶었던 동경으로 결혼을 안했단 말이군.」
「전 그렇게 봐요.」
미시즈 김의 해석이었다. 듣는 쪽 입장에서는 무언가 석연치 않은 점이 있었다. 신부를 동경하여 결혼하지 않는다면 가톨릭 교도 중 무수한 미혼자가 생길 터였다. 왜냐하면 신부를 존경하고 흠모하는 영생체 자매가 그리 적지 않음은 알고 있었다. 한편, 미시즈 김 해석을 들어보면 한준호가 신부의 길을 포기하고 천주님 사업을 가장 적극적으로 펼 수 있는 인술 쪽으로 돌아온 동기에는 수긍한다 해도 그 점이 결혼을 하지 않은 이유라고 말할 수 없었다. 결혼해서도 인술을 펼 수 있고, 어쩌면 아내 내조를 받으며 그런 봉사

생활은 더 적극적으로 펼칠 수 있었다. 어쨌든 한준호가 의사란 직업을 생활 방편으로 생각지 않은 점은 분명했다.

한준호는 생활이 어려운 환자는 치료비를 반액이나 전액을 탕감해 주는 자선을 아끼지 않았다. 환자들에겐 반드시 나름대로 전도(傳道)를 잊지 않았다. 의사는 육신의 병조차 완전하게 고치지 못한다. 천주님은 마음의 병까지 고치신다. 신앙이 두터우면 병에 따른 두려움이 없어지고, 죽음의 공포로부터 해방될 수 있다. 우리의 생명이 이 세상의 삶으로 끝나는 게 아닌, 영생을 믿기 때문이다. 그는 환자에게 종교를 갖고 묵상과 기도하는 생활을 해보라고 권고했다. 그런 말을 할 때, 한준호의 진지한 태도는 환자들에게 외경심을 품게 했다. 조용한 몸가짐, 따뜻한 미소, 속내 가신 맑은 얼굴에 부드럽고 은근한 목소리는 한준호로 하여금 경건하고 고결한 느낌을 상대방에게 주었다.

한준호는 아침 다섯시에 기상하면 기도로써 하루 일과를 시작하여, 오후 열시 반 취침 전 기도로써 하루를 끝막음했는데, 그런 규칙적인 생활도 그를 모셔온 늙은 가정부 입을 통해 새어나와 주위 사람은 잘 알고 있는 사실이었다. 그래서 한준호는 오직 천주님과 맺어진 분, 천주님 뜻에 순종하여 그 가르침대로 병든 자를 구하는 사도로서의 직분만 다하기로 작정했는지 몰랐다.

다른 한편, 한준호를 잘 아는 일부 사람은 한 박사가 결혼하지 않은 이유를 두고, 민생병원 원장 말을 믿는 자도 적지 않았다. 민생병원 원장은 한준호와 절친한 사이로, 둘은 삼 년 동안 군 의무관 생활을 함께했던 적이 있었다.

「한 선생과는 후방에서도 같이 근무했지만, 야전병원과 후송병원을 가리지 않고 전방의 적 포탄권 안에서도 함께 일했어. 금천 지구 이동병원에서 일할 때, 한 번은 우리 병원이 적 포격을 받은 적이 있었지. 그때 한 선생이 부상을 입었더랬어. 바로 척추

였지. 다행히 수술 결과가 좋아 파편을 뽑아내고 무사히 완쾌되긴 했지만, 아차 했으면 휠체어를 타는 신세가 되고 말·뻔하지 않았겠나. 내 추측이긴 하지만 그때 성불구가 되지 않았나 싶어. 내가 한 선생 진료카드를 직접 확인하진 못했으나 그런 농담이 이동병원 안에 퍼졌으니깐. 그후 그가 결혼하지 않고 독신을 고수할 때, 문득 금천지구 이동병원 시절이 생각나더군. 그렇지 않다면 아무렴 건강·두뇌·용모·재산, 어디 한군데 안 빠지는 한 선생이 무엇 때문에 저렇게 홀아비로 육순을 넘기며 살 리 있겠어.」

민생병원 원장의 그런 해석은 그럴 만한 근거가 있었으므로 그 가능성에 대하여 거두절미 의심할 수만은 없었다. 그러나 고양이 목에 누가 방울을 다느냐의 문제처럼, 누군가 당사자에게 그런 당돌한 질문을 한다 해도 명확한 답을 얻어내기란 힘들 거라고 모두 머리를 흔들었다.

「선생님, 선생님이 성불구라면서요? 그게 사실인가요?」

누군가 단도직입적으로 이렇게 물으면, 한준호는 예의 따뜻한 미소를 띠며, 「어느 점에서 제가 그렇게 보입니까?」하고 되받아 묻지 않고, 그저 미소 속에 모든 답을 포용하는 선에서 그칠 게 틀림없었다. 그런 예는, 「선생님, 전쟁 전 함남 원산병원에 계실 때 사랑하던 여자가 있었다면서요?」하고 넘겨짚기로 누군가 당돌하게 물었을 때도 아무 말 없이 미소만 띠더란 경험담을 미루어 타당한 추측이었다.

또 재미난 에피소드를 한준호와 잘 아는 후학 인턴에게 들려준 의사도 있었다. 한준호가 미국 유학에서 돌아온 뒤 종합병원에서 함께 근무했던 민진수 박사였다. 인턴 정명기는 현세종합병원 내과 민진수가 집도하는 수술팀 보조였다.

「한 선생이 개업하기 직전이지 아마. 그때 우리는 퇴근하면 곧잘 병원 앞 엘리제란 분위기 있는 찻집에서 차를 마시곤 헤어졌지. 그 찻집에서 틀어주는 고전음악과 주인이 마음에 들어서 말이야. 그 찻집 주인은 하 여사라고, 전쟁 미망인이었어. 그 당시 한 선생도 나이 마흔에 가까웠겠다, 하 여사도 서른대여섯은 됐을 거야. 그래서 내가 하 여사한테, 딸린 자식도 없고 하니 한 박사한테 청혼해 보면 어때요 하고 말을 건네봤어. 하 여사는 여전 나온 인텔리에 미모였거든. 성격도 차분하구, 집안도 괜찮다는 얘기를 들었어. 그 당시 휴전 직후에는 요즘 다방과 달리 그렇게 교양 있는 마담도 많았으니깐. 전쟁이란 우리 인생도 그렇지만 여자의 경우 인생길을 백팔십 도로 돌려놓곤 하니깐 말이야. 이거 말이 엇길로 나갔군. 그런데 또 한 선생도 하 여사를 별로 싫어하는 것 같지 않더군. 물론 하 여사도 한 선생 인품을 존경하여, 우리가 찻집에 들어가면 기껏해야 커피나 쌍화차 한 잔이지만, 여간 신경을 써주잖았으니깐. 준비해 둔 듯 송편이나 고물떡을 내놓기도 했구. 그래서 내가 그 교량 역할을 자청하고 나섰던 셈이지. 가을도 저물 무렵 어느 일요일 오후를 택해 내가 두 사람을 같은 시간에 같은 장소로 초대했어. 물론 한 선생한테는 하 여사가 나온다는 말을 안했고 하 여사한테도 그런 귀띔을 안 주었지. 그저 덕수궁에서 열리는 국전(國展)이나 같이 보자구 말이야. 물론 양쪽 다 승낙을 받아냈지. 일요일 오후, 둘은 정말 덕수궁 본관 앞 분수대로 나왔더구먼. 처음은 서로가 놀랐지만, 내가 장난으로 한 짓인 줄 알자 다들 웃고 말았어. 그런대로 분위기가 잘 풀려 우린 전시실로 같이 들어갔더랬지. 나는 둘 사이에 대화 기회를 만들어주려 가능한 따로 떨어져 그림 감상을 했고, 둘은 마치 다정한 부부처럼 전시실을 나란히 돌더구먼. 그런데 어느 서양화 앞에서 둘이 무슨 이야긴가 정담을 나누기에 나는 그만 슬그머니 뺑소니치고 말았지. 모자(母子)가 달빛에 젖은 먼산을 바라보는 무척 목가적인 그림이었어. 팔 호쯤 될까, 구상화이긴 한데 마치 안개에 가린 듯 두 인물과 배경이 불투명하고 색조는 녹청·감청, 짙은 청자·가지색으로 그려진 어두운 그림이었어.」

「그렇다면 그날 두 사람 결과가 어떻게 됐나요?」 후배 정명기가 관심이 켕기는지 턱받이하고 물었다.

「이튿날 출근해서 한 선생과 구내식당에서 점심을 함께했어. 그러나 한 선생이 끝내 어제 덕수궁 이야기를 입에 담지 않더구먼. 내가 궁금증이 나서 견딜 수 있어야지. 그래서 어제 일을 슬쩍 물어보았어. 그러자 한 선생은, 함께 저녁 식사를 하고 헤어졌다는 거야. 그 뒤로도 우리는 퇴근하면 엘리제엘 들르곤 했지. 그러나 둘 사이가 주인과 손님 이상 아무런 변화가 없더구먼. 별 진전이 없기에 내가 그만 머쓱해져 손을 들고 말았어. 얼마 후 하 여사도 찻집을 그만두고 말았으니, 그런 싱거운 일이 어딨겠어. 그런데 참, 한 가지 얘기가 남았군.」

「한 선생님 심경에 무슨 변화가 있었나 보죠?」

「그런 게 아니구, 어느 날 내가 한 선생 집으로 가보니 국전에서 보았던 그 그림이 서재에 걸렸더군. 어떻게 이 그림이 여기에 와 있냐고 물었더니 한 선생 말이, 그림이 좋아서 화가를 만나 조른 끝에 샀다는 거야.」

「아주 마음에 쏙 들었나 보죠?」

「음. 비녀 꽂은 촌아낙네가 어린아이를 포대기에 업고 초저녁 반달이 비기우뚱히 걸린 먼산을 보는 그림이었어. 언덕 위에 서 있는 모자 옆에는 억새가 바람에 쓸리는데, 읍내 장에 나갔다 귀가가 늦은 남편을 기다리는 정경이랄까.」

「그 그림 내용과 한 선생님 개인과 무슨 사연이 있는 게 아닐까요?」

「내가 그 점을 집요하게 추궁했지. 한 선생, 그림 속의 저 젊은 아낙네가 한 선생 구원의 여인상이오 하고 말이야. 그랬더니 한 선생 말이, 내가 신포 고향 땅으로 언젠가는 꼭 돌아오리라며 기다리고 있을 어머님 모습이 저럴 거라고. 그래서 마치 고향 땅 어머님을 보듯 저 그림이 한과 그리움을 담고 있다고 대답하더군. 그렇게 말하는 그 모습이 마치 그림처럼 그렇게 쓸쓸하게 보일 수 없더구먼.」

「그렇다면 한 선생님은 정말 왜 결혼 안하시는 걸까요?」

「에끼, 이 사람아. 지금은 머리칼이 허연 영감인데 무슨 결혼을 한다구.」

「아니, 젊었을 때 말입니다.」

「글쎄, 한 선생은 좀 유별난 사람이지. 여름이면 그 나이에도 스무 날 정도 꼭 무의촌 진료를 떠나곤 하니깐. 그러고 보니 한 선생은 취미가 너무 많아. 아마 그 취미에 취해 사느라 결혼 안하는지도 몰라.」

「취미에 미쳐 결혼 안하다니요?」

「첫째 인술로써의 봉사, 둘째 독실한 신앙인……..」

「그것은 취미가 아니잖아요. 누구나 직업은 있고, 종교란 인간이 의지하는 절대 선(善) 아닙니까.」

「그렇다면 자네, 한 선생 서재 가봤나? 그 많은 책을 보란 말이야. 이를테면 독서광이지. 문학·철학·인문과학, 독서 범위가 아주 넓어. 또한 한 선생은 클래식 광이야. 음악에 관해서 물어보게. 클래식은 바하에서부터 쉰베르크까지 통달하지 않은 데가 없어. 또 주일에 성당을 다녀오면 배낭을 메고 근교 산엘 꼭 올라 체력을 단련시키고…….」

「선생님도 참. 그런 건 결혼 안하셨기에 생긴 취미 아닙니까. 마누라와 자식이 없으니 집 안이 적막하고 오죽 쓸쓸하겠어요. 그러니 자연 그런 취미에 낙을 붙여야 세월 보내기가 훨씬 쉽겠지요.」
「하긴 자네 말도 그럴듯하군. 그럼 한 선생이 도대체 무엇 때문에 결혼 안했을까, 아니면 못하는 걸까?」
「한마디로 괴짜라고밖에 말할 수 없겠군요.」
「괴짜치곤 모든 면에서 너무 완벽하게 정상적이잖아. 그 점이 한 선생을 고지식하게 보이게 하고 재미성 없는 사람으로 지적할 수도 있겠지만. 육칠 년 전인가, 나도 한 선생과 비슷한, 어쩌면 한 선생도 그런 범주에 들는지 모르지만, 어떤 환자의 인생 상담에 응해준 적 있었지. 중이염을 앓는 환자였는데, 나이가 마흔쯤 됐을까. 키가 헌칠하고 생김새도 시원했는데, 그때까지 결혼을 안했더군. 큰 식당까지 경영한다니 생활도 윤택할 텐데 왜 결혼하지 않았느냐고 내가 물었지. 그랬더니 나한테만 고백한다며, 자기는 간질병 환자라는 거야. 어느 정도 주기적이냐고 물으니깐, 두 달에 한 번 정도라나. 그런데 다행히도 가족 이외 아무도 모른다더군. 심지어 식당 종업원까지 말이야. 왜냐하면 그 증세가 오기 직전에 스스로가 낌새를 먼저 알고 화장실부터 찾아간다는 거지. 그래서 화장실 문을 안에서 잠그고 십 분 정도 일을 치르고 나온다는 거야. 심지어 아침 컨디션이 좀 이상하다 싶으면 숫제 안정을 취하고 집에서 쉰다더군. 그런데 만약 결혼하게 되면 아내가 알게 될 테고, 결과적으로 자식에게 유전된다는 게 두려워 끝내 결혼할 엄두를 못 낸다는 거야. 그 피해는 자기 당대로 끝나야지, 또다른 사람에게 승계시킬 수 없다는, 유전학상으로 보면 건전한 생각이지. 그 사람은 독실한 불교도였어.」
「그 말을 들으니깐 그럴 수도 있겠군요. 한 선생님도 혹 간질병을 앓고 있지나 않는지요?」
「이 사람이 이젠 악의에 찬 모략까지 하는군 그래. 한 선생을 찾아가서 맞대놓고 한번 질문해 보면 어때?」
「간질병은 아니더라도 유전되는 그런 종류의 병을 앓는지 누가 압니까? 그래서 그 점이 두려워 결혼을 포기한 게 아닐까요? 의사이기 때문에 자기 병은 누구보다도 자신이 잘 알 테니까요.」
「모르긴 해도 그런 생각은 한 선생에 대한 모독일 뿐더러 지나친 상상력의 발동이야. 내가 쭉 보아왔지만 그런 병을 가진 사람은 어딘가 달라. 성격상 그늘이 있게 마련이고, 또 평소 행동에도 편벽한 일면이 드러나는 법이거든.」
「선생님, 참말 수수께끼치고 어려운 수수께끼로군요. 이 세상에 어떤 사람도 한 선생님이 결혼하지 않은 이유를 모르고 있으니까요. 장본인조차 일절 말을 하지 않으시니, 한 선생님도 저 유명한 중세 신학자 베르나르의 신비주의 신봉자인지도 몰라요. 아니면 자신을 신비의 베일에 가려놓고 나르시즘에 빠져 있는 고독한 성주(城主)라고나 할까요. 그런데 만인을 대할 때 한 선생님의 그 겸허한 성품은 또 어디서 넘쳐나오는 맑은 샘인지 알 수 없어요.」
「한 선생 같은 분은 죽을 때까지 그 말을 하지 않을 걸세. 무덤까지 그 비밀을 가지고 가겠다고 말이야.」
「제가 한번 한 선생님의 그 비밀을 캐내보지요.」 정명기가 자신있게 말했다.
「자네가 무슨 재주로?」
「전 집념이 강합니다. 한번 한다면 꼭 해내지요.」
「무슨 텔레파시가 온 게로군?」
「한 선생님은 틀림없이 북에 처자식을 두고 월남했을 겁니다. 한 솥밥을 먹을 수 없는 긴 이별이지만 순결을 지키는 거지요. 한 선생님은 그럴 만한 심성의 소유자니까요. 그걸 확인해 내겠습니다.」

「연구 과제가 생겼군. 정 군, 확인되는 대로 내게도 그 정보를 귀띔해 주게.」
「주제가 잡혔으니 증명만 남은 셈이죠.」
 열흘쯤 뒤, 정명기가 민진수 연구실에 전화를 걸었다. 한 선생에 관해 드릴 말이 있다는 것이다.
「뭘 좀 알아냈나 보군. 어서 오게. 그런데 정 군 목소리가 왜 그래? 힘이 빠졌군.」
 가운 차림으로 정명기가 민진수 연구실로 왔다. 정명기의 표정이 그리 밝지 않았다.
「자네 연구 과제가 예측에 빗나간 모양이야. 한 선생이 북에 처자를 두고 와서 그 그리움과 맹세를 저버릴 수 없어 결혼을 안한 게 아니로군.」 민진수가 넘겨짚었다.
「제 예측은 맞았습니다. 한 선생님은 북에 처자를 두고 홀로 월남하셨어요. 원산 부두에서 가족을 놓치신 거지요.」
「그런데?」
「함남 신포가 고향인 사람이나 원산에 살며 한 선생님 인턴 시절을 잘 아는 사람만 만나면 문제가 쉽게 풀릴 줄 알았죠. 그래서 함남 도민회를 찾아갔지요. 한 선생님 과거를 잘 아시는 분도 만났구요.」
「이 사람아, 뜸들이지 말구 본론부터 말하게.」
「한 선생님이 성 불구자랍니다.」
「뭐라구? 그게 사실이란 말인가? 전쟁 때 전방 군의관으로 복무하다 파편을 맞아 척추를 다쳤다 했는데 그게…….」
「맞아요. 원산시 시민회 고문 되시는 분을 만났는데, 그분이 그런 말씀을 해주셨어요. 한 선생님 입으로 말하는 걸 직접 들었다면서요.」
「글쎄, 그럴까…….」 민진수가 고개를 갸우뚱했다. 「내가 한 선생을 아는데, 그런 장애가 있다고는 납득이 가잖는군.」

「저도 동감입니다. 한 선생님이 고향 쪽 사람들에겐 그렇게 변명할 수도 있겠죠.」

정말 한준호는 그 비밀을 무덤까지 지니고 갈는지 몰랐다. 그가 아침 잠자리에서 일어나 기도할 때, 그 기도 속에 늘 끼워넣는 말, 「천주님, 북에 있는 부모님, 동기간과 아내와 자식을 지켜주옵소서. 우리가 살아생전 만날 그날까지, 아니면 육신은 썩고 영만 영원히 살아 복락의 처소 하늘나라에서 만날 그날까지……」란 간절한 기원을 어느 누구도 들을 수 없는 비밀처럼.

남 다 자는 깊은 밤, 한준호는 띄울 수 없는 편지를 곧잘 쓰는 버릇이 있었다. 그는 그 편지를 누구도 열 수 없는 작은 금고에 보관했다. 자신이 죽거나 통일될 그날에 개봉될 편지들이었다. 잠 못 이루는 마음이 심란한 어느 날, 그는 이런 편지를 쓰기도 했다.

—여보, 난들 왜 여자가 그립지 않겠소. 나도 젊을 땐 그런 기회가 많았구 여러 차례 새 장가를 들 뻔한 적도 있었소. 저 여자와는 한 지붕 아래 함께 살아도 되겠다 싶어 내 스스로 작심하기도 했구요. 그런데 이상하게도 마지막 순간에 아주 작은 일로 그 혼사가 깨어집디다. 세 차례 그런 일이 있고 나자 그게 바로 천주님의 역사하심과 나를 위해 기도하는 당신의 뜻임을 알았소. 차츰 나이 들고 주위를 돌아보니 나처럼 북에 처자를 두구 내려온 분들이 외로움을 더 견뎌내지 못해 많이 새 장가를 가고 슬하에 자식을 두었습디다. 그 고독이 얼마나 뼈저린가를 아는 나로서는 북에서 내려온 그분들 마음을 충분히 이해하며, 그렇기에 새 가정을 꾸민 그분들을 위해 천주님이 바다 같은 연민으로 축복을 내려달라고 기도했소. 내 마음이 그럼에도, 그러지 않아도 되는데 그분들은 혼자 사는 나를 보고 부끄러워하며 무슨 큰 죄나 지은 듯 말끝마다 북에 두구 온 처자식을 생각하면 나도 수절을 해야 하는데…… 하며 꼬

리말을 달기에, 나는 내가 결혼하지 않은 이유를 곧이곧대로 밝힐 수 없었다오. 내가 당신과 자식 때문에 결혼하지 않기로 했다고 말하면, 그분들이야말로 북에 남겨둔 가족에게 얼마나 미안해 하겠소. 사실 나 역시 외로움과 정욕을 이 나이까지 극복한 게 천주님 뜻에 따라 잘한 일인지, 남한에서 나름대로 행복한 가정을 이룰 수 있는 자유를 놓쳤는지, 아직도 판단이 서지 않을 때가 더러 있다오. 통일의 길은 내 생전 가망이 없어보이구 나이 들수록 외로움은 뼈에 사무치기 때문이오. 그러나 분명한 점은, 나는 지금도 당신을 사랑하오! 천주님의 보살핌 속에 편안히 주무시오.

 그는 그 편지를 써서 금고에 넣은 뒤, 낡고 색바랜 사진을 금고에서 꺼냈다. 그 사진은 한준호 나이 스물일곱 살 때 고향 신포 사진관에서 찍은 가족 사진이었다. 사진에는 세 사람의 반신상이 담겨 있었는데, 한준호는 단정한 양복 차림에 당시 유행하던 중절모를 쓰고 서 있었다. 그 옆 의자에는 흰 한복에 바른 가르마를 탄 순박해 뵈는 새악시가 눈을 살풋 내려뜬 채, 돌 갓 지난 사내아이를 안고 있었다.        (1981. 2)

## 따뜻한 돌

며칠 동안 수은주가 영상을 유지하여 따뜻하더니 그날은 꽃샘바람이 시샘하듯 기온이 갑자기 떨어졌다. 땅이 녹아 진창을 이루던 길이 다시 결빙되고 한기가 살을 에었다. 저녁 무렵에는 일찍 어둑해지고 진눈깨비라도 질금거릴 날씨로 변했다.

하늘에는 구름층이 두꺼웠다. 어둠이 구름을 당겨내린 듯 하늘이 낮게 내려와 있었다. 완만한 비탈에 굴껍질처럼 들어찬 난민촌 누더기 집들은 침침한 회청색을 띠고 있었다. 기온이 냉각되고 바람조차 자는 이런 날씨면 공업단지 쪽 그 많은 굴뚝에서 토해내는 매연이 산허리에 띠꼴로 걸렸고, 난민촌 집들은 그 매연으로 더욱 우중충해 보였다.

간호사는 대기실에서 라디오 볼륨을 낮게 하여 고즈넉이 흐르는 피아노곡을 듣고 있었다. 한동안 열중하던 손톱 청소를 끝내고 아무 뜻 없이 쓰고 지우던 낙서도 지겨워져, 의사 선생 퇴근만 기다렸다.

원장실에 있던 의사 박준도는 석간신문을 대충 훑어보곤 한가한 시간을 담배질로 죽여내는 참이었다. 손님이 없을 때는 여섯시 반이면 퇴근을 했다. 그는 퇴근 뒤 곧장 집으로 들어갈까, 아니면 종합병원에 근무하는 친구라도 불러내어 따끈한 정종이나 한잔 걸칠까 하고 생각의 틈을 들였다. 의료보험이 점차 작은 개인 기업체에까지 확대되자 환자들이 더욱 기를 쓰고 종합병원으로만 몰리는 탓인지, 임산부의 정기적 진찰이나 분만을 위한 산부는 물론, 부인병 환자들까지 발길이 끊기다시피 해버린 실정이었다. 난민촌 입구에 위치한 작은 개인병원이라 사실 그런 모범적 고객을 많이 확보하고 있지 않기도 했다.

 건물로 들어오는 바깥 출입문을 미는 소리가 났다. 현관문은 지하실 맥주홀과 병원이 겸용으로 사용했다. 간호사는 으레 맥주홀로 들어가는 손님이겠거니 하고 관심을 두지 않았다. 병원 대기실과 현관 공간을 차단한 반투명 유리벽 저쪽에서 두 사람의 형체가 머뭇거렸다. 진수와 영희였다.

 차트 함 앞에 턱을 괴고 앉았던 간호사가 기지개를 켜며 몸을 일으켰다.

 「들어오세요.」 간호사가 진료실까지 들리게 말했다.

 진수와 영희는 병원으로 들어설까말까, 잠시 더 궁싯거렸다. 말은 없었지만 상대방이 먼저 문을 열고 들어서면 뒤따라 들어가겠다는 고집을 피우고 있었다.

 병원을 찾는 손님 중 혼전 임신에 따른 인공 중절 수술 경우는 나이 탓도 있지만 수치심과 두려움으로 병원 문 앞에서 곧잘 망설이는 버릇이 있기에, 간호사는 문을 열어주는 친절을 보이지 않았다. 그랬다간 민망해진 손님이 황망히 돌아서는 경우가 종종 있었다.

 진수가 문을 밀자, 찬 기온이 먼저 실내로 몰려들었다. 한기를 타고 건물 지하실 맥주홀에서 틀어대는 왁자지껄한 유행가소리가

따뜻한 돌 87

대기실 안의 잔잔한 공기를 흩뜨렸다. 두 평 남짓한 대기실로 먼저 들어선 진수 뒤로 영희가 머리를 숙이고 따라 들어왔다.

진수는 기계 기름때가 밴 누비 반코트를 입고 있었다. 헝클어진 머리칼은 땟국에 절었고, 얼굴에 검댕이 지워지지 않은 채였다. 그는 공단의 나사 만드는 작은 공작실에서 일하는 선반공이었는데, 영희의 급한 전갈을 받고 달려나온 참이었다. 몸이 좋지 않아 하루 결근했다는 말은 전화로 들었지만, 병원까지 찾을 정도인 줄은 미처 몰랐던 것이다. 영희는 낡은 갈색 목도리에 검정 오버를 입었는데 부기 있는 얼굴이 백합처럼 창백해 병기가 완연했다.

옷을 겹겹이 입었지만, 그런 관찰에는 이골이 난 간호사 눈에 영희의 두두룩한 허리와 아랫배 부위가 금세 눈에 띄었다. 그녀는 그들의 어색해 하는 몸짓과 차림새를 보고 금세 그들 신분은 물론 병원을 찾은 목적까지 눈치챌 수 있었다.

「우리 병원에 처음 오세요?」 산부인과였으므로 간호사가 당연히 영희 쪽을 보고 물었다.

「첨 왔습니더.」 영희가 수줍어하며 대답했다.

벽에 액자 두 개가 걸려 있었으나, 전지 한 장 크기의 원색으로 인쇄된 임산부 투시도가 영희 눈에 먼저 띄었다. 자궁 속에는 성숙한 태아가 몸을 한껏 웅크려 거꾸로 박혀 있었다. 처음은 겁먹은 표정이었으나 태아를 보던 그녀의 입가에 미소가 번졌다. 귀엽기도 해라 하고 그녀가 입속말로 소곤거렸다.

「이름이 뭐예요?」 간호사가 영희를 보고 물었다.

영희는 그 질문에 임산부 투시도에서 눈을 뗐다. 그녀는 진수를 비켜 차트 함 앞에 앉은 간호사 앞으로 쪼작걸음을 떼었다. 간호사 손에 들린 볼펜이 차트 맨 위쪽 성명란에 머물러 있었다.

「김영희라 캐예.」

영희는 머리와 목을 감쌌던 목도리를 벗었다.

「의자에 앉으세요.」

간호사가 성명란에 한글로 김영희란 이름을 적어넣었다. 영희가 간이의자에 앉자, 간호사가 영희 나이와 주소를 물었다. 영희는 스물넷이라고 나이를 대고, 시골집 대진 주소를 댈까 하다 병원 뒤쪽 난민촌 언덕바지에 자취하는 집 주소를 말했다. 번지가 얼른 생각 나지 않아 떠오르는 대로 적당히 말해버리자, 불현듯 시골집 엄마가 떠올랐다. 억센 바닷바람에 주름마다 갈라터진 엄마 얼굴이 떠오르면 콧등이 시큰해지는 그녀였다. 열흘 전 편지에 올해 겨울엔 오징어가 풍어를 이루어 오징어 배 따는 일로 일당 이천 원을 번다는 소식이 있었다.

「오버를 벗으세요. 체온과 혈압부터 재야 하니깐요」하곤 간호사가 물었다.「가족과 함께 사세요?」

「아입니더, 집은 시골 어촌이고예, 친구와 둘이서 자취하고 있는데…….」

영희가 뒤쪽에 서 있는 진수에게 눈을 주었다. 병원을 찾기까지 사정을 좀 말해줘요 하고 진수에게 말하고 싶었으나 그녀는 왠지 입이 떼어지지 않았다. 잠시 뜸하던 허리 통증이 다시 시작되었고, 아래로 검붉은 썩은 피가 계속 흘러내리는 느낌이었다.

도움말을 구하려는 영희 눈길을 받고도 진수는 눈을 껌벅이며 멀뚱히 서 있었다. 산부인과로 남자가 들어왔기에 그는 곤혹감으로 기가 꺾였다. 그 자신이 영희 보호자로서 떳떳한 입장이 못되었다. 남녀 살섞음이 왜 이런 복잡한 결과를 빚을까에 대한 짜증과, 다른 여자는 별 탈 없이 아기를 잘 지우고 잘 낳더라는 연상까지 겹쳐, 결과야 어떻게 되었든 그는 빨리 이곳을 빠져나가고 싶은 마음뿐이었다. 영희가 오버를 벗어 건네주자 심심하던 손이 겨우 일거리를 얻었다는 듯 진수가 얼른 받아들었다.

간호사가 기혼·미혼이라고 나란히 인쇄된 난에 잠시 망설이다 임의대로 미혼란에 볼펜으로 동그라미를 그렸다. 그녀는 틀림없지요 하듯 영희를 건너다보았다.
「지하고 약혼한 사입니더. 우린 봄에 예식을 올릴 낍니더.」
영희가 진수를 돌아보며 또렷이 말했다. 믿지 않아도 그만이지만 거짓말이 아니란 투로, 그녀 목소리에 힘이 들어 있었다.
간호사가 진수를 힐끔 곁눈질했다. 진수는 멀뚱히 서 있다 간호사와 눈이 마주치자 딴전을 폈다. 빌어먹을 년, 결혼식 올리고 애기를 배면 어때서 이런 처지로 내가 따라와야 해 하고 그는 속으로 투덜거렸다.
「직장에 나가나 보죠?」 영희 겨드랑이에 체온계를 꽂곤 간호사가 물었다.
영희가 그렇다고 대답했다.
「임신은 처음인가요?」 영희가 우물쭈물하자, 혈압을 재려 영희 팔목을 걷어올리며 간호사가 질문을 바꾸었다. 「어느 직장에 다니나요?」
「그런 것까지 멀 다 물어예.」 진수가 입속말을 우물거리다, 간호사를 보고 화난 목소리로 말했다. 「돈을 몬 낼까 봐서 묻는 깁니껴?」
「그런 게 아니구, 직장을 가졌나 안 가졌나가 태아나 산모에게 관계가 있거든요.」 간호사가 냉랭하게 말하곤 영희 팔에 커프를 감았다. 거뭇한 반점이 더러 보이는 영희의 여윈 팔에 동맥이 유독 파랗게 드러났다.
「동진상표라고예, 상표 만드는 공장에 댕기고 있어예.」 그런 것까지 숨길 게 뭐 있냐는 듯 영희가 또박또박 대답했다. 긴장 탓인지 그녀 이마에 식은땀이 배어나왔다.
「혈압이 좀 높군요.」
간호사가 영희 팔에서 커프를 풀었다. 그녀는 차트 혈압란에 구십과 백사십을 써놓곤, 왼쪽 겨드랑이에 낀 체온계를 뽑았다. 체온 역시 약간 높아 미열이 있는 상태였다. 간호사가 차트를 들고 자리에서 일어서며, 절 따라오세요 하고 영희를 뒤따르게 했다. 진수를 대기실에 남겨놓고 둘은 원장실로 들어갔다.

「선생님께 증상을 자세히 말씀드리라.」 진수가 영희에게 말했다.

진수는 담배 한 대를 입에 물었다. 영희가 머리를 돌려 진수와 눈을 맞추려 했으나 그의 모습이 보이지 않았다. 진수가 대기실 의자에 앉아버린 것이다. 하필 이럴 때 사고가 나다니. 진수는 광호를 두고 투덜거렸다. 광호는 진수가 다니는 공장에서 함께 일하는 봉재(棒材) 절단공이었다. 광호는 그저께 안전사고로 무릎뼈를 분질러 입원중에 있었다.

영희는 쪼작걸음으로 원장실로 들어섰다. 순간, 그녀도 다리에 깁스 하고 누워 있는 광호를 생각했다. 그에게 이런 증상을 숨긴 일이 미안했으나 그의 괴로운 마음에 더 부담을 줄 수 없었다. 이 문제는 내 스스로 해결하지 않으면 안된다고 다짐하며, 그녀는 납색 핏기 없는 입술을 다물었다.

몸을 세워 앉았던 박준도는 간호사가 건네주는 차트를 훑어보았다. 영희는 책상에 놓은 이름판을 보고 있었다. 검은 나무판에 전문의 의학박사 박준도란 직함이 자개로 박혀 있었다. 이곳에서 소파 수술한 친구 소개로 처음 오긴 했지만 그녀는 잘 찾아왔다고 생각했다. 박사학위를 따기만큼 전문의 인정서 따기도 어렵다는 말을 누구한텐가 들었고, 양쪽 학위를 다 소지하고 있다면 그만큼 권위가 있을 터였다.

「앉아요.」 영희 옆에 서 있던 간호사가 말했다.

박준도는 책상 모서리에 놓인 간이의자에 다소곳이 앉은 영희에게 눈을 주었다. 그는 직업답게 영희 얼굴보다 복부에 먼저 눈을 주었다. 육안으로도 임신 오 개월은 좋이 된 듯했다.

「스웨터를 벗으세요.」 박준도가 사무적인 목소리로 말했다.

영희가 앞이 트인 남색 스웨터를 벗어 옆에 선 간호사에게 넘길 동안, 박준도는 머리에서부터 발끝까지 그녀를 훑어내렸다. 얼핏 보아도 산모나 태아 건강이 양호하지 않음을 짐작할 수 있었다. 기미 낀 윤기 없는 마른 얼굴은 임산부 특징이라고 치고, 여윈 목줄기에 정맥까지 확연히 돌출해 있어, 건성 피부가 꼭 털 뽑은 닭살 같았다. 형광등 불빛 탓으로 부스스 일어난 머리칼이 윤기 없이 하얗게 비쳐보였다.

「멘스가 없는 지 몇 개월쨉니까?」

「사 개월 넘었고, 아니, 오 개월 남짓됐습니다.」 영희가 숨찬 목소리로 빠르게 말했다.

「뱃속에서 아기가 노는 걸 느끼나요?」

「……..」

영희는 고개를 숙인 채 대답을 못했다. 부끄러움보다 그 사실을 설명하기가 곤혹스러웠다. 태아가 어떻게 노는지 모르지만 더러 복부 벽을 자극하는 준동이 있었고, 그녀는 그럴 때마다 소스라쳐 놀라곤 했다. 그런데 태아 운동이 결혼한 숙희언니 경험담과 다소 차이가 있었다. 건강하게 성장하는 태아의 배냇짓이라기보다 그녀에게는 가벼운 통증이 수반되었고 그 여운이 일이 분, 때로 오 분 정도 지속되어 꼭 횟배 앓는 자각 증세와 비슷했다. 그녀는 머리를 숙이고 두 손으로 애꿎게 손톱만 긁었다.

박준도 눈이 초조함을 달래는 영희의 그 손놀림에 짧게 머물렀다. 손은 컸고 핏기가 없었으며 거친 피부에 굵은 주름이 패었다. 손톱 주위로 잘 지워지지 않는 기름때가 배어 있었다. 그는 물을 필요도 없이 낙태수술이겠거니, 하고 지레짐작했다. 공업단지 지역을 선택하여 개업한 지 이미 삼 년, 그의 수입 칠 할이 인공 중절 수술에 의존하고 있었다. 그가 쉽게 돈을 벌기 위해 이 목에 개업한 목적도 사실은 그 점을 염두에 두었고, 그 예상은 적중했다. 성의 문란이 이미 사회 구석까지 뿌리내려 만연된 터이지만, 특히 공단 지역은 그 정도가 심했다. 지난 여름에는 부모 동의를 얻어왔지만 십오 세 여공 중절 수술까지 해준 경험도 있었다.

「임신은 처음입니까?」 박준도가 차트를 보며 간호사가 묻던 질문을 되풀이했다. 영희가 대답을 미루며 또 망설이자, 그는 자기 쪽에서 매듭을 풀어가야 할 순서라고 느꼈다. 그는 직접적인 언사는 피했다. 「너무 늦게 온 것 같군요. 진찰을 해봐야 알겠지만 산모 건강도 좋지 않은 거 같구…….」

의사가 그쯤 암시를 주면 대부분 혼전 임신 경우는 산모가 스스로 모든 사실을 털어놓고 매달렸다. 아니나다를까, 영희가 숙였던 얼굴을 들고 박준도를 처음으로 정시했다. 울음이 터질 듯 상기된 얼굴인데도 그 표정이 진지했다. 박준도는 그녀의 목줄기에 돌출한 정맥이 마음에 걸렸다. 물론 그는 그녀의 임신이 오 개월 넘겼지만 인공 중절 수술을 해주게 될 것이다. 그 결과론을 예상한데도 사산할 태아는 논외로 치고 산모의 생명에도 일말의 위태로움이 느껴졌다. 그런데 영희의 입에서 떨어진 말이 박준도의 허를 찔렀다.

「사실은예, 이분이 세 분쨉니다. 선생님, 세 분씩이나 알라를 떼내뿌린다 카모 다시는 임신하기가 영 힘들다 카데예?」

영희의 물기 어린 검은 동공이 어떤 간절한 뜻을 담고 있었다. 여지껏 준비해 둔 말이지만 힘들게 뱉고 나니 가뿐하다는 표정이었다. 그녀의 얼굴에 수치심이 그쳤다.

「두 번씩이나 중절 수술했던 경험이 있다면 이번은 왜 이렇게 늦게 왔나요? 벌써 육 개월로 접어들었다면 출산 쪽이 가깝잖아요?」

박준도는 화난 얼굴이었고 목소리도 한 음절 높았다. 오 개월 전후에서 병원을 찾는 인공 중절 수술 경우는 박준도가 으레 역정을 내는 대목이었다. 미혼이라면 마땅히 알아 조치해야 할 피임을 때 맞춰 사용하지 않은 불찰이나 무지 쪽보다, 수술의 어려움과 산모의 건강 등을 이유로 내세워 수술 비용을 한껏 요구할 수 있는 핑계를 잡아 항시 사용하는 위협적 발언이기도 했다. 그러나 이번의 경우 그런 타산에서보다, 두 번씩이나 생명을 함부로 지워버린 몰인정한 모성과, 이제 성별은 물론 손톱과 발톱까지 갖추었을 생명을 또다시 지우려는 잔인함에 모욕감이 앞섰다. 그 점은 미구에 태어날 생명체의 존귀함과, 이런 상황에서도 중절 수술을 해줘야 하는 자기 직업의 비정함에 따른 혐오감도 함께 작용하고 있었다.

「선생님예, 그런 무서분 눈으로 보지 마이소. 저는 증말 지금 죽고 짚은 마음뿐이라예…….」 영희가 헉 하고 다급한 숨을 삼켰다. 그녀는 오물을 뱉듯 서둘러 말했다. 「첫 임신 때는 두 달 만에 병원에서 수술했심더. 그러나 두 분째는 자연유산이 되고 말았어예. 입덧이 있고 얼마 후, 배와 허리가 심하게 아푸더이 아래로 검은 피가 계속 쏟아져나옵디더. 얼매나 무섭던지…….」

영희 목소리가 울음에 잠겼다. 그녀의 무릎에 놓인 손이 목소리 떨림만큼 경련을 일으켰다. 잊으려 해도 자꾸 떠오르는 광호 모습을 그녀는 의식 밖으로 떨쳐내며, 이건 누구의 도움 없이 해결하지 않으면 안될 문제라고 되뇌었다.

「두 번째가 언제였는데요?」

「작년 늦봄이었어예. 하는 수 읎이 직장에 결근계를 내고 그이와 함께 병원으로 찾아갔습니더. 의사 선생님 말씀이, 피임을 하지 않구 만약 다음에 또 임신하모 소파 수술은 절대 하지 말라고 당부합디더. 심장과 폐도 좋지 않구, 자궁도 약하다 카면서…….」

영희는 여의사가 말한 직업병 얘기를 꺼낼까 하다 또 무슨 끔찍한 소리를 들을까 싶어 입을 다물었다. 삶의 쓰라림이야 오징어 배를 타던 아버지가 바다귀신이 된 열세 살 때부터 절절히 부대껴왔지만, 겨우 얻은 직장이 입살이를 시켜준 대신 직업병을 유발하여 자신의 건강은 물론 태아에게까지 영향을 미칠 줄 두 번째 자연유산 때 여의사의 귀띔으로 알게 되었던 것이다.

「유산 후 후유증은 없었나요? 이를테면 어디가 어떻게 아프다든지…….」

박준도는 의자 등받이에 등을 기대어 영희와 얼마간 거리를 두었다. 영희의 오열 속에 풍기는 악취가 후각을 자극했던 것이다. 그 악취는 구강이라기보다 소화기 계통 어디에서 나는 것 같았고, 영희의 앞 치열 위 잇몸이 무슨 증상 때문이지 모르지만 붉게 부풀어 있었다.

「보름 동안 직장을 쉬었습니다. 계속해서 오한이 나고 오줌조차 잘 안 나오고 했어예. 그 정도는 참을 수 있었는데, 눈앞이 희미할 정도로 어지럽고 허리가 아파 도저히 제 몫의 일을 감당해 낼 수 없었심더. 아침 일곱시부터 밤 아홉시까지 주로 서서 해야 하는 일이었으이까예.」 영희가 겨우 울음을 진정하고, 그 여운을 삭이듯 어깨를 들먹였다.

「동진상표라?」 박준도가 차트를 보며 중얼거렸다. 「그 직장에서 몇 년 간 일했나요?」

「오빠가 서울서 일자리를 구해서 저도 시골서 올라왔지예. 벽보광고 보고 찾아갔더랬는데, 이제 네 해쨉니더. 그러나 조만간 결혼할 거고 해서 이 달만 채우모 그만둘 끼라예.」

영희가 손으로 입을 막고 받은기침을 뱉었다. 그녀는 배가 당겨 하복부를 지그시 눌렀다. 그녀 눈앞에 대기실에서 본 태아 그림이 떠올랐다. 왠지 자신의 배냇아기는 그 그림의 태아처럼 사람 윤곽을 뚜렷이 지니고 있을 것 같지 않았다. 오 개월을 넘겼으니 아직 이목구비와 사지가 정돈되지 않았겠지만, 마치 곤충 유충처럼 징그러운 형체로 떠올랐다. 병든 탯줄을 통해 모진 목숨을 가늘게 잇는 사지조차 없을 성싶은 자신의 태아를 생각하자, 그녀는 죽고 싶은 마음뿐이었다.
「직장에서 무슨 일을 맡아봤지?」
어느 사이 박준도는 영희에게 말을 하대하고 있었다. 그 점은 상대가 열댓 살이나 수하이므로 적당히 무시해 버려도 좋다는 가벼운 생각에서보다, 고객이 상품적 가치에서 다른 모습으로 변용되어 인간적 연민을 불러일으킬 때 환자와 의사 사이에 교류하는 한가닥 정감이 작용한 탓이었다.
「제가 직장서 하는 일은 두 자 네 치에서 석 자 네 치 되는 큰 알루미늄판에다 상표 모형을 복사하기 전 약칠하는 일입니다.」 겨우 기침을 진정한 영희가 가쁜 숨길 사이, 쉬어가며 대답했다.
「그 공장에서 주로 어떤 약품을 쓰지?」
「감광액·초산을 물에 타서 써예. 더러 중크롬산도 씁니더.」
「그런 약품이라면 독극물 아닌가. 여자에게 그런 위험한 일을 시키다니.」
박준도 목소리가 분기를 띠었다. 그가 그런 약품을 사용하는 현장을 직접 본 적은 없었지만 초산이라면 쇠조차 녹이는 강한 독성을 지니고 있음을 알고 있었다. 그는 문득 친구인 내과의 임상담이 생각났다. 초산액으로 자살을 기도한 젊은 남자 환자를 받은 적 있었는데, 초산액을 겨우 한 모금 넘겼다는데 입 안은 물론 식도까지 까맣게 타버렸다는 거였다.
「알루미늄판을 부식시키다 보이 저으 공장에서는 주로 그런 독극물만 사용합니더. 물에 타서 쓰지만 그 물이 살갗에 닿으모 금세 부풀어오르고 따갑십더. 그래서 고무로 된 앞치마를 입고, 또 고무장갑 끼고 일을 해예.」
영희가 천천히 얼굴을 들고 이마에 맺힌 땀을 닦았다. 기침 탓으로 그녀 뺨이 붉게 상기되었는데, 그 상기된 부분이 전체적으로 곱게 번지지 못하고 얼룩처럼 반점 형태를 띠었다.
「두 번째 자연유산됐을 때 의사 권고도 있고 했으니 직장을 옮기든지 그만두어야 했을걸.」 박준도는 안타깝다는 듯 혀를 찼다.
「저는 숙련공이라예. 중학교마저 중퇴한 저에게 월 십팔만 원이라모 큰돈 아입니껴. 시골집에 돈 부치고도 얼마간 저축도 할 수 있고 해서 기를 쓰고 일을 했지예.」
「아무리 돈도 돈이지만 목숨보다 귀할까.」
네 몸은 독극물 중독으로 모든 내장이 썩었을런지도 몰라, 하고 말하려다 박준도는 양미간을 찌푸리며 머리를 흔들었다. 그는 이마를 괴고 잠시 생각에 잠겼다. 진찰해 보지 않았지만 이 처녀는 틀림없이 독극물 중독에 따른 악성 임신중독증에 걸렸음이 분명했다. 극소량이지만 자신이 미처 모르는 사이 장기간에 걸쳐 카드뮴이나 중크롬산을 섭취했다면 태아가 기형아이거나 식물인간 상태로 모체에서 자라고 있을는지 모를 일이었다. 그렇게 따져보면 지난번 자연유산도 그 영향일 거라는 데 생각이 미쳤다. 그렇다면 피임을 철저히 하거나, 불찰로 임신이 됐더라도 멘스가 없던 첫 달에 진작 의사와 상의할 일이지 오 개월이나 지나 병원을 찾다니……. 여기에 생각이 미치자 박준도는 마음이 착잡했다. 지금 상태로 수술이란 산모 목숨에 중대한 영향을 미칠 수도 있기에 칼을 댈 수 없었다. 그는 어디쯤에서 이 처녀로부터 적당히 손을 떼어야 할까를 궁리할 입장이었다. 그는 의자에서 일어났다.
「미스 한, 진찰 준비하지.」 박준도가 침통하게 말하며 청진기를 목에 걸었다.
「이쪽으로 들어오세요.」 간호사가 영희에게 말했다.
영희가 간절한 눈빛으로 박준도를 보았다. 그녀는 그제서야 의사에게 말해야 할 가장 중요한 대목을 빼먹고 있었음을 깨달았다. 그녀는 입에 침이 마르고 목이 타는 갈증을 느꼈다.

「선생님, 제 말 좀 들어주이소.」

영희가 박준도 가운 자락을 붙잡았다.

「진찰한 후 다시 얘기하기로 하지.」 박준도는 진찰실 입구에 놓은 크레졸 푼 소독물에 손을 씻었다. 돈 문제라면 진찰을 끝내봐야 얘기할 수 있는 성질이었다. 그러나 그는 그녀를 결코 수술환자로 받아들일 수 없다는 생각을 굳혔다. 종합병원으로 보내버리는 게 가장 손쉬운 해결 방법이었다.

「선생님, 사실은 알라를 또 지울라꼬 온 기 아입니더. 이번에는 예쁜 우리 알라를 낳을라고 해예. 아기 아부지 될 사람과도 그렇게 하기로 결정보았심더. 그이가 제대하고 다시 취직했거덩예. 그래서 우린 올 봄에 결혼하기로 했어예!」 영희가 울음 섞인 목소리로 외쳤다.

영희 목소리에는 어떤 즐거움이, 목청 어디에서 만들어내는지 알 수 없는 희열에 들떠 있었다. 모진 게 목숨인데 쉬 죽을 리가 없어예. 지난번엔 석 달을 몬 채워 자연유산됐지만, 이번은 오 개월을 무사히 넘겼거덩예. 제발 유산되지 말라고 얼마나 빌었는데. 잡초처럼 모질게 살아 이 세상에 첫 울음 터뜨리며 우리 아기가 태어날 거라예. 그러면 제가 훌륭하게 키워보일 끼라예. 그녀 혀 끝에 이런 말이 맴돌았지만 한마디도 뱉어낼 수 없었다. 울음인지 설움인지 알 수 없는 덩어리가 혀에 돌덩이처럼 눌러앉았다.

「아기를 낳겠다구, 그래?」

손을 씻다 말고 돌아본 박준도가 쑥스러운 탄성을 질렀다. 그와 함께 조금 전까지 그토록 밉게 보일 수밖에 없었던 처녀가 한 마리 순한 양으로 그의 눈에 비쳐보였다. 눈물이 뺨을 적셔 온통 젖은 얼굴이었지만 그 여윈 모습에서 또하나의 생명을 키우는 임산부 특유의 득의만만한 긍지가 넘치고 있음을 읽을 수 있었고, 상대적으로 자기 마음을 찔러오는 부끄러움에 얼떨떨해졌다. 자신은 수치심과 고통으로 응어리진 여자 치부에 칼을 대어 생명체를 가책 없이 파괴한 뒤 그 대가로 안락한 생활을 영위한다는 자책이 지금처럼 절실하게 느껴지기도 실로 오랜만이었다.
「그런데 선생님, 며칠 전부터 또 계속 피가 나오고 어지럼증이 심해서……. 약방에서 약을 지어 먹었지만 그치지 않습디더…….」
「산모 건강이 지금 어떤 상탠데 약방에서 함부로 약을 쓰긴 써요. 얼른 병원으로 왔어야지.」 박준도가 퉁명스레 말했다. 그는 영희에게보다 자기자신에게 화를 내고 있었다.
「선생님, 증말 전 알라를 지우고 싶지 않십더. 전번 여의사 선생님도 지우모 안된다고 했거덩예. 인자 귀여분 우리 알라를 갖고 싶단 말임더. 도와주이소 예? 선생님, 절 좀 도와주이소!」
영희가 울부짖으며 박준도의 가운 자락을 붙잡았다. 그녀는 이제 제정신이 아니었다. 사 개월 뒤 건강한 아기를 순산할 수 있음이 의사 말 한마디에 달려 있다는 일념뿐이었다.
「어서 진찰실로 들어가세요.」 간호사가 냉랭하게 말했다.

박준도가 원장실로 나오자, 간호사가 진찰을 마치고 옷을 챙겨입는 영희를 남겨두고 뒤따라 나왔다.
「미스 한, 보호자 같이 왔나?」 고무장갑을 벗고 소독물에 손을 씻으며 박준도가 물었다.
「대기실에서 기다리고 있을 거예요.」
「좀 들어오시라 해.」 박준도는 목소리만큼 표정도 어두웠다.
간호사가 대기실 문을 열자, 진수는 의자에 꾸부려앉아 졸고 있었다. 낮게 코까지 골며 달게 잠든 진수를 본 간호사의 눈이 표독스러워졌다. 태아는 물론 산모 목숨마저 위태롭게 된 마당에 태평스레 잠을 자다니, 정말 남자란 족속의 몰염치성은 아무리 좋게 이해하려 해도 이해할 수 없다는 생각이 들었다. 자신의 일시적 쾌락에 급급하여 무책임하게 싸질러놓곤 나 몰라라 돌아서버리는 남자가 요즘 세상엔 한둘이 아님을 병원에서 다반사로 보아온 그녀였다. 그러면 여자 쪽은 그 핏덩이를 지우느라 몸은 몸대로 상하고, 죽을 마디를 몇 차례 넘기는 진통 끝에 사생아를 낳고……. 저치도 틀림없이 순진한 공순이를 따먹고 매정하게 돌아설 건달일 거야. 결혼할 거라고? 그래도 입은 바로 붙었다고 듣기 좋은 말은 할 줄 알아서. 간호사는 졸고 있는 남자에게 속으로 욕설을 퍼질렀다.

「보세요, 의사 선생님이 좀 보시재요.」 간호사가 큰소리로 말했다.

「예?」 자다 깬 진수가 뚱한 얼굴로 간호사를 올려다보았다. 그는 손목시계를 보곤, 「벌써 시간이 이쯤 됐나. 야근에 들어가야 하는데 큰일났네」 하며 의자에서 기우뚱 일어났다.

진수는 원장실로 들어서자 박준도에게 절부터 했다. 박준도는 그를 못 본 채 차트에 환자의 진찰 결과를 기록하고 있었다.

「선생님, 어떻습니껴?」

「당신이 산모 약혼자 되는 사람이오?」 박준도가 펜을 놓고 마치 신문하는 검사처럼 진수를 보았다.

「그렇습니다만.」

「산모가 저 지경이 되도록 병원을 찾지 않다니. 아기 아버지 될 사람이니 당신에게도 그 책임의 일부가 있소.」 박준도는 책상에 있는 담뱃갑에서 한 대를 뽑아 입술에 끼웠다.

진수는 박준도 말에 무엇을 떠올렸는지 실소를 짓더니 간이의자에 앉아 머리칼을 긁었다.

「책임이 있다모 있겠지예. 그러나 임신이라 카모 저보다 여자가 잘 아는 일이라, 저야 그저 태무심하게 지냈지예. 여자란 다 임신하고 알라 낳는 거 아입니껴. 영희도 말했을 텐데예, 우리가 머 알라를 뗄라고 온 기 아이라 카는 말 말입니더.」
 진수가 농을 하고 있지 않았으나, 박준도가 듣기에는 그의 말투에 희롱기가 느껴졌다.
「혈청검사 등 정밀검사를 받고 엑스레이 촬영을 해보면 알겠지만, 태아가 지금 정상적으로 자라지 않소. 산모가 독극물 중독에다 영양실조가 심해 원만한 출산을 기대하기 힘들 뿐더러 지금 형편으로는 산모 생명까지…….」 진찰실에서 사색이 된 얼굴로 영희가 비적대며 걸어나와 박준도는 말을 중단했다.
 영희는 눈물 닦던 손으로 벽을 짚고 기대어 서자, 복받쳐오르는 오열로 어깨를 들먹이며 흐느꼈다.
「미스 한, 산모 대기실로 모시고 나가.」 박준도가 말했다. 간호사가 벗어놓은 영희 스웨터로 그녀의 어깨를 감싸며 대기실로 부축해 나가자, 박준도가 진수를 보고 목소리 낮추어 말했다. 「산모는 지금 악성 임신중독증에 걸렸소. 혈압이 높은 데다 부종까지 있는 거로 보아 저대로 뒀다간 자간(子癎)으로 생명이 위태롭소.」
「자간이라이, 그기 멉니꺼?」 진수가 튕기듯 물었다.
「경련을 일으키다 혼수상태로 들어가 완전 의식이 없어져요. 그게 오래 지속되면 산모까지 생명을 잃기도 하오. 그런데 자간도 자간이지만, 내가 보기엔 산모가 직업병에 걸린 것 같소. 그렇다면 기형아나 백치아를 낳을 확률이 농후하단 말이오. 일본에도 미나마타 병이라고, 메틸 수은이 함유된 물에서 자란 물고기를 먹은 임산부가 기형아를 낳았소. 그것도 한 마을에서 수십 명씩이나. 태어날 때부터 눈이 멀고 사지가 뒤틀린 백치아인데, 평생을 식물인간으로 살아야 하는 무서운 병이오. 그러니…… 오늘은 이미 늦었고, 내일 일찍 손을 써서 종합병원에 곧 입원 수속을 밟도록 해요. 하루가 급해요.」
 박준도는 대기실 쪽 벽에 붙은 벽시계를 보았다. 이미 일곱시가 가까워오고 있었다. 그는 영희와 진수를 서둘러 쫓을 요량으로 댓 모금 빨던 담배를 재떨이에 비벼 끄곤 가운을 벗었다.
「그라모 종합병원에서 알라를 떼야 합니껴?」 진수도 따라 일어서며 물었다.
「종합병원은 시설이 좋으니 잘 조치해 줄 거요. 내 생각이긴 하지만 태아는 아무래도 포기하는 쪽이 좋을 것 같소. 우선 산모 목숨부터 살려야 하니깐. 그리고 그 직장은 당장 그만두게 하시오. 무엇보다 산모는 지금 절대 안정을 시켜야 해요.」
박준도는 대기실에 있는 간호사를 불렀다. 그는 간호사에게 영희 진찰료를 귀띔해 주었다. 말코지에 걸린 윗도리를 입고 책상 서랍에 열쇠를 채웠다. 박준도가 퇴근 준비로 부산을 떠는데도 대기실로 나가지 않고 무슨 질문인가 더 하려 멀뚱히 섰는 진수를 보자, 「그럼 가보시오. 이렇게 작은 개인병원에서는 달리 조치할 게 없으니깐」 하고 잘라 말했다.
진수 어깨에 머리를 기대고 병원을 나선 영희는 심한 어지럼 증세로 땅바닥에 주저앉을 것만 같았다. 이미 사방은 어두웠고, 그 어둠 속에 뭇별이 그녀 눈앞으로 유성처럼 사라졌다. 식은땀이 온몸을 흥건히 적셨다. 의사가 아래를 건드린 탓인지 복부까지 울리는 둔한 통증으로 하복부는 물론 허리께가 천근 같게 무거웠다.
「오빠, 미안하데이.」 영희가 신음 섞인 목소리로 말했다. 「광호 씨가 입원해서⋯⋯. 일도 바쁠 낀데 이렇게 나와줘 고마버.」
진수는 대답하지 않았다. 누이를 부축하여 큰길로 잠시 걷다 그는 걸음을 멈추었다.
「아무래도 광호한테 이 얘기는 해야 할 끼구마.」
「알라를 또 떼얄지 모르는 그런 이바구를 하다이. 그라모 난 우짜모 좋아.」 영희도 걸음을 멈추었다.
「난 니가 이토록 몸이 몬쓰게 된 줄 증말 몰랐데이.」

「오빠, 근데 의사 선생이 머라 카더노?」

진수가 대답을 못했다.

「입원해야 된다제? 알라도 놓을 수 없고……」

「내일 큰 병원에 가보모 어떻게 될 끼라」 하다 진수가 말머리를 돌려 물었다. 「참, 이 몸으로 우째 집에 가겠노?」

「밖으로 나오이까 쪼매 살 것 같네. 오빤 또 야근 드가야 된다 미?」

그들이 지나는 앞 공장 담벼락에 붙여 천막친 간이주점이 있었다. 닭 똥창을 굽는 내음이 번졌다.

「저게서 다리도 쉴 겸 국수나 한 그릇씩 묵자. 나도 밤일하자모 아무래도 뭐든지 먹어둬야 하이까.」 진수가 말하며 영희를 그쪽으로 이끌었다.

「난 아무것도 묵기 싫어.」

「의사 선생이 영양실조라잖나. 뭐든지 묵고 봐야제.」

진수가 포장막을 들치고 안으로 들어섰다. 공원 둘이 데친 오징어를 초장에 찍어 먹으며 소주를 마시고 있었다.

「여게 국수 두 그릇 주이소. 그리고 소주 딱 한잔만.」 영희를 나무의자에 앉히고 진수가 주모에게 말했다.

영희는 이마에 맺힌 찬 땀을 손수건으로 닦으며 목판 위를 멀거니 바라보았다. 물오징어, 고추장 바른 닭발과 돼지고기, 껍질 벗긴 뱀장어 따위가 질펀히 널려 있었다. 하얀 불꽃을 소리내어 튀기는 카바이드 불빛 아래 물기로 번들거리는 붉은 살점을 보자 그녀는 갑자기 비위가 뒤틀렸다. 마치 그것들이 뱃속에 든 태아의 일부분으로 느껴졌고, 카바이드 불빛은 동진상표 작업실의 아크등 카본 불빛을 연상시켰다. 닭 똥창을 굽는 느끼한 냄새와 더불어 작업실의 눈을 아리게 하는 암모니아액의 싸한 내음이 후각을 자극했다. 영희는 목을 쥐고 헛구역질을 하다 의자에서 일어서고 말았다.

「오빠, 나 먼첨 갈래. 연탄불도 갈아야 하고…….」
「그 몸으로 어떻게 가겠다고 그래? 내가 데려다주꾸마.」
「천천히 걸어가지 멀. 오빠 니 오늘 밤 집에 몬 들어오는 거 맞지러?」
「몰라, 밤샘까지야 안할걸.」
「그럼 내 가꾸마.」

영희는 포장막을 들치고 밖으로 나왔다. 바람이 자는데 뺨에 닿는 냉기가 살갗을 에었다. 공장지대라 어두운 한길을 그녀는 천천히 걸었다. 기계소리가 들리고, 밤일하는 공원들이 불러대는 유행가소리도 아련하게 들려왔다. 그녀는 뱃속에 든 아기를 지워야 할는지, 아니면 함께 죽는 한이 있더라도 십 개월까지 견뎌내야 할는지 얼른 판단을 내릴 수 없었다. 가녀린 숨을 붙이고 있는 핏덩이 하나, 아니 성장을 멈춘 채 아직 온기가 남은 돌덩이 하나가 뱃속에 있다는 사실이 그녀에게는 쉬 실감되지 않았다.

난민촌 언덕바지로 오르는 길목까지 나오자 노점들이 촘촘했고 귀가하는 행인들 발길도 부산했다. 영희는 아무 생각 없이 상점 진열대를 살피며 걸었다. 그러다 색색의 완구가 진열된 완구점 앞에서 걸음을 멈추었다. 유아용 딸랑이에서부터 세발 자전거까지, 갖가지 완구가 갖추어져 있었다. 영희는 홀린 듯 갖가지 완구를 구경하며 완구 하나마다 배냇아기를 관련시켜 생각을 엮었다. 딸랑이를 흔들며 재롱 떠는 뺨이 토실한 우리 아기……. 저것 봐, 저건 소리 나는 오뚝이고, 저건 태엽 감는 기차……. 그러다 드레스 입은 눈이 동그란 소녀 인형을 보자, 그녀는 끌리듯 완구점 안으로 들어섰다. 어릴 적 그림에서 그런 인형을 봤을 때 무척 갖고 싶어 꿈까지 꾼 적 있었다.

「뭘 사시겠어요?」 여자 점원이 영희 옆으로 다가오며 물었다. 그녀 눈길이 영희 눈이 머문 데 따라 멈췄다. 여점원이 소녀 인형을 집어들었다. 「이걸 사시겠어요?」
 「아니, 그 인형말고, 소리 나는 인형은 없어예? 울고 노래하고 손짓까지 하는, 인형이 아이고 진짜 알라 같은 그런 거 말입니더.」 (1981. 2)

# 미 망
未忘

「또 그늠으 간갈치를 꾸벘구나」 하며 아내를 타박하는 어머니 말소리가 들렸다.
　소금에 절인 갈치 구이는 할머니가 가장 즐기는 반찬이었다.
　어머니와 아내가 포마이커 밥상을 마주 들고 마루로 옮겨놓았다. 준구와 준옥이가 기다렸다는 듯 밥상에 붙어 앉았다.
「묵을 귀신이 씌었나. 꼭 걸귀신 들린 꼴이다.」
　어머니가 아이들을 보며 혀를 찼다. 그 말이 나오면 언제나 하는 말씀인, 알라들이 걸귀신 들린 드키 묵을라 칼 때는 한창 살림이 쪼들릴 때고 알라들이 밥투정할 때라야 엔간히 살림이 폈을 때라는 말씀은 입에 담지 않았다. 어머니는 아이들이 즐기는 맵지 않은 반찬인 달걀찜과 감자볶음을 아이들 앞으로 옮겨놓았다. 어머니는 수저를 들다 말고 내 쪽을 보았다. 담과 부엌 사이의 좁은 통로에서 나는 막 세수를 마치고 마루로 올라서던 참이었다.
「애비야, 어서 밥 묵거라.」
　늘 그런 편이지만 오늘 아침 어머니 목소리는 더욱 위엄이 서렸고 냉랭하게 느껴졌다. 어머니 얼굴이 굳어 있었다.

 저녁 드시기 전에 두 분이 또 한바탕 했어요. 할머닌 저녁 진지도 안 드셨지 뭐예요. 어젯밤 업무수당 명세서를 작성하느라 야근을 마치고 열시 넘어 귀가한 내게 아내가 대문을 열어주며 하던 말이 생각났다. 아니나다를까, 어머니는 할머니와 한 방 잠자리를 하지 않으려 요와 이불을 마루로 내어와 따로 주무시고 계셨다. 어머니가 울산 점포를 정리하고 서울 우리집으로 합가한 지 다섯 달째인데, 그새 할머니와 말다툼은 벌써 여섯 차례였다. 앞으로 한 달 동안 두 분이 별 마찰 없이 지낸다 해도 한 달에 한 번꼴은 다툼이 벌어진 셈이었다. 말다툼이라면 서로 삿대질하며 맞대거리해야 마땅하나 두 분 경우는 그렇지 않았다. 어머니 쪽에서 먼저 발작적으로 할머니의 마땅치 못한 행동거지를 두고 험구했고, 그러면 할머니는 조개가 아가리를 다물듯 침묵으로 며느리의 그 따가운 수모를 묵묵히 견뎌냈으니, 다툼은 일방적이라 말해야 옳았다. 제 분에 못 이긴 어머니가 새삼스레 옛 모화 시절의 케케묵은 과거까지 꺼내어 짧게는 십여 분, 길게는 삼십여 분을 할머니와 아버지까지 싸잡아 닦달 놓다 제풀에 지쳐 입을 다물 때까지, 할머니는 자리 뜨지 않고 돌아앉아 그 말을 죄 새겨들으며 담배질로 응어리진 한을 눌러 삭였다. 그쯤에서 할머니가 어머니를 피해 장소를 옮기면 되련만, 할머니는 꾸중 듣는 아이처럼 청승스레 그 험담을 다 들으셨다. 그래서 어머니가 입을 닫은 뒤면 반드시 혼잣말처럼, 그러나 분명히 며느리가 듣게끔 한마디 말대꾸를 담배연기 속에 풀어 날렸다. 「그래, 그래. 니 말이사 다 맞지러. 등신 같은 이 늙어빠진 시에미가 잘한 기 머 있노. 자슥을 잘 낳았나, 낳은 자슥을 잘 키았나. 아무 것도 잘한 기 읎지러. 하늘 보기 부끄러버 거리귀신돼서 객사하든가, 약 묵고 죽든가 해야지러. 이짓 저짓 다 몬하모 우짜겠노. 호야네한테라도 가야지러. 호야네한테 갈라모 그늠으 차를 또 우째

탈꼬.」

 호야네란 불광동 고모댁을 이르는 말이었고, 할머니가 차 타기를 두려워함은 심한 멀미가 뒤따랐기 때문이었다. 할머니의 그 푸념은 그만큼해 두려는 어머니 울화에 기름을 붓는 격이었다. 어머니가 발끈하여 악을 쓰게 마련이었다. 「만날 천날 죽는다 카미 와 몬 죽을꼬. 쪽박 들고 동냥질 댕기모 똑 맞을 그 잘사는 딸네 집에 갈라카모 말 떨어진 김에 어서 가소. 평생 딸네 집 뒤만 봐줬는데도 딸네는 이날 이때꺼정 와 제 밑도 몬 닦을꼬.」

 이제 고모까지 들고 나서는 어머니의 빈정거림이었다. 두 분이 그렇게 한바탕 말다툼을 치르고 나면 사나흘 동안 집 안은 한겨울 냉방 같은 분위기가 되곤 했다. 방 두 칸에, 세 평 남짓한 마루 한 칸이 고작인 아래채 전세에서 두 분이 마치 딴살림하듯 냉전 체제로 들어가면, 한 방을 쓰는 두 분의 불편한 잠자리에 내가 무슨 화해의 특사나 되듯 부득불 이불과 베개를 옮겨 부엌방으로 건너가야 했고, 어머니는 못이긴 채 우리 내외 방에서 잠을 잤다. 어느쪽을 두둔할 수 없는 내 입장은 두 분을 중재시키기에 여간한 곤혹이 아니었다. 결국 아내가 불광동으로 전화를 걸어 그쪽 단칸 셋방으로 할머니를 며칠 동안 피신시킨 적도 두 차례나 있었다. 고모가 할머니를 다시 모시고 오거나, 아내 전화를 받고 짬을 내어 수유리로 와서는 산전수전 다 겪은 그 수더분한 입심으로 어머니 기분을 넉살좋게 치살려, 겨우 두 분을 밥상에 마주앉게 했다. 고모의 그 역할은 대체로 성공률이 높았다.

 「다같이 늙어 파뿌리된 처지에 이날 이때꺼정 무슨 원한이 골수에 사무쳤다고 이래 견원지간으로 지냅니껴. 싸움하는 어무이나 성가(언니)보다 셋방 처지에 두 어른 모시고 사는 조카 내외가 우째 하룬들 온전케 배겨내겠는교. 젊은 사람들 봐서라도 을매 남잖은 시월, 인자 서로가 쪼매 양보하고 참으며 살아야지예.」 고모가 어머니를 설득시키는 데는 반드시 이런 말이 양념으로 쳐졌다.「어차피 자슥 집에 올라온 이상 나도 살모 몇백 년 살 끼라고 이래 속을 끓이겠노. 그저 눈감고 지낼라 캐도 노망도 안 든 늙은이가 하는 짓마다 우째 그래 밉상인지…….」어머니 말이 이쯤에 이르면 마음이 엔간히 풀어졌다는 증거였다.
「할머님은 왜 안 나오시냐. 같이 식사하셔야지..」어제 두 분이 한바탕했다면 할머니 쪽에서 으레 어머니와 밥상을 마주하지 않으실 줄 뻔히 알면서도, 밥상 앞에 선 내가 짐짓 한마디 했다.
아내가 자기는 먹지 않고 준옥이 밥시중을 들며 조심스레 어머니를 곁눈질했다. 할머닌 따로 채려드려야지요, 하는 말이 입에 맴도는 눈치였으나 아내는 끝내 말문을 떼지 않았다. 이럴 땐 내가 모래 씹듯 몇 숟가락을 숭늉에 말아 아침 끼니를 때우는 곤혹도 그렇지만, 하루종일 두 분과 얼굴을 맞대고 있어야 할 아내가 치를 마음 고생이란 이만저만하지 않음을 미루어 짐작할 수 있었다.
「자기 묵기 싫은 밥 억지로 권할 끼 먼가. 굶다 허기지모 그 잘 사는 딸네 집에 가서 실컨 포식하겠지러.」어머니가 부엌 방에 군눈을 주며 할머니가 들으란 듯 시큰둥 말했다. 내게도 채근을 놓았다. 「어서 애비 니나 묵거라. 출근길 늦겠다.」
내 입장으로선 어머니 말이라고 덜렁 퍼질러앉아 수저를 들 수 없었다. 아내가 구운 갈치 도막의 뼈를 발겨 준옥이 밥그릇에 올려놓는 걸 내려다보다 나는 부엌 방으로 들어갔다.
할머니는 방 귀퉁이에 허리를 반쯤 접고 앉아 손톱이 타도록 담배꽁초를 피우고 있었다. 일 미터 오십이 채 못되는 작은 키에 몸피가 장작개비같이 마른 할머니인지라 무릎을 세워 꼬부장하게 앉은 몰골이 마치 원숭이 같았다. 할머니는 정말 명만큼이나 원숭이처럼 인중이 길었다.
「어제 저녁도 안 드셨다면서예? 할무이, 일어서이소. 이라다 병

나겠심더.」

「속이 끓어올라 밥이고 머고 몬 묵겠다. 묵을 생각도 없고. 죽어야제. 어서 죽어야제. 굶어서라도 죽어야 이 설움을 안 받지러.」

할머니는 숨길이 가쁜지 목에서 가래 끓는 소리가 났다. 필터 끝만 소복하게 담긴 재떨이 옆에는 대형 활명수 병이 있었다. 속이 끓어 복통이 시작되면 늘 조금씩 마시는 할머니 상비약이었다. 어머니가 울산 살림을 정리하고 올라오기 전에도 할머니는 달거리로 속앓이를 하셨는데, 그럴 때면 한 끼는 스스로 거르셨다.

냉동 기술자였던 아우가 이 년 계약으로 사우디아라비아로 나가자, 어머니는 그제서야 울산 살림을 정리하고 서울 내 집으로 옮겨올 뜻을 비쳤다. 그즈음부터 어머니는 고혈압 증세로 뒷골이 아프시다며 종종 자리에 누우시곤 했다. 그러나 몸 움직일 수 있을 때까지 어머니는 혼자 힘으로 사시겠다고 환갑을 넘기고도 군청 앞에서 스물일곱 해째 멸치포 장사를 벌였다. 이웃 사람들은 아들 둘이 다 칠칠하게 사는데 왜 그 나이까지 장사를 벌이고 있냐고 말했지만, 어머니는 환갑을 넘겨도 네 해 동안 그 뜻을 굽히지 않으셨다. 그런데 이자놀이하던 생돈을 두 군데나 떼이고 젊은이들에 밀려 장사일이 힘에 부치자, 비로소 옷 한 벌 제대로 못해 입고 한 푼 두 푼 평생을 모아 장만한 울산 집을 내놓았다. 방 세 칸에 열댓 평 마당 달린 작은 집이었다. 제수씨가, 애 아빠가 돌아올 때까지 울산에서 같이 살자고 말했으나, 어머니는 집 판 돈과 여기저기 깔아놓았던 돈을 챙기자 서울로 올라오셨다. 어머니가 서울 내 집으로 올라오기 일주일 전에도 할머니는 속앓이를 하셨다. 앞으로 범 같은 며느리와 한 지붕 밑에 함께 살 일이 지옥같이 여겨졌던지 지레 겁을 먹고 밤잠조차 설치시더니 기어코 자리보전하여 사흘을 꼬박 앓으셨다. 어머니는 서울로 올라오시자, 늙은이가 지닌 돈 없으면 죽을 때까지 설움받는다며, 수중에 지닌 이천여만 원을 당신 앞으로 은행에 맡겼다. 서울로 오신 사흘 뒤 고모가 인사 삼아 집으로 왔을 때 어머니는 서울로 옮기게 된 결심을 변명 삼아, 「둘째며느리가 같이 살자 쪼루고 나도 콧구멍 같은 큰애 셋방에서 시어미 마주보고 살기 싫었지마는, 자슥한테 얹혀살라 카모 진작부터 장자한테 붙어야지 지차한테 얹혀살다 늙은이 하대하모 그때서야 머신 낯짝 들고 장자 집에 드가 살겠노. 몬살아도 큰애 집에 몸 붙여야 죽고 난 뒤 제상이라도 채리주겠제」 하고 말씀하셨다.

「자, 일어나이소.」 나는 할머니 팔을 잡고 일으켜세웠다. 그러면서 어머니 귀에 들리지 않게 작은 소리로 말했다. 「할무이가 좋아하시는 갈치도 꾸버났심더.」

할머니는 평생 소식주의자였고, 하루 세 끼 식사량이 늘 일정했다. 반찬도 간갈치·간고등어 구운 생선류나 짠 젓갈 종류를 즐기셨다. 거기에 비하면 체격이 우람한 여장부인 어머니는 폭식주의자였고, 입이 걸어 아무 음식이나 잘 드셨다. 혈압이 높으신데도 돼지고기 두루치기를 즐겼고, 생선찌개 국물에 된장 곁들인 상추쌈이 나오면 지금도 한 그릇 넘어 그릇 반을 너끈히 비우셨다. 젊을 때 하도 굶어 나는 그저 묵는 재미밖에 없다고 어머니는 자주 말씀하셨다. 어머니는 고양이처럼 쪼작쪼작 자시는 할머니 식사 모습을 보면 눈총을 주며, 저래 좀살궂게 묵으이 평생 식복이 없어 저 나이가 되도록 남으 눈칫밥이나 묵제, 하고 타박을 주곤 했다.

「나는 안 묵는다 카이. 어서 니나 묵고 회사 나가거라.」

할머니가 내 손을 뿌리쳤다. 필터가 반쯤 타서야 담배를 재떨이에 비벼 껐다. 할머니는 기침을 콜록이더니 풀썩 한숨을 내쉬었다.

「부모 복, 서방 복, 자슥 복, 다 없는 이 늙은이를 저승사자는 와 안죽 안 데불고 갈꼬. 생각할수록 원통하고 설분 내 팔자야. 그저 자는 잠에 꼴깍 숨겨두모 좋겠구마는……」 할머니가 세운 무릎에 얼굴을 묻더니 소리 죽여 흐느꼈다.

미 망 111

할머니 지지미 저고리 폭 좁은 등심이 떨렸다. 할머니는 몇 년 전만 해도 머리칼이 순백이었는데 이제 다시 검은 머리가 새로 돋아 어머니보다 덜 반백이었다. 털실 같은 그 머리카락이 깡마른 어깨가 떨릴 때마다 연기처럼 날렸다. 숱이 적은 데다 끝이 몽그라져 쪽머리하기가 어려운데도 할머니는 아침 세수를 마치면 반드시 오랜 시간을 들여 곱게 빗질하셨다. 진작 몬 죽고 이렇게 끼여붙어 사는 팔자에 손자메누리 일감이나 덜아야제, 하시며 당신 양말과 속옷은 늘 스스로 빨아 입었고, 남 앞에 정갈하게 보이려 애쓰시는 분이었다. 그런데 오늘은 아직까지 세수나 빗질도 하지 않으셨다.
「어무이 잔소리야 어데 어제오늘 한두 번 듣습니껴. 험한 세상 살아오다 보이 세상에 대고 풀 분을 그저 우리들한테 넋두리하는 기지예. 할무이가 귓가로 흘려 들으시고 신경 안 쓰시면 되잖습니껴. 그만 우시고 어서 나오시이소.」
「두 귀가 묵었으모 안 들릴까, 즘승 새끼도 아인데 들리는 말을 우짜노. 서방 잘몬 만내 너거 에미 고생한 것도 다 알고 저래 역정 내는 것도 다 한이 맺히서 하는 소린 줄이사 알지마는…….」 할머니가 뒷말을 잇지 못했다.
「돈 더 벌 생각 말고 한 끼 입 덜라는 옛말도 있다. 늙은이는 놔두고 니나 와서 묵거라. 노친네란 한두 끼 굶는다고 쉽게 죽지 않는다.」 마루에서 어머니가 외쳤다.
어머니 말이 서러운지 할머니가 소매에서 손수건을 꺼내어 물코를 풀곤 주름이 겹쳐 살갗이 문드러진 눈가를 훔쳤다.
「어서 니나 묵고 회사 나가거라. 속이 끓어 나는 몬 묵는다 카이. 지금은 물 한 모금도 넘길 수 읎다 카인께」 하곤 할머니는 떨리는 손으로 또 담뱃갑을 집어들었다.
할머니는 담배 한 대를 열 번 정도 껐다 피우는 데도 이틀이 멀다 하고 한 갑씩 피워대기 때문에 나는 봉급날 숫제 '환희'를 열다섯 갑씩 사다 할머니에게 안겼다. 그래도 담배가 모자라는지 내 재떨이의 피우다 남은 꽁초까지 주워다 할머니는 필터가 탈 때까지 마저 피우곤 했다. 나는 안방으로 건너와 밥상 앞에 앉았다.

「아빠, 노할머니하고 울산할머니하고 또 쌈했다. 노할머니 막 울었다.」 두 달 전에 초등학교에 입학한 준옥이가 수저를 드는 나를 보고 말했다.

「그래, 그래. 어서 밥 먹고 학교 가야지.」

초등학교 삼학년인 준구는 이 눈치 저 눈치에 익숙한 철든 애같이 아무 말 없이 다부진 숟가락질만 해댔다. 나는 콩나물국에 댓숟가락 밥을 말아 어느 때보다도 빨리, 씹지도 않고 먹어치웠다. 이 자리를 어서 벗어나 회사라도 나가버리면 된다는 강박관념이 나를 서두르게 했다.

「그늠으 속앓이병인가 먼강은 담배 탓이지러. 구십이 다된 늙은이가 무신 담배는 저래 지독시리 꾸버대는지 모리겠다. 내 시집가이까 그때사 안죽 새파란 색시가 야시(여우)같이 토구리고 앉아 담배를 빠꼼빠꼼 피우고 안 있나. 내가 을매나 놀랬던지. 그때부터 피아댄 줄담배니까 담뱃값만 모아도 집 한 채는 샀을 끼다.」 밥을 먹으며 어머니가 다시 할머니 흉을 잡고 늘어졌다. 「엽초 넣어 장죽으로 빠는 담배는 독해서 몬 피운다고, 담배를 피아도 꼭 마구초 담배마 피우이까 담뱃값이 곱절로 더 들제. 거게다 한분 피우모 몇 시간은 좀 참으모 어떻노. 껐다 피았다 껐다 피았다 하이 알라들 장난도 아이고 성냥이 오죽 헤푸나. 니 알라 쩍에 집에 불이 날 뻔한 적도 있었지러. 그라이까 큰 성냥통 사놔도 일주일이 몬 간다 카인께.」

「마 어무이도 그만큼 하이소. 그래 봐야 서로 무신 좋은 일이 있다고 그랍니껴. 스스로 속이나 상하는 거지예.」 숟가락을 상에 놓으며 내가 말했다.

빠끔 열린 부엌 방에서 할머니의 고시랑거림이 들려왔다. 할머니가 어머니 말을 엿들은 모양이었다.

「내가 담배 피운다고 이날 이쩍까지 니가 은제 시에미한테 담배 한 포 사다 준 적 있었나.」

「내가 와 담배 사다 주는교. 담배 많이 태우는 사람 나라서 상 준다고 사다 주나, 담뱃재 모다 팔모 양식될 끼라고 사다 주나. 돈으로 쌈이나 싸 묵으모 뱃속에나 드가제. 연기로 날리뿌리는 그늠으 담배, 무신 집칸이나 논마지기 물리줬다고 주야장천 태어서 날리뿌리는 연긴데, 담뱃값을 내가 멋 때문에 대주겠는교!」 어머니가 소리 나게 수저를 놓으며 악을 썼다.

「어머님, 주인집 듣겠어요. 혈압도 높으신데 그만 고정하세요.」 아내도 참다 못해 애원조로 한마디 했다. 자기가 나섬에 무슨 잘못이나 저지르지 않았냐는 듯 내 눈치를 살폈다.

「할머니, 정말 그만 하셔요. 노할머니가 울잖아요.」 여지껏 제 밥만 열심히 챙겨 먹던 준구가 불퉁해져 말했다.

손자 말에야 어머니도 비로소 찔끔해 하며, 「그래, 그만 하제이. 네늠도 노할망구가 업어 키웠다 보이 팔이 안으로 굽는다고, 저쪽 편익마 들고 나서구나」 했다.

나는 내 방으로 건너왔다. 방 한 귀퉁이는 온통 털실 꾸러미였다. 중계업자로부터 털실을 받아다 스웨터 한 벌 짜주고 오백 원씩 받는 부업을 아내는 네 해째 계속하고 있었다. 부지런을 떨면 하루 세 벌까지 짤 수 있어 가계에 제법 보탬이 된다고 아내가 말했다.

집에서 입는 허드레옷을 벗고 나는 외출복으로 갈아입었다. 내가 다니는 직장은 외판 회사라 사장이 전 사원에게 늘 정장 차림을 지시했으므로 삼복더위 한 철을 빼곤 윗도리까지 입고 다녀야 했다. 와이셔츠와 바지를 입고 넥타이를 맬 때, 아내가 방으로 들어왔다. 나는 창 밖 주인집 정원을 내다보고 있었다. 공무원으로 정년 퇴직한 바깥주인이 수도꼭지에 호스를 꽂아 정원의 화단과 큰키나무에 물을 주는 모습이 보였다. 오월 중순의 맑은 아침나절이었다. 정원에는 철쭉꽃이 활짝 피었고, 안채 베란다 위로 뻗어오른 포도나무 새 덩굴순이 깃을 치고 있었다. 새 잎 무성한 정원의 푸르름이 내 눈에는 싱싱하게 보이지 않았다.

「어제 저녁답에 어머님이 마루 걸레질하시다 할머니가 흘린 담뱃재를 봤지 뭐예요.」 양복 윗도리를 들고 뒤에 섰던 아내가 말했다. 「그래서 어머니가 할머니 들으시라고, 시어머니 담배 끊는 꼴 봤으면 죽어도 원이 없겠다고 한마디 하신 게…….」

「알았어. 그만 해둬.」 윗도리를 받아 입으며 내가 건짜증을 냈다.

「정말 속상해서……. 어쩜 좋지요?」 아내가 작은 소리로 투정했다.

「어짜긴 어째. 한 이틀 견뎌보고 정 안되면 또 고모님을 부르는 거지 뭘.」

「당신이 어떻게 한마디 해보세요. 가장이란 사람이 늘 윗사람들 눈치만 보니 오히려…….」

「이 여편네 이제 못하는 말이 없어.」 내가 아내 말을 막고 눈을 부라렸다. 아내에게 화를 낼 입장은 아니었으나 나는 나 자신에게 역정을 내고 있었다. 「두 분 싸움을 나는 못 말려. 하루 이틀 보아온 것도 아니고 말이야. 잘못이 있다면 앙숙인 두 분을 모실 수밖에 없는 내 처지지. 이제 와서 어떻게 하겠어.」 내 목소리가 어느 사이 풀이 죽었다. 「이런 경우를 두고 운명으로 돌려야 하나? 어떻든 당분간 참고 사는 수밖에 더 있겠어. 할머님이 사시면 언제까지 사실 거라고……. 양쪽 눈치보기 어렵더라도 당신이 좀 참아줘야지.」

나는 아내 어깨를 다독거려주었다. 아내가 얼굴을 떨군 채 머리를 주억거렸다. 참고 순종하는 데는 어느 여자보다 길들여진, 내게는 더없이 고마운 아내였다.

내가 제대하고 울산으로 내려가 어머니 밑에 빈둥거리다, 자립해서 네 밑 네가 닦으라는 어머니 닦달질에 견디다 못해 무작정 서울로 올라와 신문 광고를 보고 취직한 곳이 월부 책 출판사 수금사원이었다. 별 기술도 필요 없었고, 다리 힘 하나와 성실과 정직으로 버틸 수 있는 직업이었다. 그때 아내는 야간 중학교를 막 졸업하고 집안 형편상 진학을 포기한 채 관리부 사환으로 입사해 있었다. 일 년 반을 서울에서, 삼 년을 전국 지사를 순회하는 지방 수금사원으로 일한 끝에 본사로 올라왔을 때, 아내는 스물이 된 그때까지 사무실 청소하고 책 배달이나 돕는 사환으로 근무하고 있었다. 우리는 눈이 맞았다. 그로부터 삼 년 동안 길거리에서 만나고 길거리에서 헤어지는, 돈 안 들이고 별 재미없는 연애 끝에 결혼했을 때, 서로는 서로의 가난과 정에 주리며 자란 성장기를 잘 이해하고 있었다. 젊기 때문에 앞으로 열심히 살아보자는 꿈 이외 아무 가진 것 없이 우리 신혼은 사글세방부터 출발했다. 야채 행상으로 사 남매를 키운 장모, 서른둘로 홀몸이 되어 두 아들을 키워온 어머니로 볼 때, 우리는 서로 밑질 것 없이 잘 만난 한 쌍이었다.

마루로 나오니 밥상은 그대로 놓였으나 어머니와 아이 둘은 보이지 않았다. 집안 분위기를 눈치챈 준구는 재빨리 가방 챙겨 학교로 간 모양이고, 아직 학교 갈 시간이 안된 준옥이는 어머니가 데리고 골목길로 놀러 나갔을 것이다. 나는 부엌 방을 들여다보았다. 할머니는 새우처럼 몸을 웅크려 모로 누워 계셨다. 작고 여윈 몸매라 한 손으로 들어올려도 가벼이 들릴 듯 애처롭고 앙증스런 모습이었다. 쪼그락진 마른 얼굴에 눈을 살풋 감은 할머니가 문 여는 소리에 눈을 뜨고 나를 올려다보았다. 눈물이 찌쩨그레 고인 할머니의 맑은 눈길에는 힘이라곤 없어, 내 코끝이 찡해졌다.

「어무이가 바깥에 나갔심더. 인자 일어나셔서 눌은밥이라도 좀 드시이소.」

할머니는 입술만 달싹거릴 뿐 대답이 없었다. 말할 힘도 없는지 만사가 귀찮아지셨는지, 그것도 아니면 정말 복통이 심한 건지 짐작할 수 없었다. 된콧숨을 내쉬던 할머니가 어깨를 오소소 떨었다. 오한이 있는 것 같아 나는 윗목에 개어놓은 홑이불을 할머니께 덮어드렸다.

「마 치아라. 속에 불이 나서 이불이고 머고 몬 덮겠다.」 할머니가 한 손으로 이불을 걷어내며 말했다. 「죽을 때모 한 분은 다 알라 놓을 때맨쿠로 아파 까무러치고, 그 고비마 넘기모 저승사자가 팬팬한 질로 질 안내를 자알 해줘서 아주 편안케 숨을 끊는다 카던데, 증말 그랄란지 어떨란지…….」

「그라모 저는 회사 다녀오겠습니다. 조리나 잘하시이소.」

나는 인사를 하고 부엌 방에서 나왔다.

「니 에미한테도 인사는 하고 가거라.」 방문을 닫는 내게 할머니가 가랑가랑하는 목소리로 말했다.

대문 앞 골목에는 어머니와 준옥이 모습이 보이지 않았다. 도봉산 쪽 숲으로 산보 갔겠거니 하고 생각하며 나는 버스 정류장으로 걸었다. 시계를 보니 일곱시 반이었다. 여덟시 반까지 출근이라 걸음을 서둘러야 했다. 내 직장은 을지로 삼가였다. 내가 사는 동네는 버스 종점이어서 늘어선 줄 꼬리에 붙어 한 대 버스를 그냥 보냈다. 다음 버스에 오르자 뒷자리 창가에 빈 좌석이 있었다. 버스가 시내로 빠져들어갈 동안 나는 창 밖만 내다보며 초라할 수밖에 없는 우리 집안의 내력을, 그중에도 할머니 과거를 시름겹게 되새겼다.

할머니 연세가 올해로 여든여덟이시니 십 년 남짓만 더 사시면 한 세기를 사는 셈이었다. 할머니의 친정은 경주 아래쪽 모화에서 삼대봉이란 해발 육백 미터 남짓한 산허리를 휘어돌아 동으로 늘어진 시오리 길을 걸어야 당도하는 하서라는 갯마을이었다. 하서리는 방어진과 감포 중간쯤에 위치해 있는 면소재지로 일백여 호 넘는 대촌이지만, 할머니가 살았던 시절은 가구수 삼십 호 정도의 조그만 어촌이었다. 나는 여지껏 할머니 고향을 가본 적 없었다. 어머니 말씀으로는 당신이 시집온 뒤 시어머니가 친정인 하서로 근친 가는 걸음을 한번도 보지 못했다 한다. 아니, 할머니가 당신 친정 이야기나 부모 동기간을 입에 올려 하시는 말씀을 나 역시 들은 적 없었다. 할머니는 하서에 살았던 자신의 처녀 시절을 철저히 함구하며 살아오신 것이다. 그러므로 내가 알고 있는 할머니에 관한 이야기는 어머니와 고모로부터 흘려 들은 말이 모두였다.

열아홉 살 때 할머니는 모화 땅 상처한 홀아비에게 처녀 시집을 왔다. 할아버지는 손 귀한 집안 외동아들로 겨우 호구나 면하는 가난한 소작농이었고, 할머니와 혼례를 치렀을 때는 시체말로 이가 서 말이나 된다는 나이 서른하나의 늙은 홀아비였다. 할아버지는 죽은 전처와 사이에 자식이 없었는데, 뜨내기 방물장수 소개로 할머니에게 새 장가를 들었던 것이다. 들은 바로 증조할아버지는 모화 땅 천석꾼인 최 부잣집 종이었다 했다. 당신은 당시 개화바람을 타고 인간 해방을 맞아 그 최 부잣집 논 다섯 마지기와 밭 두 두렁을 배내기로 타내어 딴살림을 나오신 모양이었다. 「들은 이바구로 니 할매 친정은 친가 외가를 따져 사촌조차 읎는 두 칸 초가에 삽짝 앞만 나서모 사철 시퍼런 파도가 넘실거리는 바다였단데이. 니 할매 친정애비는 배를 타다 젊어 물귀신이 됐고, 친정에미가 청상에 과수 되어 딸 둘을 키우미 미역을 따다 호구나 이었다 카더라. 바다라 카모 하도 원한에 사무쳐 뱃늠한테는 절대로 딸을 안 줄라고 벼르다가 우째 모화 땅 상처한 니 할배와 혼사 말이 있었던기라. 지금도 보모 얼굴이 갸름하고 이마가 반듯한 기 할매가 처녀

적은 패 새처벗을(예뻤을) 끼라. 니 할매가 시집와서 딱 두 분 친정걸음을 했다는데, 한 분은 동상이 시집간다는 기별이 와서 갔고, 한 분은 두 딸을 다 출가시키고 가랑잎맨쿠로 갯가에서 혈혈히 살던 친정에미가 쉰 몬된 나이에 죽었다는 기별이 와서 하서로 갔단다. 그것도 다 내가 시집오기 전 일이고, 나는 들은 이바구니라. 내가 시집을 와서 니 할매가 한 분도 친정 가는 걸 몬 봤으이께. 가봐야 누가 있노. 그러이께 친정 이바구를 입에 담지도 않았고. 담배 피우며 저 동쪽 하늘을 보다 호문차 눈물짓는 모습이사 수천 분도 더 봤지러. 죽은 부모나 감포 쪽으로 시집가 소식 없는 동상 생각이 나서 그랬겠지러. 아아들이 우짜다가, 늙고 늙은 바닷가에 오막살이 집 한 채라 카는 노래 안 있나. 그 노래라도 부르모 그기 듣기 싫은지 귀를 막곤 했지러.」 어머니가 내게 들려준 할머니 이야기였다. 「추석이나 설날이나 제사지낼 때 니 할매 하는 짓, 니도 봤제? 제사 다 지내모 제상을 문 쪽으로 반쭘 돌리놓고 꼭 따로 밥 두 그릇을 새로 떠서 올리놓고 할매 혼자 두 분 절하는 거. 그거는 제상에 밥 한 그릇 올리놓을 아들 자숙을 몬 두고 죽은 친정 부모님 제사를 니 할매가 대신 지내주는 기다.」 내가 어릴 때 어머니는 이런 말씀도 하셨다.

　회사로 출근하여 일에 쫓기다 보니 나는 잠시 집안일을 잊고 지냈다. 열한시쯤, 신 계장 전화 받아봐 하며 부장이 송수화기를 내게 넘겨주었다. 그제서야 나는 직감적으로, 집에서 온 전화구나 하고 생각했다. 아내였다.

　「아무래도 할머님이 좀 이상해요. 속앓이라도 전과 다른 것 같아요.」 아내 목소리가 떨렸다.

　「다르다니?」

　「제발 한 번만 의사를 좀 불러달래요. 전에는 그런 적이 없었잖아요?」

사실이 그랬다. 결혼 이태 뒤부터 고모한테 할머니를 인계받아 칠 년째 모셔왔지만 당신이 속앓이 이외 다른 병을 앓으시는 걸 본 적 없었고, 한 차례도 병원에 가신 적이 없었다. 그 흔한 감기에 걸려도 속이 따갑고 어지럽다는 이유로 약방 약조차 거절하셨다. 그 점에는 어렵게 사는 손자에게 약값까지 부담지울 수 없다는 당신의 여린 심정도 작용하고 있었다. 자리보전하여 죽으로 연명하며 이틀 정도 보내면 할머니는 어김없이 일어나셨다. 머리 단장 옷 단장으로 외양을 정하게 갖추어 수챗가로 아장아장 걸어나가 당신 옷을 손수 빨고 마루에 걸레질도 하시곤 했다. 내 어린 두 자식은 아내보다 할머니를 더 따르며 자랐다.

「의사를 불러달란다니, 정말 많이 편찮으신 모양이군. 그래, 당신 어떻게 했소?」 내 목소리가 다급했다.

「그래서 병원엘 왔지요. 여기 시장 앞, 그 윤 내과 있잖아요. 어떻게 할까요? 고모님한테도 연락해야 되겠죠?」

단칸 셋방에 다섯 식구가 복작거리는 고모댁에 전화가 있을 리 없었다. 고모부가 연탄가게 배달원으로 있었으므로 그쪽으로 연락이 닿았다.

「고모님 좀 오시라 카고, 의사 선생이나 어서 모시고 가.」

「퇴근하고 곧장 들어오세요.」

「알았어. 무슨 일이 있으면 또 전화해.」 나는 전화를 끊었다.

오후 두시가 넘자, 아내가 다시 회사로 전화를 걸었다.

「아무래도 당신이 조퇴하구 들어오셔야겠어요.」

큰길에 면한 약국 앞 공중전화를 이용하는지 아내의 숨 가쁜 목소리에 섞여 클랙슨소리가 들렸다.

「왜, 위독하셔?」 내 목소리도 높아졌다.

「숨길이 가쁘고 진땀을 흘리셔요. 아무래두……..」

「의사 선생이 뭐라더나?」

「원체 연세가 많은 노약자라 뭐 특별하게 쓸 약도 없으시다며 주사 한 대만 놓고 가셨어요. 목이 많이 붓고 기관지가 헐었다나요. 아무래도, 오늘내일이 고비실 거라고······.」
「알았어. 내 곧 들어가지.」
나는 부장에게, 할머니가 위독하시다고 말한 뒤 조퇴 허락을 받았다. 버스를 타고 집으로 돌아오니 준옥이 학교 공부가 벌써 끝났는지, 어머니가 대문 앞에서 준옥이와 함께 놀고 계셨다.
「할무이가 어째됐습니꺼?」 내가 어머니에게 물었다.
「안 돌아가신다모 돈깨나 까묵게 생겼어. 아푸다고 하도 소리치길래 듣기 싫어 내사 밖에 나와버렸다.」 어머니가 냉담하게 말했다. 신록 울울한 앞산을 바라보는 어머니 눈길에 한 겹 시름이 실려 있었다. 어머니는 혼잣소리로 중얼거렸다. 「한분 눈감으모 그만인 목숨, 모지고 질긴 기 명줄이라. 집도 절도 없이 울산으로 나와 내가 어린 너그 성제간 데불고 미군부대 앞에서 걸뱅이질할 때, 그만 우리 셋이 같이 복 내장이라도 끄리 묵고 죽어뿔라고 결심도 여러 분 했건만, 그래도 몬 죽고 살아왔제. 니 할매도 사무친 원한이 앞산만큼 높아 하눌님도 차마 박정하게 숨질을 몬 끊는 모양 같고······.」
마루로 들어서니 고모부가 열무김치를 안주 삼아 소주를 마시고 있었다. 고모부는 환갑을 몇 해 앞둔 연세에, 연탄 배달부였다. 군복 검정물 들인 아래위 작업복이야 연탄과 같은 색이라 그렇다 치고, 낯은 씻고 왔을 텐데 고모부 얼굴에는 여기저기 탄가루가 묻어 있었다.
「열이 왔구나. 아무래도 할무이가 마 시상 하직할라 카는 거 같으다.」 고모부가 소주잔을 비워내며 허탈하게 말했다.
늘 주기가 눈가장자리에 가시지 않는 고모부는 근년에 들어 모든 낙을 술에 붙여 알코올 중독 현상을 보였다. 눈만 뜨면 해장술부터 시작하여 잠자리에 들 때까지 소주병을 차고 다니면서도 안주 없이 짬짬이 마셔댔다. 연탄배달일은 열심이었고, 정신을 잃을 정도로 과음하는 법이 없으니 묘한 주법을 몸에 익히고 있는 셈이었다.
　나는 목례만 하곤 할머니 방으로 건너갔다. 아무것도 덮지 않고 반듯이 누운 할머니는 잠이 든 듯 눈을 감고 있었다. 반쯤 벌린 입을 통해 목구멍에서 가랑거리는 소리만 나지 않는다면 할머니는 이미 시신과 다름없어 보였다. 주름진 얼굴은 더욱 검어졌고 눈자위가 움푹 꺼졌다. 할머니 옆에는 아내가, 할머니 머리맡에는 할머니를 닮아 하관이 빠르고 콧날이 오똑 선 고모가 앉아 있었다. 아내는 떠다놓은 세숫대야 물에 수건을 적셔 짜선 할머니 얼굴과 목에서 배어난 진 같은 땀을 닦아내고 있었는데 이미 눈이 충혈되었다.
　「아이구, 마 이래 세상 베리는갑지러. 열아, 우짜다가 할무이가 이 지경이 됐노? 약도 안 사다 디리고 병원에도 한 분 안 모시고 갔더나?」 고모가 원망 섞인 눈으로 나를 보며 말했다.
　「제가 출근할 때까진 말씀도 잘하시고 앉아 계셨습니더.」 아내 옆 자리, 할머니 발치에 앉으며 내가 말했다.
　저승꽃이 군데군데 핀 뼈만 남은 할머니의 작은 발이 잘 씻어놓은 왜무이듯 깨끗했다. 그러고 보니 할머니 발을 통째 본 게 처음인 듯 느껴져 왠지 못 볼 거라도 본 듯 마음 한 귀퉁이가 쓰렸다.
　「밥술이나 묵는 집은 이 지경이 되었으므 입원시킨다 우짠다 카겠구마는 이래 병원 신세 한 분 몬 져보고 돌아가시다이. 아이구 원통하고 서러버라. 딸자식이라고 있어봐야 수중에 돈 몇만 원도 지닌 기 없으이 그늠으 돈들은 다 어데서 썩고 있는지…….」 고모가 오열을 삼키며 푸념했다.
　고모네가 고모부 고향인 모화 아래역 호계 역전에서 식당을 할 적만도 할머니를 모셨고, 살림살이가 그런대로 괜찮았다. 그러나 고모부가 남의 보증을 잘못 서 집칸을 날리고 노름으로 패가망신하자, 할머니를 나에게 떠안겼던 것이다. 서울로 올라오신 할머니가 내게는 말하지 않았지만 손자며느리에게 하신 말씀을 들어보면 그동안 밥을 얼마나 굶으셨던지, 「양석은 쪼들리는데 범 같은 자석들이 셋이나 되제, 그것들이 크라고 한창 묵을 나이 아인가. 그러니 딸네 집에 얹혀사는 이 늙은 것이사 목이 메서 어데 조밥이나마 제대로 넘어가겠나. 내사 하루 두 끼도 몬 묵을 때가 많았고 어떤 날은 멀건 수제비 한 끼로 하루 해를 넘기기도 했니라」하셨다. 칠년 전 할머니를 내게 맡긴 뒤 결국 네 해 전 좁은 모화에서 살 길이 막막해진 고모네마저 서울로 솔가해 왔다. 고모부 사촌이 불광동에 연탄가게를 벌이고 있어 그 친척을 지팡이 삼아 자식들을 달고 무작정 상경했던 것이다. 고종사촌들도 일터를 구해 나섰다. 큰아들은 노동판에, 스물이 된 여동생은 식당 종업원이 되었다.

「의사 선생님을 한 번 더 모셔올까요?」고모 눈치를 보며 아내가 말했다.

「내 참말로 이런 말이사 안할라 캤지마는 성가(언니)가 해도해도 너무하데이. 보통 사람이 아인 줄이사 알지마는 밉든 곱든 그래도 시어무이인데, 사람이 이래 죽어가는 걸 한 지붕 밑에서 보민서도 우째 낯짝 한 분 안 비칠꼬. 그래 모질으이께 돈 모우고 살았겠지마는…….」고모가 아내 말이 시답잖다는 듯 어머니를 두고 험담했다.

「늙으신 분들은 꼭 자신이 조만간 당할 일 같아 임종을 잘 안 지키시려 합니다. 고모님이 오시기 전에는 어머님이 이 방에 계셨더랬어요.」아내가 말했다.

고모나 아내 말은 이미 할머니 임종을 기정사실로 받아들이고 있었다.

「그래도 그렇지러. 울산서 집 팔아 아들네 집에 왔으모, 아들 앞으로 집이사 때가 일러 몬 사준다 캐도 이럴 때 돈 좀 풀어놓으모 안되나. 성가도 환갑 넘간 나이에 살모 백 년을 살겠나 천 년을 살겠나. 너거나 우리사 입치레도 심드이 내 아무 말 안하지만, 성가 하는 짓은 증말 괘씸하데이. 어데 두고 보자, 관 속에 그 돈 싸가 주고 가는 꼴을.」 열린 방문을 통해 마루를 내다보며 고모가 맵게 말했다.

어머니와 할머니, 그 고부 사이란 옛말에도 싸움 잘 날이 없다는 말이 있지만, 두 분은 평생 무슨 살이 낀 듯했다. 어머니가 시집 갓 왔을 때나, 아버지가 집에 붙어 있었을 때는 당사자들보다 이웃 눈도 있었으니 물론 어머니가 할머니에게 눌려 지냈음이 틀림없을 터였다. 그러니 정확하게 말해서 육이오 전쟁 뒤부터 어머니는 할머니와 완전히 갈라서고 말았다. 육이오 전쟁 뒤부터 할머니의 우리집 출입은 마지못한 나들이 정도가 고작이었고, 내가 모시기 전까지 할머니는 줄창 외손자들을 키우며 호계 고모네 집에서 사셨다.

우선 신체적 조건부터가 어머니와 할머니는 판이했다. 할머니는 여자 중에서도 왜소한 체구였고, 어머니는 여장부답게 몸집이 컸다. 성격 또한 할머니가 꼼꼼하고 찬찬하며 어떤 면에서는 게으른 편이라면, 어머니는 드세고 괄괄하고 남달리 부지런했다. 할머니는 점심 식사 뒤 꼭 한 시간 정도 낮잠을 자는 습관이 있었는데, 나는 어머니가 여지껏 앉은 자리에서라도 대낮에 눈을 붙이는 걸 본 적 없었다. 할머니는 음식 솜씨가 없어 어머니 말처럼 오징어젓이나 잘 담그고 초장이나 맛을 낼 줄 알까, 나물 하나 제대로 무치지를 못했고, 손이 잘아 밥을 하면 딱 알맞거나 조금 모자라기가 십상이었다.「원래 본 바 없고 배운 바 없이 청상과부 아래 짠물만 보고 갯가서 자랐다 보이 시집와서 끼니때마다 밥하라고 쌀을 떠내 줄 때는 바가지는 물론이고 조롱박 한 분 쓰는 벱이 없었니라. 똑 그 조막만한 손으로 아이들 동두깨비(소꿉장난)하듯 쌀을 퍼내주이 내사 노상 눌은밥을, 그것도 반 그륵이 몬되게 묵었지러. 낮이 모 그 험한 논일 밭일에 밤이모 베틀 앞에 앉아, 말만 듣던 시집살이가 오죽이나 했겠나. 거게다가 니 애비는 그늠으 빨갱이 공부를 하는지 기집질을 하는지 울산이다, 경주다, 부산이다, 외지 출입을 장 구경가듯 나댕겨, 한 해모 반 년은 집을 비았을 끼라. 그러니 니를 뱄을 때는 이 큰 뱃가죽이 시래기맨쿠로 주름져 내사 그저 자나깨나 묵는 생각밖에 없었다. 묵는 기 눈앞에 어른거려 눈을 딱 고 보모 헛것을 본기라. 그래서 철따라 감자나 고구마나 닥치는 대로 시에미 몰래 삶아 묵었지러. 그라모 니 할매는, 말 같은 여편네가 손이 커서 소도 잡아묵을 상판이니 살림 망칠 끼라고 동네방네 재잘거리고 다니쌓지러…….」 어머니가 읊으시던 시집살이 넋두리였다.

창문과 방문이 열려 있기에 나는 담배를 꺼내 물었다. 담배를 태우며 할머니 얼굴을 보니 눈꺼풀이 잘게 떨리고 있었다. 숨길은 가빠 납작한 가슴팍이 가볍게 오르내렸다. 할머니가 쓰는 재떨이에 담뱃재를 털다 보니 필터가 반쯤 타들어간 꽁초가 열 개쯤 되었다. 그것이 마치 할머니의 이빨이나 화장(火葬) 뒤 바스라진 뼛조각 같았다.

낮잠을 주무셔서 그런지 할머니는 밤잠이 별 없으신 편이었다. 새벽 두세시쯤 어쩌다 변소라도 가려 마루로 나오면 부엌 방에 불이 켜져 있을 때가 있었다. 무심코 문을 열고 보면 할머니는 마치 늙은 여우가 호호백발로 둔갑한 듯 눈을 빠끔히 뜨고 오두마니 앉아 담배를 태우고 있었다. 무슨 생각이 깊으신지 할머니는 꼭 심야에 한두 차례 일어나 앉아 담배를 태우며 일이십 분을 보내시다 다시 잠을 청하곤 했다. 지난날 굽이굽이 살아온 삶의 한자락을 펼쳐놓고 계신 게 분명했고, 당신이 결코 입 밖에 꺼낸 적이 없었지만 삼십 년 넘도록 소식 없는 외동아들 생각을 담배연기 속에 풀어놓고 있으리라. 사진으로만 보았을 뿐 기억조차 없는 아버지를 떠올리며 나는 그렇게 짐작했다. 할머니가 서울로 오신 얼마 뒤 언젠가 내가 할머니께 물은 적이 있었다. 「할무이는 언제가 가장 행복한 시절이었지예?」 할머니는 눈만 깜박거리실 뿐 쉬 대답을 않으셨다. 내 질문에 심란한 듯 담배를 태워 물었다. 당신은 손자의 그 질문을 가슴 깊이 새기신 듯, 그로부터 며칠 뒤 어느 일요일, 이웃집 아주머니와 이런 얘기를 골목길에서 나누는 것을 나는 엿들을 수 있었다. 「자슥은 키아놓고 보모 다 소용 읎심더. 그래 애써서 공부시킬 때가 젤로 좋은 시절이지예. 대가리 굵어지모 벌써러 부모 말 안 듣고 어긋나기 십상임더.」 무슨 얘기 끝인지 그 지나치듯한 할머니 말에서 나는 아버지를 중학 공부시킬 때 할머니의 기쁨을 미루어 짐작할 수 있었다. 위로 낳은 아들 둘을 홍역으로 내리 잃고 세 번째 얻은 아버지를 모화보통학교에 보냈을 때, 할머니와 나이 많은 할아버지의 즐거움이란 대단했을 것이다. 그 시절, 할아버지는 억척 같은 노력과 근검 절약 끝에 반자작농이 되었다. 아버지는 어릴 때부터 머리가 뛰어나 향리 보통학교를 일등으로 졸업한 뒤, 해마다 인근 군에서는 한둘 입학이 고작이라는 울산농업학교에 쉽게 합격했다. 그래서 중학 오 년을 모화에서 울산까지 기차로 한 시간 남짓 걸리는 거리를 통학했던 모양이었다. 「새북같이 아침밥 해믹여 벤또 싸가주고 영감하고 같이 아들을 사이에 끼고 역까지 바래다주던 그때가 그래도 좋은 시절이었제.」 고모님이 할머니 말씀을 흉내내어 들려주던 말이었다. 그러나 아버지는 학교 졸업과 더불어 할머니와 할아버지 눈 밖에 난 모양이었다. 수리조합이니 면서기니 금융조합이니, 그 좋다는 직장을 다 마다하고 모화에서 야학당을 개설하여 농민운동을 시작했는데, 그 일이 왜경 눈에 사회주의적 민족운동으로 지목된 모양이었다. 아버지는 주재소로 들락거리기 시작했다. 그렇게 되자, 결혼이나 하면 아들 마음이 잡힐까 봐 할아버지와 할머니는 아버지 혼인을 서둘렀다. 마침 경주에 재산을 다 날려 백수건달이 된 적빈한 유생 막내딸과 혼사 말이 있었는데, 바로 어머니였다. 당시 외할아버지는 퇴락된 스물네 칸 고가나 지키며, 주야장천 술에 취해 향교에서 벌어진 시회(詩會) 모임에 나가고 남의 집 혼사 사주단자나 써주는 일로 소일하고 계셨다 한다. 끼니는 근친 일족들로부터 한두 됫박씩 양식을 얻어먹던 구차한 처지였다. 그러나 기상만은 살아 있어, 때를 잘못 만난 진사감으로 주위의 흠모를 받고 있었다. 막내딸이 너무 크고 말상(馬相)이라 하여 데려갈 사윗감을 못 찾던 참에 선으로 본 아버지의 명민함이 외할아버지 눈에 출중하게 들었던 게 분명했다. 현재 처지는 접어두고라도 외할아버지는 할아버지께 그 혼사를 쾌락하셨다. 혼사 날을 받자, 할아버지는 유생 집안 처녀를 며느리로 맞는다는 사실 하나만으로 종살이 신세의 조상 허물을 죄 벗는다는 기분에 하늘로 날듯했을 것이다. 할아버지는 기차편으로 경주 나들이가 잦았고 바깥사돈끼리 권커니 작커니 약주를 즐겼던 것 같았다. 그러던 어느 날, 할아버지는 경주에서 하룻밤을 쉬고 돌아와 그곳에서 무슨 음식을 잘못 자셨는지 토사곽란의 병을 얻어 약 한 첩 변변히 써보지 못한 채 보름 만에 숨을 거두셨다. 자식 혼인 날을 일주일 앞둔 음력 동짓날이었다. 일이 그렇게 되면 흉조라 하여 파혼함도 마땅한데 외할아버지는 대쪽 같은 고집으로, 바깥사돈끼리 회유하다 일이 그 지경이 되었으니 내 딸은 마땅히 신씨 집안 며느리로 그 집 귀신이 되어야 한다며 혼례를 예정대로 강행하셨다. 이런 이야기는 어머니가 내게 들려주었고, 그늠으 아버지 강고집 때문에 내 팔자를 망쳤다고 늘 한탄하셨다.

「어무이, 어무이. 나를 알아보겠습니껴?」 할머니 눈이 조금 뜨이는 듯하자, 고모가 할머니 귓밥에 입을 대고 큰소리로 말했다. 할머니는 아무 대답이 없었다. 대추씨만큼 벌어졌던 눈꺼풀이 잠시

미망 127

가늘게 떨리더니 다시 닫겨지고 말았다.

「아직 의식은 있는 것 같으신데예?」 담배를 끄며 내가 말했다. 필터 길이만큼 꽁초가 남은 상태였다. 할머니가 영원히 깨어나지 못한다면 내가 남긴 담배꽁초는 쓰레기통에 버려질 거였다.

「가물가물하는 기다. 촛불이 꺼질라 칼 때가 안 이렇더나.」 고모가 말했다.

나는 그냥 멀뚱히 할머니 임종을 지키고 있어야 할지, 아니면 지금부터 장례 준비를 해야 할지, 장례 준비를 하자면 어디서부터 손을 써야 하는지 알 수 없었다. 서른일곱 해 동안 내가 주무가 되어 장례를 치러본 적도, 장례를 가까이에서 도와주며 눈여겨본 기억도 없었다. 다만 군대 시절, 실연을 비관하여 휴가 귀대 직후 자살한 동료를 의무대까지 업고 가서 밤을 새워본 적밖에 없었다. 아우라도 국내에 있다면 연락을 취할 텐데 그 점이 못내 아쉬웠으나, 오늘 안으로 울산의 제수씨에게는 전보라도 쳐야겠다고 생각했다.

「열아, 내 좀 보자.」 마루에서 고모부가 나를 불렀다. 내가 마루로 나가 마주앉자, 고모부가 반 잔쯤 남은 술을 홀짝 털어 마시곤 그 잔을 내게 권했다. 「니도 한잔 묵거라. 머 애통해 할 거는 없는 기라. 니도 생각해 바라. 할무이는 참말로 오래 사셨다. 올해 여든여덟이모 보통 수를 누리신 거 아이데이.」

「왜들 이러시는지 모르겠어예. 저러시다 깨어나시모 어떡할라고, 할무이가 곧 숨이나 거두실 듯 이러싶니까.」 내가 한 음절 높은 목소리로 말했다. 생각해 둔 말은 아니었다. 말을 하고 보니 장례 치를 일이 그저 막막했고, 어차피 여든여덟까지 사신 이상 이 년을 더 채워 구순까지 사셨으면 싶었다. 마음 한쪽으론, 어느 누구의 짧은 생애보다 할머니의 긴 생애는 삶의 보람이 없듯 느껴졌다.

「나는 한분 보모 다 안다. 니 할무이 속앓이가 어데 작년 재작년에 얻은 병인가. 호계 있을 때도 속앓이는 자주 하셨지러. 내가 집에 들어서서 장모님 안색을 척 보이까 벌써러 가망이 없는 것 같앴어」 하더니 고모부가 내게, 「니 담배 있거덩 한 개비 도고」 했다.
 나는 담뱃갑을 내놓았다. 나는 고모부가 넘겨준 잔에 술을 따랐다. 반 잔을 못 채워 술병이 바닥났다.
 「아무래도 의사 선생을 한 번 더 불러야겠심더.」
 내가 일어서려 했다.
 「마, 치아라. 니 효성이사 내가 잘 안다. 앞으로 돈 들 일이 태산 같은데 쓸데없이 왕진비 디리지 말거라. 그 비용도 무시 못한다 카인께.」 고모부가 나를 다시 앉혔다. 고모부는 트림을 하곤 열무김치 한 점을 젓가락으로 집어먹었다. 고모부가 입에 문 담배에 내가 성냥불을 댕겨드렸다. 「그 동안 할무이 모신다고 열이 니가 고생이 많았다. 층층시하에 질부도 고생이 많았고. 그래도 맏손자가 임종을 지키는 데서 돌아가이까 할무이가 별세는 하셔도 마음놓고 핀케 눈감을 끼고, 니 정성을 다 마음에 새기실 끼다. 오직 하나 아들을 끝내 상면 몬하고 눈감는 기 원통할까마는…….」
 할머니와 어머니 사이가 벌어진 결정적인 이유는, 해방이 되고 아버지가 본격적인 좌익운동에 나서고부터였다. 아버지는 남로당 모화책에 울산지부 조직부장책을 맡아 뛰었다. 아버지는 자주 집을 비웠고, 지서 순경들이 거의 우리집에 살다시피 했다. 순경과 서북청년단원, 대한청년단원들은 아버지를 찾아내라고 걸핏하면 어머니를 지서로 연행해 갔다. 연행당해 가면 어머니는 얼마나 타작매를 당하셨던지 온몸에 피멍이 들어 돌아왔다. 한번은 실신해 가마니에 실려 돌아온 적도 있었다 했다. 그때부터 어머니는 전짓불을 비추며 저들이 또 들이닥칠까 봐 밤을 무서워했다. 할머니라도 집에 있어주면 그 무섬증이 덜하련만 할머니는 체구처럼 간이 작아 아버지가 좌익운동에 나서고 순경들이 집 출입을 하고부터, 태평양

전쟁 말기에 정신대에 끌려가지 않으려고 서둘러 결혼한 호계 고모 네 집에 숫제 눌러 사셨다. 어머니는 젖먹이 어린 나를 안고 밤이 면 밤마다 공포에 떨며 뜬눈으로 새벽을 맞기가 일쑤였다.

「……내가 니를 업고 호계 시누이 집으로 가서, 니 할매한테 울 미불미 얼매나 애원했겠노. 지발 집에 오셔서 내하고 같이 계시자 꼬 말이다. 그래도 씨가 믹혀 드가야제. 순사도 어데 거게마 가는 줄 아나. 여게가 성모 여동상 집이라고 여게도 자주 와서 분탕을 친다 카미, 거게나 여게나 똑같다고 한사코 안 올라 카더라. 그때 는 니 할매가 귀신한테 씌었는지 죽자살자 내 얼굴을 안 볼라 안카 나. 말 같은 메누리가 이 집 귀신될라고 간택되는 바람에 멀쩡한 서방 죽고 자슥까지도 좌익에 미치갱이가 됐다고 동네방네 나발을 불고 댕기니, 시집 잘못 온 죄밖에 없는 내 팔자가 와 그래 서럽던 둥……. 그러던 차에 머신 법이 새로 생기서 자수하지 않는 빨갱이 는 몽지리 잡아 영창에 처넣고, 그중 악질은 총살시킨다 카이, 그 때서야 니 애비가 어디선가 모화로 돌아와 지서에 자수를 한기라. 보도연맹인강 먼강, 거게 가입해서 제우 도망 안 댕기도 되는 살길 을 찾았지러. 그라이까 시어미가 그제서야 딸네 집을 떠나 우리집 으로 옮겨오더라. 참말로 사람도 좁쌀만한데, 하는 짓까지 얼매나 얄밉던지……. 보골(화)이 났지마는 그래도 니 할매가 집에 오이 께 반갑데. 꼬라지도 보기 싫은 니 애비 사이에서 말도 부치고 하 이께 집 안에 훈기가 쪼매 돌았지러. 그런데 알고 보이께 니 애비 가 자수를 하고도 지서 몰래 그 짓을 계속했던 모양이라. 일제 때 는 야학당 한다고 시아비가 안 묵고 안 쓰고 장만한 논마지기를 쪼 개서 팔아묵더이, 육이오 전쟁이 날 때꺼정 지 에미 몰래 나머지 논마지기를 또 몽땅 다 팔아서 그늠으 빨갱이 자금으로 쓴기라. 그 라고 전쟁이 터지자, 니 애비가 일주일 만에 온다 간다 말없이 사 라지뿌린 기 아니겠나. 미친늠으 서방. 그늠 믹고 자슥 둘까지 싸질러가미 살은 내가 등신이지러. 니 할매는 지금도 이북 어데 자슥이 살아 있겠거니 하지만서도, 내 생각키로 버얼써 뒈졌다. 홀에미한테 불효하고 처자슥 버리고 도망질 간 늠이 땅에 두 발 딛고 우째 살 수 있겠노. 그렇게 니 애비가 읎어지고 나자, 하메 소식이 올까올까 하고 기다리는 기 두 달, 시에미마저 보따리를 싸가지고 또 호계 딸네 집으로 가뿌린께 내가 무슨 청승으로 빈집을 지키겠노. 남은 논마지기도 읎으이께 하루 두 끼 묵기도 심이 들어, 내 젖이 안 나오이께 니 동상은 비실비실 말라 다 죽어가제, 밤이모 순사들이 또 찾아오제……. 그때사 증말로 약이라도 묵고 죽고 싶더라. 그래서 내가 모진 결심을 안했나. 이래 죽으나 저래 죽으나 죽기는 마찬가지인께, 이 언슨시러분(지긋지긋한) 모화 땅을 떠나자고 말이다. 너거 두 성제간을 걸리고 업고, 걷고 걸어 울산으로 나갈 때, 들판에 곡식이 자알 익었더라. 가랑잎은 날리고, 곧 엄동은 닥치는데 낯설고 물설은 울산으로 나오자, 집도 절도 읎이 자슥 데불고 우째 살꼬 짚어 눈앞이 캄캄하더라. 딸린 새끼만 읎었다 캐도 그때사 마 내 호문차 서까래에 목매달아 죽었을 끼라. 울산에서 내가 너거들 데불고 추위는 닥치는데 남으 처마 밑이나 역 대합실이나 헛간이나, 비 피하고 바람 막을 데모 가리지 않고 너거 성제간을 양쪽 가슴에 꼭 붙안고 그 체온으로 삼동 겨울철을 넘긴 그 시절, 츠음 이 에미가 한 짓이 먼 줄 아나? 바로 걸뱅이짓이었데이. 깡통 들고 퉁퉁 부은 손발로 남으 집이며, 미군부대며 문전걸식 동냥질을 했니라. 몸에 이가 수백 마리나 끓고, 열흘이고 보름이고 낯짝도 몬 씻근 얼굴에, 입성이라고는 똥두더기 같은 찌든 이불을 둘러썼으이께 너거 성제간 꼴은 말하모 머하겠노. 그때 니가 다섯 살, 니 동상이 두 살이었다. 울산서 내가 호계 사람도 만났으이께 니 할매한테 걸뱅이질하고 댕기는 메누리 소식도 전해졌을 끼다. 그런데 말하모 머하노. 죽으모 제상 채리줄 친손주가 그 지경

미 망 131

인데 찾을 생각도 않더라. 남남이라도 어데 그라겠나. 내가 메루치 장사로 방 한 칸을 얻을 때꺼정 코빼기도 안 비치더라. 오냐, 내가 이 두 자슥을 질질이 키아서 옛말하고 살 때, 내 괄세한 이늠으 시상, 어데 두고 보제이. 내가 무명지를 깨물어 나올 젖도 없는 쪼그라진 가슴팍에다 피로써 십자가를 그렸니라. 지금도 보이제, 이 살점 날아간 손가락이⋯⋯.」 내가 고등학교에 입학하던 날 밤, 중고품 교복만 사 입히던 내게 처음으로 새 교복을 맞춰주시고 어머니는 우리 형제를 앉혀놓고 이 말을 하시며 눈이 붓도록 우셨다. 살아온 당신의 역정과 그 울음이 너무 절절하여 나와 아우도 따라 울지 않을 수 없었고, 세 모자는 울음으로 밤을 밝혔다. 거칠고 매정하며, 두 자식을 매질로 키워온 어머니를 내가 뜨겁게 이해하게 된 것이 그날 밤 이후였다. 우리 형제를 숯포대 매질로 키워올 때도, 그 매가 서른둘에 청상이 되신 뒤 홀몸으로 세파를 이겨온 분풀이와 설움의 또다른 표현임을 알고, 나는 순종으로써 어머니의 한풀이를 달게 받아들였던 것이다.

이래저래 마음이 심란하여 나는 반쯤 찬 술잔을 고모부 앞에서 겁없이 비워냈다.

「할무이가 일찍이 화장 이바구는 한 분도 안하신 걸 보모 아무래도 묘를 쓰야겠제? 통일돼서 하나 아들이 이북에서 내리오모 엄마 묘 찾을까 봐 그카는지 원⋯⋯. 니 생각은 어떻노?」고모부가 물었다.

「묘를 쓰야지예.」

「그라모 장지를 우짜제?」고모부가 넌지시 나를 바라보았다. 내가 대답이 없자, 「할배도 모화 공동묘지에 묘를 섰으이께 거게 가더라도 어데 덩그런 선산이 있나⋯⋯, 그렇다고 모화에 친척붙이가 사는 것도 아이고 말이다」하며, 고모부는 다시 내 의중을 떠보았다.

「공원 묘지라도 서너 평 사야지예.」
「글쎄, 그것도 문제가 없는 기 아이데이. 니 보다시피 장모님 장례에 내사 몸으로나 때울까 뭉쳐둔 돈이 읎고, 니도 안죽 집칸 하나 읎이 박봉으로 심들게 사이, 할매 장례비라고 따로 모아둔 기 어데 있겠나?」
「어떻게 되겠지요. 회사에 가불도 하고 빚도 내지요.」 내가 당차게 말했다.
어차피 한번은 당할 일, 할머니 장례만은 조촐하게나마 내 힘으로 성의껏 치르고 싶었다.
「너거 어무이가 돈이 좀 있을 낀데, 이랄 때 우째 좀 안 내놓을란가?」 하며 고모부는 입맛을 다셨다.
「어무이가 스스로 내놓지 않으신다면 강요할 순 없습니다. 어떻게 모으신 돈인데, 그 돈 쉬 축내려 하시겠습니껴. 우리 애들 사탕 사주시는 것도 다 계산하시는 모양이던데예」 하고 말하자, 내가 어머니의 인색함을 은근히 드러낸 듯 느껴져 얼굴이 화끈 달아올랐다. 「그 점은 너무 걱정 마시고, 제가 장례 절차를 잘 모르니 고모부님이 뒷두량이나 해주이소.」
말을 마치자 나는 일어섰다.
고모부는 술을 한 병쯤 더 마시고 싶은 눈치였으나 내가 일어서자 따라 일어섰다. 윤 내과로 찾아가 의사를 한 번 더 모셔올까 하다 잘못하면 할머니 임종 장면을 놓칠 것 같아 나는 다시 부엌 방으로 갔다. 이럴 땐 심부름시킬 아우나 고종사촌이 가까이 없다는 게 큰 아쉬움이었다.
「아무리 호구가 바쁜 시상이기로서니 외할무이 별세는 봐야지러. 외할무이가 저거들 업어서 키았는데……. 아무래도 아이들한테는 내가 두루 연락해야겠구먼」 하며 고모부는 마당으로 나갔다.
부엌 방에서는 고모의 질펀한 울음 속에 넋두리가 끝없이 풀어지고 있었다.

「아이고, 아이고. 살아생전 호강 한분 몬해보고, 이날이때꺼정 대접받는 밥 한 그릇 몬 자시보고 돌아가시다이……. 어무이요, 어무이요, 이 몬난 딸자슥 욕하이소. 마음씨가 여려 딸네 집에 살 때는 사위 보기 미안타미 늘 눈 한 분 몬 치켜뜨고 밥상 앞에 앉으셨고, 범상인 메누리는 무습다고 울산 쪽은 얼씬도 몬하셨고, 제우 마음씨 고분 손주메누리 덕에 몇 년 잘 지내싰는데, 또 원수지간인 메누리 눈칫밥 묵자, 그기 어데 소화나 제대로 됐겠습니껴. 오매불망 기다리던 아들 얼굴 한 분 몬 보고 마 이래 눈 감으시다니……. 대역죄인 아들이라고 남한테 아들 말 한 분 속 시원케 몬해보고, 한이 되고 암이 되도 이날이때꺼정 보도연맹에 자수해서 재판도 받을 필요 읎다는 아들이라며, 오빠 기다리는 정성 하나로 목숨을 부지해 오시다가…….」

「고모님, 그만 우시이소.」 내가 말했다.

아내가 잠시 부엌으로 나가 자리를 비운 사이, 그 자리에 내가 앉았다. 나는 다시 담배 한 대를 꺼내 물며 무심코 할머니 얼굴에 눈을 주었다. 순간, 나는 할머니가 숨을 쉬고 있지 않다고 판단했다. 얼굴이 평온하고, 구긴 미농지 같은 그 많은 주름도 조금 펴져 있었다. 할머니는 눈을 반쯤 뜨고 있었는데, 그 눈동자가 초점이 없었다.

「고 고모님, 할무이가……」 하고 더듬거리며, 나는 장작개비 같이 마른 할머니 팔목을 잡고 맥을 짚었다. 맥박이 뛰고 있는지 멈췄는지 분간할 수 없었다.

고모님이 할머니 얼굴을 감싸안고 엎어지더니 와락 통곡을 쏟기 시작했다. 내 눈에서도 눈물이 흘러내렸다.

「준구엄마, 어무이!」 내가 아내와 어머니를 다급하게 불렀다.

부엌에서 아내가 뛰어왔다. 집 안에 계시지 않는지 어머니는 나타나지 않았다.

　시장 입구에 있는 장의사와 윤 내과에 들르려 내가 골목길을 허겁지겁 뛰어갈 때, 맞은쪽에서 어머니가 준옥이와 나란히 이쪽으로 걸어오고 있었다. 어머니는 준옥이 손을 잡고, 한 손에 비닐봉지를 들고 있었다. 내 다급한 걸음과 얼룩진 눈을 보고도 어머니는 애써 눈길을 피했다. 네 할미가 어찌됐냐고 물으시려고도 하지 않았다.

　나중에 안 일이지만 어머니가 그때 들고 오신 그 비닐봉지 속에는 간갈치 두 마리가 들어 있었다.

　그날 저녁, 고모가 할머니 유품을 정리할 때, 할머니가 사십여 년을 차고 다닌 낡고 닳아빠진 비단 꽃주머니 속에서 동전 삼백 원과 증명서 한 장이 나왔다. 모서리가 닳은 그 증명서는 누렇게 색바랜 아버지의 손톱만한 흑백사진이 붙은 '보도연맹 가입증'이었다.

(1982. 8)

## 세상살이 · 1

 응접의자에 앉아 한길을 내다보던 구씨는 주위가 갑자기 적막해진 느낌이 들었다. 형광등을 켰다. 어느새 바깥이 어두워지고 있었다. 바람이 드세었다. 한길에 이는 먼지가 휴지와 비닐 조각들을 끌고 어둠 속으로 사라졌다.
 실내의 밝음으로 더 어두워진 한길에는 사람 모습이 눈에 띄지 않았다. 먼 산에 걸렸던 노을마저 사라져 바깥의 허허한 공간이 을씨년스러웠다. 박명마저 잦아들자 한길 건너 고층 아파트가 들어설 공사 현장의 날림 가건물도 어둠에 묻혔다. 낮 동안 끊임없이 소음을 내며 땅을 파던 굴삭기는 작업을 멈추어, 아무 소리도 들리지 않았다. 군데군데 흙더미만 덩그렇게 쌓인 공지 옆에는 공사판이면 따르게 마련인 간이식당·건재상·주점이 불을 밝혔다.
 구씨는 손목시계를 보았다. 고속버스 터미널에 막 내린 참이라며 종형이 전화를 건 지 한 시간이 지났다. 뻔한 농촌 살림이라 택시를 탈 리 없을 테고, 눈썰미 없어 일러준 버스를 몇 대 놓치고 탔다 해도 도착 시간이 지났다.

구씨는 바람에 덜걱대는 유리문을 밀고 다시 한길로 나갔다. 백 미터 앞, 한길 오른쪽 버스 종점을 눈여겨보았다. 십수 년 전 청계 천변 판자촌 철거 때 이주한 철거민 주택이 야트막한 동산에 감싸 여 들어앉은 지역이었다. 버스 종점 주변의 상점과 술집이 모두 불 을 밝히고 있었다. 종점 왼쪽은 지난 가을에 새로이 들어찬 고층 아파트 열두 동이 우뚝 늘어섰다. 창마다 불빛이 환한데 아파트 앞 슈퍼마켓이 그중 가장 밝았다. 경양식집·빵집·불고기집·맥주집 은 네온사인까지 밝혀 종점 쪽보다 현란했다. 구씨가 버스 종점에 한참 눈을 주어도 이쪽으로 오는 사람 중 구부정한 큰 키에 활달한 걸음새의 종형임 직한 사람은 눈에 띄지 않았다. 일행은 종형과 장 조카 둘일 터였다. 제대로 눈을 뜰 수 없는 흙바람에 그는 다시 복 덕방으로 들어오려다 밖에 세워둔 고물 자전거에 눈이 갔다. 구씨 는 자전거를 안으로 들여왔다. 담배를 태워 물고 몇 차례 뒤적였던 석간신문을 집어들었다. 읽은 기사지만 눈이 자연 경제면에 머물렀 다. 아파트 투기는 당국의 고심 찬 억제책에도 강남 곳곳에서 여전 히 과열 현상을 빚고 있었다.

바깥에 인기척이 느껴졌다. 구씨가 내다보니 종형이었다.

「터미널 앞도 장바닥이지마는, 수삼 년 사이 서울이 많이 변했구 먼. 웬 사람 떼거리는 그렇게 많고 자동차는 개미 구멍 앞같이 바 글거리는지..」 복덕방에 들어선 종형의 걸쭉한 첫 말이었다.

종형은 칼라 넓은 구식 회색 양복을 입었다. 이태 전 맏딸 혼례 때 맞춘 양복으로, 그때 고향을 다녀온 구씨에게는 낯익은 옷이었 다. 와이셔츠에 넥타이를 매긴 했지만 검게 탄 얼굴에 고랑 진 주 름살이 전형적인 농사꾼 외양이었다. 그 뒤를 따라 들어선 조카는 제 아비 닮은 구석이 없었는데, 어떤 점보다 키가 작고 왜소했다. 그는 새로 사 입은 풀기 뻣뻣한 갈색 점퍼에 청바지 차림이었다.

「변두리라 찾기 힘드셨죠. 그간 집안은 별고 없으시구요.」

구씨가 인사말을 건네며 종형 뒤에 체적을 한껏 좁혀 선 조카를 보았다. 조카는 올해 고등학교를 졸업했음에도 선이 고운 갸름한 얼굴에 군인처럼 짧게 깎은 보풀한 머리칼 때문에 앳되어보였다. 목이 가늘고 어깨가 좁아 구씨 눈에도 종형 편지말처럼 고향에 붙박아두어도 농사짓기는 글러보였다.
　「우리 원정동은 인자 증말 늙은이들뿐이라네. 농사꾼 사는 기 묵고 입는 거사 예전보다 나아졌지만 우짠지 살림살이가 더 팍팍해만 가네. 지가 생산한 물건에 지가 값 몬 멕이기는 농산품밖에 더 있는가.」
　종형은 배부른 비닐백을 응접용 탁자에 놓았다. 온상재배한 풋고추와 오이로, 서울 나들이 선물이었다. 종수 씨는 한 발 비켜서며 뒤에 선 아들을 보았다.
　「뭘 그렇게 촌닭맨쿠로 떨고 섰냐, 삼촌께 인사 올리지 않고.」
　봄살이 옷가지와 일용품을 담은 백을 들고 섰던 태희가 삼촌에게 절을 했다. 그는 인사말을 해야 한다고 별렀으나 가슴이 뛰어 얼른 말이 나오지 않았다. 자주 대면하지 않는 사람은 늘 그랬다.
　「학교를 졸업했어도 아직 학생 같구먼.」 구씨가 웃으며 말했다. 태희는 작년 한식 때 구씨가 성묘차 고향으로 내려가서 보았던 모습 그대로였다. 키가 더 자라지 않았고 수줍어하는 때깔이나 얼굴도 여전 소년티가 났다.
　「지 에미도 여자치고 중키는 되는데 어느쪽도 닮질 않아 아아 꼴이 안죽 저 모양이라네. 저런 애숭이가 이 복잡한 서울 생활을 우째 견딜란지.」 종형은 아들에게 눈을 주며 혀를 찼다. 구씨가 미소만 띨 뿐 대답이 없자, 그는 복덕방 안을 둘러보며 말을 달았다. 「초등학교 삼학년 땐가, 장질부사를 앓고 난 후부터 아아가 잘 크지 않고 성질도 더 풀죽같이 됐다네.」
　태희는 아버지가 그 말을 하기 전에, 장티푸스로 석 달 동안 미음도 제대로 못 먹은 채 고열에 시달린 기억을 되새기고 있었다. 키 이야기만 나오면 연상되는 기억이었다. 독한 항생제만 먹어 그런지 그는 두 달여 가수 상태로 꿈만 꾸었다. 주위의 얘기소리와 여린 소음까지 들을 수 있는데 눈앞에 펼쳐진 장면은 맑은 하늘 아래 봄 들판이었다. 넓은 풀밭에 갖가지 꽃이 만발했다. 꿈속에서 자신은 과거로 거슬러올라가 서너 살쯤 된 유아로 변해 있었다. 신발은 물론 옷조차 걸치지 않은 알몸이었다. 그는 풀밭에서 놀다 꽃 향기에 취해 잠을 잤다. 나비와 잠자리와 뭇새들이 동무 삼아 찾아오고, 맨몸 위로 바구미·여치·풀무치가 기어다녔다. 그 푸나무와 새와 곤충이 그에게 말을 걸었다. 동화의 세계였다. 열이 내려 일어나 앉게 되었을 때, 체중이 오 킬로나 빠져 몸이 삼 년쯤 후퇴한 꼴이 되고 말았다. 운동화가 헐거웠다. 머리털이 빠져 그렇잖아도 갈색기 도는 머리칼이 애늙은이꼴이었다.

「운동선수가 안될 바에야 장대한 기골이 뭐 그리 중요합니까. 사람은 얼굴만 봐도 안다구, 태희는 첫인상에서 순진무구한 티가 나요. 도시애들은 하도 영악하고 닳아빠져 부끄럼 타는 순진한 애를 찾아보기 힘듭니다.」 구씨가 말했다.

「공부에도 재미를 몬 붙이고 농사일도 힘에 부쳐 싫다 카이, 멀 해서 지 앞을 닦을란지. 혼자 몸이사 고생살이하더라도 지 팔자겠지만 앞으로 처자슥은 고생 안 시켜야 할 꺼 아인가. 부모가 지캉 호호백발이 되도록 같이 살 것도 아이고……. 저 몸으로 군에 입대할 수 있을란지 모르지만, 하여간 자네가 옆에서 거둬주며 사람 좀 만들어주게. 내 편지에 썼지만, 밥만 멕여주모 됐지 월급 같은 데 신경쓸 건 읎고」 하던 종형 말끝에 힘이 빠졌다. 「겪어보모 알겠지마는 아아가 동작이 느리고 말수가 적지만 심성만큼은 누구보담 고우니깐…….」

「형님도 무슨 말씀을. 서울선 사람 구하기 보통 힘들잖습니까.

사환이든, 사무원이든, 믿을 만해서 데려다놓으면 두 달을 못 넘겨 떠나요. 저야 뭐 태희를 더 좋은 직장에 소개 못해줘 미안할 따름이지, 여기 복덕방에 눌러앉혀 놓긴 과분하지요. 그래도 고등학교 졸업생 아닙니까.」
「중학교 졸업이라도 믿을까말까 한데, 누가 저 아이를 고등학교 나왔다고 믿겠는가.」 종형이 허탈하게 웃었다.
태희는 아버지와 삼촌 대화가 길어질수록 키가 줄어드는 느낌이었다. 키는 물론 몸피도 좁아들어 축소되다, 손에 쥐일 만한 인형으로 변신되는 착각에 빠졌다.
「이럴 게 아니라, 시장하실 텐데 집으로 가십시다.」 구씨가 말했다.
종형이 비닐백을 들고 복덕방을 나섰고 태희가 뒤따랐다. 구씨는 책상 서랍을 열쇠로 잠궜다. 연탄난로 뚜껑을 열어보니 내일 아침까지 연탄을 갈지 않아도 꺼지지 않을 만했다. 그는 아궁이 불문을 닫고 형광등 불을 껐다. 복덕방을 나와 유리문마저 열쇠를 채우자, 기다리고 섰는 두 사람과 함께 버스 종점으로 걸었다. 구획 정리로 널찍하게 길만 터놓았지 포장 안된 한길은 흙바람이 기승을 떨었다. 삼월 중순의 변덕 심한 날씨지만 바람에는 봄의 훈기가 스며 그리 매웁지 않았다.
「작년 봄만 해도 저기 종점 부근 제가 사는 동네만 빼곤 이 일대가 채소밭과 화초를 재배하는 비닐하우스 온실이 줄지어 있었지요.」 종형과 나란히 걸으며 구씨가 말했다.
「저 아파트들도 그새 선 거란 말인가?」
「늦가을에 완공됐지요.」
「꼭 닭장 같은 집을 저렇게 칸칸이 높이 지어도 서울에는 집없는 사람이 반도 넘는다 카미?」
「그러니 제 같은 소개업도 먹고 살지요.」

태희는 백을 들고 그들 뒤를 따라 걸었다. 그는 서울이 초행길이었다. 초등학교·중학교·고등학교를 거칠 동안 세 차례 수학여행을 다녀왔지만 서울에는 올 기회가 없었고, 수학여행을 빼곤 고향을 떠난 적이 없었다. 그는 고층 아파트를 올려다보았다. 몰아 부는 바람 건너 창마다 밝은 불빛이 허공에 달려 있었다. 텔레비전에서 본 아파트지만, 그 규모가 생각 밖으로 컸다. 저 공중에 수십, 아니 수백 가구가 떠서 살며 가구마다 방과 부엌과 화장실을 갖추고 있다는 게 그로 하여금 서울을 실감케 했다.

구씨네 집은 버스 종점 철거민 동네였다. 구씨는 네 해 전까지 중학교에서 사회 과목을 가르쳤다. 당뇨병을 얻은 데다 평교사로 쉰을 넘긴 나이라 이십오 년을 지켜온 교직 생활에서 물러났다. 개인 사업으로 서점을 열었으나 일 년을 못 버텨 문을 닫았다. 다과점을 겸한 잡화점도 벌였지만 장사 경험이 서툴러 남은 퇴직금마저 날려버렸다. 작년에 교직 생활 이십오 년 동안 근근이 장만했던 정릉 집을 팔고 강남에서도 변두리인 오금동으로 집을 줄여와 버스 종점에 벌인 장사가 완구와 문구를 취급하는 가게였다. 목이 좋아선지 겨우 입살이가 되자 구씨는 아내에게 가게를 맡겼다. 구씨 앞 집에서 생맥줏집을 열었다 거덜난 곽정배란 삼십 중반의 사내가 있었다. 아내를 꽃 재배하는 온실에 날품팔이로 내보내고 빈둥거리던 그가 구씨에게 복덕방을 동업해 보지 않겠느냐고 제의해 왔다. 할 일이 없던 차, 그 말에 솔깃하여 구씨는 곽씨와 동업 조건으로 복덕방을 열었다. 종점 건너쪽에 신축된 아파트 앞 상가 자리는 월세가 비싸고 복덕방이 네 군데나 생겨 경쟁이 심했다. 구씨와 곽씨는 장래성을 본다며 백 미터 뒤로 물러나 난민촌 끄트머리에 '학사 복덕방'이란 간판을 걸었다. 오금동은 잠실 올림픽경기장과 멀지 않은 위치여서 이 일대에 올림픽선수촌이 들어선다는 근거 있는 풍문과 함께 주위에 고층 아파트가 계속 신축되는 참이었다. 땅값이 한 달 다르게 오르자 채소밭 주인 중에 금세 큰 돈을 만지는 사람이 생겼다. 어차피 오금동 난민촌은 철거를 면하지 못할 처지였고, 여름 안으로 주택공사에서 거여동에 짓는 십팔 평형 아파트 입주권이 나올 거라는 구청 당국의 언질이 있었다. 난민촌 사람들도 철거를 눈앞에 둬 아파트로 이사 갈 것이냐 입주권을 팔 것이냐를 놓고 술렁였다. 구씨 복덕방은 상가 자리를 물색하는 돈푼깨나 쥔 사장과 그 사모님, 신축 아파트엔 으레 몰려드는 투기꾼, 새 아파트에 실입주자가 들지 못하는 약점을 간파하고 전세로 집을 얻겠다는 젊은 층 월급쟁이 발길이 끊이지 않아, 작년 가을 한창 시세가 나던 아파트 경기를 타고 수입이 괜찮았다. 구씨는 자식 둘의 학비와 자기 용돈은 가게에 의지할 필요 없이 가름되었다. 계약 체결에 따른 제반 서류상 수속 문제는 교직 경험을 살려 구씨가 맡았고, 계약 전까지 중매장이 역할은 입심 좋은 곽씨가 해치웠다. 그러나 둘 다 복덕방을 비울 때가 잦아 태희가 아니더라도 여사환이나 용원이 필요하던 참이었다. 구씨가 밑지는 게 없다 싶어 담배포 허가를 신청해 놓았더니 그게 나오기도 열흘 전이었다.

구씨네 가족은 넷이었다. 아내와 올해 대학에 들어간 아들, 고등학교에 다니는 아들이 있었다. 구씨네 집은 버스 종점에서 조금 비켜선 위치로, 난민촌 입구에 해당하는 골목을 끼고 방 한 칸을 개조해서 만든 점포를 달고 있었다. 가옥 구조는 기역자형이었다. 방 둘은 구씨네가 썼다. 장독대와 수도간 앞의 발쭘한 터를 제외하곤 공간이 없었고, 난민촌 백여 호 집들이 다 그만그만했다.

종형 부자는 사촌 가족과 인사를 끝내자, 여행의 노독을 닦느라 세수하고 발을 씻었다. 그 동안 구씨 아내가 모처럼 고향 종가 어른 내방이라 쇠고기국을 끓이고 굴비 자반도 구워 저녁상을 보았다. 구씨 처는 숭늉사발을 들여놓자 가게에 손님이 와서 빠졌고, 남자 다섯이 둥글상에 둘러앉아 식사를 했다. 식사할 동안도 태희는 식구가 묻는 말 이외에는 머리를 숙이고 먹는 데만 열중했다. 그렇다고 숟갈질이 다부지지도 못했다.
「형은 시골서 자랐어도 시골 사람 같지 않아.」나이는 한 살 아래지만 덩치 큰 태호가 태희의 희고 갸름한 손가락을 보며 말했다.
「이젠 전국이 하루 생활권인데 시골이 따로 있나.」대답이 없는 태희 대신 구씨가 말했다.
「아버님은 물론, 나를 보더라도 뼈대 하나는 얼매나 강단 있나. 그런데 저 아이는 걷는 꼬라지까지 똑 낙지 같으이. 동작이 그렇게 굼뜨니 성질내미야 오죽하랴. 난 저 아이 꿍꿍이속셈을 짐작할 수 없다 카인게. 골샌님이라도 저런 골샌님은 없을 걸세. 죽자 살자 설치는 이런 생존경쟁 난장판에 저렇게 처져 빠졌으이…….」종형이 아들에게 샛눈을 주며 핀잔했다.
명구할머니와 병원 의사가 잘못 다루어 저애가 저렇게 됐는지도 모르네, 하는 뒷말을 달까 하다 종형은 침만 삼켰다. 마을에 아기 잘 받는 명구할머니란 산파가 있었는데 아내한테 산기가 있어 명구할머니를 불렀더니, 아들이긴 한데 아기가 자궁 속에서 꺼꾸로 자라 발부터 먼저 나온다 했다. 명구할머니가 갖은 애를 다 써 아기를 돌리려 했지만 산모만 탈진하여 가무러칠 뿐 그 일이 쉽지 않았다. 산모를 살리자면 아무래도 아기를 희생시켜야 되겠다고 명구할머니가 말했다. 처음 딸을 낳고 귀하게 얻은 종갓집 장손이란 생각이 미치자 종형은 농협 공판장 경운기를 빌려 아내를 싣고 시오리 밖 읍내 병원으로 내달았다. 그런 어려운 과정을 겪고 산모와 아들을 함께 건졌다. 그런데 태희는 커갈수록 다른 애들만큼 제대로 자라지 못하고 성격조차 소심하자, 종형은 산모나 의사가 태희를 받을 때 머리 숨구멍이나 그 부근 어디를 너무 눌러 그렇게 되지 않았나 하는 의구심을 떨칠 수 없었다.
아버지 핀잔에도 태희는 대답이 없었다. 사실 그는 아버지로부터 귀에 딱지가 앉을 만큼 그런 말을 들어왔다. 어릴 적부터였다. 마을 애들이 나막신 크기의 판자에 굵은 철사를 매어 대용 스케이트로 얼음지치기를 할 때도 그는 늘 구경만 했다. 얼음지치기는커녕 발이 떨려 대용 스케이트를 신발 바닥에 짜매곤 혼자 힘으로 얼음판에서 일어나 버틸 수도 없었다. 여름 낮, 강가나 저수지로 나가 헤엄치기도 마찬가지였다. 동무가 장난삼아 자기 머리를 물에 처박아 된통 물을 먹고 난 다음부터는 헤엄 배울 생각은 물론, 물에 들어가기조차 싫었다. 그저 물가에 앉아 동무들이 헤엄칠 때 일으키는 흰 포말이 보기 좋았다. 아니, 헤엄치는 동무만큼 구경하는 자기까지 시원했다. 다툼해 본 적이 없으니 싸움이란 말만 들어도 머리가 저어졌다. 초등학교 오학년 여름, 동무가 남의 참외밭에서 몰래 참외를 따는 장면을 우연히 목격한 적 있었다. 동무가, 만약 참외밭 주인한테 귀띔한다면 죽여버리겠다고 으름장을 놓았다. 물론 태희는 입을 다물고 지냈으나 그 동무를 볼 때마다, 정말 자기를 죽일지 모른다는 불안감에 줄곧 떨었다. 놀아도 벌레나 꽃과 더불어 혼자 놀고, 동무들이 재미있게 놀 때도 그 신나는 놀이를 구경하는 게 즐거웠다.

「얌전한 애를 형님이 너무 기죽이는 것 같습니다.」

종형이 말끝마다 아들을 책망하자, 구씨가 안쓰런 눈으로 조카를 보았다.

태희는 밥과 국을 조금씩 남기고 수저를 놓았다. 어른들보다 먼저 식사를 끝낸 장골 셋이 상에서 물러앉자, 태호가 자기 방으로 건너가자 해서 태희는 가지고 온 백을 들고 따라 일어섰다. 옆방은 사촌 둘 방이었다. 의자 달린 책상 두 개가 창 쪽에 있어 앞으로 셋이 잠을 잔다면 베개 하나 더 놓을 여유가 없었다. 태희는 방을 둘러보고 자기 몸이 작은 데 안도의 숨을 쉬었다.

「모처럼 약주나 한잔 하십시다」하며 구씨가 자리에서 일어섰다.

종형이 술깨나 즐김을 알고 있었다.
 두 사람은 버스 종점 간이주점으로 자리를 옮겼다. 구씨가 맥주를 시키자, 종형이 맥주는 배만 부르다며 한사코 소주를 청했다. 구씨는 소주 한 병과 안주로 삼겹살을 주문했다. 고향 집안 얘기, 농사 얘기, 서울 부동산 경기를 두고 둘은 이가 잘 맞지 않는 한담을 나누었다. 고향 원종동이 가구당 농협 빚을 사오백만 원씩 지고 있는 농촌 경제를 두고 종형이 얘기할 때, 구씨로서는 밑지는 농사를 지을 수밖에 없는 토박이 고향 사람들 처지가 이해는 가지만 답답한 푸념으로 들렸다. 구씨가 아파트 추첨권의 영순위에 프리미엄이 몇천만 원씩 붙는다는 서울 부동산 투기 얘기를 할 때, 종형이 신문을 봐서 들은 풍월이지만 별천지 놀음 같게 여겨지는지 입만 벌렸다.
 화제가 자식들 교육 문제로 옮아가자, 종형이 말했다.
 「농촌도 인자 삼시 세 끼 잘묵고 저녁이모 텔레비 보고, 겨울에는 방 덥게, 여름에는 선풍기 바람도 쐬며 살지러. 그런데 아이들 교육 문제가 큰일이다 이 말이라. 말이 났으이 하는 소리지만, 이번 태희가 졸업한 학교 예비고사 성적이 어쨌는 줄 아나? 졸업생이 두 반에 백삼십 명인데 그중 이백 점 이상이 고작 둘이라. 그래도 청도라 카모 경북에서는 내로라 카는 군 아인가. 그런데 면도 아닌 읍내 학교에서 겨우 이백 점 이상이 둘인게 그 녀석들도 잘해야 대구 이류 대학밖에 몬 들어가. 자네도 선생 오래 했으이 알겠지마는 나머지 무지랭이사 전문학교 입학도 힘들어. 그러이 그 녀석들 모두 농사는 가망 없다 카미 도회지로 내빼이, 어느 농촌이고 장정들이 남아나야제.」 종형 푸념이 늘어졌다.
 「태희는 예비고사에서 몇 점 받았나요?」 대학에 들어갈 만한 성적이 못됨을 종형 편지를 통해 알고 있었지만 구씨가 물었다.
 「말도 말게. 남사시러버서. 난중에 그애한테 직접 물어봐. 학교도 그 꼴이지만, 그 녀석도 죽어라고 공부는 하기 싫어하이 그것도 다 지 팔자 아이겠나.」
「전문대학에라도 넣을 성적이 안됐나요?」
 종형은 고향에서 중농으로 한때는 마을 구장직을 지낸 터라, 학비 문제는 아닐 거라고 구씨는 짐작했다.
「전문학교고 머고 대학 가기 싫대. 실력이 읎으이 판단이사 옳지. 지 싫다 카는 거 비싼 돈 들이가미 억지로 공부시킬 게 먼가. 공부에는 싹수가 노란 녀석인데.」
「그럼 태희가 서울엔 스스로 올라가겠답디까?」
「하는 일 읎이 방구석에 처박혀 있거나, 그것도 싫증나모 산야나 휘질러 댕기며 빈중거리느니 차라리 세상 물정도 깨칠 겸 내가 우격다짐을 놓았지러. 처음에는 대답이 읎더이 메칠 지나이까 그 자슥도, 말씸대로 따르겠다며 그럴 뜻을 비추더만. 요즘 아이들이사 어릴 때라도 밥 굶고 컸나, 걱정 모르고 자랐지러. 그러이 세파에 시달리고 고생도 좀 해바야 인간이 될 걸세.」
「평소에도 늘 그렇게 수줍어하고 말이 없습니까?」
「내 별 배운 바 읎어 그 녀석 성질을 잘라 말할 수 읎지마는 머랄까, 하는 짓이 무신 도학자 같달까, 아니모 겁쟁이라 봐알지 ……. 하여간 밥 묵을 때도 혼이 빠진 듯 멍해지다 웬 겁은 그리도 많은지…….」
「공부하기 싫대도 취미 있는 과목이 있을 게 아닙니까. 무슨 과목을 좋아하는 것 같앴어요?」
「초등학교 적부터 산수는 젬병이고, 통지표 보모 국어는 그중 나았던 것 같아」 하다, 종형 표정이 밝아졌다. 「녀석이 중학교 때부터 책 읽기는 좋아했어. 들판이나 산으로 혼자 싸돌지 않으모 골방에서 신가 소설인가, 그런 책은 열심히 구해 읽는 눈치더군.」
「내성적인 성격에 책을 좋아한다니, 그렇담 문학에 소질이 있는 게 아니겠어요?」
「소양이 그쪽인지 몰라도, 하여간 쟈를 자네한테 맽기이 어쨌든 씩씩한 녀석으로 지도해 주게. 자넨 그리도 명색이 선생 출신 아인가. 종갓집 대들보가 될 장잔데 아무렴 이 경쟁 사회에 이길라 카모 사내가 저래 소심해서야 되겠나 말이다. 자네사 그래도 서울서 일찍 터잡아 자식농사는 잘 지었잖나. 장남을 좋은 대학에 입학시켜 놓았으이, 태호와 어울려 본도 좀 받게 하고 말일세.」 구씨를 건너다보는 종형의 물기 머금은 눈길이 처연했다.

이튿날 아침, 종형은 비닐하우스 봄 채소 소독과 적기 출하가 급하다며 고향으로 내려갈 채비를 서둘렀다. 모처럼 걸음인데 민속촌 구경이라도 하고 내려가시라고 구씨와 그의 처가 말려도 막무가내였다. 종형 부자와 구씨는 집을 나섰다.
「일찍 나서십디다. 아직 날이 찬테 꽃모종이 잘 팔립니까?」
구씨가 손수레 좌판에 작은 빈 화분과 꽃모종을 싣고 손수레를 끌며 가는 아낙네에게 인사를 건넸다. 구씨와 복덕방을 동업하는 곽씨 처였다. 그네는 겨울 한철은 꽃재배 온실에서 날품을 팔다 이른봄부터 초가을까지는 꽃장사로 나섰다. 시멘트와 철근으로 이루어진 잠실의 거대한 아파트 단지를 돌면, 삭막한 도시 공간에 숨통이나 트겠다고 베란다나 응접실에 화분을 들여놓는 집이 많아 그네 하루 수입이 괜찮았다.
「먹고 살자니 어떡해요. 날이 차츰 따뜻해지니 그런대로 제법 팔린답니다.」 챙이 달린 뚜껑 없는 모자를 쓴 곽씨 처가 웃으며 대답했다.
「참, 들으셨는지 모르지만 태희라구, 이애가 앞으로 복덕방에서 일볼 겁니다.」 구씨가 곽씨 처에게 태희를 인사시켰다.
손수레 좌판에 놓인 팬지며 공작초·백일초·금잔화·꽃잎맨드라미 꽃모종을 신기한 듯 구경하던 태희가 엉겁결에 곽씨 처에게 절을 했다.

「애 아빠한테 말 들었어요. 젊을 때 열심히 일해야지.」

곽씨 처와 헤어져 버스 종점에 도착하자, 구씨가 빈 택시를 잡았다. 그는 버스를 타겠다고 버티는 종형을 택시 안에 밀어넣었다. 안 받겠다며 한사코 거절하는 종형에게 차삯에 쓰라며 만 원 한 장을 쥐어주었다.

「삼촌 말씀 잘 듣고 열심히 일해. 무슨 일이든 남으 눈 밖에 안 벗어날라모 부지런해야 된데이. 삼촌과 숙모를 부모같이 여겨 몸가축 잘하거라.」 창 밖으로 종형이 얼굴을 내밀고 멀찍이 섰는 아들에게 말했다.

태희가, 예 했으나 입 속으로 우물거린 말이었다.

「그럼, 안녕히 내려가십시오.」 구씨가 종형에게 말했다.

「동상, 그라모 쟈 맽기고 떠나이 모쪼록 다부지게 지도해 주게.」

종형이 손을 흔들고, 택시는 떠났다. 아침 안개가 덜 걷힌 포장 안된 한길로 택시가 멀어질 동안, 태희는 택시 꽁무니를 바라보고 서 있었다. 동구 앞 아름드리 느티나무와 그 옆으로 흐르는 실개울과, 고샅길 저 멀리로 자기집의 붉은 기와 지붕이 멀어지는 택시를 가리며 어려보였다. 가을이면 가지가 휘도록 감이 달리는 늙은 감나무의 빈 가지에 봄 햇살이 달게 내리쬐고, 지금쯤 아우와 누이들이 모두 학교에 가버리고 없을 말간 타작 마당에는 지난 주에 태어난 샛노란 병아리들이 노닐 것이었다.

「복덕방 일이래야 네가 특별히 할 일이 있는 것도 아니니 담배 팔고 전화 받고 사무실이나 지키면 돼. 점심땐 잠시 짬을 내어 집에 가서 밥을 먹도록 하거라.」 구씨가 태희를 데리고 복덕방으로 걸으며 말했다.

복덕방에는 곽씨가 벌써 출근해 있었다. 그는 구두를 신은 채 웅접용 탁자에 다리를 길게 뻗어 포개어 얹고 신문을 읽는 참이었다. 구씨는 곽씨에게 조카를 소개했다. 사십이 안된 나이에 배가 나온 큰 체구의 곽씨가 신문을 탁자에 놓고 일어섰다.
「자네가 온다는 말은 벌써 들었지. 서울은 난생 처음이라며?」
태희는 눈 둘 곳을 못 찾아 하며 작은 소리로, 예 했다. 그의 뺨이 상기되었다. 거구의 곽씨가 자기 앞으로 다가오자 태희는 갑자기 숨이 멎을 것 같았다. 고등학교 이학년 때, 기말고사 시험이었다. 태희 자리는 맨 앞줄 창가였다. 시험 감독으로는 그가 가장 싫어하는 체육 선생이었다. 사십오 분이 거의 다 흘러가 마침 종이 울리기 직전이었다. 그는 알 만한 답을 대충 다 써넣고 무료히 앉아 있다 무심코 옆 자리 용호 시험지를 건너다보았다. 훔쳐볼 목적은 아니었다. 그런데 누군가가 자기를 보고 있음을 느꼈다. 눈길을 주니 출입문 입구에 서 있던 체육 선생과 눈이 마주쳤다. 선생이 이쪽으로 걸어왔다. 태희는 앉은 자리에서 화석이 될 것만 같았다. 그는 마음이 움츠러들 때 버릇대로 눈을 감고 말았다. 손발이 굳어지고 등골로 진땀이 흘렀다. 선생의 슬리퍼소리가 가까워올수록, 자기 멱살을 거머쥐고 따귀를 올려붙일 것 같은 착각으로 그는 숨을 끊고 있었다. 내가 왜 용호 시험지를 넘겨다보았던가, 왜 하필 선생이 나를 보고 있을 때 내 눈이 그쪽으로 갔던가. 후회가 막급했으나 이미 때가 늦었음을 알았다. 그런데 선생 슬리퍼소리가 자기 옆을 지나갔다. 그 소리는 등뒤로 멀어졌다. 그가 눈을 떴을 때 선생은 뒷자리 배구선수 장수에게 아무렇지 않게, 방과후 교무실로 오라고 말했다.
「아무리 시골 출신이기로서니, 숫처녀도 아닌 사내자식이 웬 부끄럼은 그렇게 타나. 참말 순진하기도 하다. 이름도 태희라니 누가 들으면 여잔 줄 알겠다.」
「대통령 이름자에도 희자가 들어 있잖는가.」 구씨가 말했다.

「내 너한테 한마디 설교하지. 서울은 말이야, 촌뜨기처럼 나다니면 붙은 코도 제 코가 아냐. 누가 베어가는지 모르는 데가 서울이란 난장판이지. 어수룩한 촌놈은 여차하면 불량배한테 얻어터지거나 주머니 털려. 그러니 네가 아무 말 걸지 않는데 접근하는 놈은 무조건 도둑놈이나 깡패로 생각해. 당분간은 복덕방에서 사방 오백미터 이상 나다니지 말도록.」 곽씨가 훈계조로 말했다.
「그렇잖아도 순진한 애한테 너무 겁주지 말게.」
「글피면 담배포도 문을 열 테니 의자 두어 개 들여놓읍시다. 저 애도 늘 서 있을 수는 없을 테니깐.」
「그럼세. 자네가 중고 철제 의자 두 개 들여와.」
구씨가 주머니에서 지갑을 꺼냈다.

그날부터 태희는 복덕방 용원이 되었다. 청소하고 난로의 연탄불을 갈고, 잔심부름하며 걸려오는 전화를 받았다. 나흘 뒤, 담배포가 문을 열자 그의 주임무는 담배를 파는 일이었다. 그 외에 그가 특별히 하는 일이라곤 없었다. 담배포 작은 창구 앞에 의자를 놓고 앉아 곽씨가 보다 던져준 주간지를 뒤적거리거나, 고향에서 가져온 몇 권의 소설책과 시집을 읽거나, 한길을 내다보며 낮 시간을 보냈다. 오후면 난민촌 동네의 하릴없는 중늙은이나 상점 주인들이 놀러 와 화투판을 벌이곤 했다. 구씨는 그 판에 잘 끼이지 않았으나, 곽씨는 고스톱에 중독 현상을 보여 오후 시간에는 어울릴 패를 전화질로 모으곤 했다. 한길 건너 건재상 주인도 짬을 내어 자주 끼였다. 넷이 화투판을 벌이나 여섯이 벌이나, 곽씨는 십중팔구 화투 치는 쪽이지 쉬지 않았다. 말하자면 '열고파'여서 점당 이백 원짜리 판을 벌이면 따는 횟수보다 일이만 원쯤 잃는 횟수가 훨씬 많았다. 고리를 뗀 돈으로 먹자판을 벌일 때, 태희는 한길 건너 음식점으로 심부름을 다녔다. 비 오는 날은 집을 보러 오는 손님이 없어 더욱 화투판이 왁자했고, 해가 저도 쉬 끝나지 않아 태희가 먼저 퇴근하기도 했다.
 구씨는 노름판에 끼이지 않고 자기 의자에서 신문을 보다 문득 담배포로 눈을 주면, 따스한 봄볕을 받으며 태희가 졸고 있을 적이 있었다. 노름판에 관심이 없는 태도는 다행이었으나 병든 강아지같이 웅크려앉아 고갯짓하며 조는 모습이 측은하기도 했다. 구씨는 조카에게 무슨 기술을 가르치지도 않고, 그렇다고 월급을 두둑이 줄 형편도 못되어 그 모습을 볼라치면 마음이 켕겼다. 그래서 구청으로 가옥대장이나 토지증명서를 떼러 갈 때는 데려가기도 했다. 길눈도 트여주고 바쁠 때 대신 심부름을 시킬 수 있으려니 해서였다. 한편, 복덕방 용원이야 여자애를 둬도 되니 태희에게 좀더 보람 있는 직장을 잡아주려 여러 군데 청을 넣었으나 알맞은 일자리가 쉬 생기지 않았다.

 4월 초순으로 접어들자, 낮이 길어지고 햇볕도 한결 두꺼워졌다. 한길가에는 풀이 돋아나고 먼 산에 아지랑이가 피었다. 한길 건너 아파트 신축 공사도 활기를 띠어 덤프차에 싣고 온 자갈과 모래가 계속 부려졌다. 예닐곱 대 레미콘차가 쉬지 않고 가동하여 지하실 덮개 공사에 자갈과 반죽된 시멘트를 들이부었다. 그쪽은 늘 시끄러웠고, 소음이 낮 동안 복덕방 안까지 꽉 찼다.
 서울로 올라온 지 보름을 넘겨도 태희는 달라진 점이 없었다. 말이 없었고, 묻는 말에도 작은 소리로 대답했다. 점심때는 삼촌집으로 늘 밥을 먹으러 가다, 어느 날 복덕방이 계속 비어 담배포를 지키느라 삼촌집에서 가져다놓은 냄비로 스토브에 라면을 끓여 점심 끼니를 때운 뒤부터 그는 자주 라면으로 한 끼를 해결했다.
 「라면만 먹으면 영양 결핍증에 걸려. 건강을 생각해야지.」
 구씨가 그렇게 말해도 삼촌집까지 가는 일을 귀찮게 여겼는지,

숙모가 따로 밥상을 차려주는 게 부담스러운지, 태희는 대답 없이 라면을 삶아 먹었다. 구씨 아내도 조카 점심 밥상 보려 아침에 먹다 남은 찬을 챙기다 보면, 어떤 날은 묵은 김치와 젓갈만 달랑 밥상에 올리게 될 때도 있었다. 그럴 때는 스스로도 민망하여 많이 먹으라는 빈말조차 나오지 않았다. 구씨는 아내와 상의 끝에 태희 점심은 복덕방에서 해결하기로 합의를 보았다. 구씨는 더러 식당의 찌개백반을 시켜주고, 라면을 같이 삶아 먹을 적도 있었다. 곽씨는 푼돈 쓰는 데는 인심이 넉넉해 태희를 데리고 버스 종점이나 아파트 입구로 나가 간자장을 먹여주기도 했다.

점심때, 문득 태희 의자가 비어 구씨는 녀석이 또 라면을 사러 갔겠거니 싶어 기다릴 때가 있었다. 라면은 건너쪽 구멍가게에서 외상을 달고 가져왔다. 그러나 한참을 기다려도 태희가 오지 않아 구씨가 밖으로 나가보면 아파트 공사장 쪽이 아닌, 다복솔이 박힌 난민촌 뒷동산에서 내려오는 그를 발견하곤 했다. 어떤 때는 그 동산 마루에 서서 저 멀리 남한산성과 거여동 쪽을 바라보고 섰는 그를 볼 때도 있었다. 구씨는, 청통천이 가로질러 물 좋고 산 좋은 고향 생각이 나서 저러려니 짐작했다. 벚꽃이 피면 창경원이나 구경시켜 줘야지, 구씨는 그런 생각을 하기도 했다.

태희는 아파트 공사장 소음을 계속 듣다 보면 청각이 마비되는 현상을 느낄 때가 있었다. 귀가 멍멍해지다 심지어 전화 벨소리까지 그 소음의 일부로 착각되었다. 그럴 땐 슬며시 복덕방을 빠져나와 아파트 공사장을 뒤로하여 동산으로 올랐다. 난민촌이 철거되면 그 동산을 깎아뭉개어 그 일대를 매립하게 될 거라는 소문은 그도 듣고 있었다. 그는 동산이 없어지기 전에 부지런히 올라가야지 하고 생각했다. 그래서 아침을 먹기 전이나, 오후에 졸음이 올 때나, 사무실을 혼자 지키지 않을 때는 곧잘 동산에 올랐다. 부드러운 봄바람을 맞으며 은은한 연초록색을 띠는 남한산성을 바라보면 가슴이 절로 트였다. 그는 다복솔·아카시아나무·단풍나무·때죽나무 이파리며 줄기를 만졌다. 그는 동산에 섰는 나무 종류와 그 나무가 섰는 위치와 생김새에까지 곧 익숙해졌다. 여름을 넘기지 못해 그 나무는 불도저와 포클레인 힘에 밀려 넘어지고, 찰진 흙은 깎여 난민촌을 뭉개고 낮은 지대에 메워질 것이다. 동산은 자취가 없어지고, 와서 놀던 새와 풀섶에 살던 곤충도 삶의 터를 잃고 떠나게 된다는 게 태희는 안타까웠다.

「양말이야 세수할 때 제 손으로 빤다지만, 속옷은 벗어놓으래두 얼굴만 붉힐 뿐 묵묵부답이니 당신이 말 좀 해주구려.」 어느 날, 구씨 부인이 남편에게 말했다.

구씨는 아내가 했던 말을 태희에게 전했다. 알고 보니 태희는 집안 식구가 일어나기 전 새벽에 팬티와 러닝셔츠를 빨아, 젖은 옷을 가방에 넣어 남이 눈치채지 않게 말려 입음을 알게 되었다.

「옷은 햇볕에 말려야지, 가방에 넣어 말려 입다니…….」

구씨 부인이 태희가 들으라고 큰소리로 말한 뒤부터, 태희는 자기가 세탁한 옷을 빨랫줄에 널게 되었다. 팬티만은 어디서 말려 입는지 구씨 부인 눈에 띄지 않았다.

「태희 하고 싶은 대로 그냥 버려둬. 무슨 일이든 간섭하거나 강요하지 말고. 일종의 자폐 증상이 있는 성격은 작은 일에도 칭찬해 줘야지, 종형처럼 타박이나 주면 더 내성적으로 변하게 돼」하던 남편 말이 없었더라면 구씨 부인은 그의 속옷을 강제로라도 벗겨 빨래해 주고 싶었다. 갓 시집온 형수 앞이라면 속옷 벗어 내놓기가 쑥스럽다지만, 고무장갑 흔한 세상에 옷에 손대지 않을 뿐더러 부모 나이뻘 되는 숙모에게 속옷 벗어 내놓지 못하다는 게 그네로서는 이해가 되지 않았다.

꽃샘바람에 가랑비까지 뿌리며 밤새 강풍이 불었다. 태호가 문께에, 가운데는 막내가, 태희 잠자리는 늘 벽 쪽이었다. 태희는 들창을 치는 바람소리를 들으며 자정이 넘도록 잠을 이루지 못했다. 어둠 속에 눈을 뜬 채 바람소리에 묻혀 떠오르는 고향 산야를 곰곰이 그려보았다. 그는 어릴 적부터 천둥이나 번개를 무서워했으나 바람이 부는 날은 공연히 가슴이 설레었다. 봄 가을로 바람이 좋은 날은 혼자 들녘과 산을 휘질러 다녔다. 연이나 가랑잎같이 그는 날아다니고 싶었다. 바람 센 날은 새와 곤충도 제집에 숨었으나, 그는 어두워질 때까지 집으로 돌아가지 않고 바람과 함께 놀고 지냈다. 그렇게 바람 속에 떠돌다 집으로 돌아오면 몸은 솜같이 풀어지고 정신까지 몽롱해져, 허기로 쓰러질 것 같은데도 도무지 식욕이 없었다. 숭늉에 말은 밥을 몇 순갈 뜨다 말고 잠자리에 들어도 쉬 잠을 이루지 못했다. 바람은 어디서 생겨나 여기를 거쳐 어디로 가는지, 그것은 왜 형체가 없는지, 그러면서 나뭇잎과 온갖 것을 움직이는지, 바람이 자게 될 때는 무슨 힘에 눌려 공기 속에 풀어져 소멸되는지, 그는 그게 궁금했다. 오랫동안 잠을 못 이루다 어떻게 잠이 들면 그는 식은땀을 흘렸고 반드시 꿈을 꾸었다. 몸이 작아져 가벼워진 몸으로 바람에 실려 하늘을 날아다니는 꿈이었다. 그런 꿈에서 깨어난 아침이면 자리 밑이 축축했다. 오줌을 쌌기 때문이었다.

　바람소리를 귓전으로 새기다 두시가 가까워서야 잠이 들었던 그날 새벽, 태희는 간밤에 꿈을 꾸지 않았다. 그는 하루 시작의 관행대로 날이 밝기 바쁘게 옷을 챙겨입고 집을 나섰다. 삼촌네 가족은 아직 일어나지 않고 있었다. 태희는 좁은 골목을 빠져 난민촌 뒷동산에 올랐다. 밤 동안 그렇게 몰아 붙던 바람이 어느새 그쳐 있었다. 대기는 맑고 차가운 공기로 가득 찼다. 남한산성은 아침 안개에 가려 봉우리가 희미했고 작은 새 서너 마리가 안개를 뚫고 하늘로 힘차게 올랐다. 그의 하루 생활 중 마음에 평화가 깃들이고 기분이 상쾌해지는 때가 새벽 시간이었다. 이십 분 정도 동산을 거닐다 그는 청소를 하려 산자락길로 내려가 복덕방으로 나갔다. 복덕방 안집에서 우물물을 길어 바닥에 물 뿌려 빗자루질하고, 담배포 진열장과 책상·응접탁자를 닦고, 쓰레기통을 비우는 따위의 일을 마치면 유리문 자물쇠를 채우고, 삼촌집으로 돌아와 아침밥을 먹었다.

 그날 아침, 태희가 복덕방으로 나가니 유리문 자물쇠 고리가 빠진 채 열쇠가 문 앞에 떨어져 있었다. 밤새 든 도둑이 구씨의 책상 서랍 자물쇠까지 따고 장부책과 명함 나부랭이를 흩뜨려놓았고, 자전거를 몰고 가버린 뒤였다. 무엇보다도 담배 이백여든여 갑이 몽땅 털렸음을 그는 뒤늦게 알았다. 태희는 삼촌집으로 달려가, 그 사실을 알렸다. 구씨 아내를 빼고 집 식구와 옆집 곽씨와 그의 처가 복덕방으로 몰려나갔다. 복덕방 상주자 셋만 남게 된 뒤 피해액을 맞춰보니 십팔만 원 정도 되었다. 구씨는 책상 서랍에 현금을 넣어두고 다니지 않았으므로 도난당한 현품은 담배와 고물 자전거뿐이었다.

 「틀림없이 동네 불량배들 소행입니다. 담배포가 문을 열자, 복덕방에 숙식자가 없고 팔다 남은 담배를 집으로 옮기지 않는 걸 눈치채고 그걸 노린 거지요」하며, 곽씨는 파출소에 신고해야 한다고 혈기를 올렸다.

 「신고하긴 해야지, 그러나 이십만 원도 안되는 돈인데, 또 얼마나 불려다니며 왔다갔다 해야 할지.」구씨가 말했다.

 「어디 이 일에 돈이 문젭니까. 녀석들이 학사부동산을 우습게 아는 게 문제지요. 범인을 색출해서 주릴 틀어놓아야 해요! 그런 도둑놈을 그냥 뒀단 인근 상가와 복덕방을 재탕 삼탕할 겁니다.」

 「지, 지가 앞으로는 복덕방에서 자겠습니더.」태희는 꼭 자기 실수로 도둑이 들기나 한 듯 말했다. 사실 그는 혼자 복덕방에서 잠을 자는 게 무섭긴 했으나 삼촌네 식구들과 따로 떨어져 홀가분히 혼자만의 밤 시간을 갖고 싶기도 했다.

「뭘 가져갈 게 있다고 가난한 우리 복덕방을 다 털어!」

얼굴이 벌겋게 달아 땡고함을 지르던 곽씨는, 파출소에 신고하러 간다며 휑하니 복덕방을 나섰다. 그는 몇 발을 걷다 뒤돌아서서 문 앞에 섰는 태희에게, 현장을 보전해야 하니 떨어진 열쇠고리며 담배 판매 장부를 그대로 두라고 일렀다.

일주일에 한 번씩 배급되는 담배 수량과 날마다 판매되는 수량, 입금액·출금액은 태희가 맡아 정리했다. 덧셈과 뺄셈으로 능히 맞출 수 있는 계산이어서 구씨가 일부러 조카에게 일감을 맡겨 자신감과 보람을 주려는 의도에서였다. 저녁 퇴근 때면 태희가 넘겨주는 장부와 현금을 구씨가 인계받아 입·출을 맞춰보면 착오 없이 잘 정리되어 있었다. 그래서 요즘은 장부는 건성으로 보곤 현금만 헤아려 주머니에 넣었다.

「네가 뭘 잘못했다고 떨고 섰냐. 걱정 마. 살다 보면 이런 일도 당하니깐.」 구씨가 텅 빈 담배포 진열장 앞에서 떨고 섰는 태희에게 말했다.

한참 뒤 곽씨가 자기 나이 또래의 순경과 함께 복덕방으로 들어섰다. 배 순경이었다. 지난 겨울 그는, 복덕방 앞을 지나다 화투판을 벌이는 장면을 목격하자 현장을 덮쳐 판돈 칠만여 원을 압수하고 판을 벌였던 다섯 명 꾼을 파출소로 연행해 간 장본인이었다. 곽정배가 배 순경에게 설레발치며 적당히 봐달라며 몇 푼 집어주려 했으나 끝내 다섯을 즉결 재판소로 넘겨 과태료 일만 오천 원씩을 물게 했다. 그때가 마침 도박 단속 기간이었다.

「배 순경, 반드시 범인을 잡으슈. 국민의 지팡이인 경찰이라면 쩨쩨하게 심심풀이 삼아 치는 화투판이나 덮칠 게 아니라 절도·강도범을 재깍 잡아 서민 생활의 안녕과 질서를 보호해 줄 책임이 있잖소.」곽씨가 허리에 손을 걸치고 큰소리로 말했다. 그는 지난 겨울에 당한 수모를 이런 기회에 단단히 응징하겠다는 태도였다.

「허허, 성미 하나 급하긴. 우선 사전 조사를 해봐야 꿩을 잡든 매를 잡든 할 게 아니오.」

배 순경은 이런 좀도둑 사건에는 이골이 났다는 투였다. 그는 어젯밤 복덕방 문을 잠그고 마지막으로 퇴근한 사람, 복덕방 유리문 열쇠를 소지한 사람, 오늘 아침 도난 현장을 처음 목격한 사람, 담배 판매 취급자 따위를 물었다. 곽씨와 구씨가 번갈아 대답했다. 열쇠 소지자가 태희와 곽정배 둘이라는 점을 제외하곤 배 순경의 질문은 모두 태희에게 해당되었다. 배 순경은 문께로 몸을 반쯤 틀고 섰는 태희를 응접의자에 불러 앉혔다. 구씨와 곽정배를 상대로 이것 저것 질문할 동안 태희의 당황해 하는 무르춤한 태도와 겁먹은 표정을 배 순경은 재빨리 간파했던 것이다.

「빨리 앉으라니깐!」떨고 섰는 태희에게 배 순경이 불호령을 내렸다.

태희가 배 순경 건너 의자에 앉았다. 그의 얼굴은 하얗게 질렸고, 무릎에 놓인 손만 아니라 다리까지 심하게 떨었다. 배 순경은 무슨 심증이라도 잡았는지 이제 구씨와 곽씨는 뒷전에 제쳐놓고 태희에게 여태 물었던 질문을 다시 세분하여 꼬치꼬치 따졌다. 태희는 심한 사투리로 말을 더듬으며 배 순경 질문에 횡설수설 대답했다. 복덕방 문고리가 떨어진 걸 보고 안으로 들어와 책상을 살폈다 했다, 잠시 뒤에는 자전거가 없어진 걸 먼저 보았다고 대답했다. 그럴 동안 그는 땀을 흘리더니 차츰 얼굴이 붉게 상기되었다.

「이 새끼, 너 어젯밤에 뭘 했어? 밤새 바람 세게 불 때 뭘 했냐 말이야. 잠 안 잤지?」배 순경이 태희의 충혈된 눈을 정시하며 윽박질렀다.

「저, 저……」태희는 머리를 숙인 채 말을 더듬었다.

「복덕방 문을 잠근 후 아침까지 있었던 일을 사실대로 말해! 거짓말했다간 당장 수갑 채워 파출소로 끌고 갈 거야!」

실내를 울리는 배 순경 고함에 태희는 기어이 입을 비죽거리더니 속울음을 지웠다. 울음소리나 우는 표정이 꼭 철부지 초등학생 같았다. 껌을 이개는 시늉으로 손톱을 만지작거리는 그의 손이 경기 들린 듯 떨었다.

「배 순경, 걔가 가긴 어딜 갔다고 그래요. 나와 같이 집에 가서 저녁 먹고 잤잖는데. 태희는 내 조카고, 시골서 올라온 지 불과 스무 날밖에 안돼요.」 일이 낭패한 쪽으로 발전한다 싶어 구씨가 나섰다.

「식구가 모두 잠든 후 빠져나올 수도 있잖소. 이 녀석이 조카라면 당신이 두둔하고 나설 일이 아니오.」 배 순경이 뒤돌아보며 구씨에게 면박을 주었다.

「허허, 서울 지리도 잘 모르는 저 얼간이가 무슨 범인이라도 된다고 협박이오? 내 이거 환장하겠구먼. 정말 보자 하니 배 순경이 생사람 잡겠네.」 곽씨가 복통을 치며 말했다.

「당신네는 가만계시우. 나도 생각이 있어 이러는 거요. 요즘 신문에 대문짝만하게 실리는 십대 범죄를 몰라서 그래요? 좀도둑들은 대체로 유흥비 조달 목적의 십대들이오. 쳇, 여기서는 취조고 나발이고 안되겠구먼.」

「내가 여기 올 때 얘기하지 않았소. 동네 불량배 소행일 거라고. 하필이면 우리 식구를 잡고 트집 부릴 게 뭐요? 만약 태희가 그런 짓 했다면 내가 이 자리서 할복하겠소!」 곽씨의 볼멘소리였다.

「그럼 당신이 범인을 잡아 파출소로 끌고 올 일이지 뭣 때메 신고를 하긴 해. 신고한 이상 수사권이 우리에게 있다는 걸 몰라!」 배 순경이 자리 차고 일어서며 곽씨에게 삿대질했다.

「당신이 순경이면 순경이지 왜 반말이오? 적반하장이라고, 도적

잡아달라 신고했더니 오히려 피해자를 도적으로 몰아!」 곽정배가 소매를 걷어붙이고 나섰다.

구씨가 달려들어 곽씨 앞을 가로막았다. 곽씨에게, 참으라고 사정하고 배 순경에게는, 미안하다고 양해를 구했다. 곁길로 번진 언쟁은 그 정도에서 가라앉았으나 배 순경은 기어이 태희 어깻죽지를 잡아 일으켜세웠다.

「파출소로 가!」

훌쩍이며 옷소매로 눈물을 닦던 태희가 구씨를 바라보았다. 살려달라는 애원기가 눈물에 어려 있었다. 그는 이제 손발만 떠는 게 아니라 입을 다물지 못하고 턱까지 떨었다. 공포에 자지러진 모습이었다.

「그앤 정상이 아닙니다. 심장이 약한 애예요.」 구씨가 여태껏 자제하던 말을 끝내 뱉었다. 태희 앞에서 그런 말을 입에 담고 싶지 않았으나 사태가 심상치 않게 급변하자 더 참을 수 없었다. 「태희가 이렇게 불안에 떠는 건 죄를 지었기 때문이 아니라 선천적으로 대인 관계에 겁이 많은, 자폐증을 앓고 있기 때문이오.」

「보시오. 누가 이 녀석을 범인이라 단정했나요? 파출소로 가서 조사해 보고 혐의가 없으면 돌려보낼 거 아뇨. 담배 팔 때 주변을 기웃거린 수상한 자를 봤을지 모르고, 그런 자의 인상 착의도 물어봐야 할 게 아니냐 말이오. 동네 불량배 소행이라면, 어제나 그저께 반드시 담배를 사가며 복덕방 안 동정을 염탐했을 거요.」

배 순경이 어깨를 늘어뜨린 채 훌쩍거리고 섰는 태희를 복덕방 밖으로 끌고 나갔다. 구씨로선 달리 할말이 없었다. 그렇다고 태희 혼자 파출소로 달려보내서는 그애가 무슨 봉변을 당할는지 몰랐다. 만약 태희가 파출소에서 폭언에 손찌검이라도 당한다면 녀석은 틀림없이 자기가 훔쳤다고 거짓말이라도 할 게 뻔했다. 그렇게 일이 시끄러워지더라도 무사히 풀려나오긴 하겠지만, 그 뒤 태희가 복덕방에 계속 붙어 있을는지 고향으로 가겠다고 할는지, 구씨로서는 그 문제까지 생각해 보지 않을 수 없었다. 만약 고향으로 내려가겠 가고 고집한다면 태희로서는 평생 서울 생활의 살벌함과 파출소의 악몽을 잊지 못할 터였다. 대 사회관은 공포로 찌들고, 성격도 더 안으로 침잠하여 소심해질 게 뻔했다. 그렇게 되면 앞으로 고향 걸음 때 종형은 물론 친척붙이를 대할 면목이 없었다.

「이 사람아, 내 뭐라든. 좀도둑 건으로 신고하면 이런 변 당하기 십상이야. 범인이라도 잡게 된담 다행이지만, 그 동안 오라 가라 불려다니기도 한참일 걸세.」 구씨가 곽씨에게 타박을 놓았다. 「자넨 여기나 지키게. 내 파출소에 갔다올 테니. 그냥 뒀단 무슨 일이 생길런지 모르겠네.」

「형님은 여기 계슈. 제가 갔다올 테니간요. 내 파출소를 발칵 뒤집어버리고 말겠어요!」

「이거 이러다간 복덕방 문닫는 꼴 보겠구먼. 자넨 그놈의 불 같은 성미 때문에 탈이야.」

복덕방 문을 박차고 나가려는 곽씨를 밀치고 구씨가 한길로 나섰다. 배 순경에게 허리춤을 잡힌 태희는 저만큼 앞서 걷고 있었다. 구씨가 뒤에서 볼 때, 복덕방을 나설 때처럼 태희가 울고 있는 것 같지는 않았다. 머리를 빠뜨린 채 뻗정다리로 어기적거리며 따라가고 있었다. 태희의 이상한 걸음걸이를 보자 구씨는 개장수나 염소 장수에게 끌려가는 짐승꼴이란 생각이 얼핏 들었다. 녀석이 불안과 공포를 이겨내지 못한 나머지 어떤 면에선가 아주 체념해 버린 게로군, 하고 중얼거리며 구씨는 걸음을 빨리 했다.

태희는 땅만 내려다보고 걸었으나 땅을 밟는지 허공을 밟는지 가늠되지 않았다. 파출소로 가면 구둣발이나 몽둥이에 차이고 맞게 될 테고, 재판소로 넘어가면 도둑으로 몰려 유죄 선고를 받게 될 것이다. 그러면 형무소에 갇히는 신세가 된다는 절망만 기정사실로 받아들여 곱씹고 있었다. 도둑놈으로 몰리면 고향 가족을 보기가 얼마나 부끄러울까 싶던 복덕방에서의 서러움도 잦아들어, 이제 자포자기가 되어 눈물도 나오지 않았다.

 정오를 넘겨서야 구씨와 태희가 복덕방으로 돌아왔다. 탈진한 상태로 복덕방에 들어선 태희는 담배포 앞 의자에 몸을 던지듯 앉아 어깨숨을 내쉬었다. 얼굴이 창백하다 못해 미간에 푸른 심줄까지 비쳐보였다.

 「해결이 잘됐나요?」 곽씨가 구씨에게 물었다.

 「잘되지 않고. 태희가 무슨 잘못을 했다고. 끝장엔 배 순경 사과까지 받아냈지」 하며 구씨가 태희에게 눈을 주었다.

 태희는 무슨 생각을 하는지 멍한 얼굴로 담배포 창구 앞 의자에 늘어져 앉아 있었다. 아직도 파출소의 악몽에서 깨어나지 못한 모양이었다.

 「담배도 팔 것 없겠다, 할 일도 없으니 집에 들어가 쉬거라.」 구씨가 태희에게 말했다.

 「야, 임마. 뭐 그까짓 일 가지구 사내자식이 반쯤 죽은 꼴을 하고 있어. 너 그러다간 정말 서울 생활 못 이겨내겠구나.」 곽씨가 말했다.

 태희는 대답이 없었고, 꿈쩍을 않았다. 파출소에서 따귀 한 대 맞지 않았으나, 배 순경 으름장에 그는 완전히 넋을 빼앗기고 말았다. 삼촌이 파출소 안에 같이 있어주어 그나마 견뎌냈지, 만약 혼자였다면 자기는 중심을 못 가누어 혼절하고 말았을는지 몰랐다.

 「집에 가서 한숨 자고 나오든지 해라.」 구씨가 말했다. 「이젠 파출소에서 널 다시 찾지 않을 거야. 네가 그런 짓 안했음이 분명하다고 파출소 소장도 말했잖냐. 네 귀로 똑똑히 들었지?」

 「다 들었심더. 그러니까 머 집에 드가서 안 쉬어도 됩니더.」

 태희가 구씨를 보며 수줍게 웃었다. 한결 기운을 차린 모습이었다. 사실 그는 도둑 혐의를 벗어 자유의 몸이 됐다는 데 쉬 실감이 나지 않았다. 스스로 따귀라도 때려보고 싶은 기분이었다. 아니, 그는 흐르는 시간 속에서 죽었던 자신이 천천히 소생함을 느꼈다.

「아무렴, 너 좋도록 해.」 구씨가 말했다. 태희 기분이 점차 회복됨을 눈치챈 이상 지나치게 관심을 보이는 게 오히려 좋지 않을 듯했다.

「짜식, 정말 얼뜨기도 한참 얼뜨기다. 살다 보면 그 정도 경험은 약과야. 사내 대장부는 강철 심장을 가져야 돼. 너도 나이 열아홉 아닌가. 야 임마, 나이 열아홉이면 장가가서 애를 낳았어도 둘은 될 거다. 그 나이에 계집애같이 질질 짤게 뭐니.」 곽씨가 태희 어깨를 다독거렸다. 어쨌든 태희만 곤욕을 치른 꼴이 되니 배 순경을 불러온 자기 불찰로 여겨졌다. 「파출소에 가보니깐 거기도 별난 곳 아니지? 하여간 좋은 경험 했어. 인생이란 그런 과정을 겪으며 한 가지씩 실제 경험을 익히는 거야.」

전화벨이 울렸다. 구씨가 전화를 받더니 곽씨에게 넘겼.

「아이구, 사모님. 이게 얼마 만입니까. 그 동안 옥체 평강하오신지요.」 곽씨가 전화통에 대고 농탕을 치기 시작했다. 「사모님, 정말 무정도 하십니다. 왜 그렇게 소식 없으셨는지요? 오십삼 평 아파트를 삼천도 못되게 잡게 해준 저를 그 동안 잊었나 했지요. 네, 네. 저야 늘 신체 강건한 대한의 남아 아닙니까. 옆에 누구 없지요? 요즘은 주인 어른께서 사우디로 출장도 안 나가시는가 보죠? 언제 한 번 제게도 신세 갚을 기회를 주셔야지요. 제가 아주 기똥찬 카바레를 새로 개발해 뒀습니다. 전화 한 번 넣어주십시오. 이쪽 물건에도 제가 늘 신경을 쓰고 있습니다. 그럼 안녕히…….」

곽씨가 전화를 끊었다.

「김 여사가?」 구씨가 물었다.

「몸이 좀 근질근질한 모양이지요. 지난번에 제가 카바레로 한 번

모셨더랬죠.」

「복부인치고 너무 난하게 차리고 다녀. 쉰이 된 나이에.」

「남편이 건설회사 중역으로 자주 사우디에 나간다지만 어디 그 말 믿을 수 있나요. 내 판단으론 돈푼깨나 있는 늙다리 세컨드가 틀림없어요.」

구씨와 곽씨가 한담을 나눌 사이, 태희는 슬며시 복덕방을 나섰다. 여섯 동을 나란히 세우는 아파트 공사 현장에는 레미콘차 여러 대가 멈춰 자갈과 시멘트를 붓고 있었다. 일층 골조 공사가 한창 진행중이었다. 태희는 난민촌 뒷동산으로 걸음을 가볍게 걸었다. 훈훈한 바람이 귓불을 스쳤다. 파출소로 끌려갈 때에 비하면 지금은 하늘로 날듯 기분이 쾌적했다. 겨울 동안 얼었던 땅이 풀리고, 부드러운 흙을 뚫고 돋아난 쑥이며 잎순을 틔우는 나무들이 바로 자기 마음과 같을 거라고 생각했다. 그는 동산 마루턱에 서서 남한산성을 바라보았다. 산도 이제 잿빛 구각을 벗고 초록의 새 옷으로 한창 바꿔입는 참이었다. 4월 들고부터 산은 하루 다르게 색조가 밝아졌다. 그는 풀밭에 주저앉아 오랫동안 그 은은한 푸른빛을 홀린 듯 보고 있었다. 입에서 절로 시구가 흘러나왔다.

「내 마음이 저 산이 된다면, 내 꿈은 수천 그루 꿈으로 자란다. 내 꿈이 줄기에 깃들인다면, 희망은 수만 개 잎으로 손을 흔든다.」

태희는 읊고 보니 유치한 시 같아 누가 혹 엿듣지 않았나 부끄러웠다. 그는 주위를 둘러보았다. 소년 몇이 나무 사이로 숨어다니며 술래잡기를 할 뿐 어른은 눈에 띄지 않았다. 조금 전에 읊은 구절이 시가 될는지 모르지만, 오늘 사건을 기억하려 공책에 적어두기로 마음먹었다.

해가 지고 한길이 그늘로 덮였다. 바람이 세차 흙먼지가 일었다.

「형님, 출출한데 술이나 한잔 하고 들어가지요. 오늘 일진도 좋잖고 하니깐요.」 곽씨가 구씨에게 말했다.
「이 사람아, 장사도 안되는데 술 마실 돈이 어딨나?」
「내가 한턱 쓰지요 뭘.」
「마시겠담 자네나 마시게. 난 그냥 들어갈 테니.」
 곽씨가 찌무룩해져 입맛만 다시다 태희를 보았다. 그는 태희라도 붙잡기로 작심했다.
「다른 순경 다 놔두고 하필 배 순경을 불러 태희가 생똥깨나 쌌는데, 오늘 내가 저녁 턱 내야지.」 곽씨가 호기 있게 말했다.
 곽씨는 집으로 들어가겠다는 태희를 끌다시피 하여 복덕방을 나섰다. 구씨는 태희를 저녁밥만 먹여 일찍 들여보내라고 말했다. 파출소에서 혼겁 먹은 태희가 외식이라도 하고 오면 기분이 풀리겠거니 싶었다. 곽씨는 태희를 데리고 버스 종점에 있는 한식집으로 갔다. 운전수와 버스 차장 한 패가 저녁 식사중이었다. 술손님이 없어선지 넓은 홀은 비어 있었다. 주방 쪽 선반에 얹힌 텔레비전 화면에서는 늘 그 얼굴인 코미디언 둘이 재담을 떨고 있었다. 곽씨는 홀 가운데 의자에 자리를 정했다. 태희는 사방이 훤하게 트인 게 불안한지 구석 빈 자리에 눈을 주었으나, 곽정배는 의자에 앉았다. 그는 갈비탕 두 그릇과 소주 한 병을 주문하곤 음식과 술이 올 동안 컬러 텔레비전을 보았다. 코미디언들의 과장된 표정과 익살을 보며 그는 껄껄거리며 웃었다.
「저기 너같이 좀 멍청한 얼뜨기도 나오는구먼.」 곽씨가 말했으나 태희는 텔레비전을 보지 않았다.
 태희는 얼굴을 반쯤 숙이고 오두마니 앉아 있었다. 고향 집에도 흑백 텔레비전이 있었으나 그는 텔레비전 보기를 좋아하지 않았다. 쇼 프로는 출연자의 그 요란한 치장과 겉멋 들린 몸짓과 노래가 천박했고, 스포츠 중계 중 특히 권투는 그 잔인성에 혐오감마저 들었다. 연속극은 출연자들의 거짓 짓거리가 관객을 우롱하는 것 같아 싫었다. 또한 키 크고 잘생긴 배우를 보면 자신의 용기 없음과 왜소한 외양이 되짚어졌다. 그중 그는 코미디가 가장 싫었다. 우습지도 않은 얘깃거린데도 억지로 웃음을 강요하는 코미디는 바보짓 흉내내기를 즐겨 다뤘다. 왜 관객은 똑똑한 사람의 바보 흉내에 분개할 줄 모르고, 순진해서 어리석은 사람에게 조소를 보내며 히히덕거리는지 알 수 없었다. 인간에게든 동물에게든 가혹 행위를 하는 장면이나, 착하고 용기 없고 가난한 사람을 괴롭히고 조롱하는 짓은 텔레비전만 아니라 실제 세상에서도 있어서 안된다고 그는 늘 생각해 온 터였다.

「너 시골에선 텔레비도 안 보냐?」

태희는 잠자코 있었다.

「너 텔레비 좋아하지 않는 모양이구나?」

「예.」태희가 작은 소리로 대답했다.

여종업원이 음식과 술을 날랐으나 소주잔은 하나뿐이었다.

「어라, 이거 왜 잔이 하나야. 이래봬도 얘 올해 고등학교 졸업생이야. 잔 하나 더 가져와.」곽씨가 종업원에게 말했다.

「아저씨두 농담은. 교복 자율화라고 설마하니」하더니, 종업원이 태희를 내려다보며 물었다. 「봐요, 학생 맞지? 중학생이라기엔 조금 나이 든 것 같고, 고등학교 일학년?」

태희는 여자 종업원 얼굴 보기가 부끄러웠다. 몇 살쯤 됐는지 알 수 없지만 목소리로 보아 처녀가 분명한데, 반말지거리를 듣자 그는 울고 싶었다. 수치와 열등감이 목울대를 차고 올라 코끝이 아렸다. 어린애로 돌아갈 수 없다면 나이를 훨씬 먹어 허리 굽은 노인이나 되었으면 싶었다. 돈 벌어 가족을 먹여 살려야 한다는 의무를 벗고 사람들 관심 밖으로 밀려난 노인의 일상은 얼마나 행복할까, 그렇게 된다면 이런 수모를 받지 않아도 되리란 생각이 들었다.

「야, 너 주민등록증 가졌지? 좀 꺼내봐. 네가 저 계집애 코를 납작하게 만들어줘.」 곽씨가 말했으나 태희는 이마를 상에 겨눈 채 목을 더 옴츠렸다. 「짜식, 수줍어하기가 가히 국제적이다. 사내자식이 뭐 이래. 정말 자지라도 달렸는지 모르겠다」 하곤 곽씨가 주방으로 가는 종업원에게 소리쳤다. 「하여간 잔 하나 더 줘. 미성년자한테 술 팔았다고 문제 생기면 내가 책임질 테니깐.」
「아저씨, 지는 술 몬합니더. 아저씨 혼자 드시이소.」
태희 얼굴이 홍당무가 되었다. 그는 제사 끝내고 아버지가 건네주는 음복주로 입술을 축여봤으나 내놓고 술을 마신 적이 없었다. 종업원이 술잔을 가져오지 않고 텔레비전 앞에서 키득거리자, 곽씨가 손수 술을 한잔 쳐 단숨에 비워내더니 그 잔을 태희 앞에 넘겼다.
「자, 들어. 너도 이젠 성인이니깐 술을 배워도 돼. 그렇지, 너같이 소심한 애는 술을 배우면 달라질 거야. 없는 용기도 생기고 똥배짱도 늘 거야.」
곽씨가 태희 앞에 놓인 잔에 술을 따랐다.
「증말 몬 마신다 캐도예. 지는 술 안 마셔봤심더.」
태희가 잔을 밀치며 한사코 사양했다. 그는 갑자기 가슴이 뛰었다. 고등학교 수학여행 때, 경주 여관방에서였다. 저녁 식사 뒤 한방에서 잠을 잘 열두 명 조가 원을 그리고 앉아 돌아가며 차례대로 노래를 한 곡씩 불렀다. 자기 차례가 가까워오자 태희는 그 자리에서 배겨내기가 곤혹스러웠다. 마침 자기 자리는 방문과 거리가 먼 안쪽 구석지였다. 가슴이 뛰다 못해 오줌까지 차 방광이 터질 것 같았다. 화장실로 도망가고 싶었지만 뭇 눈길 사이로 빠져나갈 용기가 나지 않았다. 왜 방문 가까이 앉아 있지 않았을까, 왜 수학여행을 따라왔을까, 후회까지 되었다. 결국 자기 차례가 되었으나 그는 노래를 부르지 못했다. 노래를 부르지 않자 친구들이 그를 골리느라 더 짓궂은 제의를 했다. 바지를 내려 자지를 보여주면 노래부르기를 면해주겠다는 것이다. 저 꼬마는 털도 안 났을 거야, 누군가가 말하자 왁자한 웃음이 터졌다. 친구들이 그를 방 가운데로 몰아세우더니, 셋이 달려들어 그의 혁대를 벗겼다. 그는 허리춤을 잡고 악을 쓰다 끝내 울어버리고 말았다.

「야, 임마. 한잔 쭉 들고 갈비탕 국물로 입 안을 헹구면 돼. 처음은 목구멍이 찌르르 타다 나중엔 뱃속이 훈훈해져. 다 그렇게 해서 술을 배우는 거야. 객지생활하려면 술부터 배워야 돼. 고생스러운 걸 푸는 덴 술이 최고거든.」

곽씨가 술잔을 들어 태희 입 앞에 들이밀었다. 태희가 손으로 입을 막자, 곽씨가 그 손을 잡아챘다. 억지로라도 먹이겠다는 태도였다. 곽씨의 센 완력에 태희는 낮게 비명을 질렀다.

「아무리 버텨봐야 안될걸. 난 꼭 먹이고 말 테니깐. 오늘 내가 너한테 술 배워줘야겠어!」

「알았습니더. 밥 묵고 마실 테이께 이 손, 손 좀 놔주이소.」 태희가 질린 얼굴로 말했다.

「내 눈을 피하지 말고 똑바로 봐. 넌 사람을 바로 쳐다보는 법부터 배워야 돼. 넌 왜 사람을 똑바로 보지 못해? 상대 시선을 잡지 못하면 패배자가 돼. 내 말 알겠어?」 곽씨는 인생 교사로서 오늘밤 태희에게 성년식을 단단히 치러주기로 마음먹었다. 「내가 너한테 못 먹는 걸 억지로 먹이겠다는 게 아냐. 술을 너무 즐겨 주정뱅이가 되면 못쓰지만 남자란 어느 정도 술을 마실 줄 알아야 한다 이거야. 체질이 맞지 않아 많이 못 마신다면 어쩔 수 없지만, 마시기도 전에 겁부터 내면 사내가 아냐. 빨리 마시고 잔 넘겨줘. 나도 마셔야 하니깐. 한약 먹기보단 쉬울 거야.」

곽씨가 태희 앞에 술잔을 소리 나게 놓았다. 잔에 담긴 술이 삼분의 일쯤 흘러 넘쳤다. 태희는 소주잔의 말간 술을 내려다보았다.

「마셔!」 곽씨가 배 순경처럼 소리쳤다.

주위 눈길이 둘에게 쏠렸다. 태희는 곽씨 주먹이 머리통으로 날아올까 봐 겁이 나는지 눈을 홉뜬 상대를 훔쳐보곤 잔을 잡았다. 손이 떨렸다. 태희는 숨을 끊고 술을 입에 털어넣었다. 빨리 삼켜, 하는 곽씨 말이 떨어지자 그는 입 안의 술을 넘겼다. 태희는 속을 훑으며 내려가는 술이 마치 독약 같다고 느꼈다. 눈물이 배어나오고 구역질이 치받쳤다.

「됐어. 그렇게 마시면 되는걸, 빼긴 엿가락처럼 왜 빼냐. 네가 술에 취해 뻗는담 내가 업어서라도 집에 데려다줄 테니깐. 자, 내 잔에도 한잔 쳐라. 술 따르는 주도도 배워둬야 하느니라.」

태희가 술병 든 손 밑에 다른 한 손을 받쳐 곽씨가 든 잔에 술을 따랐다. 잔이 금세 건너올까 봐 그는 얼른 눈을 깔고 갈비탕을 먹기 시작했다. 그렇게 해서 한식집을 나올 때까지 태희는 소주 두 잔을 마셨고, 나머지는 곽씨가 비웠다.

바깥은 깜깜해져 있었다. 바람이 차갑게 불었고 버스에서 내린 사람들이 골목길로 흩어졌다.

「어때, 기분좋지? 뱃속이 훈훈하고 말이야.」

곽씨가 점퍼 지퍼를 열어 뚱뚱한 배를 내밀었다.

「속이 따끔거리고 머리가 쪼매 어지러분데예.」

태희는 땅을 내려다보았다. 술을 처음 마시면 땅이 움직인다는 말이 얼핏 생각나서였다. 그러나 사실 땅이 흔들리지 않았다. 화끈거리는 얼굴에 차가운 바람이 한결 시원했다.

「처음은 다 그런 거야. 앞으로 나하고 자주 한잔씩 해.」

「그라모 지는 마 집에 들어갈랍니더.」

태희가 절을 하곤 돌아섰다.

「어딜 갈려구 그래? 한 군데 더 들를 데가 있어.」

곽씨가 태희 점퍼 자락을 낚아챘다.

「인자 마 집에 보내주이소. 더 묵고 싶은 거도 읎심더.」

「그럼 따라와 구경이나 해. 마시기 싫음 안 마셔도 좋으니 내가 하는 걸 보고만 있어.」

곽씨가 배 순경이 파출소로 연행하듯 태희를 끌고 아파트촌 입구로 걸었다. 태희가 뻗대어도 소용이 없었다.

'열정'이란 이름의 경양식집 간판이 붙은 술집은 삼층 상가건물 지하였다. 좁고 어두운 계단을 내려가자 외짝 문이 나섰고, 실내는 내려오는 계단만큼 어두웠다. 사이키 음악이 시끄럽게 쏟아졌고 색색의 꼬마전구가 여기저기 켜졌으나 태희는 바닥의 높낮이를 짐작할 수 없었다. 이렇게 어두운 실내에서 술을 어떻게 마시며 식사는 어떻게 하는지, 그는 사람들의 먹고 마시는 습관도 여러 가지란 생각이 들었다. 좁은 복도 양쪽은 총총히 칸막이가 쳐졌고 커튼이 드리워져 있었다. 어느 칸막이 속에선가 여자 교성이 쏟아졌.

곽씨는 경양식집에 자주 출입하는지 웨이터와 낯익은 사이로, 곽 사장이라 불리었다. 둘은 빈 칸막이 안으로 안내되었다. 그 동안 곽씨는 태희가 뺑소니칠까 봐 허리춤을 단단히 잡고 있었다.

「앉아. 사람 잡아먹는 곳 아니니깐.」 멀뚱히 섰는 태희 어깨를 곽씨가 밀쳤다.

「어두버서……. 의자가 어데 보이야지예.」

태희는 벽을 짚어 몸을 가누곤 넷이 앉으면 찰 좁은 칸막이 안을 둘러보았다. 어둠에 차츰 익숙해지자 겨우 실내 윤곽이 잡혔다. 담배내와 꿈꿈한 곰팡이 내음으로 찬 지하실의 밀폐된 공기가 그의 숨길을 막았다. 그는 숨쉬기가 괴로웠지만 귀청을 뚫는 시끄러운 음악을 참아낼 수 없었다. 신문에 더러 실리는 젊은이 출입의 디스코테크가 규모는 이보다 크겠지만 이런 분위기이리라 짐작하며 태희가 떨고 있자, 곽씨가 그의 어깨를 눌러 자리에 앉혔다. 그는 태희 건너편 자리에 앉았다.

「오늘 너한테 즉석 불고기를 어떻게 먹느냐, 그걸 보여주지. 여자맛이 어떻다는 걸 실감할 테니깐 너도 각오 단단히 해.」곽씨가 담배를 물며 말했다.

맥주 세 병과 마른안주 접시를 웨이터가 가져다놓자, 곧 뒤따라 여자 둘이 들어왔다. 그들이 양쪽으로 갈라져 앉으니 좁은 칸막이 안이 차버렸다.

「곽 사장님, 안녕하세요?」곽씨 옆에 앉은 여자가 인사했다.

곽씨가 그녀 어깨에 자연스럽게 팔을 걸치곤 한쪽 다리를 그녀 다리에 얹었다.

「미스 정이에요.」곽씨 쪽 여자가 태희에게 인사했다.

태희는 주눅이 들어 눈을 내리깔고 있었기에 미스 정 얼굴을 볼 수 없었다. 미스 정이 곽씨 앞에 놓인 잔에 술을 따랐다.

「이 아담한 분은 왜 이렇게 떨고 계시지, 추우신가 봐.」태희 옆에 앉은 여자가 말했다.

그 여자는 출입구 쪽에 엉덩이를 반쯤 걸치고 있다 태희 옆으로 바짝 붙어앉았다. 태희가 얼른 안쪽으로 옮겨앉았다.

「아담하다? 그 참 듣기 좋은 말이군. 넌 새로 왔구나. 갈 때가 어디 없어 오금동까지 굴러온 걸 보니 너도 알조다. 성이 뭐냐?」

「흔해빠진 김가예요.」

미스 김이 시퉁하게 말을 받으며 태희 앞에 놓인 잔에 술을 쳤다. 나이 스물서넛은 되어보였고, 이 바닥 생활에 꽤 익숙한 태도였다.

「미스 김, 너 오늘 진짜 숫총각 만났다. 꼭지도 안 딴 견본으로, 물건 하난 브이아이필 거다. 미스 김이 잘 좀 교육시켜 여자 진국을 보여줘. 며칠 몸살깨나 앓게 말이야.」곽씨가 술잔을 들며 말했다. 「술도 질탕 먹이구, 물건도 꼿꼿이 세워주구 말이다.」

태희는 곽씨의 엄청난 육담을 들으며, 뛰는 심장을 억제하려 했으나 쉽지 않았다. 머리를 빠뜨린 채 눈을 감고 한숨만 내뿜었다. 청도 읍내에도 경양식집과 맥주홀이 있고, 지난 가을에는 두 군데나 고고홀이 생겨 그런 곳 분위기를 곁귀로 듣긴 했지만 한번도 출입해 본 적이 없었다. 식당이나 소주·막걸리 파는 주점이 아닌, 밤에 맥주 마시는 술집은 여자 종업원이 있고, 종업원이 손님 옆에 앉는다는 사실을 그는 처음으로 알았다. 그러자 무엇인가 뭉클한 것이 가슴 한쪽을 받혀왔다. 놀라 돌아보니 미스 김 젖가슴이었다. 태희는 구석지로 몸을 옮기며 허리를 곧추세웠다.

「미스 김, 그 숫총각한테 술 자주 권해. 최소한 오늘 두 병은 책임지고 먹여. 못 먹이기만 했단 봐, 오늘 팁 다 받은 줄 알아.」 곽씨가 웃음 끝에 말했다. 그는 헛기침을 하곤, 팔을 뻗어 태희 어깨를 쳤다. 「야, 너 눈 들라니깐. 내 아까 얘기했잖아. 사람을 똑바로 보라구. 나이 열아홉이면 임마, 이런 데도 한번쯤 경험할 만하다구..」

태희는 비로소 얼굴을 들고 맞은편 미스 정을 보았다. 은은한 붉은 꼬마전구 아래 눈화장 짙게 하고 입술 붉게 칠한, 꼭 요괴 같은 여자일 줄 알았는데 그의 생각이 예상 밖으로 빗나갔다. 길거리에서 흔히 볼 수 있는 헐렁한 블라우스에 생머리를 길게 기른, 화장기 없는 미스 정이 자기를 보고 생긋 웃었다. 어디서 본 듯한 얼굴인데 생각나지 않는, 이웃집 누나같이 평범한 모습이었다.

「이런 데는 처음 왔나 보죠?」 미스 정이 태희에게 물었다.

「예..」

태희가 기어드는 소리로 대답하자, 술잔이 코밑으로 다가왔다.

「한잔 드시고 저도 한잔 줘요.」 옆에 앉은 미스 김이 말했다.

태희가 미스 김 옆모습을 보았다. 앉은키로 보아 자기보다 클 듯했다. 그는 우선 미스 김의 듬직한 몸에 압도당했다. 머리칼은 고수머리로 볶았고 속눈썹을 달고 있는지 긴 눈썹 속에 큰 눈이 요염

했다. 향수 냄새가 후각을 찔렀다.

「한잔 드시라니깐요.」 미스 김이 잔을 들고 재촉했다.

「야, 마음놓고 한잔 들어. 속이 답답하고 목도 컬컬할 거야. 내일 아침 형님 보더라도 여기서 네가 술 마셨다구 얘기 안할 테니 안심하고 들어. 여자 앞에서 그렇게 병신 노릇하면 사내가 아냐.」

태희는 엉겁결에 미스 김으로부터 맥주잔을 받았다. 그는 순간적으로 이 술집과 삼촌집과 거리를 계산했다. 이백 미터 남짓한 거리였다. 맥주 한잔쯤 마신다고 죽지 않을 터이고, 배달된 세 병을 빨리 해치우면 이 자리를 빠져나갈 수 있으리라 생각했다. 그는 숨을 멈추고 몇 모금을 삼켰다. 소주보다 마시기가 쉬웠다.

「마저 드세요. 그냥 쭉.」 미스 김이 말했다.

태희에게 그 말은 곽씨가 소주잔을 비워내라고 명령하던 이상으로 거역할 수 없는 힘이 있었다. 태희는 술 한잔을 비우곤 가쁜 숨을 내쉬었다. 음악은 더욱 시끄러웠고 머릿속으로 불꽃이 치솟았다. 뱃속이 울렁거려 토할 것만 같았다.

「저 숫총각은 술을 오늘 처음 마셔본대. 아주 순진한 시골애지. 그래서 내가 오늘 저애한테 인생 공부를 좀 가르치는 참이야. 그런 의미에서 정가야, 네가 먼저 신고부터 해보지 그래.」 곽씨가 미스 정에게 술잔을 건네며 말했다.

「성미도 급하셔라. 저도 목이나 축이고 봐야죠. 곽 사장님이 오늘 첫손님인데.」

곽씨가 미스 정 잔에 술을 따르고, 미스 정이 그 술을 비워냈다. 곽씨가 미스 정 블라우스 단추를 열더니 손을 집어넣었다. 미스 정이 어깨를 틀며 그 손을 뿌리치곤 스스로 단추를 열었다. 태희는 신고가 무슨 뜻임을 알아차리곤 눈길을 내리깔고 말았다.

「야, 보라니깐. 똑바로 쳐다봐!」 곽씨가 소리쳤다.

태희는 눈을 치켜뜨고 잠시 미스 정 젖가슴을 훔쳐보았다. 미처 상상할 수 없었던 거대하게 둥근 젖이 엷은 조명등 아래 은은히 부풀어올랐다. 옷 위로 별 두드러져 보이지 않던 처녀 젖이 그렇게 크다는 데 그는 새삼 놀랐다. 그 젖 위로 곽씨의 살찐 손이 덮쳐졌다. 태희는 다시 머리를 숙이고 말았다. 숨이 막히고 가슴이 터질 것 같았다. 그와 더불어, 애인이나 남편도 아닌 남자 앞에 저렇게 젖을 내보이고 함부로 만지게 하는 미스 정이란 여자가 나중에 시집을 갈 수 있을까란 의문이 들었다. 집으로 돌아가면 자기 같은 남동생에게 착한 누나 노릇을 할 테고, 길거리에 나서면 얌전한 처녀로 새침하게 걸어갈 미스 정이 무슨 사정으로 이런 직업을 택했을까, 하고 생각하자 삶이 이렇게 더러울 수 있냐는 혐오감이 치받쳤다. 남의 여자를 함부로 짓밟는 곽씨와 같은 동물적인 남자가 있다면, 하루 수십 리 길을 걸어다니며 꽃모종을 파는 곽씨 처도 그렇게 짓밟혀야만 그의 성적 유희가 합당한 보상을 받는 결과라 여겨졌다.
「신고하는 김에 아랫것까지 홀랑 보여줘야지.」
　태희 귀에 곽씨 말이 들리지 않았다. 그는 자기 생각에만 골몰했던 것이다. 그는 여지껏 어떤 대상을 향해 가슴 복받쳐오르는 분노를 느껴본 적 없었다. 아니, 그런 분노의 대상으로 자기가 지목당하면 어떡하나 하는 걱정으로 열아홉 해를 살아왔다. 그런데 이제 그는 자신이 받아온 만큼 조소와 희롱을 사회로 돌려주고 싶었다. 돈이란 더럽고, 돈으로 이 세상의 권위와 부귀와 환락을 살 때, 상대적으로 그 대가를 지불해야 하는 또다른 슬픈 얼굴이 있다는 이 사회가 몸서리치게 그의 두근거리는 마음을 눌렀다. 그때, 태희는 자기 아랫도리를 무엇인가 건드리고 있음을 알았다. 미스 김이 그의 바지 지퍼를 내리고 있었다.
「놔요, 날 놔둬요!」 태희가 외쳤다.

태희는 뱃속이 뒤틀렸다. 그는 손으로 입을 막았다. 뱃속으로부터 조금 전 음식점에서 먹은 살코기 한 점이 목구멍을 거슬러 올라왔다. 뒤따라 여지껏 먹었던 내용물이 줄줄이 쏟아져 나왔다. 그는 손으로 입을 막고 토악질해댔다.

「삭이지 못하는 비싼 술을 왜 마셔요. 자, 어서 일어서요. 절 따라와요.」

미스 김이 태희를 부축했다.

「드디어 끝장을 보는구먼. 내가 그런 끝장 보겠다고 널 데려온 건 아닌데······.」 곽씨가 큰소리로 웃었다.

칸막이 밖으로 나온 태희는 미스 김에게 한 팔을 잡힌 채 통로를 따라 출입구 계단을 밟고 일층으로 올라갔다. 화장실은 일층 다방과 겸용하는, 이층 오르는 길목에 있었다. 태희는 화장실 안으로 비틀거리며 들어갔다. 미스 김이 화장실 안까지 따라 들어오지 않는 게 다행이었다. 잠시 참았던 구토가 변기를 보자 다시 속을 끓였다. 태희는 눈물 콧물을 흘리며 변기에 토악질을 해댔다. 나중에는 올라올 건덕지가 없어 맹물 몇 방울까지 목울대로 넘어왔다. 뱃속이 뒤틀리다 못해 쑤셨다. 그는 그렇게 토하며 눈앞을 가리는 환영을 떨쳐내지 못했다. 미스 정의 큰 젖이었다.

태희가 화장실에서 나오자 미스 김이 보이지 않았다. 그는 달음질쳐 경양식집 건물을 빠져나왔다. 쇳소리로 튀던 사이키 음악도 들리지 않았고, 찬 밤바람만이 그의 미열 앓는 이마를 스쳤다. 그는 버스 종점 쪽으로 허둥지둥 걸었다. 발걸음이 제대로 떼어지지 않고 머리가 어지러웠다. 그는 전봇대 아래 이마를 짚고 주저앉았다. 술을 마시면 땅이 흔들린다는 말을 그는 비로소 실감했다. 땅이 자신을 중심 삼아 빙그르르 돌았다. 가쁜 숨길을 가누며 어두운 하늘에 눈을 주었다. 까마득히 뭇별이 반짝였다. 서울로 온 뒤 처음으로 살펴보는 밤하늘이었다. 그는 한기로 몸을 떨며 잠시 고향 생각에 잠겼다.
「너 태희 아냐. 왜 여기 쪼그리고 앉았냐?」
손수레를 힘겹게 끌고 오는 곽씨 처였다. 그네는 손수레 좌판 위에 꽃모종과 빈 화분을 잔뜩 싣고 집으로 돌아가던 참이었다.
「머리가, 골이 쪼매 아파 바람쏘일라고…….」 태희가 이마를 짚고 일어서서 떠듬떠듬 말했다. 이런 종류의 거짓말이라도 해보기가 너무 오래였고, 그는 술기운 탓으로 거짓말이 잘 풀려 나오는지 모른다고 생각했다.
「우리 애 아빠는 집으로 바로 들어갔니?」
태희는 대답을 못한 채 둘 곳 없는 눈을 좌판 위로 옮겼다. 상점 불빛을 받은 작은 꽃모종들이 저녁 바람에 떨고 있었다. 잎이 꽃처럼 화려한 꽃잎맨드라미, 붉은 꽃 노란 꽃이 몽우리를 맺은 금잔화와 공작초, 꽃잎이 크고 부드러운 보라색 팬지, 그외에도 일년초 꽃들이 여럿 있었다. 곽씨 처는 아침에 싣고 나간 꽃모종을 거의 다 팔고 내일 아침에 싣고 나갈 꽃모종을 화원에서 받아오는 길이었다.
「아주머이예, 지가 쪼맨한 꽃모종 하나 살까예?」
태희가 그 여러 꽃모종 중 꽃송이가 작은 분꽃 모종을 보았다. 봉숭아와 함께 집 화단에 심는 꽃이었다.
「네가 무슨 돈이 있다고 그러니?」
「지도 돈 있습니더.」
태희가 바지 허리춤에 달린 작은 주머니에서 아버지가 비상금으로 주고 간 돈 중에 천 원을 꺼냈다.
「내가 그냥 하나 주지. 꽃모종 줄까?」
곽씨 처가 비닐봉지 속에 뿌리내린 금잔화 모종을 들었다.
「아이예. 그 꽃 아니고예.」
태희가 분꽃 모종을 가리켰다.

「집엔 꽃 심을 마당도 없는데 어디다 심으려고 그러니?」
「화분에 심가서 복덕방에 갖다 놀라꼬예.」
태희는 분꽃 모종을 소중하게 집어들었다.       (1983. 5)

## 숨어 있는 땅

 하루 일도 끝나갈 무렵이었다. 낮 동안 찌는 무더위로 인부들은 모두 지쳐 있었다. 재작년에 발견된 섭씨 육십오 도의 온천이 솟는 화곡 골짜기까지의 이차선 도로 개설공사도 막바지에 이른 참이었다. 하루를 마감할 시간이면 늘 그랬지만, 느린 일손을 보다못한 십장이 일을 독려하느라 연방 이리저리 뛰며 악다구니를 퍼부었다. 인부들은 들은 척도 않고 굼뜨게 움직이며 목줄을 뽑고 하늘만 힐끔거렸다. 중동으로 나갔다면 혓바닥을 한 자나 빼물고 뒈질 놈들이라고 십장이 욕을 퍼질렀지만, 그만한 일당이나 풀어놓아 보라는 어깃장이었다. 암반을 폭파하여 개울을 버팀 삼아 길을 내는 난공사라, 한 대의 그레이더에 굴착기까지 동원하여 열댓 명 인부가 나흘째 매달렸는데도 눈에 띄게 일이 진척되지 않았다.
 늘름봉 위로 먹장구름이 몰리고 있었다. 아무래도 한줄기 시작할 기세였다. 협곡은 바람 한점 없이 후텁지근했다. 계곡은 넓게 그늘이 지고 사방이 거뭇해지는 낌새로 보아 인부들은 소나기를 예감하고 있었다.

폭파공 황씨는 비닐부대에 쓰다 남은 다이너마이트를 싸서 옆에 둔 채 자갈바닥에 주저앉아 손톱이 타도록 꽁초만 빨고 있었다. 그는 주먹으로 자주 허리를 쳤다. 전쟁 때 군에서 어쩌다 지뢰탐지만 파다 중사로 제대한 뒤, 삼십 년은 좋게 귀청 터지게 써먹는 기술인만큼 한두 번 찢긴 몸뚱이가 아니었다. 그러나 작년에 수박통만한 바윗덩이에 옆구리를 찧인 뒤부터 날만 궂으면 신경통이 도진다는 푸념이었다. 그는 나이 쉰 중반을 넘겼다.

「일찌감치 담배나 성냥은 불알 밑에 다 차고 있어.」 평소에도 일기예보를 허리 통증으로 맞춰 황 통보관으로 불리는 황씨가 하늘을 쳐다보며 구시렁거렸다.

잠시 뒤, 아니나다를까 낟콩 뿌리듯 후두두 빗발이 쳤다. 기어코 소나기가 퍼붓기 시작했다. 맞은쪽 두봉산 위로 하늘이 파랬다. 그쪽 정상의 짙은 숲은 햇살 아래 짙푸르게 밝았다. 지나가는 소나기가 길게 내릴 비는 아닌 것 같았다. 빗발이 굵고 힘찼다.

각진 바위 틈새에 박혔던 인부들이 기다린 맞춤이라도 하듯 손에 쥔 연장을 팽개치고 닦아놓은 길 쪽으로 흩어졌다. 윗도리를 홀랑 벗은 알몸인 치나 러닝셔츠를 입은 치나, 입성은 이미 땀과 흙고물에 범벅이 되어 차라리 비에 헹구는 편이 나은데도 그들은 마음놓고 쉴 짬이 더없이 반갑다는 작태였다. 야산 돌밭이라 비를 피할 장소라곤 잿간이나 원두막조차 없었다. 그런대로 잎 무성한 버드나무·밤나무 밑이 아니면 옥수수밭이 고작이었.

「그놈 소나기 한번 시원하게 잘 내리누만.」 「여섯시 아냐. 삼십 분밖에 안 남았어.」 「어차피 이달치는 채워야 손털 일인데 뭘. 세월에 좀 스는 것 봤냐.」 개울가 밤나무 아래 몰려 인부들이 한 마디씩 심드렁히 중중거렸다.

민후도 지레질을 치웠다. 돌 무더기에서 빠져나와 밋밋한 등성이를 밭으로 일군 옥수수 고랑 사이로 뛰어들어 아쉬운 대로 쪼그려앉았다. 옥수수밭의 푸석한 흙이 금세 축축이 젖어 부드러운 양감을 드러냈다. 그는 밭둑에 손을 뻗어 장난삼아 큰 호박잎 하나를 따서 머리에 썼다. 어린 시절이 생각났다. 당신 말대로 고지식한 데다 운도 안 따라 아버지는 말단 철도공무원 스물여섯 해 동안 제천·영주·영월·도계 지역을 벗어나본 적이 없었다. 민후는 어린 시절만 생각하면 역 하차장에 노적된 석탄 더미와 까만 길과 석탄 잿가루를 덮어쓴 집부터 먼저 떠올랐다. 하늘과 먼 산만 파랬지 마을은 사철 회색으로 침잠해 있었다. 여름이면 마을 아이들과 함께 꺼멍물이 흘러내리는 앞내에서 물놀이를 즐겼다. 주위 산이 높은 탓인지 산봉우리에 자주 구름이 걸렸고, 구름은 물찌똥 갈기듯 한 차례씩 소나기를 퍼붓곤 했다. 여우비를 만날 때 물 속에 옴츠려 목만 내밀고 있으면 기분이 좋았다. 물 속은 바깥보다 오히려 따스했고 비를 맞는 낯짝이 더없이 시원했다. 가볍게 얼굴을 때리는 그 감칠맛에 오줌이 절로 찔금거렸다. 몽당바지 가랑이를 통해 허벅지로 흘러내리는 오줌의 따스운 감촉에 꽁보리밥 먹은 방귀까지 터졌다. 아이들이 합창으로 노래를 불렀다. 해야 해야 붉은 해야 김칫국에 밥 말아 먹고 장구 치고 나오너라. 노래를 되풀이해 몇 차례 부르면 거짓말 같게 하늘이 쨍쨍해졌다.

민후는 철도관사로 여기저기 떠돌아다녀 초등학교만도 네 차례나 옮겼지만, 마지막은 풍기에서 이태를 살며 그곳 학교를 마쳤다. 명수·또출이·한동이·학길이, 모두 그때 동무였다. 한동이를 군대 시절 중앙선 기찻간에서 만났을 때, 또출이는 자성탄광에 채탄부로 있고 학길이는 산골이 싫어 원양어선을 탄다고 했다. 명수는 트럭 운전수가 됐으나 벼랑길에 차가 굴러 즉사했고, 자기는 영주 주차장에서 세차하며 밥을 먹는다 했다. 풍기에 남아 있기론 또출이뿐인데, 그의 집은 인삼밭을 하고 있었다.

내리꽂히는 소나기에 다져지지 못한 길바닥은 뻘탕이 되었다. 뻘

건 황톳물이 개울로 도랑을 이루어 쏟아져 내렸다. 밭둑 호박덤불에서 뛰어나온 개구리 한 마리가 길을 가로질러 개울 쪽으로 힘찬 뜀박질을 했다. 제법 큰 놈이었다. 그놈 짓거리를 풀섶에 숨어 눈여겨보았던지 여러 마리 개구리가 길로 뛰어나와 선두를 뒤따랐다. 민후는 갑작스런 입대영장을 받기 전, 학교 시절이 생각났다. 무슨 일에든 늘 앞장을 서는 자가 있으면 그 뒤를 따르는 동조자가 무리를 이루게 마련이었다. 최루탄 매캐한 냄새가 코끝에 묻어왔다. 동해안 북단 해안 초소에 근무할 때도 그는 그 냄새를 지울 수 없었다. 그 냄새가 후각에서 떠나지 않는 이상 삶은 안주할 터 없이 헤맬 것이고, 단순논리로 극복할 수 없는 속앓이는 더 많은 세월 동안 이어지리란 예감이 들었다.

민후는 어깨를 한차례 떨곤 옥수수밭에서 일어났다. 사실 옥수수밭도 눈가림이지 비를 피할 장소는 아니었다. 머리에 얹은 호박잎을 버리고 살갗에 달라붙은 러닝셔츠를 벗어 어깨에 걸쳤다. 조여드는 면의 서늘한 감촉보다 오히려 비를 맞는 쪽이 좋았다. 무르팍까지 걷어붙인 청바지 아랫단을 허벅지로 말아올렸다. 입김이 허옇게 뿜어져 나왔다. 낮 동안 더위 먹은 속과 비를 맞는 냉기가 승모근 어디쯤에서 전기라도 일으키는지 어깨가 연방 떨렸다. 낯짝을 때리는 굵은 빗방울을 훑어 뿌리며 그는 길로 내려섰다.

골짜기는 비안개로 자우룩했다. 늘름봉 주봉에는 구름이 걸려 있었다. 그쪽은 빗발에 가려 비안개가 낀 듯했다. 가까이 푸나무들은 빗발에 퍼렇게 살아났다. 매미 울음이 끊겼다. 모여서 흘러가는 개울물소리만이 한층 우렁찼다. 어디에서 저런 함성이 일제히 터져나와 뭉치고 뭉쳐 밀려가는 걸까 하며 민후는 가투(街鬪)에 나섰을 때를 떠올렸다. 그는 하늘에서 낱개로 떨어지는 무수한 빗방울을 한참 올려다보며 정겹게 그 빗물을 받아, 벌린 입으로 목을 축였다.

「철수다, 철수!」 저쪽 버드나무 아래 섰던 십장은 더 어떻게 인부를 부려먹기가 글렀다는 듯 불퉁한 소리로 외쳤다.
 그제서야 밤나무 아래 몰려 섰던 인부들이 길로 몰려 나왔다. 비를 맞으며 연장을 챙기는 그들 손놀림이 빨랐다. 그 꼴들을 보며 십장은, 등뼈가 썩어 내려앉도록 막노동판에서나 굴러먹을 인간 말자들이라며 입에 달고 있는 악담을 퍼부었다. 십장의 지청구에 다들 만성 중이염에 걸려 그 소리는 오히려 십장 자신에게 퍼지르는 짜증밖에 되지 못했다.
 현장에서 철수할 때 연장 실은 손수레는 이 바닥 일에 섞여든 지 두 달 남짓되는 신참 민후 몫이었다. 뻘창길로 수레를 끌자니 다른 때보다 갑절로 힘이 들었다. 뱃가죽에 힘을 주고 두 발을 바꾸어가며 앙버텨 땅을 미는 데도 수레바퀴가 잘 돌지 않았다. 보다못했던지 황씨가 수레 뒤를 밀었다.
 「어디 가나 마찬가지지만 특히 이 바닥 신참 신세는 가나오나 서럽다네.」 황씨가 말했다.
 「젊을 때 고생이야 어떻습니까.」 황씨 도움이 고마워 민후가 말했다.
 「젊을 때 고생 경험으로 장년에 성공한다는 것두 다 옛날 말이지. 요즘 세상에 옆 안 보구 제 길만 걷는 놈은 늙어야 뼛가죽만 남는 황소꼴밖에 안돼. 없는 놈은 양심이구 뭐구 따질 것 없이 협잡질 잘하는 놈한테 붙어야 어떻게 눈먼 돈 잡는 기술이라도 익히게 돼. 노동으로 땀 팔아야 그저 호구나 면할까.」
 「그래도 죽을 땐 다 평등하지 않습니까. 도 닦는 셈치면 세상살이란 그렇게 괴롭지만도 않아요.」
 「제법 도통한 소릴 하누만. 이 사람아, 새파란 나이에 벌써 죽을 도나 닦겠다는 건가」 하더니 황씨가 허리를 펴며 물었다. 「다 풀어 줬다는데 복학은 안할 셈인가?」

민후는 그 자리에 멈춰서며 뒤돌아보았다. 그는 이력서를 낼 때, 고등학교 졸업을 최종 학년으로 써냈다.

「어떻게 아셨어요?」

「소문이란 빤하네. 현장감독이 자네 신상을 파악한 지 벌써 스무 날이 더 됐어.」

「그럼 다들 알겠네요?」

「자네가 저 황지서 쫓겨난 것까지 알고 있어. 거기서 무슨 돼먹잖은 소리를 했담서?」

「아직 철이 덜 들어 그렇죠. 이젠 술도 반 병 넘기잖고, 입다물고 살아요.」

「빗물도 안 샐 방수벽에 물뿌리개로 덤비는 짓거릴랑 말어. 다 소용없는 짓이여. 자네도 평생 땀 팔아 밥술 뜰 체신은 못되니 일찌감치 어디 책상물림 자리나 찾아봐.」 황씨가 손수레를 밀며 말했다.

민후와 황씨가 인부들에 뒤쳐져 뻘창길에 발목까지 빠져가며 수레를 끌고 밀며 일 킬로쯤 나오자, 간이역 광장이 나섰다. 광장 주위로 사십여 호 집들이 산비탈을 타고 흩어져 있었다. 앞서간 인부들 모습은 보이지 않았다. 빗줄기가 가늘어지고 있었다. 간이역 광장의 작은 화단에 심어진 해바라기는 큰 머리를 주체못해 허리가 휘어, 그중 몇 그루는 맨드라미 붉은 꽃에 노란 면상을 묻고 있었다. 역 대합실 입구에는 등산복 차림의 젊은이들이 하늘을 쳐다보며 서 있었다. 네댓 명씩 자기네 짐을 모아놓고 짝을 지어 섰는 등산객이 실히 스무 명은 더 되었다. 그중에는 여자애들도 섞여 있었다. 트랜지스터 라디오에서 쏟아지는 팝송이 가느다란 빗발을 헤쳤다.

「썩어 자빠질 놈들. 좁은 땅바닥이 피서객으로 득실거리니 이 눈먼 골짜기까지 쓰레기로 덮겠다구 몰려들어. 아비 에미가 저리 짝

지어 나돌아다니는 걸 봤다면 가관이겠다.」황씨가 허리를 펴며 젊은이들을 보고 욕질했다.
「좋은 절기에 한창 나이 아닙니까. 저렇게라도 골을 채워야 살맛이 나겠죠.」민후가 말을 받았다.
「넌 늙고 병든 신센가? 돈 쓰며 노는 데는 나이가 따로 없어.」
민후는 낯짝의 빗물만 손으로 뿌려낼 뿐 대답을 못했다. 세상 문리에 엔간히 달통한 황씨 말을 넙죽넙죽 받아넘기기가 쉽지 않았다.
광장 양쪽에 늘어선 상점들은 손님이 없어 파리만 날리고 있었다. 노천에 내다놓은 수박과 참외는 그대로 비를 맞고 있었다. 일과가 이미 끝나 우체국 출입문 유리창에는 셔터가 내려졌고, 그 옆 빨간 우체통이 비에 젖어 반들거렸다.
민후와 황씨가 식당 앞 공터에 수레를 부릴 때야 비가 멎었다. 골짜기의 비안개가 걷히고, 늘름봉 위로 쪽빛 하늘이 드러났다.
「수고들 했어. 그래도 신출과 영감이 궂은 설거지를 다 하누만.」수챗가에서 몸 씻기에 바쁜 인부들은 알은체 안했으나, 눈썰미 밝은 십장이 수레를 끌고 온 둘에게 말했다.
노을이 붉게 타고 있었다. 비 끝이라 노을이 더욱 선명했다. 먼 산이 훨씬 가까워보이고 물기 젖은 푸나무는 한결 싱그러웠다. 엷은 주황색 유리를 통해 보듯 모든 풍경이 붉었다.
반주 결들인 저녁 식사를 먹성 좋게 끝내자, 인부 몇은 앉은 자리에서 바로 술판을 벌였다. 소주 몇 잔에 거나해지면 그들의 목청이 저절로 높았다. 신세타령의 넋두리와 추억으로 남은 잘나갔던 한시절을 과장 섞어 지껄였다. 한둘이 유행가를 뽑을 즈음이면 술판도 시들해졌다. 그러면 천막 식당에서 뿔뿔이 빠져나와 식당 옆에 가설해 놓은 대형 천막 숙소로 기어들었다.
「윤 군, 한잔 들어.」묵묵히 숟가락질만 하는 민후를 보고 황씨

숨어 있는 땅　183

가 말했다.
「어르신도 드세요.」
「그 어르신이란 말 좀 치우래두. 아무리 자식뻘이지만 들을 적마다 귀설어.」 민후가 따라주는 소주잔을 받으며 황씨가 말했다. 「자네도 그렇겠지만, 속마음 알아주는 건 뭐니뭐니 해두 술밖에 없어.」 황씨가 거푸 소주잔을 비워냈다.
식당 구석에는 칸막이를 세워 책상과 캐비닛 하나를 들여놓아 사무실로 쓰고 있었는데, 그쪽에 임시 가설해 놓은 전화 벨이 울렸다. 전화 받는 소리가 들리고, 오 기사가 식당을 거쳐 휑하니 천막 밖으로 나갔다. 안전모를 쓴 현장 감독관이 휴대용 현황판을 들고 달려들어와 사무실로 건너갔다. 서울 본사에서 걸려온 전화로, 감독관이 공사 진척 현황을 주워섬기고, 장비 지원을 요청하는 높은 목소리가 식당 안을 울렸다. 그 소리에 귀를 기울이던 황씨가 인부들이 식사를 끝내고 텅 비어 버린 식탁 사이를 거쳐 사무실로 돌아들어갔다.
「지난번에 내려온 건 불량품이 많아요. 새끼들, 안전검사나 제대로 해서 출고하는지…….」 황씨가 전화를 받는 감독관에게 말했다. 감독관은 찌푸린 눈길만 황씨에게 보낼 뿐 전화기에 매달려 대답이 급했다. 황씨는 감독관이 듣든 말든 자기 말을 계속했다. 「이호는 이미 바닥났지만 사호를 이번에두 그따위로 내려보낸담 나두 손들어야겠어요.」
황씨가 사무실에서 나왔다. 감독관이 전화를 끊고 식당으로 들어왔다.
「서너 달 아무 탈도 없었는데 막판에 와서 당신 뗑강 부리는 거요 뭐요? 당신만 어디 공사판에서 폭약 다루나. 공사판에 다이너마이트 안 쓰는 데가 어딨냐 말이야.」 감독관이 황씨에게 따졌다.
「물어들 봐요. 내가 어디 헛소리 하나. 부실품이 많은 건 모두가 알고 있어요..」 상대가 열댓 살 손아래지만 황씨 대답이 공손했다.
「에그, 늙은 곤조통들 속썩이는 덴 신물이 올라와서..」 감독관이 혀를 차며 식당에서 나갔다.
민후가 제 몫 밥그릇을 거의 비워갈 때까지 황씨는 젓가락으로 새우젓갈만 께적거릴 뿐 밥은 그대로 두고 술만 마셨다.
「윤 군, 금진개발에 대해서 뭣 좀 들은 바 있나?」 주위를 살피더니 듣는 귀가 없음을 알자 황씨가 낮은 목소리로 물었다.
「콘도니 뭐니 레저산업으로 돈을 벌어 기업 확장에 한창이라는 건 어르신도 아시잖아요?」
「이 바닥 떠도는 우리 같은 말자 인생을 마소 보듯하기사 어느 놈들이나 매한가지지만……..」 말끝을 죽이던 황씨가 퀭한 눈으로 민후를 정시했다. 「들은 말이지만, 상해보험 하나는 튼튼히 들어둔 모양이더구먼..」
「관광지 개발이란 아파트 건설과 달리 아무래도 위험 부담이 많으니깐 그럴 테죠..」
「나이두 있구, 이 공사판을 마지막으로 난 아무래두 이제 이 바닥을 떠야 할 것 같애..」
「집칸도, 모아놓은 돈도 없다면서요?」
「마누라가 파출부 하구, 애들두 이제 제 밥벌이할 나이가 됐으니깐. 설마하니 밥 굶기야 할라구..」
민후는 황씨의 말에 짚이는 데가 있었다.
「안전사고를 염려하시는 건 아니시죠?」
「생사람 잡는 얘긴 치우게. 마누라 자식들이 자나깨나 예배당에서 읊는 소리가, 아버지 몸 성히 돌아오라는 말뿐이네..」 황씨가 손을 내저었다.
민후는 황씨 이마에 잡히는 굵은 주름과 소주잔을 드는 떨리는 손을 보고 있었다.

민후가 두 잔을 마시고 이 홉들이 소주 한 병의 마지막 잔을 황씨가 비웠다. 황씨는 그제서야 배춧국에 밥을 말았다. 갑자기 황씨는 말을 잃고 표정이 침울해졌다. 생각에 잠긴 채 느린 숟가락질로 밥을 먹는 황씨를 남겨두고 민후는 식당을 나섰다. 노을을 뒤로하고 언덕바지 철도관사로 걸었다. 막일에 아직 문리가 트이지 않아 돌아오는 길엔 늘 어깨와 등줄기가 쓰리고 당겼다. 굳은살이 박인 손바닥도 제 손 같지 않게 얼얼했다. 그래도 제대를 한 뒤 석 달 동안 막장 운반공으로 일했던 탄광에서의 경험이 좋은 보탬이 되었다.

민후가 광장을 건너 관사 쪽으로 빠지는 샛길로 들어서자, 맞은쪽에서 오토바이소리가 요란했다. 배달을 마친 우체부 한씨였다. 지난 봄 민후 집에 복학 통지서를 전해준 만년 시골 우체부였다.

「요새 어찌 편지가 뜸하다 했더니, 오늘 창희한테 두툼한 편지가 왔더구먼.」

한씨가 오토바이 속력을 늦춰 민후 옆에 섰다. 히죽 웃는 한씨 표정에는, 너들의 그렇고 그런 사이를 내가 다 알지 하는 지레짐작이 드러났다. 그 소식을 왜 자기에게 전해주느냐의 속셈을 알 만했고, 어떻게 생각하든 그 생각은 한씨 자유였으나 민후로서는 달리 변명하고 싶지 않았다. 다만 이번 공사가 끝나면 집을 떠나기로 했던 결정이 이런저런 헛소문 때문에 더 여물어진다고 느낄 따름이었다.

「애인이 생긴 모양이지요?」

「글쎄, 설마 그렇기야 할라구. 걔가 좀 난하게 꾸미고 다니긴 하지만 악착같은 구석이 있어. 받는 봉급을 차곡차곡 예금한 게 꽤나 될걸. 시집가면 살림은 여물게 살 거야.」

「그럴 테지요.」 민후는 아무렇게나 대답했다.

민후는 창희에 관해 자기가 신경써야 할 건덕지가 없었다. 탄광에서 집으로 돌아온 뒤 네댓 차례 창희 권유에 못이겨 말상대로 밤 산책을 나갔던 게, 뉘 집 개가 새끼 낳은 걸 알 만큼 빠른 산골 마을이라 그렇고 그렇게 소문이 난 모양이었다. 자기가 떠나버리면 다 잦아질 소문이었다.

「신문에도 전원 구제한다고 크게 났으니 자네도 이젠 마음잡아 마지막 학기를 마쳐야지. 마음만 먹는다면 창희가 자네 학비를 보탤 수도 있을 거야.」

「무슨 말씀 하시는지 모르겠군요. 학비를 보태다니요? 전 대학 졸업장이 필요 없어요. 노동하는 놈한테 무슨 대학 졸업장이 필요해요.」

「창희어머니도 자넬 그렇게 생각하는 눈치던데, 시침 떼기는.」

「아저씨도, 참. 제가 뭘 시침 뗀다 그래요?」

공연한 시비거리에 말려든다 싶어 민후가 실소를 지었다. 그는 지금 연애나 결혼 따위를 생각할 처지가 아니었고, 비록 창희와는 한울타리 안에 살고 있으나, 둘은 장래 문제에 관해 전혀 다른 세계를 꿈꾸고 있다고 봐야 옳았다.

「잘 달리지 못한다고 안심할 게 아니라 단속을 좀 해야 되겠어. 여자란 그저 꽉 잡아놔야지, 틈을 주면 안돼.」

한씨가 말끝을 삼키며 오토바이소리 요란하게 광장을 질러갔다.

사춘기 특유의 감상적인 연애 심리와 벽지 생활의 무료함을 달래느라 창희가 그 엉뚱한 편지질에 흥미를 붙인 것은 민후가 군에 입대할 무렵부터였다. 창희는 그해 영주 어느 야간 상업학교를 졸업하고 이곳으로 돌아와 우체국에 막 근무를 시작했을 때였다. 주간지 독자투고란도 한 군데가 아니라 여러 군데를 이용하는지, 처음 한동안은 하루에 스무 통도 넘는 편지가 날마다 날아든 적이 있었다. 실의에 젖은 낙향으로 입대일까지 골방에 틀어박혀 독서로 소일하던 민후에게 창희는 퇴근과 더불어 한 묶음의 편지를 안고 들이닥치곤 했다. 그녀가,「오빠, 이런 경우에는 어떻게 답장을 써줘야 해? 사람은 착실한 것 같은데」하고 물어왔으나, 민후는 그 맹랑한 짓거리에 일체 냉담했다.「제발 그따위 짓으로 시간 낭비하지 마. 하릴없으면 책이나 읽어.」민후가 그러면,「괜히 심각한 체하네. 산골 생활이 하도 답답해 재미로 해보는데, 화를 내고 그래」하며 창희가 싱긋거렸다. 군생활 초에는 분홍빛 구름 잡는 사연의 창희 편지도 몇 번 받았으나 그는 한차례도 답장을 낸 적 없었다. 창희 편지에는, 여전히 하릴없는 사내들 편지가 많이 날아드는 모양이었고, 골라잡아 답장을 쓰기에도 바쁘다는 내용이 적혀 있곤 했다. 민후가 제대하고, 탄광에서도 실직당해 집에 돌아온 뒤, 창희 편지질은 끊겨 있었다.「이젠 한 사람만 잡아 편지를 내지. 우표값도 아까우니깐. 오빠, 이 사람 사진 봐. 멋있지?」어느 날 창희가 불쑥 사진 한 장을 내밀며 말했다. 민후는 대답할 필요가 없어 그냥 웃고 말았다.

철도관사는 역사와 철길이 빤히 내려다보이는 언덕 위에 있었다. 철도가 개통될 무렵인 일정 때 지은 낡은 목조건물은 그 동안 수월찮게 개수했는데도 그 꼴이 도시 변두리 판잣집과 다를 바 없었다. 비에 씻긴 관사 판자벽이 땟물을 벗어 말끔했다. 따로 씨를 뿌리지 않아도 떨어진 씨앗이 이듬해 싹을 틔워 철 따라 잘 자라는 댑싸리는 허물어진 철조망을 따라 도열해 있었다. 저녁 바람에 타원형 보송한 몸체가 흔들렸다.

민후는 콜타르 칠이 벗겨진 썩은 판자벽을 따라 관사 모서리로 돌아갔다. 어미닭을 에워싸고 이제 중닭이 된 새끼닭들이 바쁘게 몰려다녔다. 닭들은 젖은 땅에 열심히 부리질해댔다. 그중 한 놈이 굵은 지렁이를 찍어 물었다. 다른 한 놈이 재빨리 달려들어 그 지렁이 꼬리를 물고 당겼다. 지렁이 몸뚱이가 녹두색 진물을 흘리며 도막나자, 두 닭은 지렁이를 땅에 떨어뜨려 한 발로 누르고 찍어먹었다.
「오빠, 이제 오우..」 창문틀에 두 손으로 턱을 고인 채 하늘을 바라보던 창희가 말했다. 해사한 안색에 큰 눈이 물기에 젖어 누가 보더라도 벽지 처녀 같지 않은 고운 살결이었다. 오늘따라 콩알만 한 옥색 귀고리까지 귓밥에 붙이고 있었다. 창희가 민후 눈길을 금방 눈치채곤 한쪽 귀고리를 만지며 말했다. 「이 귀고리? 싸구려야. 심심해서 그냥 달아봤지. 보기 흉해?」
「아니, 뭘..」 한씨 수다가 떠올라 민후가 우물쭈물 말했다.
「오빠, 저 노을 좀 봐, 그림같이 곱잖아?」 창희가 귀고리를 만지던 손으로 하늘을 가리켰다.
「응.」 민후는 창희 눈길을 좇지 않고 건성으로 대답했다.
「난 비 안 맞았어. 집에 돌아오니 쏟아지기 시작하더만. 오빤 쫄딱 젖겠다고 생각했더랬지. 쌤통이다 싶어서.」
「뭣 때문에?」
「어울리지 않는 일을 하니깐. 그 몸으로 노동이 당해..」 생글거리는 창희 얼굴에 노을이 어렸다.
「그렇겠지..」
민후는 걸음을 떼었다. 고무신에 물이 고여 배앓이 소리가 났다.
「오빠, 잠깐만. 저녁밥도 먹었을 텐데 뭐가 그리 급해?」 창희가 보조개를 피우며 웃었다.
「왜, 무슨 할말이라도 있어?」
「오빤 멋도 꿈도 없어. 그렇게 멋대가리 없이 대답해서야 어디 연애 한 번 제대로 해보겠어. 나중엔 단칸 셋방에 냄비 하나로 시작할망정 여자는 남자의 달콤한 말을 좋아하는데..」
「넌 언제 철이 들려는지」 하곤, 걷다 민후가 돌아보며 한마디했다. 「호작질을 끊은 모양이더니 오늘 편지 왔담서?」
「그걸 어떻게 알았어?」

숨어 있는 땅 189

「한씨가 그러더라.」

「오빠, 잠깐 기다려.」 창희 윗몸이 창에서 사라졌다. 이어, 창희가 편지봉투를 들고 창 밖으로 얼굴을 내밀었다. 「기다리던 편지가 드디어 왔어. 내용도 내가 바라던 그대로야. 정말 미치겠어!」 창희가 편지를 가슴에 품고 호들갑을 떨었다. 뺨이 선홍색으로 상기되었다.

「좋겠다.」 행복한 꿈을 꾸듯 물기 머금은 창희 눈을 보며 민후가 멍청한 목소리로 말했다.

민후는 창희네가 사는 삼호 관사 앞을 지났다. 이호가 민후네 관사였고, 일호에는 역장과 신평할머니가 살고 있었다. 창희아버지 김씨는 간이역에서 삼 킬로 떨어진 철도와 지방도가 만나는 황모리 건널목 간수였다. 창희 위로 오빠는 고등학교를 중퇴하고 건달로 빈둥대다 장기 복무 하사관으로 입대했고, 남동생은 영주 어느 파출소에서 방위병으로 근무하고 있었다.

민후가 집으로 들어서자, 아버지가 돌아와 있었다. 비번날이었다. 아버지는 땟국 전 파자마 바지에 윗몸은 알몸인 채 마룻바닥에 누워 잠이 들어 있었다. 석탄가루로 풀을 먹인 듯 전 머리칼, 검게 탄 깡마른 얼굴, 깎지 않은 수염에 덮인 숯검댕 같은 턱주가리는 나흘 전 집에 들렀을 때나 마찬가지였다. 앙상한 갈비뼈가 받친 꺼진 뱃가죽이 숨길에 따라 천천히 들썩거렸다. 민후는 갈라터진 아버지 큰 발에 잠시 눈을 주었다.

「형은 먹었지?」 아버지 머리맡에 상을 놓고 밥을 먹던 정후가 물었다. 동후는 말없이 열무김치에 고추장으로 비빈 보리밥을 입 속에 퍼넣고 있었다. 정후는 고등하교 삼학년이고 동후는 일학년이었다. 둘은 영주에서 자취하며 그곳 고등학교를 다녔는데, 방학이라 둘 다 관사로 돌아와 있었다.

민후는 뒤꼍으로 돌아 우물가로 갔다. 채마밭에서는 창희어머니가 김을 매고 있었다. 삼십 평 남짓한 채마밭을 도막내어 상추·고추·아욱을 가꾸고, 나머지 열댓 평에는 참깨와 콩을 심었다. 그네는 더위가 한풀 꺾인 해거름녘에 콩밭을 매던 참이었다.
 빗물을 짜고 입은 쉰내 나는 러닝셔츠를 벗으려다 민후가 기침을 했다. 창희어머니가 돌아보았다.
「저녁진지 드셨습니까?」
「그래, 먹었다. 소나비라도 한줄기 퍼지르니 그래도 한결 시원하구나. 일하다 비 맞았지?」 창희어머니가 머리에 썼던 수건을 벗어 얼굴을 닦으며 말했다.
「올해 메주는 걱정 안하셔도 되겠습니다.」
「그런데 민후야, 창희 봤냐?」 민후가 말없이 바라보자, 창희어머니가 호미를 들고 일어섰다. 「쟤가 어떡하려고 저러는지 모르겠구나. 휴가를 얻었다면서 내일 토요일엔 서울로 간대. 지서 앞에 살던 숙희 만나러 간다지만, 그 말을 어떻게 믿어. 바람이 들어도 한참 든 것 같다. 너가 창희 잡고 어떻게 좀 타일러라. 쟤가 자기 처지를 알아야지. 서울이 어디 볼일 없이 처녀가 홀몸으로 나다닐 덴가. 자리 가릴 처지야 못되지만 그래도 남들이 얼굴도 웬만하고 똑똑다고들 해쌓으니 시집이나 보냈으면 좋으련만…….」
 다른 때 같으면 예사로 들을 말이었으나 민후는 아무 대꾸도 할 수 없었다. 그가 러닝셔츠를 벗자, 창희어머니는 지분대던 말문을 닫고 자리를 피해주었다. 민후는 몸을 씻고 빨랫줄에 널린 속옷을 갈아입자, 벗은 옷을 비누질해 빨래를 대충 마쳤다. 그는 빨랫줄에 땀내를 뺀 옷을 널고 건넌방으로 돌아왔다. 찬 방바닥에 등을 붙이자 등판이 쓰라렸다. 옆으로 돌아눕자면 또 어깨에 통증이 올 것이다. 그대로 반듯이 누워 있기가 나았다. 눈을 감으니 몸이 땅속으로 가라앉듯 편안함이 왔다. 감긴 태엽 같던 긴장이 풀려버린 느낌이었다.

기적소리에 민후는 눈을 떴다. 깜깜한 눈앞이 차츰 밝아지고 반쯤 열어놓은 방문을 통해 마루의 불빛이 밀려들었다. 그는 그 동안 모기에 얼마나 뜯겼던지 팔다리가 가려웠다. 기적소리가 길게 여운을 남기자, 선로 위를 치닫는 금속성 마찰음도 아스라이 멀어졌다. 적막이 희뿌연 공간을 메웠다.

민후는 일어나 앉아 잠시 팔다리를 긁적거리다 마루로 나왔다. 큰방에 동후는 보이지 않았고, 정후는 앉은뱅이책상에 붙어앉아 공부를 하고 있었다. 말이 없고, 학교 성적도 좋은 착한 애였다. 학비를 댈 집안 형편이 못되므로 정후는 어느 대학이든 장학생에 붙기를 목표 삼고 있었다. 아버지는 민후로부터 크게 실망하자 자식 대학 공부에는 고개를 흔들었으나, 학비만 해결되면 입살이는 어떻게 제 힘으로 해결하겠다는 둘째아들 고집까지 말릴 수는 없었다. 민후가 마루로 나서자, 마당 평상에서 나누는 아버지와 역장 말소리가 두런두런 들렸다. 아버지와 역장은 김치와 풋고추를 안주 삼아 소주를 마시고 있었다.

「글쎄, 그 사람 재산이 이백억 원이나 된다잖아요.」

「햇수로 따진다면야 우리도 공무원 생활 삼십 년이 다 되어가는데, 자식 밑 닦다 보니 집 한 칸 가진 게 없으니.」

「부동산 투기로 모았다지만, 세상은 참말 모를 일이오.」

「공직자도 공직자 나름이지, 지금 세상에 어디 그만한 돈 가진 사람이 한둘이겠어요.」

「말이 이백억이지, 그게 얼마나 많은 돈인지 얼른 계산이 안돼요.」

민후는 신발을 신었다. 벌써 오래 전 신문에서 사라진 전 국회의장의 치부 화제에 끼여들고 싶지 않아 그는 산책이나 다녀올까 생각했다. 변소 앞에 피운 모깃불의 매캐한 내음이 콧속으로 스며들었다.

192

「민훈가? 이리와 앉아.」 역장이 민후를 불렀다.

「돌아오니 아버님이 주무시더군요.」 민후가 아버지께 인사하곤, 잠시 망설이다 평상 모서리에 걸터앉았다. 관사 아래쪽, 승강장을 밝히는 불빛 여광으로 마당이 그리 어둡지 않았다.

「공사가 다 끝나간다며? 그래, 배겨낼 만하냐?」 아버지가 시답지 않은 목소리로 물었다.

「이젠 많이 단련이 돼서 아무렇지 않아요.」

「자네도 가을이면 다시 학교로 돌아가야지. 자네 어머니가 졸업장 쥐는 날 난생처음 서울 구경하겠다고 그렇게 별렀는데.」 역장이 말했다.

입대하고 일 년, 어느 바람 센 겨울 오후, 민후는 어머니 별세 전보를 받았다. 아버지는 역 숙직실에서 홀로 기거했고 어머니는 영주로 나가 두 아우 뒷바라지를 하던 때였다. 아니, 뒷바라지는 핑계였고 자식들 학비를 보태려 파출부로 나다녔다. 아우들 저녁밥이 늦겠다며 황망히 돌아오던 빗길에 어머니는 교통사고를 당했다. 어머니는 도계에 살 때도 저탄장 잡역부로 늘 일했다.

「너가 벌고 아버지가 도와준다면 등록금이야 어떻게 마련되겠지.」 민후가 얼굴을 숙인 채 대답이 없자, 역장이 말했다.

「아직 두 학긴가 남았다는데 먹고 잠자는 건 또 어떡하구요. 서울 물가가 어디 벽지와 같습니까. 그렇게 어렵사리 졸업해 본들 무슨 수가 터지려는지. 난 이제 저애한테는 기대도 안 걸어요. 그저 남 걱정 안 시키구 제 앞이나 닦으면 다행이지.」

아버지가 말끝을 흐리더니, 소주 한잔을 목울대로 넘겼다. 술 마실 돈이 어딨냐며 이웃 혼사나 문상이 아닌 다음에는 좀체 술자리에 끼이지 않아 고등학교를 졸업할 때까지 민후는 아버지의 취한 얼굴을 본 적 없었다. 그러나 어머니가 별세한 뒤 세상살이 시름을 술로 달래는지, 집에 있을 때는 늘 술타령이었다.

삶에 지친 찌그러진 아버지 얼굴을 보며 민후는 황씨를 떠올렸다. 끝없는 자기 희생으로도 아무런 목표가 없는 생활, 대부분 모든 인생은 그렇게 늙어가고 병들어 죽는다. 틀림없이 자신도 그렇게 삶을 마칠 것이다. 그러나 아버지와 황씨처럼 되어서는 안된다고 다짐하면서도 그는 지금, 아버지 앞에 자기 목표를 떳떳하게 내세울 건덕지가 없었다. 대학생활 삼 년, 그리고 군생활과 제대 뒤, 도합 육 년 세월을 보내며 민후가 깨달은 점이 있다면 자의 반 타의 반으로, 출세 지향적인 삶의 포기였다. 좀더 뜨거운 바닥생활 체험만이 소중함을 깨달았고, 지금도 그 생각에는 변함이 없었다. 이번 공사일을 마감하여 얼마간 목돈을 쥐면, 부산에서 노점을 벌이고 있는 외삼촌이나, 아니면 광주에서 포장마차를 하는 대학시절 동무를 찾아가 그들의 조언에 따라 무슨 행상이든 장사를 해보기로 작정하고 있었다.

「이젠 철이 들었으니 홀아비 속썩이는 짓이야 안할 테지. 그 데모 좋아하던 녀석들, 졸업하고 보니깐 다들 제 살기에 바빠 눈코 뜰 새가 없더구나. 한때 객기지.」 역장이 말했다.

「일정시대 좌익하던 지주 아들들, 일본서 대학깨나 나오고도 적농(赤農)을 조직해 지게질이며 똥장군을 손수 지고 설치던 젊은이들 말이오. 제도 그쪽이지요. 무슨 힘깨나 쓰는 장정이라고 저래 노동판을 굴러다니겠다는지……」 아버지가 코방귀를 뀌며 빈정거리다 기운 빠진 말끝을 흘렸다.

「참, 자네 전공이 뭐라 그랬나?」 역장이 물었다.

「사회학과였어요.」

「거길 나오면 뭘 하나?」

민후는 대답할 말이 없었다. 그렇다고 학교를 아주 포기했다 말하고 싶지도 않았다. 알게 될 때 알게 되더라도 아버지께 미리부터 알릴 필요는 없었다. 아버지는 장남에게 건 기대가 무너진 이상,

아들이 어떤 삶을 살든 매사를 쉽게 체념하는 관행대로 팔자소관으로 돌릴 것이다. 완행열차 안에서 승객과 부대끼며 정년까지 오 년을 더 견디어낼 테고 그 다음은 세월에 떠밀려 늙어갈 터였다.

「아이구, 오늘은 속시원히 떨이를 했구만.」 신평할머니가 마당으로 들어서며 말했다.

신평할머니는 간이역에 완행열차가 이십 초간 정거할 때마다 열린 창문에 목을 쳐들고 바삐 돌며 승객들에게 삶은 옥수수를 팔았다. 철도고등학교를 나온 막내아들이 이 간이역에 근무했는데, 아들 뒷바라지를 해주던 작년 겨울, 철길에 뛰어든 어린아이를 구하려다 아들이 함께 참사를 당했다. 그 뒤 구멍가게를 하는 서울 큰아들네 집으로 갔으나 며느리 구박이 심해 지난 봄, 자식 무덤이나 돌아본다며 여기로 잠시 다시 들렀다. 역장 가족은 자식들 공부 때문에 영주에 집을 마련하여 딴살림을 살았으므로 신평할머니가 홀로 사는 역장 끼니와 빨래를 대신해 주기로 하고 그냥 주저앉고 말았다. 아직 움직일 수 있으니 오히려 서울 아들네 집보다 마음은 편하다고 말하면서도 손자들이 보고 싶은지 자주 서울 쪽 하늘을 보며 눈물을 질금거렸다.

민후는 신평할머니가 들어서자 곤혹스런 입장에서 헤어나 평상에서 일어났다. 창희네 창문 앞을 지나니 방안에서 창희어머니와 동후가 텔레비전을 보고 있었다.

민후가 삐뚜름히 젖혀진 관사 대문을 막 나섰을 때, 잘름거리는 걸음으로 들어오는 창희와 맞닥뜨렸다.

「깜짝이야.」 순간적으로 놀랐던 창희가 금세 민후를 알아보았다.

「오빠, 어딜 가?」

「바람이나 쐴까 하구.」

「잘됐어. 그렇잖아도 뭘 좀 얘기할까 했는데, 나랑 같이 산책 좀 해.」 창희가 민후와 어깨를 나란히 하여 따라왔다. 창희가 비음을 섞으며 말했다.「오빠, 나 머리하고 오는 길이야.」
「할 얘기가 있으면 내일 아침에 해. 혼자 좀 걷고 싶으니깐.」
「오빠, 갑자기 왜 그래? 난 내일 아침이 아니라 오늘 밤에 꼭 해야 될 말이 있어. 오빠 방에 쳐들어가서라도.」창희 목소리가 단호했다. 그녀 몸에서 화장내가 났다.
「밤에 같이 다니면 마을 사람들이 어떻게 보겠어. 이 좁은 바닥에서 말이야. 너도 이제 그만한 건 알 나이잖아.」
「참 오빠두. 남들이 뭐라면 어때. 내 인생을 그 사람들이 대신 살아줄 건가. 그런 걸 겁내는 사람이 어떻게 데모를 다 했어.」
민후는 창희 귀싸대기라도 올려붙이고 싶었으나 눌러 참았다. 그는 조금 전 아버지의 빈정거림이나 창희의 이런 말이 가장 듣기 싫었다. 신문지상의 구속자 명단에도 제대로 이름 박혀 실린 적 없었고, 누가 그를 투사나 그 방면의 일꾼으로 여겨주지도 않았다. 당국의 제재가 한창 심할 때, 민후는 다만 무더기 희생자 중 하나였다.
민후는 큰길로 걷지 않고 철길로 곧장 빠지는 비탈진 샛길을 잡았다. 언덕은 호박 덩굴로 덮여 있었다.
「오빠, 좀 잡아줘.」어둠 속에서 창희가 작은 목소리로 말했다.
비에 젖은 호박잎의 물기가 발등을 적셨다. 어릴 때 소아마비를 앓아 한쪽 다리를 조금 저는 창희가 민후의 손에 끌려 어두운 길을 조심스럽게 내려왔다.
민후는 철길로 들어섰다. 바람 한점 없는 후텁지근한 더위가 끈끈한 어둠 속에 풀려 있었다. 비 끝이면 시원한 느낌이 있는 법인데 찌는 더위로 보아 아무래도 밤사이 한차례 더 소나기가 퍼부을 모양이었다.
산모롱이를 도는 철길 저 끝, 신호등이 노란 외눈으로 반짝였다. 그 신호등을 따라 승강장의 불빛을 받은 두 가닥 선로가 하얗게 떠오르다 어둠 속에 꼬리를 감추었다. 약간 경사가 있어서인지 곧게 뻗은 선로는 탄광 갱구 속으로 빨려들어가듯 땅속 저 깊은 곳으로 잠겨드는 느낌이었다.

뒤처졌던 창희가 걸음을 빨리하여 민후와 나란히 섰다. 둘은 철길 굄목을 밟고 말없이 걸었다. 농약공해 탓인지 쉽게 볼 수 없는 반딧불 하나가 맴을 돌며 철길을 가로질러갔다. 노란 형광물질이 어둠 속에서 춤을 추더니 곧 어둠에 묻혀버렸다. 철길 옆 풀섶에서 벌레들이 울었다. 민후는 창희어머니 말을 떠올렸으나 자기가 창희 인생 문제에 간섭할 입장도, 어떤 역할도 할 수 없다는 자괴심으로 입을 다물고 있었다.

「화났어?」 등뒤 먼 불빛으로 음영이 흐릿한 민후 옆모습을 올려다보며 창희가 물었다. 민후의 대답이 없자, 창희가 말했다. 「공사 끝나면 어떡할 거야?」

「그 말 물으려 따라나섰어?」

창희가 대답 없이 서너 발을 내디뎠다.

「오빠, 나 내일 새벽 차편으로 서울에 올라가기로 했어.」 창희가 대단한 결심을 했다는 투로 또박또박 말했다.

「서울? 흥, 좋은 곳이지. 사람은 서울로 가야 출세한 사람 수하에 붙어 따라 출세도 할 수 있고…….」 민후는 신호등 쪽 깜깜한 어둠에 눈을 주며 허탈하게 중얼거렸다.

이 철길을 끝없이 따라가면 그 거대한 이 땅의 심장부가 온갖 악취를 뿜으며 아가리를 벌리고 있을 터였다. 대학시절, 집에 들렀다 상경할 때면, 민후 역시 새벽 차편에 서울로 떠나곤 했다. 한때는 자기도 창희처럼 서울이란 그 거대한 도시가 모든 희망을 충족시켜줄 수 있는 신기루로 보였다. 어떤 일이든 뜻만 품으면 그곳에서 반드시 이룰 수 있는 길이 있고, 설령 이루기 힘들더라도 무너뜨리고 말겠다는 열망으로 가슴 부푼 적이 있었다.

「내가 언젠가 말했잖아, 수길 씨라구. 잠실인가 아파트 많은 동네에서 꽃집 하고 있다는 분 말이야.」

「그런데…….」 민후가 무슨 말을 시작하려다 그만두었다.

「내 다리 말이야?」 창희는 민후가 감추는 말뜻을 금방 깨쳤다는 듯 말을 받았다. 「지난번 편지에, 그걸 밝힐 단계가 됐다 싶어 죄다 써버렸어. 오히려 마음이 홀가분해.」

「내 말은 그게 아니고…….」

「오빤 멍청이야. 아무것도 모르면서」 하며 창희가 민후의 말을 자르더니 자기 말을 계속했다. 「편지 보내고, 사실 별 기대를 안했어. 그 단계에서 두 번이나 실패한 경험이 있었으니깐.」

「잘될까?」 민후는 자신없는 목소리로 반문했다.

편지가 열 통쯤 오갈 때 어설픈 사랑을 고백하고, 서로 사진을 교환한 뒤 결혼을 전제로 첫 상면한다는 동화 같은 그 허황한 창희 속셈이랄까 현실감각을 민후는 도대체 믿을 수 없었다. 정말 애들이 하는 호작질이었다.

「그렇게 빈정거리지만 말아. 아직도 확률은 반반이지만, 이번은 어쩐지 성공할 것 같애. 물론 편지에서였지만, 그 사람은 진실해. 고아로 자라 그만큼 됐다면 자수성가한 편이잖아?」

민후 옆모습을 말끄러미 쳐다보는 창희 눈이 그 어떤 애원기를 담고 있었다. 민후가 괸목만 내려다보며 말없이 걸었다.

「이번엔 어떡하더라도 꽉 막힌 이 산골짜기를 떠나고 말 테야.」 창희가 떨리는 목소리로 말을 이었다. 「만약 실패하게 된다면…….」

「뻔하지 뭘.」

「뻔하다구? 그래, 뻔한 결과로 끝날는지 몰라.」 창희가 걸음을 멈추고 민후를 보았다. 그녀 눈동자가 어둠 속에서 또렷이 반짝였다. 「그렇게 되면 나는 다시 이 산골짜기로 내려오지 않을지 몰라.

어차피 휴가원을 냈으니 친구 방에 며칠 눌러 지내며 일자리를 찾아보겠어. 다리 병신이지만 받아만 준다면 친구처럼 맥주집에 나갈지도…….」 창희의 목소리가 끝내 축축하게 잠겨들었다.

민후의 무심한 표정에 매달린 창희 눈동자가 부풀어오르더니 눈물이 되어 가득 고였다. 민후는 무슨 말인가 이제 한마디쯤 해야되겠다고 생각하면서도 도무지 입술이 떨어지지 않았다. 위험한 짐승이 천연덕스레 미끼를 앞에 놓고 먹이를 기다리는 그 서울이란 아가리 속으로 한사코 기어들려는 창희의 위태로움이, 이유가 어쨌든 한 시절 자기를 방불케 했다. 그러나 그는 어떤 말로써 창희의 출발을 막아야 할지 대안이 없었다. 어둠을 지우며 밝아올 새벽을 찾아 떠도는 자신의 삶은 뜨겁게 껴안으면서 타인, 창희의 삶에는 왜 냉담할 수밖에 없냐는 자책만이 가슴속에서 뒤치었다.

「한마디 말도 못하는 오빠는 바보야. 평생 노동판에나 따라다닐 감정도 뭐도 없는, 정말 바보야!」 창희가 갑자기 발작적으로 고함질렀다.

그 말이 섬뜩하여 민후는 걸음을 멈추고 창희를 비로소 마주보았다. 먼 불빛 속에 은은하게 드러난 창희의 얼굴은 눈물로 얼룩져 있었다.

「저도 한때는 오빠를 사모했더랬어요. 그러나 오빠가 나보다 너무 높은 계단에 있어 단념했지요. 그런데, 그런데 어느 날 오빠가 제가 섰는 계단쯤 내려와 있다는 걸 발견했어요. 그때, 저는 오빠를 도울 수 있다고 깨달았던 거예요. 그러나 지금은……. 오빠 같은 사람과 결혼해서는 안된다고 생각을 바꾸었어요.」 창희가 두 손으로 얼굴을 가리고 흐느꼈다.

「지금 무슨 잠꼬대 같은 말을 하고 있니?」 민후는 창희의 돌연한 변화와 말뜻을 이해했지만 그렇게 되물을 수밖에 없었다.

「제가 무슨 말을 하고 있는지 몰라서 물어요? 여자란 남자가 밖에서 하는 일이 뭔지 잘 몰라도 돼요. 자식 낳고, 알뜰하게 살림 살며, 가정을 식구들이 편히 쉴 수 있는 장소로 만들 책임이 있다는 것쯤은 저도 알아요. 서울이 아니라 저 무인도에라도, 그가 있는 곳이면 따라나서 고생할 각오도 돼 있구요……」창희가 울먹이며 작은 주먹으로 민후의 가슴을 쥐어박더니 몸을 돌렸다.「바보. 정말 오빤 감정도 없는, 자기만 아는 바보야! 날 막지 못한다면, 내가 서울로 가는 걸 버려둔다면, 이젠 마지막이에요. 난 내일 새벽차를 기어이 타고 말 테야!」창희가 왔던 길을 되돌아 뛰었다.

민후는 멍뚱히 선 채 승강장 불빛 쪽으로 잘록거리며 멀어지는 창희의 뒷모습을 바라보고 있었다.

이윽고 민후의 몸을 돌렸다. 앞을 막는 어둠 속, 가야 할 길이듯 희미하게 떠오른 두 가닥 선로가 길게 누워 있었다. 민후는 습기 밴 찐득한 공기를 삼키곤, 막막한 어둠을 바라보고 굄목을 하나하나 밟으며 걸었다.

(1984. 5)

## 잃어버린 시간

1

 흙먼지 이는 신작로로 떼를 지어 남으로 내려오던 피란민들을 하교길에 날마다 만났던 그해 7월 8일을 소년은 잊을 수 없었다.
 선생님의 교무실 조회가 유달리 오래 끌어 첫시간부터 공부가 늦게 시작되었지만, 세 시간째 수업을 마치는 종소리가 소년에게는 다른 날과 달리 매우 빨리 친다 싶었다. 언제부터인가 금이 간 무쇠종이 그 땡땡거리는 소리로 일정한 쉼없이 울리자, 왁자지껄하던 반 애들은 한순간에 조용해져 모두 종소리에 귀를 기울였다. 무슨 종소리가 저래, 누구의 장난이겠지, 하는 눈치였다. 이어, 바쁜 발자국소리가 복도를 질러오더니, 종소리만큼이나 호들갑지게 전교생의 운동장 조회 소식이 전해졌다. 언청이 사환애가 숨이 턱에 닿게 그 소식을 전했을 때, 사학년 소년네 반은 세 시간째 공부를 자습시간으로, 그러나 끼리끼리 모여 전쟁 이야기로 시끌바끌 떠들며 때우고 났을 때였다. 두 시간째 수업을 마치자 고물 가죽가방을 들고 쫓기듯 운동장을 질러 교문을 빠져나가던 작달막한 담임 선생의 허둥대던 걸음을 반 애들이 보았으므로 세 시간째는 으레 자습이려니 했으나, 담임 선생 조퇴 이유를 아는 반 애가 없었다.

　소년은 앞뒷문으로 몰려나가는 반 애들 맨 꼬리에 붙어 천천히 교실을 나섰다. 교실 문을 나설 때 어깨와 팔다리를 부딪히기 싫어서였다. 쿵쿵 울리는 발자국소리가 소년을 앞질러갔다. 소년은 천천히 땡볕 아래로 나섰다. 운동장은 쨍한 햇살 아래 번철에서 굳어지는 장떡 색깔이었다. 흰옷, 검정옷이 운동장 뜨거움 위로 바둑돌같이 어우러졌다. 바둑돌이 점점 늘어나고, 더러 쥐색·하늘색·치자색도 섞였다. 흰색과 검정색의 섞갈리는 움직임에 소년의 눈이 어지러웠다. 뜨거운 햇살은 눈이 부셨다. 전에 없던 비상조회에 무슨 소식이 떨어질까, 소년은 침이 말랐다.

　「퍼뜩 열을 맞춰.」「급장은 앞으로 나와여.」「차려, 열중쉬어, 앞으로 나란히.」선생들이 열 앞뒤로 오가며 고함질렀다.

　반 아이들에 비해 키가 껑충한 소년은 자기 반 줄 꼬리에 섰다. 이학년반 두 번째 창문이 정면으로 보이는, 조회 때마다 늘 서는 자리였다. 열이 겨우 맞춰졌을 때에야 교장 선생이 횟배 앓는 얼굴로 천천히 운동장으로 나왔다.

　전교생이라 해봐야 서둘러 피란을 떠난 아이들을 제외한 이백 명 남짓한 학생을 모아놓고 조회대에 선 교장 선생은, 여러 학생들도 알다시피 전쟁이 심해져 더이상 공부를 계속할 수 없어 부득불 조기 방학을 하게 되었다고 말했다. 평소 조회 때와 달리, 했던 말을 다시 곱씹거나 에 또, 가설라무니라는 접속사를 말 중에 섞지 않았는데, 교장 선생은 말을 하면서도 계속 안경테를 만지거나 이마와 목덜미 땀을 훔치거나, 다리를 떨었다. 그전의 의젓한 태도는 간 곳없었다. 늘 당당하던 교장 선생의 그런 허둥거림이 소년에게 위태해 보였다. 전쟁과 조기 방학, 소년은 그 말을 입 속에서 굴렸다. 전쟁이란 말에는 소 생지라가 떠올랐다.「묵어여. 어지름증 심하고 심기가 약한 아아들한테는 이보다 더 용한 약이 읎어여. 그것도 도살장에서 짐 서방이 에렵게 구해왔어여.」할머니가 말했다. 먹기 좋도록 잘게 썬 핏덩이에서 김이 올랐다. 「메슥메슥할 테이께 그 참지름 소곰에 찍어 묵어여. 멀 그래 보고만 있나, 퍼뜩 안 묵고.」소년은 핏덩이 한 점을 소금에 찍어 입에 넣었다. 뭉글한 살덩이를 씹기 끔쯕해 그냥 꿀걱 삼켰다. 비린내가 나고 구역질이 받쳤다. 소년은 생지라를 토해냈다. 소년의 상기된 얼굴을 보고 할머니가 말했다. 「아무래도 꾸버 묵어야겠구나. 우째 저래 비우 약한 것조차 지 아부지를 닮았는지.」할머니가 건짜증을 냈다.

교장 선생은 갑자기, 공산군 놈들 하고 다른 말을 시작했다. 공산군이 이 강토를 짓밟고 밀려내려온다. 세상이 온통 피바다. 소년은 빨간 군복을 입은 아버지를 상상할 수 없었다. 아버지는 부끄럼을 잘 탔다고 할머니가 말했다. 교장 선생은 말을 계속했다. 전쟁은 홍수보다 무섭다. 집과 전답과 사람을 불로써 쓸어간다. 많은 사람이 피를 흘리며 나자빠지고 집과 산의 나무는 불에 탄다. 그게 바로 생지옥이다. 이제 조만간 여기까지 공산군이 들이닥칠지 모른다. 아버지가 그 불과 함께 총을 쏘며 여기까지 올런지 모른다. 그런데 교장 선생은 왜 전쟁을 홍수보다 무서운 불이라 말할까. 물은 불을 끄고, 불은 물을 끓여 없애버리는데, 물과 불은 소금과 엿물처럼 반대되는 말이 아닌가. 홍수를 없앨 불이라면 얼마만큼 불을 지펴야 그 많은 물을 다 증기로 말려버릴 수 있을까. 소년의 귀에 교장 선생 말이 점점 멀어졌다.

「눈물 머금고 하는 수 읎이 조기 방학을 결정했어. 교육자로서 이보다도 가슴 아푼 일은 읎을 거여.」

소년 귀에 교장 선생 목소리가 들리지 않았다. 햇볕이 따가웠다. 장떡이 번철에서 점점 굳어져 타는 냄새가 났다.

사실 그해 여름의 전황이란 남쪽 군대가 생각보다 허약하다는 점과, 남쪽 군대를 도우러 온 미국 군대도 왠지 힘을 제대로 쓰지 못하여 다함께 밀리기만 한다는 소식 외, 떠도는 말이 중구난방이었다. 소년 또래들이 어른들 말귀를 이해할 수 없는 경우가 적잖았다. 이제 겨우 7월 8일이니 정상적으로 방학이 시작되려면 아직 보름은 더 학교를 다녀야 했다. 어쨌든, 전쟁으로 여름방학이 빨리 시작되나 보다고 소년은 생각했다. 그러나 교장 선생의 떨리는 목소리와 달리 학생들에게 전쟁이 확대된다는 소식은 무섭지 않았다. 전쟁이란 얼마나 신나는 어른들 놀이야. 진짜 총을 쏠 수 있다니. 차츰 옆 아이들과 쑥덕거리는 잡음이 높아갔다. 소년은 기계충으로 머리칼이 빠진 앞 아이 뒤통수 사이로 조회대에 선 교장 선생을 보았다. 교장 선생 얼굴이 일그러져 있었다. 장떡이 타버려 쪼그라진 모습이었다. 교장 선생은 면내 부자인 방앗간과 술도가를 겸한 정 주사 맏아들로, 아우 되는 분은 서울에서 경찰 간부로 있었다. 면에 오는 군청 관리나 지서 간부는 면장을 만난 뒤 곧 교장 선생을 찾아와 인사를 하고 갔다. 이태 전 남로당 한다는 사람들이 야밤에 횃불을 올렸을 때, 먼저 습격받았던 집이 지서와 방앗간과 교장 선생 사택이었다. 교장 선생과 식구는 용케 몸을 피해 집 일부만 불에 탔다. 그 이튿날 학교 남선생 둘이 지서로 잡혀가고, 갈래머리 여선생은 학교에 나오지도 지서로 잡혀가지도 않았다.

교장 선생이 목청 높여 말하는데도 소년은 그 말이 귓바퀴에서 모기소리를 내며 맴돌다 증발되어 버려 말뜻을 제대로 새겨들을 수 없었다. 소년은 왠지 교장 선생이 말을 다 마치지 못하고 단상에서 쓰러질 것 같아 조바심이 났다. 전쟁·공산당·공산군·국군·유엔군·이승만 대통령, 나라가 적화되면 큰일이다. 집에서도 평상시대로 공부를 계속하고……. 토막토막 끊긴 말이 귓바퀴에서 잠시 왱왱대다 낱말이 되어 하늘로 올라가 뙤약볕에 깨 볶듯 자글자글 끓는다고 소년은 생각했다. 그는 그 낱말을 주워모으려 눈부신 하늘을 바라보았다. 말들은 많은 파편이 되어 떠돌았다. 하늘에는 구름 몇 덩이가 한가롭게 떠 있었다. 현기증으로 교장 선생이 아니라 자신이 먼저 쓰러질 것 같았다. 교장 선생의 육중한 몸은 쿵 소리를 내며 쓰러지겠지만, 자신이 쓰러질 때는 몸이 가벼워 빨랫줄에 걸린 옷가지가 바람에 떨어지듯 아무 소리도 들리지 않을 것이다. 소년이 다시 교장 선생에게 눈을 주자, 교장 선생 얼굴은 보이지 않았고 양복만 어른거렸다. 그 동안 교장 선생이 쓰러지지 않아 소년은 긴 숨을 내쉬었다. 깜부기 같은 교장 선생의 검은 양복이 허수아비꼴이었다. 이 더운 날에 왜 저렇게 양복 윗도리를 입고 있을까. 그것도 검은 양복을. 소년은 이해할 수 없었다. 할머니에게 배운 허수아비 노랫말이 생각났다.

    앞논에선 허수아비 참새쫓는 허수아비
    하루죙일 팔을벌려 위여위여 위여위여
    니도한상 채리주마 우리논에 앉지마라
    말못하는 허수아비 바람결에 너울대며
    목터져라 위여위여……

 갑자기 학생들이, 와 하며 함성을 질러 소년은 상념에서 깨어났다. 할머니가 고추를 조몰락거릴 때처럼 얼굴이 달아올라 주위를 살폈다. 벌어진 입들만 보였고 함성은 쉬 그치지 않았다. 내일부터 학교는 문을 닫을 것이며, 방학 동안 숙제는 없다고 교장 선생이 말했던 것이다.
 「어느 시절인데 방학이 그렇게도 좋아여!」
 교장 선생의 높은 목청이 소년 귀에 이제 또렷이 들렸다. 그 고함에 겨우 학생들 탄성과 동동거리던 발길이 멈추어졌다.

■ 인민군이 파죽지세로 밀고 내려와 선산 땅을 해방시키고, 일주일이 지났다.

「이제 미 제국주의 앞잡이 남조선 괴뢰정권이 쓰러지고 새 나라가 되지 않았습니까. 아무리 방학이라지만 그건 우리 쪽이 결정한 방학이 아닙니다. 영감님, 그러니 종렬이를 학교에 보내주셔야겠어요.」 담임 선생이 말한다.

할아버지는 입을 다물고 있다.

「종렬이 아버지 한서 동무는 이제 인민의 영웅이 됐어요. 그런 한서 동무를 봐서라도 종렬이는 우선적으로 학교에 보내야지요. 공부는 오전 서늘할 때만 하고 집으로 돌려보냅니다.」

옥님이 아범이 해다 놓은 봉당 인전초 더미에 멍한 눈을 주고 있던 할아버지가 담임 선생을 쏘아본다.

「한서 이바구는 이제 입에 담지 말아여. 그래, 대체 이 불볕 더부에 멀 가르치겠다는 거여?」

「썩어빠진 자본주의 교육에 세뇌된 남조선 학생들에게 새 교육을 시작하려는 겁니다. 북조선 학생들이 남조선 학생들을 위해 쓰던 책을 보내줬어요. 썩은 물은 퍼내고 깨끗한 새 물로 갈아줘야지 않겠습니까. 교육을 백년대계라지만, 그 시작은 빠를수록 좋습니다.」

담임 선생이 찢어진 쥘부채를 펴 먼지와 땀으로 찌든 얼굴에 바람을 날린다. 소년은 담임 선생 옆에 놓인 고물 가죽가방을 본다. 소년은 담임 선생까지 북조선 쪽을 편드는 선생인 줄 7월 8일 조기방학 실시를 알린 마지막 조회가 있던 날까지 상상도 못했다. 날씨가 이렇게 무더운데 그 먼 길을 어떻게 다니겠어여. 소년은 담임 선생에게 말하고 싶었으나 혀가 잘 놀지 않는다.

2

「가을이모 공부할 수 있을지, 아니면 학교 문을 영원히 닫게 될지 모를 일이여. 다행히 이학기를 제때 시작할 수 있게 되면 등교날짜는 마을마다 따로 연락하겠어.」

교장 선생은 안경을 벗어 눈자위를 손수건으로 닦았다. 그 동안 몸 성히 잘 지내라는 말을 할 때는 울먹이기까지 했다. 소년은 어머니를 생각했다. 「몸 성히 잘 지내거라. 엄마는 너와 떨어져 있어도 자나깨나 네 생각만 한단다.」 네 해 전이었다. 「어디 있든 간에 내 종종 편지하마. 그래도 너를 남겨두고 가게 되었으니 한결 마음이 놓인다. 종렬아, 둥근 달이 뜨면 이 엄마를 생각하거라. 나는 그 달을 보며, 네가 편케 있겠거니 하고 생각할 테니깐.」 어머니는 무슨 말인가 더 하려다 그만 울먹이기 시작했다. 소년은 코끝이 찡해와 교장 선생을 계속 바라볼 수 없었다. 흰 유리가루만 눈앞에서 반짝거렸다.

「……그라모 잘들 돌아가여. 인제 여러 학생들을 언제쯤 보게 될란지.」

교장 선생 끝말에 소년은 얼굴을 들었다. 뙤약볕 속에서 갑작스런 소식을 전하느라 기진해진 교장 선생이 노인같이 어깨를 늘어뜨려 천천히 조회대를 내려갔다. 소년은 그루터기만 남은 빈 들에 찬비를 맞던 허수아비가 떠올랐다.

■「쥑여! 썩은 반동 교육자는 처단해여. 그 아비도 악덕 고리대금업자여. 성은 서울 사는데 애국지사를 잡는 남조선 경찰 간부고.」 단상 앞에 앉은 장정 중 하나가 외친다.

인민군이 선산 땅을 해방시킨 뒤 숨어 살던 좌익 패거리가 제 세상을 만났다.

「그러면 다수 결정을 받들어 인민의 이름으로 판결을 내리겠소.」

잃어버린 시간 207

조회대에 선 붉은 완장 찬 분주소장이 말한다.

　소년은 단상 아래 섰다 뒤로 멈칫 물러선다. 머리에 수건을 싸맨 한 장정이 어깨숨을 쉬며 조회대 앞으로 나선다. 몽둥이를 든 장정이 조회대를 힐끔 본다. 분주소장이 고갯짓을 한다. 장정이 몽둥이로 고개를 숙이고 섰는 교장 선생 어깻죽지를 내리친다. 교장 선생이 비명을 지르며 허수아비처럼 쓰러진다. 순간적으로 조회대 주위가 살기로 숨이 막힐 지경이다. 장정들이 오라에 묶인 네 사람 앞으로 우르르 나선다. 여러 몽둥이가 그들 몸을 향해 사정없이 달려든다. 비명과 신음이 낭자하다. 지서 순경 아내도 그 자리에서 꼬꾸라진다. 몽둥이가 장작 패듯 오라에 묶인 네 사람에게 내리찍힌다. 계집아이가 사람들 틈에서 달려나와 순경 아내 위에 엎어지며 울음을 터뜨린다. 소년은 그 광경을 더 볼 수 없다. 사람들 사이에서 빠져나온다.

　「교장은 여태꺼정 잘 숨어 있었는데 어짜다가 들켰어여?」「누가 찔러바쳤겠제.」「언청이 소사늠 짓이래여.」 둘러섰던 늙은이 셋이 낮은 소리로 소곤거린다.

　국기 게양대에는 인공기가 늘어져 있다. 8월의 폭염이 맹렬히 퍼붓는다.

　「인민의 적이 어떤 꼴로 최후를 마치는가 여러 인민들에게 똑똑히 보여줍시다.」 분주소장이 조회대에 기대어 세워둔 인민재판 푯말을 들고 외친다.

　와, 하는 함성이 터진다. 모여 섰던 사람들이 양쪽으로 갈라지며 길을 터준다. 장정 둘이 허리 뒤로 묶은 오라에 두레박줄로 네 사람을 연결하더니, 교장 선생부터 끌어낸다. 소년은 사람들 틈 사이로 흙먼지를 덮어쓴 교장 선생 얼굴을 얼핏 본다. 머리가 터져 피가 흘러내린다. 교장 선생이 죽어가고 있다는 생각이 든다. 이젠 다시 조회대에 선 교장 선생을 볼 수 없을 터이다. 소년은 무서움으로 울음을 깨문다.

「학생들은 이쪽으로 모여요.」 갈래머리 여선생이 탱자울 쪽 버즘나무 그늘에서 소리친다. 「노래 연습이 아직 끝나지 않았어요.」

사내아이들과 계집아이들이 버즘나무 쪽으로 달려간다. 소년은 가지 않고 어른들 사이에 슬며시 숨는다.

「삼천리 아름다운 내 조국…….」 여선생이 손뼉을 치며 노래를 선창한다. 아이들이 노래를 따라 부른다. 노랫소리가 시원치 않다. 「내 조국의 조자부터 힘껏 불러요.」

아이들이 다시 한번 그 소절을 합창한다. 그래도 목소리가 힘차지 못하다. 태반이 아침 끼니조차 못 먹고 나왔기 때문이다. 아이들은 입만 여선생을 보고 있지 눈길은 교문 쪽으로 쏠려 있다. 반동분자 넷이 끌려나가는 참이다.

「시키는 대로만 따라 부르면 될 텐데 왜들 이래요. 그렇게 기운이 없어요? 안되겠네요. 노래 연습만 끝나면 집으로 돌아가도 돼요!」

여선생은 집으로 돌려보내줄는지 모르지만, 다른 선생이 돌려보내주지 않을 것이다. 위문 편지를 쓰게 할 테지. 아니면 폭격으로 무너진 다리를 고치는 데 노력봉사를 시킬 것이다. 소년은 구경꾼 사이에 섞여 교문을 나선다.

3

「열아, 인자부터 방학이여.」 옆에 선 반 아이가 소년의 어깨를 치며 말했다.

소년은 놀라 정신을 차렸다. 교장 선생이 어깨를 늘어뜨리고, 손수건으로 땀인지 눈물인지 닦으며 교장실 쪽으로 걷고 있었다. 소년은 조회대 주위에 늘어선 선생들 속에 담임 선생이 그때까지 돌아오지 않았음을 알았다. 발뒤꿈치를 들고 아무리 살펴도 담임 선생만이 아니라 서너 선생 모습도 빠져 있었다. 소년은 이태 전 지서로 잡혀간 남자 선생 둘과 면내에서 종적을 감춘 여선생 얼굴이 새삼 떠올랐다. 그때는 가을이었다. 「몰랐어. 증말 갈래머리 땋은 그 여선상이 그런 짓을 할 줄이사.」 「구미역에서 새북차 타는 걸 누가 봤데여.」 「서울 깍쟁이니 공산군 맞으러 서울 쪽으로 갔겠제.」 소년은 풍금 잘 치던 그 여선생을 볼 수 없다는 데 서운했다.

반 아이들은 청소도 하지 않고, 책보를 싸 허리나 어깨에 둘러메고 교실을 떠났다. 소년은 멍하니 자기 책상 앞에 서 있었다. 떠나 버린 담임 선생 목소리가 들렸다. 「아직도 구구셈을 못 외다니. 종렬이 앞으로 나와. 너는 왜 공부 시간에 멍하니 딴전만 펴냐. 도대체 무슨 생각을 하지? 자, 손을 내밀어. 어서. 오늘은 따끔하게 좀 맞아야겠어.」 담임 선생 목소리가 귀에 쟁쟁했다.

「죙렬아, 퍼뜩 가자.」 강정 마을에 같이 사는 반 아이가 문께에서 말했다.

소년은 책보를 허리에 단단히 둘렀다. 당장 눈앞에 일어날 일은 아니지만, 담임 선생이 흑판 받침대에 둔 회초리를 들기 전에 얼른 교실을 빠져나가야 했다. 「너, 거기 섰거라. 네 아버지가 네 공부하는 꼴을 봤다면 얼마나 실망이 크겠어.」 담임 선생이 등뒤에서 호통을 쳤다. 담임 선생의 형은 남로당 세포원으로 숨어 일했다. 재작년 좌익패 난동 때, 그 죄상이 탄로나 한 달 동안 읍내 경찰서에서 구류를 살다 나온 뒤 보도연맹에 가입한 농민이었다. 「종렬이, 넌 따로 남아 구구셈 팔단·구단을 다 외우고 집에 가. 갈 땐 꼭 교무실에 들렀다 가야 돼.」 소년은 교실 뒷문으로 서둘러 빠져나오려다 책상 모서리에 부딪혔다. 옆구리의 아픔을 겨우 참고 복도로 나왔다. 다른 반 아이들이 복도를 메워 퉁탕거리며 빠져나가고 있었다.

바둑알들이 긴 삼각형꼴로 교문 쪽으로 줄을 잇고 있었다. 소년도 그들 속에 끼여들었다.

「잘 가여..」「그래, 잘 가. 피란 갈 때 신작로서 만날지도 몰라여..」「우리는 피란 안 간데여..」「그라모 가실에나 만나여.」 아이들은 별 섭섭한 느낌 없이 외쳤다. 아이들은 손을 흔들고 어깨를 치고, 장난으로 엉덩이를 차며 헤어졌다.

소년은 교문을 나서며 학교를 돌아보았다. 운동장 건너, 수양버들과 단층 목조건물이 뙤약볕에 녹아내렸다. 기와지붕만 유독 아지랑이가 달려붙어 기왓장들이 콩깍지처럼 튀었다. 국기게양대에 늘어진 태극기가 눈에 띄었다. 「동해물과 백두산이 마르고 닳도록……..」조회 때마다 소리 높여 부르던 애국가를 이제 태극기는 한동안 들을 수 없을 것이다. 그때, 누군가가 태극기를 내리고 있었다. 언청이 사환애였다. 이젠 정말 학교에 안 나와도 될까. 소년은 학교에 다니기 싫어했지만 새삼스럽게 되물으며 얼굴을 돌렸다.

「잘됐지 머. 인자 학교 안 나와도 되이까. 식놀이나 하며 질탕 놀아여.」「외밭하고 수박밭도 실컷 뒤지고. 선생들도 좋겠다, 공부 안 갈쳐도 되이까.」아이들이 말하더니 까르르 웃었다. 무리지어 가던 아이들이 따라 웃었다. 교문 옆 아름드리 느릅나무에 앉았던 참새 떼가 아이들의 웃음에 놀라 쨍한 하늘로 날아갔다. 깨방정을 떨며 날개를 파닥였다. 그 모양이 그저께 학교 운동장 위를 날던 삐라 같았다. 점심시간이었다. 아이들이 삐라를 서로 많이 줍겠다고 길길이 뛰었다. 소년은 겨우 한 장을 주웠다.

─자유 대한민국 애국국민 여러분에게 고함. 국민 여러분은 절대 동요하지 말 것. 국군과 미군이 침략자 공산 괴뢰도당에게 맹공격을 가하며 실지 회복을 위한 북진에 돌입했음.

삐라 글자를 읽었으나 소년은 그 글 내용이 사실 그대론지 알 수 없었다. 하교길에 그 삐라를 들고 가자, 맞은쪽에서 오던 국민복에 보리짚모자 쓴 어른이, 나 좀 보자며 소년의 삐라를 낚아챘다. 어른이 멈춰서서 그 삐라를 읽었다. 「거짓말도 잘해여, 한강을 자기 먼첨 건너놓고는.」 어른이 삐라로 코를 풀어 팽개치더니, 가던 길을 걸어갔다. 소년은 할아버지께 보여줄 삐라를 잃은 채 혼자 걸었다. 반 아이들은 그를 앞질러 먼저 가버린 뒤였다. 학교가 있는 면소에서 강정까지는 십 리가 채 못되는 거리였다. 소년은 상급생 둘, 반 아이 하나, 하급생 하나와 건어물상점 앞을 지나 면사무소를 건너다보며 걸었다.

「종렬이구나, 오늘 벌씨러 공부가 끝난 거여? 안죽 오포(정오 사이렌) 불 때도 멀었는데.」 서류철을 한묶음 든 점박이 재종형이었다. 소년이 대답을 못하고 머뭇거리자, 반 아이가 대신 말했다.

「오늘부터 방학이라여. 공산군이 쳐들어온대여.」

「그래에? 음, 방학을 해야 되겠제. 어데 이 시국에 공부나 제대로 될라고. 보자, 종렬아. 할아부님은 안죽 자리에 누버 계시여?」 재종형이 물었다. 재종형은 면서기였다. 소년이 조그만 소리로 예 하고 대답했다. 「큰일이여. 세상이 이런 판국에 안죽 누버 계시다이. 내가 강정으로 한분 드가본다 카면서도 이래 바빠 몬 드가고 있어여. 그래, 그라모 어서 가봐여. 종택 큰할부지한테 안부 전하고. 내가 모레쯤 성님 모시고 한분 걸음한다고 전해여.」

재종형이 소년의 어깨를 다독거려주곤, 면사무소로 바삐 들어갔다.

소년은 기다려주던 반 아이와 함께 걸음을 빨리했다. 상급생 둘과 삼학년 계집아이는 벌써 저만큼 장터거리를 지나고 있었다.

「새벽에 나섰으니 세 마장은 좋이 걸었을 게야. 발에 물집이 터져 더 어찌 걸을 수도 없구만. 내일 오후면 대구에 도착되겠지.」 아이들과 나란히 걷는 피란민이 하는 말이었다.

왜 저렇게 생고생하며 집을 떠나 피란 갈까 하고 소년은 이상하게 생각했다. 저쪽도 다 한나라 사람들인데. 아무쪽이 여기를 차지

하더라도 그냥 제집에서 눌러 살면 될 일이 아닌가. 소년은 피란을 가는 사람들 마음을 알 수 없었다. 「우리는 한 핏줄인 거라. 그러므로 이렇게 남북이 나누어져 있으면 안되고 반드시 통일이 돼야 한다. 너들은 아직 잘 모르지만, 서로간에 조금 피를 보더라도 우선 삼팔선을 허물고 통일부터 시켜놓고 봐야 한다.」 전쟁 전 언젠가 담임 선생이 말했다.

　다섯 아이들은 상주와 구미를 잇는 국도로 남행했다. 내리퍼붓는 볕은 따가웠고 자갈투성이 길바닥은 달아 있었다. 바람 한점 없어 국도변 버드나무는 먼지를 뽀얗게 쓴 채 잎사귀는 미동도 하지 않았다. 소년의 고무신 바닥은 땀으로 차 신발이 자꾸만 벗겨졌다. 모난 자갈이 발바닥을 찔러 맨땅을 골라 딛느라 소년은 코앞만 내려다보고 걸었다. 상급생 둘은 여기저기서 주워들은 전쟁 이야기를 나름대로 과장시켜 지칠 줄 모르고 지껄였다. 소년 반 아이는 둘 옆에 붙어서서 걸으며 그 이야기를 귀담아듣고 있었다. 소년과 계집아이는 그들과 열 몇 걸음 뒤에서 부지런히 따라갔다. 소년은 목이 말랐고 숨이 가빴다. 언제나처럼 혼자 남아 나무 아래 쉬어가며 쉬엄쉬엄 걷고 싶었으나 그럴 수 없었다. 소년의 턱에도 안 차는 단발머리 계집아이가 땀에 젖은 얼굴로 옹골차게 따라붙기도 했지만, 남으로 내려가는 피란민 행렬을 보자 그들보다 뒤처질 수 없어 힘을 냈다.

　다섯 아이들은 다부진 걸음으로 피란민들을 따라잡았다. 그러나 등짐을 지고 가재도구를 머리에 인 채 길을 잇다시피 한 많은 피란민을 쉽없이 만났다. 자기들 또래 아이들도 모두 힘에 겨운 짐을 지고 있었다. 피란민은 누구나 지친 기색이 역력하여, 혀를 빼어문 늙은 개꼴이었다. 그들의 표정 없는 궁기 낀 얼굴을 볼 때마다 소년은 알 수 없는 두려움으로 그들과 눈이 마주칠까 봐 겁났다. 어디로 저렇게들 내려갈까. 거기가 어디일까. 저 남쪽으로 가면 제

살 집도 없을 텐데. 소년은 그 낯선 곳의 땅을 상상할 수 없었다. 저렇게 끝없이 걸으면 거기에는 집을 지을 땅도, 곡식을 심을 논밭도 없는 넓은 바다와 만나리라 여겨졌다. 사 년 전, 소년은 어머니와 함께 이 길을 따라 강정으로 갔다. 서울역에서부터 하루 낮을 꼬박 기차를 타고 구미역에서 내렸다. 해가 뉘엿뉘엿 서산 너머로 기울고 있었다. 소년은 자기 옷가지와 그림책을 담은 소풍가방을 메고 꼭지 달린 운동모를 쓰고 있었다. 어머니는 흰 저고리에 검정 당목치마를 입고, 보퉁이를 머리에 이었다. 그때, 소년은 어머니와 함께 기차를 타고 그렇게 남쪽으로 내려왔다. 「열아, 이제부터 우리가 아주 살게 될 곳으로 간단다. 네가 내 등에 업혀 두 차례나 할아버지 댁으로 갔지만 그때는 네가 어려 기억도 안 날 거다. 할아버지 할머니 뵈오면 얌전하게 인사드려야 한다. 네가 귀여움 받아야 엄마가 쫓겨나지 않게 되지.」 몇 차례 같은 말을 다짐하며 어머니는 코를 계속 훌쩍거렸다. 모자는 이십 리가 늘어진 밤길을 걸었다. 늦봄이었다. 바람은 부드러웠고 바람 속에 꽃향기가 실려 있었다. 소년은 낮 동안 차창으로 보았던 복숭아밭 배밭을 떠올렸다. 작은 동산마다 복사꽃 배꽃이 튀밥을 뿌린 듯 발갛고 뽀얗게 피어 있었다. 점심을 굶어서 그런지 어머니의 걸음이 더 느렸다. 푸른 달빛 아래 먼 마을의 불빛이 별무리 같았다. 어머니 얼굴이 달빛에 젖어 푸른색을 띠었다. 「무슨 팔자가 이렇게도 드센지」 하며 어머니가 한숨을 쉬었다. 「엄마는 할아버지 집에 가기 싫은가 봐, 그치?」 너무 느린 어머니의 걸음을 보다못해 소년이 말했다. 「너랑 날이 새도록 그냥 이렇게 하염없이 걷기만 했으면 좋겠다.」 달빛에 젖은 신록의 푸나무가 뿜어내는 그윽한 내음에 취한 듯 어머니가 나직이 말했다. 국도 양편의 모를 내지 않고 물만 대놓은 논에서 개구리들이 귀따갑게 울었다. 모자가 삼십여 호 남짓한 낙동강변에 자리잡은 강변 마을 강정에 다다랐을 때는 밤이 깊었다. 「저기 동네 끝머리에 보이는 덩실한 기와집 있지, 저기가 할아버지네 집이야.」 어머니가 손짓하는 민둥한 동산 아래 골기와 지붕들이 여러 채 있었고 모두 용마루가 높았다. 모자는 발소리를 죽여 마을 고샅길로 들어왔다. 개들이 개구멍으로 머리를 내밀고 컹컹 짖어댔다. 소년은 여태껏 한번도 본 적 없는 큰 솟을대문 앞에 서자 기가 질렸다. 대문은 육중하게 닫혀 있었고, 간살을 세운 컴컴한 천장에는 왕거미가 줄을 치고 내려올 것 같았다. 소년은 숨을 죽이고 어머니의 치맛자락을 꼭 잡았다. 이윽고 어머니는 솟을대문의 쇠문고리를 잡더니 똑똑똑, 대문의 고리장식을 쳤다. 한번 두번 세번, 쉬었다 다시 두드렸다. 소년은 사람이 살지 않는 빈집이 아닌가 싶었다. 어머니가 한번도 사람을 부르지 않고 그렇게 여러 차례 대문을 두드려서야 안에서 인기척이 났다. 「이 밤중에 누구여?」 아낙네가 신발을 끌며 나왔다. 대문은 빗장이 질러 있지 않았다. 행랑어멈 김 서방댁이 대문을 조금 열었다. 그네는 달빛을 등지고 선 소년의 어머니를 한참 뜯어보더니 그제서야 누군지를 알아보았다. 김 서방댁이 안으로 종종걸음을 쳤다. 잠시 뒤, 마늘등을 든 김 서방댁을 뒤따라 집안 식구들이 몰려나왔다. 모자의 앞을 가로막고 둘러선 네 사람은 행랑아범 김 서방을 제외하곤 여자들이었다. 그들은 모자를 쏘아볼 뿐 아무 말도 하지 않았다. 누군가를 기다리듯 대문 안을 뒤돌아보곤 했다. 이윽고 정자관을 반듯이 쓰고 수염을 기른 노인이 대문 앞으로 나왔다. 흰 두루마기를 입은 노인은 키가 여섯 자는 될 듯 컸다. 소년의 할아버지였다. 「내 그때도 말했잖았어. 우리 문중에는 그런 종법이 없다고. 재작년 댁네가 왔을 때 이미 문회(門會)에서 그렇게 결정을 본 일이여. 그러므로 댁네는 물론이고, 장적(長嫡)이 아닌 그 자식도 불천지위(不遷之位)를 모신 이 종택에는 한 발짝도 들어올 수가 없는 일이여.」 어머니가 할아버지 앞 땅바닥에 무릎을 꿇었다. 저고리섶을 들치고 치마말기에서 꼬깃꼬깃 접은 백지 한 장을 꺼냈다. 어머니가 울먹이며 말했다. 「평양에서 지아비가 인편으로 이 편지를 보내주었습니다. 저 소련 땅 어디로 공부를 떠나니 당분간 종렬이를 데리고 환고향하여 있으라는 전갈이기에……」 할아버지가 뒷짐진 손을 내밀어 어머니가 건네주는 편지를 받았다. 「종손이 그렇게 되었다니, 소식만 접해두겠어여. 댁네로서는 섭섭할 테지만 예로부터 지성으로 지켜온 종법(宗法)이 그러하니, 난들 인지상정을 모르는 바 아니나 도리가 읎는 일이여.」 할아버지가 한숨 끝에 헛기침을 하고는 창공에 뜬 만월에 잠시 눈을 주었다. 「제발 돌아가여!」 할아버지가 낙담에 찬 말을 흘리고는 천천히 몸을 돌렸다. 「아버님, 아버님……」 어머니가 머리를 땅에 조아리고는 기어코 울음을 터뜨렸다. 「내 재작년에 자네를 붙들고 귀에 못이 박이도록 말 안했드나. 자네 같은 드난꾼을 종부(宗婦)로 앉힐 수는 읎다고. 어쨌든, 가봐여. 지금도 늦지 않았으이께 역으로 나가모 서울 가는 차편이 있을 거여.」 할머니가 냉담하게 말했다. 어머니가 땅에 박았던 머리를 들고 할머니에게 울며 말했다. 「올해 열이가 학교에 들어갈 나이인데 아직도 호적이 없어 다른 아이들 다 입학하는 학교도 못 넣었습니다. 어머님, 저야 어쨌든 이 아이만이라도 거두어주세요. 오죽하면 제가 또 이렇게 걸음을 했겠습니까.」 소년은 어머니 치맛자락을 잡고 떨기만 했다. 마을 사람들이 하나둘 솟을대문 앞으로 모여들었다. 「어무이, 아무려모 하룻밤이라도 쉬어가게 하시어여.」 맏고모가 할머니에게 말했다. 「내가 용을 쓴들 뭘 해여. 내 자슥을 몬 보는 것도 원통한데, 이 사람들을 종가에다 재울 수는 읎어.」 할머니가 치마귀를 싸쥐더니 대문 쪽으로 몸을 돌렸다. 「니는 와 그렇게 섰어여. 아부님한테 무슨 불호령을 들을라고.」 할머니가 뒤돌아보며 맏고모에게 말했다. 잠시 뒤, 등을 든 김 서방댁을 마지막으로 육중한 대문이 삐걱이는 소리를 내며 닫혔다. 그 동안 어머니는 땅에 이마를 붙이고 소리 죽여 울기만 했다. 「우리집에라도 좀 재아주고 싶우지마는 종택 어르신한테서 무슨 날벼락이 떨어질란지.」 마을의 한 아낙네가 말했다. 마을 사람 네댓은 모자를 버려두고 혀를 차며 돌아갔다. 소년과 어머니는 깜깜한 대문 앞에 몸을 붙여 쪼그리고 앉아 울기만 했다. 기차에서 주먹밥 한 덩이로 점심 허기를 끈 소년은 배가 고팠다. 치마폭에 얼굴을 묻고 속으로 지우던 어머니의 울음소리가 점점 절절해졌다. 소년도 딸꾹질을 하며 따라 울었다. 멀리서 가까이에서 개구리들이 모자와 함께 울었다. 그해, 소년은 할아버지 손에 끌려 면소 초등학교에 다른 아이들보다 달 반이나 늦게 입학했다. 이듬해, 그 절기가 돌아왔다. 마을 아이들이 부르는 개구리 노래를 들으니 정말 개구리들이 제 목청껏 내지르는 악다구니가 노랫말과 그럴듯했다. 소년은 자신을 종가에 떨구고 어디론가 가버린 어머니를 그리며 그 노래를 배웠다. 개구리같이 아이들과 따라 불렀다. 오월은 때맞춰 보릿고개가 마지막 숨통을 죄는 절기라 노래는 더욱 절절했다.

  개골개골 보릿고개 개골개골 배고프다
  개골개골 니를묵고 개골개골 나를묵고
  개골개골 서로묵고 개골개골 해골해골
  개골개골 해골해골 개구리밭 해골해골
  어매묵고 자슥묵고 영감묵고 할매묵고
  해골밭에 개골개골 다죽었다 뚝……

 ■ 마을 사람들이 홰나무 아래 모여 쑥덕거릴 때, 소년은 할아버지를 따라 읍내 한약방에 갔던 때를 생각한다. 인민군이 대전까지 점령했다는 소문이 파다할 때다. 한약방 처마 귀퉁이의 대못걸이에 무엇인가 대롱대롱 매달려 있기에 소년이 자세히 보니 바싹 말린

지네와 개구리 묶음이었다. 지네는 그 생김새가 생긴 그대로 흉물스러웠지만, 살아 있는 개구리는 초롱한 사시의 눈이며, 흰 아래턱으로 볼록볼록 숨쉬는 모습이며, 그 뜀뛰기의 날렵한 몸매가 귀염성스러웠다. 그러나 뼈만 앙상히 남아 뻣뻣이 매달린 개구리는 소름을 돋게 했다.

「그날 밤에 불러내어 데불고 간 기 마지막이라여. 등거리바람으로 밥을 묵거나 뒷간에서 나오다가 마실 가듯 그래 잡히갔대여. 수돌이 아부지도 보도연맹에 가입해서 그 변을 치랐지러.」「순임이는 우째여. 재작년 지 오라비가 입산했을 때 양석을 쪼매 날라줬다고 지서로 잡히가서 보도연맹 가입장부에 손도장을 찍고 나왔는기라여.」「잡혀간 사람들 보고 모두 구뎅이를 파라 카고 그대로 총을 쏴뿌린께 지가 판 지 구뎅이에 꼬꾸라진 기지 머여.」「명부에 올란 사람은 골짝마다 다 찾아내서 모다 면소에 모았으이께. 인자 그 사람들 제삿날이 같은 날이 됐지여.」 마을 사람들이 했던 말이다.

소년은 사람의 해골을 본 적이 없지만 할머니의 설명을 빌리자면, 그 생긴 꼴의 끔찍스러움이 지네나 말린 개구리 못지않을 것 같다. 한 무리의 사람들이 땅속에 버썩 말린 개구리꼴로 쟁이고 그 얼굴이 모두 해골로 변했다니. 소년은 오소소 어깨를 떤다. 어딘지 모르지만, 그 어디에 약재용 개구리 다발 같은 해골밭이 생겼으리라. 소년은 내년에 다시 초여름이 와도 개구리 노래는 부르지 않겠다고 다짐한다. 조기 방학 실시를 알리던 마지막 조회 때 교장 선생이, 전쟁이 홍수보다 무서운 불이라던 말을 비로소 깨닫는다.


4

「와따, 억시기 덥다. 목(멱)깜고 가여.」 상급반 한 아이가 말했다.

「그래, 오늘 방학도 했고 공부 빨리 마쳤으이께 목깜고 가여.」

상급반 다른 아이가 말했다.
 소년은 그 말을 듣자 겁부터 났다. 소년은 헤엄을 칠 줄 몰랐다. 사내아이들과 계집아이는 물이 마른 도랑을 건너 논배미를 따라 애기천으로 뛰어갔다. 소년은 버드나무 밑에 오도카니 서 있었다. 작년 여름, 소년이 낙동강 모래펄에서 모래성을 쌓고 있을 때, 멱을 감던 한 아이가 갑자기 물 속에 잠기더니 다시 물위로 올라오지 않던 장면이 떠올랐다. 처음은 멱을 감던 다른 아이들도 그 짓이 장난이려니 여겼다. 그러나 잠시 뒤 물에 잠겼던 아이의 머리가 저 안쪽에서 다시 물위로 솟아올랐다. 그 아이는 어느 사이 물 가운데로 깊이 들어가 있었다. 소년은 엉거주춤 일어나서 두 팔을 허우적거리는 그 아이를 보았다. 파랗게 질린 얼굴에 할머니의 말을 빌리자면, 이미 물귀신이 씌어 있었다. 눈동자가 온통 흰자위뿐이었다. 「어이쿠, 큰일났데여. 장수가 물에 빠졌어!」 같이 멱을 감던 아이들이 물가로 뛰어나와 외쳤다. 그러나 그 아이를 구하러 아무도 그 센 물살 속으로 들어가지 못했다. 물에 빠진 아이의 머리가 다시 물 속에 잠겼다. 그뿐이었다. 그 아이는 물위로 떠오르지 않았다.
 「죙렬아, 니는 와 거게 섰어여. 목 안 깜을라 캐여?」 뛰어가던 반 아이가 뒤돌아보며 외쳤다.
 소년은 그냥 멍청히 서 있었다. 「아이고 아이고, 내 자식. 그래 물에는 드가지 말라 캤더마는, 올개는 장수 토정비결에 수액(水厄)이 끼었다더니, 이래될 줄 우예 알았겠노. 아이고, 이 일을 우째여.」 가마니에 덮인 시신 위에 엎어져 통곡하던 그 아이의 엄마가 자꾸 떠올랐다. 실성기가 있던 장수엄마가 푸닥거리 굿 끝에 제정신이 돌아온 것은 추석이 가까울 때였다.
 「열아, 목깜으모 시원해여. 퍼뜩 와여. 니 안 오모 나도 목 안 깜아여.」 이제 계집아이가 걸음을 멈추고 외쳤다.

소년은 그 말에 끌리어 도랑을 건너뛰었다. 난 목 안 깜아. 그냥 모래집이나 짓지. 두껍아 두껍아 헌 집 줄게 새 집 도고. 집짓기 노래나 부르며 손등으로 모래지붕이나 만들 테야. 소년은 모래밭으로 들어서자 머리가 어지러워 정신을 차릴 수가 없었다. 더위는 더욱 쪘다. 모래땅이 끓는 번철 같았다. 애기천 건너 줄줄이 선 미루나무가 밑둥도 보이지 않은 채 하늘로 타올랐다. 소년은 눈을 반쯤 감고 헐떡거리며 모래밭을 건넜다.

사내아이들은 모래밭에 책보와 옷을 팽개치고 물 속으로 뛰어들었다. 애기천은 가뭄으로 물이 줄었다. 계집아이도 삼베적삼과 몽당치마를 벗더니 알몸이 되었다. 발목을 물에 잠그고 두 손으로 얼굴과 몸에 물을 끼얹었다.

「참말 시원해여. 니도 옷 벗고 어서 들어와여. 여게는 안 짚어여. 젤로 짚은 데가 모가지밖에 안 와여.」 계집아이가 말했다.

소년은 신을 신은 채 물 속에서 발목만 식혔다. 찬 기운이 종아리를 타고 올라 등줄기의 땀을 식혔다. 계집아이는 정강이까지 오는 물 가장자리에서 두 손으로 땅을 짚고 발로 물장구를 치기 시작했다. 바가지 같은 엉덩이가 물 속에 잠겼다 떠올랐다 했다. 땡볕이 계집아이의 엉덩이에 꿀같이 녹아 있었다. 소년은 계집아이의 물놀이를 보자 절로 시원했다. 한 겹 강바람이 스쳤다. 소년은 바람이 불어오는 상류 쪽으로 눈을 주었다. 백로 몇 마리가 물위로 낮게 날고 있었다. 백로는 전쟁이 난 것도 모르는가 봐. 소년이 중얼거렸다.

「이기 바로 공산군 모자라 카는 기여.」

상급반 아이가 상류에서 떠내려오는 보리짚모자 하나를 건졌다.

「그기 어데 공산군 모자여.」 반 아이가 빈정거렸다.

「변장한 공산군 장교여.」

상급반 아이가 모자를 쓰고 양손을 허리에 걸쳤다.

「아쭈, 정말 같애여.」 반 아이가 킬킬댔다.
 소년은 아버지를 생각했다. 아버지는 변장을 해서 보리짚모자를 쓰고 있었다. 얼굴 여기저기에 피가 묻어 있었다. 보리짚모자를 쓴 상급생이 가슴을 하늘로 눕히더니 송장헤엄을 쳤다. 소년은 그 상급생이 곧 물 속으로 가라앉을 듯싶어 불안했다. 「정렬아, 물에 드가몬 물귀신이 발목을 꽉 잡아여. 손 귀한 집 아이들한테는 더 기를 써 물 속으로 잡아땡기제. 그라몬 아무리 헤엄을 잘 치는 아이도 우짤 수 없이 물 속으로 딸리드가능 기여. 용왕님이, 그놈이 물에 들왔구나, 오늘은 꼭 붙잡아딜이라. 이렇게 영을 내리모 그냥 죽는 기지, 지 심으로 사는 재주가 없어여. 쟁반에 뜬 물에도 죽는 수가 있어여.」 여름만 들면 할머니가 하는 말이었다. 귀신만큼이나 할머니의 음험한 목소리가 두려웠다. 소년은 담임 선생이 아무리 귀신이 없다고 말해도 할머니 말이 맞을 거라고 생각했다. 할머니 말은 위엄이 있어 소년을 옴짝달싹 못하게 했다. 소년은 물귀신한테 발목이라도 잡혀 물 속으로 끌려들어갈까 봐 얼른 모래밭으로 뛰어나왔다. 허리에 동여맨 책보가 풀어졌다. 소년은 물에 떨어진 책보를 건져냈다. 책과 공책을 모래 위에 늘어놓고 말리며, 소년은 이제 방학이 시작되었으니 책과 공책이 물에 젖은 것쯤은 괜찮으리라 여겼다.
 소년은 아이들이 멱감기를 끝낼 동안 물가에 자란 버들여뀌 줄기를 꺾어 물에 띄웠다. 물살에 실려 여뀌의 작은 흰 꽃이 저만큼 흘러가 보이지 않게 되면 다시 여뀌 줄기를 꺾어 물에 띄워보냈다. 자기가 자랄 강바닥에 뿌리만 남기고 강물을 따라 흘러가는 버들여뀌는 낙동강으로 흘러들어 언젠가는 넓은 바다에 닿게 될 것이다. 피란민들도 길을 따라 걷고 걸으면 언젠간 땅 끝바닥에 닿아 여뀌풀을 만나게 되리라. 우리는 어쩌다 뿌리내려 살던 곳 떠나 여기까지 오게 되었지. 피란 온 아이가 여뀌풀을 건져들고 시든 흰 꽃을 보고 그렇게 물을는지 몰랐다. 물 속에서 배꼽을 내민 계집아이가 소년의 그런 무료한 장난을 보다 떠내려오는 여뀌풀 줄기를 건져 모래밭에 내던지며 깔깔거리고 웃었다. 버들여뀌를 뿌리째 뽑아 강 아래쪽으로 내던졌다.

「바보 등신아, 이래 뽑으몬 새로 안 생겨나여.」

소년은 홀연히 생각에서 깨어나 계집아이가 모래밭에 내던져 널브러진 여뀌풀을 보았다. 뿌리에서 떨어져 나왔으니 곧 시들고 말 것이다. 며칠 전, 국도변 버드나무 아래 죽었는지 자는지 쓰러져 있던 늙은 피란민 노인이 떠올랐다. 무릎 위까지 말아붙인 꾀죄죄한 삼베바지의 왼쪽 장딴지, 벌겋게 드러난 피고름 발린 상처에는 작은 벌레들이 꼼실거리고 있었다. 송전 마을은 삼거리목이었다. 남으로 뻗은 국도로 내처 내려가면 경부선의 작은 역인 구미에 닿았고, 동북쪽 농로로 오 리쯤 들어가면 낙동강변에 강정 마을이 있었다. 다섯 아이들이 삼거리목을 지나자 정자나무 그늘 아래 한 무리 피란민이 쉬고 있었다. 돌 세 개 위에 냄비를 걸고 여기저기에서 주워온 삭정이로 밥을 끓이는 가족도 있었다. 그 피란민들과 잡담을 나누던 수건 쓴 아낙네가 삼거리목을 꺾어도는 아이들을 보고, 야들아 내 좀 봐여 하며 아이들을 세웠다.

「너그들 강정 마실에 살지여?」

상급생 한 아이가, 예 맞아여 하고 대답했다.

「보자, 강정 종가댁 씨손이 누구여?」 소년과 아낙네 눈길이 마주쳤다.

「쟘더.」 반 아이가 나를 손가락질했다.

「데련님이구먼여. 그라고 보이까 면소에서 난도 본 듯해여. 너 이름자가 뭐라 그래여?」 아낙네가 소년 앞으로 걸어오며 물었다.

「죄, 죙렬이라여.」 소년이 대답했다.

「갸 말더듬임더.」 상급생 한 아이가 말했다.

「죙렬이라, 그라고 보이까 데련님 모친이 누군공 대강 짐작이 가네여.」
 아낙네가 머리를 끄덕였다. 아낙네는 일문의 장로로 종회 유사(有司)일을 맡고 있는 훈장댁 행랑어멈이었다. 아낙네는 훈장 어른의 심부름으로 강정에 더러 걸음을 했는데, 소년에게도 낯선 얼굴은 아니었다.
「데련님, 내 좀 따라와봐여. 훈장 어르신께 종택에 전할 서찰이 계신 모양이라여. 그래서 내가 핵교서 오는 길목에 막고 데련님을 기다리던 참이라여.」
 아낙네가 앞서 걸었다.
「그라모 죙렬이 니는 뒤에 온나. 우리 먼첨 가여.」 반 아이가 말했다.
 아이들은 정자나무 그늘을 벗어나 뒤도 돌아보지 않고 자글자글 끓는 뙤약볕 길을 걸어갔다. 소년은 아낙네 뒤를 따라 마을길로 들어섰다. 훈장 어른댁은 할아버지를 따라 서너 차례 와본 적 있었다. 아낙네는 돌담 사잇길로 돌아가 한쪽 처마가 기우뚱한 솟을대문 안으로 들어갔다. 소년은 멈춰섰다.
「들어와여.」 아낙네가 돌아보며 말했다.
「개, 무는 개 읎어여?」 소년이 작은 소리로 물었다.
「데련님도 개는 억시기 겁내구먼. 개가 있지마는 훈장 어르신 개는 안 물어여.」
 소년은 좌우를 힐끔거리며 마당으로 들어섰다. 오랫동안 손을 보지 않아 폐가가 된 기와채를 몇 개 돌아 고산루(孤山樓)란 현판이 붙은 별당으로 갔다.
「어르신, 데련님 데불고 왔어여.」 아낙네가 지대 아래서 말했다.
 젖이 늘어진 늙은 암캐 한 마리가 소년 주위를 돌며 냄새를 킁킁 맡았다.

「들여보내여.」

학 무늬가 놓인 대발 저쪽, 열어놓은 방문 안에서 훈장 어른의 목소리가 들렸다. 소년은 댓돌에 신발을 벗고 쫓기듯 마루로 올라섰다. 훈장 어른은 문갑에 한지 서책을 펴놓고 들여다보다 돋보기 너머로 소년을 보았다. 소년은 할아버지의 말이 생각나 얼른 무릎을 꿇고 두 손을 맞잡아 큰절부터 했다.

「음, 그래. 많이 컸어여. 조부님은 안죽 누버 계시여?」돋보기를 벗으며 훈장 어른이 물었다. 눌러쓴 탕건 아래 염소같이 깡말랐으나 무성한 흰 수염이 홀쭉한 얼굴을 떠받쳤다.

「예.」 소년은 이마를 반쯤 들고 대답했다.

「조모님은 강령하시고?」

「자, 잘 계시여.」

훈장 어른이 왼쪽 귀를 쫑긋했다. 그쪽이 가는귀였다. 훈장 어른은 집안 조항(祖行)으로, 선고께서는 판관 벼슬을 지내 훈장 어른 댁을 송진 판관 댁이라 부르기도 했다. 조선왕조 말기까지 은성했던 집안은 그 뒤 종가와 마찬가지로 쇠의 길을 걸어, 이제 남은 전답이라곤 문전 옥답 댓 마지기와 뒤란 밭뙈기 여섯 두락이 모두였다. 훈장 어른은 그런 몰락을 난세의 시절 탓으로 돌릴 뿐, 문회일은 물론 종가의 관혼상례에는 그 정성이 지극했다. 일찍이 공맹에 통달하여 한시절은 사방 삼십 리 안쪽의 동몽(童蒙)이 줄을 이은 적도 있었고, '영남인재반재선산(嶺南人材半在善山)'이란 제 고장 자랑말도 있듯이, 군내 많은 인재 배출의 요람이었던 읍내 교동향교의 서사일도 서너 해 보았다.

「좐가 운가 하며 서양 천학(賤學)의 주의 주장이 혹세무민을 일삼더니 기어이 인륜을 배반하여 동족흉살을 일삼아여. 이러한 난세에 사당이며 종가라고 어데 무고할 수가 있겠느냐.」 훈장 어른이 혼잣말로 자탄했다. 「아직 물정에 어두운 자네를 두고 내 무슨 강론이 필요해여.」

　훈장 어른은 긴 한숨을 내쉬곤, 문갑을 열고 한지 봉투를 꺼냈다. 이 서찰을 넣고 싸라는 훈장 어른의 말을 좇아 소년은 건네주는 편지를 책 사이에 끼웠다. 책은 아직 덜 말라 눅눅했다. 소년은 책보를 싸 허리에 동였다.

「그라모 물러가도록 하거라.」

　훈장 어른이 근엄하게 말하곤, 자리에서 일어섰다. 워낙 작은 체구라 등등거리에 걸쳐입은 풀먹인 모시옷이 갑주같이 어깨를 널찍이 살리고 있었다. 「이 아이가 바로 한서 자(子)여?」 네 해 전, 훈장 어른을 처음 보았을 때 묻던 말을 소년은 또렷이 기억하고 있었다. 사당 정자에는 훈장 어른 외에도 옥당목 두루마기에 갓을 쓴 노인들이 줄줄이 앉아 있었다. 종회가 열리기 전날 밤, 개구리들은 지치지도 않고 울었다. 굳게 닫힌 솟을대문이 조금 열리고 김 서방이 모자 앞에 섰다. 「보이소여.」 김 서방이 어머니를 불렀다. 치마폭에 얼굴을 묻고 흐느끼던 어머니가 얼굴을 들었다. 「어르신이 저를 따로 부르시더마는 건너 마실 종모네 집에다 두 분 잠자리를 마련해 주라 그래여. 이래 우시지만 말고 지를 따라오이소.」 소년은 어머니 허리에 기대어 얕은 잠에 들어 있다 김 서방 말에 깨어났다. 얼마나 울었던지 눈두덩이 붓고 안면이 당겨 눈을 제대로 뜰 수 없었다. 「자, 어서 일어나이소. 누가 보모 지 입장만 곤란해지니까여.」 김 서방이 모자를 뒤에 달고 어두운 발길을 앞장섰다. 낙동강 은빛 물이 눈 아래 굽이치는 둑길을 한참 가자, 십여 호 마을 지붕이 버섯같이 도란도란 어울려 있었다. 모자는 그곳의 한 집으로 안내되었다. 이튿날 점심때까지 모자는 작은 골방에 갇혀 지내며 안주인이 들여보내주는 두 끼니 밥만 챙겨먹었다. 어머니는 국 몇 순가락으로 목을 축였을 뿐 밥은 그냥 내보냈다. 기우는 햇살이 뒷봉창을 비출 때쯤, 김 서방이 다시 왔다. 「데련님만 데불고 오라는 분부가 계셨습니더. 지금 사당에서는 종회가 열리고 있어여.」 김 서방이 어머니에게 말했다. 소년은 김 서방과 함께 왔던 강둑길을 되돌아왔다. 사당의 정자에는 할아버지와 유사인 훈장 어른을 중심으로 옷갓한 문중 어른들이 늘어앉아 있었다. 소년은 정자 입구에 꿇어앉았다. 훈장 선생의 첫마디에 이어, 가부좌를 틀고 있는 어른들이 수염을 쓸어내리며 한마디씩 했다. 「그러고 보니 이목구비가 한서를 빼어낸 듯 닮았어.」 「한서가 그렇게 정심으로 말했으니 핏줄은 틀림없겠고.」 「어린 나이에 적실(嫡室)이 그렇게 되고, 한서가 살아 있는 지금 이 마당에 양자를 세울 수도 없는 일이 아니여. 우선 쟈를 문중 누구 앞으로든 입적부터 시키도록 해여. 핵교 입학은 시키고 봐야 하니깐.」 「아이 어미는 불가(不可)로 결정을 봐여. 여비를 후히 줘서 자기 살길이나 도모토록 해여.」 소년은 이마로 마루창만 겨눌 뿐 그런 말뜻을 헤아리지 못한 채 떨고만 있었다.

「봐여, 참이라도 먹여 보내도록 해여.」 훈장 어른이 마루에 서서 말했다.

지대 아래 섰던 아낙네가, 마님이 시원한 콩국을 만들고 있다고 말했다. 소년은 신발을 신고 훈장 어른에게 절을 했다. 훈장 어른이 방안으로 들어가자, 소년은 안채가 아닌 대문 쪽으로 걸었다.

「데련님, 어데 가여?」 아낙네가 물었다.

「아, 아닙니더. 마 가보, 볼라꼬여.」 소년이 얼굴을 붉히며 말했다.

「선걸음에 나서다니. 콩국 묵고 좀 쉬었다 안 가시고.」

아낙네가 쫓아왔다.

「하, 할무이가 기다립니더.」

소년은 개가 쫓아오나 싶어 뒤를 살피며 바삐 걸었다.

「죵렬아, 내 좀 보고 가여!」

안채 쪽에서 훈장 마님 목소리가 들렸으나 소년은 뒤도 돌아보지 않고 대문을 나섰다. 내가 왜 훈장 어른댁에서 콩국을 먹어. 결국 그렇게 어머니를 쫓아버리고선. 소년은 휑하니 한길을 내달았다. 양철갑에 든 연필이 달랑대는 소리가 났다. 네 해 전, 자기만 강정 땅에 남게 하고 어머니를 쫓아버린 종회만 생각하면 문중 어른들 두루마기자락조차 보기 싫었다.
　송전에서 강정까지는 오릿길이었다. 소년은 길가에서 대나무막대를 주워 그 막대 끝으로 땅바닥을 밀고 갔다. 땅에 박힌 돌이나 무너뜨리지 못한 굵은 자갈을 요리조리 피해 막대를 밀고 가는 재미도 여간 아니었다. 백 보를 걸을 때까지 한 번도 돌멩이에 걸리지 않으리라. 그러나 열 보도 못 가서 걸려, 하나부터 새로 시작하기도 했다. 소년이 등하교 길이면 늘 하는 심심풀이 놀이였다.
　소년은 강정에 도착할 때까지 포소리나 총소리는 들을 수 없었지만 쨍한 하늘을 살같이 가르며 날아가는 비행기 편대는 볼 수 있었다. 비행기는 스무 대가 넘었다. 소년은 그 비행기 떼가 일으키는 굉음에 고막이 터질 듯 아팠다. 「중국으 장자라는 이가 쓴 책을 보모 맨 먼첨 붕이라는 새 이바구가 나와여. 머리에서 꼬랑지까지 몇 천 리가 되는 곤이라는 물괴기가 변해서 붕이 됐다 그래여. 그런데 붕이라는 새는 그 몸뚱이가 또 몇천 리나 되는지 날개를 활짝 펴서 날아오므로 하늘마저 검은 구름에 덮인 거맨쿠로 보인다 그래여. 바람이 불어 바다에 물결이 센 철이 되모 붕이라는 새는 그 큰 날개를 펴서 저 남명이라는 남쪽 땅을 향해 날아가여.」 소년은 할아버지가 들려주던 이야기 속의 붕이란 무지막지하게 큰 새는 상상으로도 그려지지 않았다. 그러나 소년은 붕이란 그 새가 날 때도 저 비행기만큼 귀청 떨어지는 소리는 내지 못할 거라는 생각이 들었다. 소년은 두 귀를 손가락으로 막고 눈을 감았다. 그제서야 마치 붕이란 새처럼 엄청나게 큰 독수리가 날개를 한껏 벌려 하늘을 덮

잃어버린 시간

고 직선으로 하강하는 환상에, 소년은 잠시 똥 누듯 주저앉고 말았다.

소년이 땀에 흥건히 젖어 홀로 마을 어귀를 들어서니 타작마당 홰나무 아래 마을 사람들이 원을 그려 둘러서 있었다. 어른 아이 합쳐 열댓 명도 넘을 듯했다. 가까이 가서 보니 어느 집에선가 피란 떠날 채비를 하고 있었다. 우리 마을도 이제 피란 가는 집이 생겼구나, 하고 소년은 생각했다. 황소에 달구지를 달았고, 달구지에는 잡동사니 가재도구가 가득 실려 있었다. 반닫이 농짝과 이불, 장독 몇 개까지 얹혀 있었다. 큰 기명통에 무엇인가 담아 이고 오던 아낙네는 다름아닌 소년의 종숙아주머니였다.

「아무려모 어차피 떠날 낀데 서두르는 기 나아여. 종식이를 봐서라도 이장댁은 피란을 가야 돼. 북쪽 군대가 닥치모 어데 가만 놔두겠나.」 마을 사람들 말에 끼여들었다.

「우리 같은 농투성이사 어느 밥을 묵어도 마찬가지여. 죽을 때꺼정 다 따져봐야 쌀밥 한 가마 묵을 둥 말 둥 할 두더지 팔자사 지자리 앉아 당하는 기 다 지 팔자소관 아닌가여.」

「그런 말 하모 점쩍히여..」 옆에 섰던 농군이 말했다. 삼식이 아버지였다.

「쬉식이가 마실 청년단장일을 보다가 군대에 드갔지러. 명보 어른은 해방되고부텀 쭉 이장일을 봤으이께 밤만 되모 걱정이 태산같애서 잠도 제대로 못 잔대여.」 옆에 섰던 아낙네가 삼식이 아버지 말을 받았다.

아주머니가 머리에 이고 있던 기명통을 내리다 소년을 보았다.

「쬉렬이구나, 인자 학교 갔다 오는 질이여?」

기명통 속에는 자잘한 그릇들과 바가지 따위의 부엌도구들이 들어 있었다.

「종구성도 피, 피란 같이 가는 거여?」 소년이 물었다.

겨울철이면 연을 만들어주고 면소 장에 갔다오는 길이면 구슬도 사다주던 형이었다. 아버지가 공산군이 돼서 올런지 모르므로 그럴 리 없겠지만, 자기집도 피란을 간다면 종구형과 함께 떠나고 싶었다. 「읍내장에 가이까 말시마이(서커스) 떼가 들왔어. 햐, 몸에 착 달라붙는 옷을 입은 처자가 그네 한분 기가 차게 잘 타데여. 잘 생긴 머슴아는 입에서 불을 막 내뿜고, 동테가 한 개뿐인 자정거는 또 얼매나 잘 타여.」 종구형은 곧잘 소년에게 면소 장터에서 보고 온 이야기를 들려주었다. 그런데 종구형은 보이지 않았다.

「우리 식구는 대구로 내리가여. 우선 숙모네 집에다 짐을 풀라고. 죙렬이 니 우리 읎는 새 할부지 할무이 말 잘 들어여.」

아주머니의 주름진 눈가가 젖어 있었다. 구경꾼들 사이에는 제 조카아기를 업은 순님이도 섞여 있었다. 재작년, 면내 지서에서 닷새간 있다 나온 뒤 벙어리가 된 듯 말을 잃어 실성기가 있다는 소문까지 나돈 구 첨지 딸이었다. 순님이가 소년에게 잠시 무심한 눈길을 주었으나 달리 말이 없었다. 물기를 가득 담은 서글서글한 그 눈은 소년이 타작마당을 떠날 때까지 뒤꼭지에 따라왔다.

■「다른 시상이 됐으이 무슨 날벼락을 당할런지. 아무래도 만세를 불러야 안해여? 이래 축구등신맨쿠로 그냥 서 있을 기 아닌기여.」 한 아낙네가 학질 앓듯 부들부들 떨며 말한다.

하늘에는 구름이 두텁게 끼었다. 비라도 몰고 오려는지 바람기가 축축하다. 바람 탄 홰나무 잎들이 쏴쏴 바람소리를 낸다.

「왜놈들이 물러갈 때도 아인데 무신 말로 만세를 불러여?」 옆에 섰던 아낙네가 묻는다.

「그냥 만세만 해여.」 중늙은이가 말한다.

「만세, 만세, 만세.」 세 사람이 두 손을 번쩍 들었다 내려놓으며 선창을 한다.

그것 참, 그렇게 환영을 해야 되겠구나 하듯 타작마당에 죄 몰려 나와 있던 마을 사람들이 그제서야 만세를 따라 부른다. 아이들도 덩달아 손을 들며 만세, 만세 한다. 소년은 잠자코 있다. 누군가 남자 목청이 만세란 말 사이에 조선민주주의 인민공화국이란 말을 끼워넣는다. 그러자 모두들 앵무새같이 그 말을 따라 외친다. 서울을 3일 만에 점령하고, 7월 23일에 저 전라도 남녘 땅 광주를, 사흘 뒤 남원을, 계속 동으로 옥죄어 그 이튿날 하동을, 7월 막바지에는 전주까지 무너뜨린 인민군이 유독 중부전선만은 지지부진했다. 대구 사수를 목표로 국군과 미군의 저항이 완강했던 것이다. 저들이 안동과 점촌을 민 것이 8월에 들어서였다. 소년은 8월 1일에야 온 산천을 무너뜨릴 듯한 포소리와 뙤약볕 무더위를 찢는 날카로운 총격을 들었다. 온 식구가 사당 옆 대숲 끝자락에 마련한 토굴에 숨어 꼬박 뜬눈으로 밤을 새우고 났을 때, 염탐 나갔던 김서방이 상주도 읍내도 이제 공산군 수중에 들어갔다는 소문을 듣고 왔다. 아버지 소식은 없었다. 「기다리지 말아여, 제 핀 사람도 목숨 부지가 어려분데 한서가 오기는 힘들 꺼여.」 토굴 삿자리에 누워 할아버지가 헛소리같이 말했다. 눈물을 흘리고 있었다.

이틀 뒤 오늘, 소년은 인민군을 처음 본다. 저들은 모두 셋이다. 한 명은 누런 군복에 따발총을 멨고 둘은 붉은 완장을 차고 보리짚 모자를 쓴 농군 복장이다.

「거기, 그 남자동무 날 따라오시오.」

인민군 복장을 한 자가 손가락으로 마을 사람들 중 한 남자를 지목한다. 사람들이 모두 지목당한 쪽으로 눈을 준다. 만세소리에 조선민주주의 인민공화국이란 말을 처음 썼던 삼식이 아버지다.

「우선 동무를 리당 부책으로 임명하겠소.」 인민군 복장을 한 자가 말한다. 뺨이 말간 아직 홍안의 청년이다.

「나, 나는 소작농이긴 하지마는 언문도 겨우 아는 처지여.」 삼식이 아버지가 말을 더듬는다.

「명령이니 따라오시오.」

인민군 복장을 한 자가 땀을 말리느라 젖혔던 모자를 눌러쓰며 홰나무 앞을 떠난다. 완장 찬 두 농군이 뒤를 따른다. 삼식이 아버지가 어깨를 추스르며 마을 사람들 눈치를 살피더니 저들 꽁무니에 붙는다. 저들은 누구에게 묻지도 않고 마을에서 가장 큰 집인 종가로 곧장 올라간다. 만세를 부르던 마을 사람들이 무춤해져 들었던 손을 그대로 한 채, 더러는 반쯤 내려 허수아비꼴로 서 있자, 몇 남자들이 저들 뒤를 따른다.

「종갓집 데련님은 해방되고 이북으로 넘어갔데여.」 종가로 오르던 누군가가 옆 사람들에게 말한다.

「한서 데련님이 그라모 고향에는 은제 와여?」

「졍렬이 보고 싶어 빨리 오겠제.」

소년은 아버지를 만나기가 두렵다. 엄마는 아버지를 빨리 만나고 싶을 거다. 아버지는 전쟁이 끝나면 강정으로 올까? 이제 포소리나 총소리가 들리지 않아 이렇게 전쟁이 끝나는가, 하고 소년은 스스로에게 되묻는다. 소년의 그런 생각을 뒤집듯 곧 멀리서 은은하게 포소리가 울려온다.


5

소년이 집으로 걷자, 재종아저씨가 수건으로 얼굴의 땀을 닦으며 고샅길로 내려오고 있었다.

「졍렬이군. 나 할배한테 인사디리고 오는 참이여.」 아저씨가 말했다. 「전쟁이 끝날 동안 우리집 잘 봐줘야 해여.」

소년은 대답을 못했다. 아저씨는 갑자기 무슨 생각에선지 소년을 번쩍 안아들었다. 아저씨가 그 거친 턱을 소년의 뺨에 붙였다. 뺨과 아저씨의 손이 끼인 겨드랑이가 쓰렸다.

잃어버린 시간 231

「니는 종손이여. 그렁께 누구보담도 몸 성키 잘 커야 해여.」 소년은 아저씨의 말을 듣자 할아버지와 할머니 말이 생각났다. 「종손은 그래서 안되여. 꿋꿋하고, 신중하고, 예의범절이 일문의 귀감이 돼야 해여. 뿌리 없는 남구가 없듯 종손이 없는 집안은 없느니라. 나라가 망해도 종갓집은 남어여. 왜늠들이 신사를 짓는다고 그 발광을 떨 때도 저 사당만은 차마 허물지 못했어여.」

아저씨는 소년 어깨를 다독거려주곤 타작마당 쪽으로 걸어갔다.

소년은 거의 녹초가 되어 솟을대문 안으로 들어섰다. 훈장 어른의 서찰을 할아버지께 전하려 소년이 사랑채로 돌아가자 사랑 댓돌 아래 낯선 검정 고무신 한 켤레가 놓였다. 사랑 댓돌에는 언제나 깨끗이 닦인 할아버지 흰 고무신만 놓였으므로, 소년은 사랑에 손님이 왔음을 알았다. 구두나 농구화가 아닌, 흙투성이 검정 고무신으로 보아 지서에서 나온 순경이나, 면내에서 행세깨나 하는 사람이나 족친 내방이 아님을 쉬 짐작할 수 있었다. 「지하망을 사전에 구축하여 유사시에 후방 봉기를 획책할 계획 아래 선발대로 내려올 가능성이 커여. 아무리 핏줄이라 카지마는 만약 어르신이 그 일을 숨칸다모 그때는 집안 모두가 증말 고초깨나 당하실 줄 아셔야 해여. 고초 정도가 아니라, 하여간 요새 급박한 시국은 어르신도 잘 아실 게 아니여. 여기 강정에도 자치대며 청년단이 다 조직되어 있어 은밀히 보고가 들어올 테지마는, 저가 각별히 당부해 두는 말이니 그리 아시도록.」 전쟁이 나고 열흘쯤 뒤 면내 지서장이 친히 강정으로 들어와 할아버지께 하던 말을 소년도 들은 적이 있었다. 그 뒤로도 이따금 지서 순경이 마을에 올 때면 꼭 소년네 집을 들렀다 갔다. 소년 아버지 때문이었다.

소년은 배도 고프고, 목이 말랐다. 손님이 간 뒤 할아버지께 서찰을 전해주기로 하고 소년은 안채로 걸었다. 소년이 마지못한 걸음으로 중문을 넘어서니, 할머니가 안채 대청 그늘에 앉아 청태콩을 까고 있었다. 할머니는 느린 가락으로 청승맞게 '회심곡(回心曲)'을 읊었다.

    ……다섯이로다 오월 하늘
    짝을 잃고 가는 기러기
    우리 자식 소식이나
    전해줄라나 전해줄라나
    여섯이로다 육계 같은
    그 자식을 고이 길러서
    중학 대학 다 보내서
    희망을 볼라나 희망을 볼라나
    일곱이로다 일곱이로다
    묵은 고목남구에 새가 앉아서
    가지각색 희망을 볼라나
    여덟이로다 팔난 고개
    넘고 넘어 이 길을 왔는데
    산을 넘고 거랑을 건너
    여게로 왔는데 여게로 왔는데……

  중문 앞에서 잠시를 기다려도 할머니 노래가 그치지 않아 소년은 발소리를 죽여 마당으로 들어섰다. 할무이, 내일부터 방학이라 핵교에 안 가도 되여. 소년이 그 말을 하려 마른침을 삼켰으나 혀가 잘 놀지 않았다. 발소리 죽여 부엌으로 들어가 동이의 물을 바가지로 퍼 열 모금도 넘게 마셨다. 눈이 떠졌다. 소년은 부엌에서 나와 할머니와 눈을 마주칠까 봐 눈을 땅에 두고 봉당을 질러갔다. 신발 끄는 소리에 할머니가 소년을 보았다.
  「우리 정렬이, 오늘도 아무 탈 없이 자알 돌아왔어여. 배 많이 고팠지러.」 할머니가 말했다.
 이제 머리칼도 희끗해지고 앞니도 한 개 빠져 늙은이 티가 완연한 할머니지만 목소리는 쌀 두 말 무게도 안되는 그 작은 몸집 어디에서 나오는지 쩽쩽하기가 장정 못지않았다.
 「오, 오늘은 공부를 중간에서 끄, 끝냈어여. 바, 방학을 했어여.」 소년이 딸꾹질하듯 말했다.
 말을 하고 나자 소년은 이내 그 먼 학교에 가지 않아서 좋긴 하지만 낮에도 귀신이 나올 것 같은 고가에서 할머니와 함께 온종일 혼자 보낼 일을 생각하자 그 걱정이 마음을 더 어둡게 했다.
 「그래, 그래. 인자 방학했다 카이 이 할매 걱정도 하나는 덜었어.」
 할머니는 왜 벌써 방학을 했냐고 묻지 않았고, 손을 털며 마루에서 재빠르게 축담으로 내려섰다. 키가 작고 몸이 여위어 행동거지가 날랜 할머니는 집안에서 누구도 감히 맞서서 말대답을 할 수 없는 종부로서의 당찬 여장부였다. 그러나 소년에게만은 너그러움이 남달리 깊었다. 할머니는 허리에 동인 소년의 책보를 풀어주었다. 할머니의 손이 허리께 닿자 소년은 가슴이 뜨끔했으나 걱정을 안해도 되었다. 젖었던 책보가 잘 말라 있었다.
 「땀으로 녹초가 됐어여.」
 할머니는 소년 이마와 콧등에 맺힌 땀을 껄끄러운 손바닥으로 닦아주었다. 소년은 그 손에 전기라도 탄 듯 속눈썹을 잘게 떨었다. 할머니는 신주 모시듯 소년을 마루 끝에 앉혔다.
 「정렬아, 니를 그렇게 거다 믹이는 데도 와 늘 심이 없어여. 언제쯤 불알에 요령소리가 나게 팔딱팔딱 뛰놀란지.」
 할머니가 안타까운 듯 늘 하는 말을 되씹곤 부엌으로 들어갔다. 소년은 대청에 걸터앉아 집 안을 둘러보았다. 한낮 무더위 속에 눈에 띄는 모든 게 숨을 죽여 집 안이 괴이쩍었다. 누렁이조차 어딜

갔는지 보이지 않았다. 향긋하면서도 씁쓰레한 한약 달이는 냄새가 났다. 어무이, 하고 소년은 어머니란 말을 입에 올려 가만히 불러 보았다. 어머니는 보이지 않았다. 뒤란 채마밭, 사당 뒤 콩밭, 아니면 고산 뒷논, 세 곳 중 그 어디에 있을 것 같았다. 부엌에서 그릇 달각이는 소리가 났다.

「우리 종손 죙렬이 장개가서 달덩이 같은 첫아들 볼 때꺼정 내가 이래 꿈적여야 할 낀데.」 부엌에서 혼잣소리로 중얼거리는 할머니 말소리가 들렸다.

대청마루에 붙은 괘종시계가, 탱 하며 한 시를 쳤다. 잠시 뒤, 할머니가 소년의 밥상을 차려 부엌에서 들고 나왔다. 할머니는 앞니 빠진 컴컴한 입 안을 보이며 흐물쩍 웃었다. 「길 가던 나그네가 그만 산속에서 길을 잃아뿌리지 않았나. 깜깜한 밤이 돼도 길을 몬 찾고 산속을 이리저리 헤매쌓는데. 저 어데서 불이 빤한 거여. 그래서 허겁지겁 거게로 찾아가보이까 오두막집이 한 채 있었는데, 새첩게 생긴 색시가 호문차 살고 있어여. 나그네가, 길을 잃아뿌려서 그러이 하룻밤을 묵어가게 해달라고 청했어. 그러이 색시가, 편케 쉬시다 가시라 카미 나그네를 공손하게 맞아들인 기여. 나그네가, 이런 짚은 산속에 여자가 호문차 살고 있다이 이상하다고 속짐작만 하미 방에 앉아 있자니, 그 색시가 깔끔하게 밥상을 채리서 들고 들어오는 기여.」 소년은 할머니 미소를 보자 머리 끝이 쭈뼛 섰다. 할머니 오목한 입이 갑자기 우산 끝같이 솟아오르더니 여우 모습으로 둔갑했다. 주름진 눈도 옆으로 찢어져 영락없는 늙은 여우였다. 대낮인데도 밤마다 할머니와 함께 잘 때의 무서움으로 소년은 입을 벌린 채 할머니를 보았다. 집 안에 할머니말고 아무도 없음을 알자 더 두려웠다. 어디로든 사람이 있는 곳으로 도망가야 한다고 생각했으나 둔갑한 여우에게 홀린 듯 꼼짝할 수 없었다.

「뭘 그렇게 넋 놓고 바라바여. 자, 어서 묵기나 해여.」

소년은 할머니 말에 홀연히 깨어나 밥상에 눈을 주었다. 대청에 밥상을 내려놓는 할머니의 손에는 털도, 날카로운 손톱도 없었다. 밥은 보리쌀이 섞였고 완두콩이 드문드문 박혔다. 찬으로 열무김치에 호박잎 넣고 끓인 된장국과, 할아버지 상에만 오르는 간갈치구이도 있었다. 마을에서는 점심밥 먹는 집이 그리 흔치 않았다. 이미 기울어진 종갓집이긴 했으나 소년네 집만은 그래도 식구가 마음에 점 찍듯 점심(點心) 끼니는 거르지 않았다.

할머니는 청태콩을 계속 까며 눈은 소년의 수저질을 보고 있었다. 소년은 자기 이마에 부딪히는 할머니의 날선 눈초리를 느끼며 숟가락 세워 완두콩을 한쪽으로 밀치고 밥을 먹었다. 밥 한 숟가락, 국 한 숟가락, 열다섯 번만 먹고 그만둬야지. 아니, 열 숟가락만 먹어야지. 마을로 들어설 때까지 배가 고팠으나 막상 밥과 국을 번갈아 입에 떠넣자 목 안으로 넘어가는 음식이 흙반죽과 뻘물 같았다.

「이 긴긴 해에 저래 묵어서야 우째 심을 쓰겠어여. 니 밥 묵는 거 보이까 할매 목에 까시라도 걸린 드키 애간장이 다 타여.」 할머니가 혀를 차며 말했다.

소년은 할머니 말을 듣자 언젠가 어머니가 하던 말이 생각났다. 「네 아버지가 일본 형사들한테 잡혀갔을 때, 내 배가 앞산만큼 불렀다. 재판중에 너를 낳았지. 그때 내 애간장 태운 사연은 아무도 모를 거다. 너를 문간방에서 낳고 미역국 한 그릇도 못 먹었지만 목에 가시라도 걸렸는지 미음조차 넘어가지 않더라. 지금쯤 어디 계시는지. 아이구, 원수놈의 이 땅덩어리여. 네 외할아버지가 북해도 탄광으로 끌려가고 다섯 해째 소식이 없자, 떡장사로 나를 키우던 외할머니도 거리 객사를 하고 말았잖나. 그때 내 나이 열셋이었다. 내 팔자도 어찌 이렇게 내림을 타 서방복도 없는지 모르겠구나.」 이제 생각하니 어머니가 말한 곳은 뽕밭이었다.

「하, 할부지 방에 누가 왔어여?」 소년이 숟가락을 상에 놓으며 물었다.

「검수골 옥님이 아범이 약초 한 짐 해가지고 왔어여. 문안 인사 디리는 모양이라.」 할머니가 말했다.

지난 늦봄, 농지개혁이 있기 전까지 옥님이네는 검수골 소년네 집안 논밭을 부쳐먹던 작인이었다. 옥님이 아범은 농지개혁 덕분에 검수골 종택 어른 천수답을 그대로 물려받아 작인 신세를 면한 뒤로도 그 순후한 마음씨로선 예전 상하관계를 박절하게 청산할 수 없었던지 절기마다, 어떤 때는 열흘거리로 이것저것 자작한 소출을 견본삼아 들고 왔다. 소년네 집안에 소용 닿는다 싶으면 심지어 덫을 놓고 잡은 오소리까지 선물로 들고 찾아왔다.

행랑채 봉당에는 황달에 좋다는 인전초가 수북이 쌓였다. 할머니가 봉당에 묽은 눈을 주며, 그렇게 갖은 약을 다 써도 별 소용이 읎으이 하더니 치마를 털고 일어섰다.

「이 까마구 정신 봐여. 내가 니 숭늉 그륵 안 가주고 왔더나?」

할머니는 바빠 부엌으로 들어갔다. 소년은 할머니 뒷모습을 유심히 살폈다. 불룩한 남색치마 안에 꼬리가 감추어져 있는지 어쩐지 알 수 없었다. 「……나그네가 채리준 밥을 맛있게 묵고 호문차 방안에 누버 있자이 아무리 생각해도 산속에 살고 있는 색시가 이상한 기여. 그런데 바깥에서 쓱싹쓱싹 하는 소리가 들리지 않겠나. 나그네가 벌떡 일나서 문구녕으로 바깥을 살째기 내다보이까, 색시가 숫돌에 시퍼런 식칼을 갈고 안 있어여. 칼 가는 색시 얼굴이 아까보다는 다르게 불야시같이 매섭게 생긴 기여. 그런데 꼼꼼히 살피보이까 치마 뒤에 털이 보송한 야시 꼬랑댕이가 쑥 나와 있는 기 아이겠나…….」 소년은 얼른 책보를 풀었다. 훈장 어른 서찰을 꺼내어들고 중문께로 발소리 죽여 걸었다.

「졍렬아, 물 마시여. 땀 많이 흘리몬 물 많이 마시야 되여.」 부엮에서 할머니가 숭늉사발을 들고 나오며 말했다.
　소년은 할머니 손에 낚아채일까 봐, 걸음을 빨리했다.
「열아, 좀 섰거라 보자.」
　소년은 걸음을 멈추지 않았다.
「하, 할아부지께 피, 핀지 전해주로 가여. 훈장 할부지가 주신 피, 핀짐더.」
　소년은 뒤도 돌아보지 않고 흰소리를 하며 중문을 나섰다. 등뒤에서 할머니 혀 차는 소리가 들렸다.
「사랑에 갔다가 안채로 들어와여. 목깜으로 가모 안되여. 물귀신한테 붙잡히 드가여.」 할머니가 소리쳤다.
「하, 할부지한테 갔다가 어무이 찾으로 갈 낌더.」 소년이 돌아보며 볼멘소리로 말했다.
「불야시 같은 여편네가 그래도 핏줄이라고…….」
　핏줄이란 말은 할아버지가 많이 썼고, 할머니도 더러 쓰는 말이었다. 어머니도 종종, 핏줄이 뭔지 하며 넋두리를 하곤 했다. 「핏줄은 못 속여. 머니머니 캐도 핏줄밖에 없어여. 더욱이 여게는 종갓집 아인가. 죽어도 핏줄을 이어놓고 죽어야 조선 볼 면목이 서지. 한서 그늠 그래도 저것을 핏줄이라고 남겼으이…….」 3년 전인가, 소년 숙모가 먼길 나들이 끝에 강정에 들렀을 때 말했다. 소년이 혼자 공기놀이를 하다 그 이야기를 엿들었다. 할머니가 숙모 말을 받았다. 할머니는 어머니를 두고 말했다. 「아, 글쎄 말이여. 그늠으 신교육이 집안을 망쳤어여. 재판 때도 저애가 나오기사 했던 모양인데 인사가 없었으니 까맣게 몰랐어여. 한서가 서울서 여자 하나와 친케 지낸다는 말을 이바구중에 언뜻 비쳤어도, 메누리가 시집와서 손도 몬 두고 어린 나이에 죽자 객지서 공부하자이 외로바 금반에나 더러 출입하는 줄 알았지여. 영감이 종손 체통을 지켜 행실에 늘 조신하라 이르시고, 아아 적부텀 배아온 법도가 그랬으이 벨로 걱정 안했어여. 또 한서가 부끄럼 잘 타고 오죽 착한 애여. 클 때도 입 댈 데가 없었잖았어여. 그런데 무신 무산자동맹이라든가 사회주의라든가, 그런 독립군 죄목으로 오 년형을 받았잖아여. 배운 청년들 중에도 순진한 애들이 그 운동에는 더 열성이람더. 그래돼서 그 서대문감옥소로, 영감과 첫 면회 가서 저애를 첨 봤어여. 가늘라(아기)를 안고 지도 면회를 왔어여. 처음은 얼매나 억장이 무너지는지. 면회 마치고 밥집에 데불고 가서 꼬치꼬치 물어보이까 얼른 입을 안 뗐어여. 그래도 핏줄은 몬 속인께 나중에사 울민서 이실직고하데여. 아비는 관방 객사 머슴질하다 일본으로 건너가 소식 없고, 에미는 장바닥서 반티에 떡장사하다 죽고, 지는 어린 나이에 한서 하숙집 정지아이로 컸던 모양이라여. 하숙집 주인장이 경성전기회사엔가 댕겨 글깨나 읽었던지 애 에미도 그 집 자속들 어깨너머 언문은 깨쳤던가 봐여. 그런 처지에 우째 순진한 한서와 눈이 맞았던지, 덜렁 애를 뱄으이 기가 찰 노릇 아니여. 아무리 새 시상이 도래했다 카지마는 이 집안 핏줄이 어데 보통 핏줄이여. 친가 외가를 따져 조선 바닥에 우리 같은 문벌 집안이 또 어데 있어여. 더욱이 종갓집 체신에. 그런데 정렬이 에미가 어떻게나 독한지 찰거머리맨쿠로 붙어 안 떨어지이, 종갓집 대들보 뽑아낼 짓이지 머여. 참말 남사스러버서 어데 대놓고 이바구할 처지도 몬 되고, 근심 덩어리 아닌겨. 무신 액운이 이렇게도 모질게 닥치는가 모르겠어여.」

소년이 사랑마당을 걸어가자, 활짝 열린 사랑 방문의 늘어진 대발을 걷으며 옥님이 아범이 허리 굽혀 조심스레 문턱을 넘어나왔다. 소년이 대추나무 그늘 아래 걸음을 멈추었다. 서쪽 하늘에 여러 덩이 검은 구름이 몰려오고 있었다. 소나기라도 한줄기 퍼부을 기세였다. 바람기도 있어 대추나무 잎사귀가 잘게 흔들렸다.

「그라모 잘 건너가여. 옥님이 아범도 그 말은 풍문으로 돌리고

잃어버린 시간 239

내 아까 말했듯이 그 이바구만은 각별하게 말조심하도록 해여. 사실 여부가 밝혀질 때꺼정.」 침통한 할아버지 목소리였다.

「예, 예. 여부 있겠습니꺼. 또 집식구들은 모르는 일이기도 합니더. 그 일로 너무 상심하시지 마시이여. 지도 들은 이바구라서 어르신께 전할까 우짤까 역시기 망설였어여. 그라고 어르신께서도 지한테 그 이바구 들었다는 말씀은 숨가두시이여. 만약에 지서에서 알모 오라 가라 불리댕길지 모르니깐여.」 옥님이 아범이 마루로 나서며 말했다.

「음, 참으로 청천벽력 같은 소식이여.」 할아버지 목소리가 더욱 어두워지더니, 소식이여란 끝말은 울음에 잠겼다.

소년은 할아버지와 옥님이 아범이 아마 전쟁 이야기를 나눈 모양이라 생각했다. 할아버지는 날마다 저녁 무렵에 김 서방을 사랑으로 불러 면소나 마을에서 귀동냥하고 온 시국 이야기를 전해듣기도 하고, 문병 온 사람들에게 전쟁에 관한 여러 소문을 경청했다. 그럴 때마다 사랑에서는, 큰일이여, 강토가 쑥밭이 되고 마는군, 그렇다면 살아남을 사람이 읎잖아여 하는 탄성이 사랑마당을 울렸다.

「곡석은 자알 크고 있습니더. 어서 옥체 쾌차하셔서 검수골에도 한 분 나들이하시이여.」

옥님이 아범은 신을 신고 사랑을 향해 꾸벅 절을 했다. 머리를 갸웃거리며 대문을 향해 걷던 옥님이 아범이 소년을 보더니, 데련님이 와 여게 서 있어여 하며 심덕 좋게 웃었다. 그 웃음은 억지웃음으로, 그의 까맣게 그을린 좁은 이마는 그 어떤 근심으로 겹주름이 더께져 있었다.

「핵교는 잘 댕기지여?」

소년은 머리를 끄덕이며 옥님이 아범의 짚신 신은 큰 맨발을 내려다보았다. 거머리 생각이 났다. 작년 모내기 때, 할아버지와 꺼멍재산 아래 있는 대망리 검수골에 갔었다. 온누리가 연초록으로 짙푸르던 맑은 날이었다.「거무리한테 물리겠십더. 논에는 드가지 말고 마 못줄이나 잡아보이여.」소년은 논에 들어갈 마음도, 못줄 잡을 생각도 않고 논배미를 따라 뛰는 방아깨비를 쫓았는데, 옥님이 아범이 모를 쪄 나르다 말했다. 소년은 옥님이 아범 쪽을 힐끔 보다 그만 논배미에서 미끄러져 한쪽 발을 물 괸 뻘에 빠뜨리고 말았다. 품앗이 나왔던 마을 사람들이 미끄러져 논배미에 엉덩방아를 찧는 소년을 보고 모두 웃었다.「아무리 사람이 읎기로서니 종렬이가 와 못줄 잡이여.」뒷짐을 짚고 눈둑에 섰던 할아버지가 따라 웃으며 말했다.「귀한 집 종손이 못줄 잡으모 그 논에 풍년든가 카인게 카는 말이지여.」옥님이 아범이 말했다.「허허, 그래도 그렇지, 갸가 어데 안죽 못줄 제대로 잡겠나.」햇발도 쨍쨍했고 바람도 싱그러운, 즐거운 날이었다. 김 서방이 바지게에 가득 새참을 지고 갔으므로 먹거리도 넉넉했다. 품앗이꾼들이 열심히 모를 심으며 이양요를 불렀다.

이질논에 모를숭가 가지벌어 장해로다
우리부모 산소듬에 솔을숭가 장해로다
만첩산중 싸리남구 이슬맞아 호아졌네
책상앞에 데련님은 붓대들고 호아졌네
새야새야 뿌궁새야 니어데서 자고왔노
수양청청 버들가지 이리흔들 자고왔네
능금시라 채석남구 이슬겉은 저처자야
누간장을 녹이자고 저리곱게 생겼는가……

대망리 검수골은 꺼멍재산 골짜기 깊숙이 들어앉은 경관 좋은 산촌이었다. 열댓 집이 옹기종기 모여 있는 검수골은 복숭아나무·감나무가 많았다. 마을은 골 깊이 자리잡고, 그 아래로 다랑이 천수답이 계단을 이루었다. 천수답 건너쪽은 깎아지른 기암절벽이었다. 절벽 틈에는 몸을 휘어튼 반송과 흐드러지게 핀 들꽃이 어우러져, 눈부신 햇살 아래 화사하게 빛났다. 절벽 아래는 바윗돌을 씻으며 맑은 냇물이 기운차게 흘러내렸다. 소년은 옥님이와 함께 입술이 붉도록 산딸기를 따 먹었다. 물 속에 가라앉은 돌을 뒤집으며 가재도 잡았다. 가재잡이는 소년보다 나이가 한 살 위인 옥님이가 가르쳐주었다. 「그라모 안되여, 돌을 살째기 뒤집으모 가재가 가만 있어여. 그때 퍼뜩 손으로 덮쳐야제.」 옥님이가 말했다. 「가, 가재가 집게손으로 무, 물모 우예여? 물어도 안 아파여? 그래도 무, 무서분데…….」 「두 손으로 뜨모 가재가 도망가제 가만있겠나.」 「가재 자, 잡아서 머해여?」 「불에 꾸버 묵제.」 「거 작은 거를 우째 묵, 묵어여?」 「꼬솜하제.」 「부, 불쌍하고 징그러버여.」 「그래도 우리는 많이 꾸버 묵는데.」

　　품앗이꾼들 이양요가 즐겁게 이어졌다.
　　찔레꽃을 살짝따서 임의보선 잔볼걸어
　　임을보고 보선보니 임줄맘이 전혀없네
　　수건수건 반보수건 임이주던 반보수건
　　수개귀가 열어지모 임의정도 떨어진다
　　신사주세 신사주세 총각낭군 신사주세
　　신사주모 남이알곡 돈을주모 내사신제

「죙렬아, 어데서 놀아여. 어서 와서 국시 묵거라.」
　소년을 찾는 할아버지 목소리가 들렸다. 그때까지 두 시간 넘게 돌 밑을 뒤진 끝에 소년은 겨우 새끼가재 두 마리를 잡았고, 옥님이는 열한 마리나 잡았다. 소년은 자기가 잡은 새끼가재를 물에 도로 놓아주었다. 옥님이도 소년 하는 짓을 보곤 자기가 잡은 고무신 속의 가재를 아까운 듯 들여다보다 물로 되돌려보냈다. 소년은 그날 저녁밥을 옥님이네 집 늙은 감나무 아래 평상에서 할아버지와 겸상으로 먹었다. 마당에는 감꽃이 쌀튀밥같이 하얗게 깔려 있었다. 씨암탉 백숙에 서너 가지 산나물 반찬으로 소년은 그렇게 맛난 식사를 하기도 처음이었다. 옥님이가 마루에서 제 식구들과 밥을 먹다 자꾸 훔쳐보아 숟갈질이 더 다부졌는지 몰랐다. 「니는 마 검수골 여게서 살아야겠어. 그렇게 밥을 잘묵는 거 보이.」 할아버지가 흐뭇해 하며 말했다. 검수골에서 강정까지는 십릿길이었다. 돌아오는 길에는 옥님이 아범이 옥님이와 함께 십 리 절반 오 리 참에 있는 구들재까지 배웅을 해주었다. 「자주 놀러 와여. 다음에는 감꽃 목걸이를 해주꾸마.」 옥님이가 재마루턱에서 아쉬운 듯 말했다. 앞머리칼과 짧은 치마가 저녁 바람에 나풀거렸다. 저 아래 못 주위에서부터 안개가 자욱 피어올랐다. 산 아래 못물만 희미하게 떠올라 둘째고모 방 명경 같게 번득였다. 「감히 어느 앞이라고 쪼맨헌 가시나가 말을 놓고. 철읎는 것이라 그냥 뒀다마는 우째 쪼맨 것이 꼭 미구 같여.」 재 아랫길로 걸음을 떼던 할아버지가 뒤를 돌아보며 혼잣말을 했다. 그 뒤로 소년은 검수골에 가본 적이 없었으나, 꺼멍재산 아래 검수골만 그려보면 꿈속인 듯 아련하게 평화로운 산골 정경과, 산딸기로 입술이 곤지 바른 듯 붉던 옥님이 매끄러운 얼굴이 떠오르곤 했다.

「할아부지, 할무이, 어무이 말씀 잘 듣고 몸 성케 잘 커야 함더.」

옥님이 아범이 소년 머리를 쓰다듬어주었다. 대문 옆에 세워둔 지게에서 보리짚모자를 꺼내 밤송이머리에 눌러씌웠다. 그는 빈 지게를 지더니 대문을 나섰다. 문턱을 넘다 옥님이 아범이 걸음을 멈추고 소년을 돌아보았다.

「참, 우리 옥님이가 이바구하더만여. 데련님 잘 있는지 우짠지

그라며…….」
「오, 옥님이는 와 하, 학교에 안 보내지여?」 얼굴이 빨개진 소년이 신발코로 흙을 차며 작은 소리로 물었다.
「가시나가 공부해서 멀 할라꼬.」
소년은 목구멍이 후끈해져 몸을 돌렸다. 설움 한덩이가 복숭아씨로 목에 걸렸다. 옥님이 아범은 마을 아랫길로 가고, 소년은 댓돌에 올라섰다. 소년은 대발을 옆으로 밀치고 방으로 들어갔다. 할아버지가 삼베 깐 요에 앉아 벽에 등을 기대고 있었다. 모시옷 속에 앙상한 어깨가 드러났다. 어깨숨을 쉬며 초점 없는 눈으로 대밭을 멀거니 보던 할아버지가 한참 뒤에 소년을 알아보았다. 소년은 서찰을 든 채 넙죽 엎드려 할아버지께 큰절을 했다.
「그래, 학교는 잘 댕겨왔어?」
할아버지 목소리는 힘이 없었다.
「오늘 바, 방학했습니더. 고, 공산군이 쳐들어온다고여.」
그건 성적표인가, 하듯 할아버지가 소년 손에 쥐인 서찰에 눈을 주었다.
「이거 후, 훈장 할부지가 할부지한테 갓다주라 캐서 가주고 왔어여.」
소년은 서찰을 할아버지에게 두 손을 받쳐 건네주었다. 할아버지가 피봉을 열고, 붓글씨로 내리쓴 한문글을 읽었다. 저승꽃이 군데군데 감물같이 번진 여윈 손이 떨렸다. 손은 검누랬다. 손만 아니었다. 햇빛을 쬐지도 않는데 얼굴색도 검누런 데다 녹두죽색이었다. 흰자위도 누르스레했다. 할아버지가 편지를 읽으며 머리를 주억거렸다. 눈에 눈물이 괴었다. 할아버지는 갖은 약도 소용없이 복수가 차오르고, 한 번은 몇 시간 동안 가사 상태로 있다 우황청심환과 사향가루 덕분으로 깨어나기도 했다. 집 안팎 나들이마저 중단하고 자리에 눕게 된 게 전쟁 소식이 있기 전 초여름부터였으니,

두 달째 자리보전하고 있는 셈이었다. 대소변도 할머니가 요강으로 받아내는 형편이었다.
　「암, 그래야지. 그래야 하고말고. 난을 피할라모 땅 속 광에 묻어야지러.」 할아버지는 서찰 쥔 손을 힘없이 무릎 위에 놓으며 중얼거렸다. 「그런데 그렇게 되다이. 그렇게 되었다모 살길이 없어여. 천운이 아니모 살길이 없어여.」
　할아버지가 머리를 흔들었다. 불거진 목뼈가 오르내렸다. 그럴 적마다 돌기진 힘줄이 따라 움직였다.
　「하, 할부지, 머가 그렇습니껴?」 소년이 물었다.
　할아버지가 제정신이 돌아온 듯 소년을 바로보았다.
　「열아, 니 퍼뜩 매학정 할부지 좀 모시고 와여. 어서 가여.」 할아버지가 벽에 기댄 등을 떼며 서둘러 말했다.
　소년은 훈장 할아버지 서찰에 무엇인가 중요한 내용이 적혔음을 짐작하며 꿇었던 무릎을 세웠다. 그는 사랑을 나왔다. 마을 고샅길로 내려갔다. 타작마당 홰나무 아래 아직도 마을 사람들이 모여 있고 소달구지도 그대로 있었다. 마을 입구로 잠시 내려가니 방앗간에서 맏고모가 머리에 함지를 이고 나왔다.
　「죙렬아, 어데 가여?」 맏고모가 물었다.
　「하, 할부지 심부름 가여. 매하, 학정에여.」 소년은 명절이나 제사도 아닌데 함지에 뭘 빻아오나 싶어 맏고모에게 물었다. 「그기 머, 멉니껴?」
　「미싯가루여. 난리가 심해지이 양석 삼아 묵을라고 준비해 두는 거여.」
　맏고모는 소년을 보며 눈으로 웃었다. 지쳐 시든 웃음이었다. 전쟁통에 맏고모도 근심이 많았다.
　「그라모 우리도 피, 피란 가여? 피란 가는 집은 다 미싯가루를 보, 뽀사서 가던데여.」

「몰라. 우리집은 피란을 안 갈 거여. 할부지 할무이는 절대로 안 갈 거여. 퍼뜩 갔다와여. 내 미싯가루 한 그릇 타주꾸마.」

소년은 마을을 벗어나 강 쪽으로 걸었다. 질펀히 펼쳐진 강을 따라 산 하나가 홀로 솟아 있었다. 그 모양새가 외롭게 보인다 해서 예부터 고산(孤山)이라 불렸다. 산마루에는 매학정(梅鶴亭)이 있었다. 작년 가을에 하필이면 매학정으로 학교에서 소풍을 왔다. 매학정은 낙동강의 수려한 물굽이와 어울려 경치 좋기로 근동에 널리 알려져, 읍내 중학교도 자주 이곳으로 소풍을 왔다. 매학정 둔덕 아래에는 매학정 관리를 맡아보는 소년 조항인 학봉 어른 집이 있었다.

소년은 삼대 겨릅으로 엮은 학봉 어른 댁 바자 삽짝 안으로 들어갔다. 삽짝 안 토담 옆을 돌며 모이를 쪼던 닭들이 소년을 보자 장독대 쪽으로 홰를 치며 달아났다. 달구 새끼야, 내 밤똥 안 누게 해도고. 소년은 할머니가 시키는 대로 입속말을 했다. 「닭집이나 닭을 보모 그래 빌거라. 그라모 밤똥 안 눈대여.」할머니가 말했다. 밤똥을 누러 뒷간에 가기에는 정말 무서웠다. 호박 덩굴이 담장 위에서 하늘로 꼬리를 쳤다. 학봉 어른은 마루 그늘에 앉아 부채로 바람을 날리며 장죽을 빨고 있었다.

「죙렬이 오나. 무슨 일이여?」학봉 어른이 재떨이에 담배통 꼭지를 떨며 물었다.

학봉 어른은 풍기가 있어 체머리를 떨었다. 학봉 어른댁은 강정 근동 소년의 일문으로는 그중 생활이 어려워 매학정 관리를 빌미로 종답 몇 마지기를 부쳐먹고 살았다. 젊은 시절에 대처로 나다니며 한량 생활을 엔간히 즐긴 탓으로, 반반하던 재산을 날렸다. 조강지처가 서방 바람기에 시달리다 속병으로 시래기같이 곯아 죽자, 재취로 들어온 원동댁이 부지런하고 살뜰하여 노후 호구는 그렁저렁 버팀하고 살았다. 소년은 학봉 어른에게 허리 숙여 절했다.

「할부지가 퍼, 퍼뜩 좀 건너오시라 그, 그래여.」 소년이 말했다.
「안 그래도 올라가볼라던 참인데 날이 이래 더버 해거름녘에나 올라갈라던 중이여. 그래, 무슨 일이 있어여?」
「어, 언제여. 저 훈장 할부지 피, 편지 보시더마는 무신 의논드, 드릴 기 기신 모양이라여.」 소년은 머리를 숙이고 제 손톱을 조물락거리며 말했다.
「인자 장개가도 될 저 멀쑥한 문중 들보가 저렇게 숫기가 읎어서야.」 혀를 차며 학봉 어른이 마루에서 일어섰다. 「니 먼첨 올라가여. 내 뒤따라갈 테이까.」
등거리에 고쟁이바람으로 학봉 어른은 안방으로 들어갔다. 다른 식구는 모두 들일 나갔는지 집 안이 조용했다. 소년은 얼굴의 땀을 닦으며 살짝 밖으로 나왔다. 뙤약볕이 한참 단 열기로 정수리를 팼다. 소년은 마을로 걷다 매학정에 올라 바람이나 쐬고 가려 고산 오르는 가풀막으로 접어들었다. 아름드리 노송에서 매미들이 귀따갑게 울었다. 소년이 땀을 씻으며 노송 그늘 아랫길로 반쯤 오르자, 돌계단이 나섰다. 「매학정에 올 때는 항상 마음을 정케 가지고 옷깃을 여며야 해여. 정렬이 니 시제(時祭) 때 어르신들 몸가짐 봤지러. 대님이며 갓 끈도 고쳐 매어 조선님 받들어 숭모하는 정성을. 할아부지 말을 명심해여.」 언젠가 할아버지가 말했다.
소년은 정자 동쪽 댓돌에 앉아 낙동강을 바라보았다. 강물은 뙤약볕 아래 강정 땅에서부터 동남으로 완만하게 허리를 틀며 흘러내렸다. 강 상류와 하류 유역을 살펴도 둑과 강둑 너머 들판일 뿐 조막산이나 삿갓봉 하나 눈에 띄지 않았다. 「자연의 이치가 신비하지 않어여. 천년 만년 흘러내린 이 강을 끼고 널린 게 들판인데, 신선들 놀이터인 양 유독 여게만 봉우리 하나가 외롭게 솟았잖여. 그래서 이 산을 고산이라 부르는 기여. 마을 관명이사 예기동(禮記洞)이지만 예로부터 불려온 강정(江亭)이란 지명도 다 강기슭에 솟은

잃어버린 시간 247

이 고산과, 고산으 자랑인 유서깊은 이 정자를 뜻함이여.」강 건너, 모래톱 건너, 갈대숲 건너, 둑 넘어, 점점이 모여앉은 해평 마을 쪽은 구름이 잔뜩 끼어 있었다. 바람막이 해평숲이 검은 띠 같았다. 그쪽은 번개가 번쩍거려 비가 오는지 몰랐다. 시원하게 불어오는 강바람이 소년의 젖은 땀을 식혀주었다. 「매학정에 올라오면 정자 앞에서 두 손을 모으고 절부텀 해야 해여.」그러나 소년은 할아버지의 말을 좇지 않고 댓돌에 마냥 앉아 있었다. 깎아지른 절벽 아래 저 푸르디푸른 강물을 내려다보면 할아버지의 케케묵은 훈시 대신, 할머니가 들려준 이야기가 먼저 생각났다. 「내사 니 왕고모할무이를 보지 몬했어여. 내가 시집오기 여섯 해 전에 별세했으니깐. 그분은 빼어난 용모에다 화서에도 능했다 해여. 저 문경 땅 전주 이씨 참의댁으로 시집갔는데, 그 집안으로 말할 것 같으면 대단한 문벌이여. 니가 들은 바 있는지 모르지만, 운강 어르신이라고 이강년이란 분이 기셨단다. 의병장이시며, 일찍이 무과에 급제하여 선전관이 되셨는데, 조선이 망하려 하자 동학군을 이끌고 왜늠군과 싸우다 붙잡혀 순국하셨어여. 바로 그분 문중에 왕고모할무이가 시집갔어여. 그런데 신랑 되는 분이 이강년 어르신 따라 동학군에 드갔다 제천싸움에서 왜병 총에 맞고 돌아가셨어여. 그러자 자식 하나 없이 청상이 되신 왕고모할무이는 여게 친정에 와 계시다 그 매학정 절벽 아래 몸을 던져 지아비 뒤를 따랐어여. 그 갸륵한 일편단심이 두고두고 이바구가 되어, 내가 시집왔을 때 시어머님이 눈물을 흘리시며 들려줬어여.」소년은 댓돌에서 일어나 몇 발 나아가 절벽 아래를 내려다보았다. 까마득한 저 아래, 산그림자가 강물에 어려 있었다. 눈앞이 아찔하고 다리가 후들거렸다. 여기서 저 강으로 뛰어내려 죽다니. 소년은 왕고모할머니의 일편단심 뜻을 헤아릴 수는 없어도, 까마득한 저 강물을 뛰어내릴 수 있었다는 용기에 머리를 내두르며, 절벽 앞을 떠났다.

소년은 매학정 앞으로 돌아오자, 할아버지 말을 좇아 형식적으로 세 번 절했다. 매학정은 전면 네 칸에 측면 단칸이었는데, 앞쪽에 툇마루가 있었다. 팔작지붕으로 두 칸은 방으로 꾸몄고, 나머지 두 칸은 마루였다. 소년은 뜰을 지나 맞배지붕 단칸 대문을 나섰다. 돌계단을 내려갔다. 할아버지 목소리가 뒤쪽 매학정에서 우렁우렁 따라왔다. 「황씨 성에 기자 노자 어르신은 이 선산 땅이 낳은 천하 명필이여. 젊어서 진사에 합격했으나 나이 드셔서는 벼슬을 마다하고 시와 서를 벗삼아 일생을 보내셨다 그래여. 그분은 어릴 적에 할부지이신 상전공에게 글씨를 배았는데, 집안이 구차하여 종이와 먹을 살 형편이 못돼 솔잎에 숯가루를 묻혀 나뭇잎에나 방구(바위)에 글을 썼다 그래여. 저 문중 종답이 있는 검수골에는 니도 가보지 않았느냐. 그곳은 어르신이 어릴 적에 나뭇잎이나 방구에 숯가루로 글씨를 써서 비만 오모 글씨가 씻겨 검은 숯물이 흘렀다 해서 검수골이라 부른대여. 그분은 만년에 할부지 상전공이 휴양하시던 이 고산 마루에 정자를 짓고 호를 고산이라 하며 매화를 심고 학을 기르셨대여. 그래서 이 정자를 매학정이라 부르는 거여. 그분은 특별히 초서를 잘 써서 그 이름이 저 중국 땅에까지 퍼져 왕희지 이래 첫째간다 하여 초성(草聖)이라는 별칭까지 얻었다 해여. 초서 글씨에는 성인군자만큼 달통했다는 뜻이지. 그분은 아드님을 두지 못해 사위한테 모든 걸 물려주셨는데, 사위 되는 분이 바로 우리 문중 중시조이신 이, 우자이시여. 죙렬이 니도 핵교 책에서 배았지러. 중시조이신 그분이 바로 저 유명하신 신사임당 넷째아드님이시요, 율곡 이, 이자 어르신 제씨이시니라. 중시조 어르신은 거문고・바둑・시・서에 두루 뛰어나 사절(四絶)이라 했대여. 중시조 어르신은 장인 어르신과 함께 이 매학정에 은거하시며 고산 별칭인 옥산(玉山)을 호로 삼고 유유자적 글공부만 하셨시여. 이 매학정은 그로부터 그 운세도 기구하여 임진왜란 때 불타버렸다가 효종임

잃어버린 시간 249

금 오년에 다시 짓고, 다시 지은 지 이백여 년 뒤 철종임금 십삼년에 또 불타버려, 다시 지었어여. 만약 다시 또 불에 탄다 카더라도 물론 다시 지을 것이여. 그래서 영영세세 끊이지 않을 우리 문중으 후손과 같이 이 고산 마루에 우뚝하니 서서 낙동장강을 굽어볼 것이여.」

소년이 마을 어귀로 들어서니, 면소에 나가는 농로 저편에서 파라솔을 쓴 처녀가 걸어오고 있었다. 자세히 보니 소년 막내고모였다. 막내고모는 읍내 나들이를 다녀오는지 미색 세모시 저고리에 까만 주름치마로 치레했다. 한 손에 물건을 가득 담은 왕골로 만든 큰 백을 들었는데, 힘에 겨운지 그쪽 어깨가 처졌다.

「열이구나. 이거 좀 같이 안 들고, 와 보기만 해여.」 막내고모가 저만치에서 소년을 보고 말했다.

햇살이 비친 파라솔의 분홍색 얇은 천이 막내고모 윗몸을 발갛게 물들여 살찐 얼굴이 수박 속 같았다. 소년은 빨갱이가 떠오르고 교장 선생 말이 생각났다. 「이제 조만간 여게까지 공산군이 들이닥칠지 몰라여.」 소년은 막내고모에게 쫓아가 백 손잡이 한쪽을 마주 들었다. 막내고모 몸에서 향긋한 내음이 났다. 작년에 대구에서 고녀를 졸업한 막내고모는 몸이 부한 편이지만 유독 젖이 컸다. 연시같이 익은 뺨을 타고 흘러내린 땀이 저고리 동정깃 사이를 거쳐 가슴께로 줄을 이었다. 소년은 막내고모 체취를 긴 숨으로 적이 들이켰다. 마음이 편안한만큼 기분이 좋았다. 소년은 눈을 감고도 집안 식구를 체취만으로 알아맞힐 수 있었다. 막내고모 몸에서는 국화꽃 향기가, 맏고모는 젖내 섞인 비린내가, 어머니는 쿰쿰한 쉰내가, 할머니는 앓는 이에서 풍기는 썩은내가, 할아버지 몸에서는 단내 섞인 누린내가 났다. 「은옥 아씨는 인자 활짝 핀 모란이여. 복스럽게 살이 쪄 맏며느리감이여. 혼약을 맺은 신랑감이 서울에서 공부한다 그래여. 거게서 편지가 자주 안 오나.」 김 서방댁과 마을 사람들이 막내고모를 두고 하던 소리였다.

「오늘도 우체부 안 왔어여?」 막내고모가 소년에게 물었다. 소년이나 할머니에게 자주 묻는 말이었다.

「모르게, 겠는데여.」 소년이 자신없는 목소리로 대답했다. 지가 편지 받아뒀어여, 하면 좋겠으나 그는 우체부를 만난 적이 없었다.

「인자 우체부도 안 댕길 모양이여. 벌써 일주일 넘이 연락도 끊기뿌리고, 우짜모 좋제. 서울은 공산군 천지가 됐다는데. 그쪽 군사로 안 뽑히나갔는가 모르겠다.」 혼잣말을 하며 막내고모가 나직이 한숨을 쉬었다.

소년은 부드러운 숨결이 자기 머리에 모란꽃잎같이 가볍게 내려앉는 듯 느꼈다. 소년은 여러 번 막내고모한테 온 편지를 우체부로부터 대신 받아 전해주곤 했다. 학교 다녀오는 길에 우체부를 만나면, 「종가댁 씨손 니 잘 만냈어여. 이 핀지 한 장 때문에 강정까지 갈 뿐했지러」 하며 우체부는 소년에게 편지를 넘기곤 자전거에 몸을 싣고 돌아간 적도 있었다. 솟을대문 앞에서 기왓장 조각을 갈아 만든 공기로 혼자 공기놀이를 하다 그는 우체부로부터 편지를 받기도 했다. 편지봉투 앞뒤 글씨는 대체로 한문이었으나 뒷주소 첫 두 자는 언제나 한글로, '서울' 하고 시작되었다. 그 두 글자만 보면 소년은 서울에서 살던 시절이 아슴푸레 떠올랐다. 남산 뒤쪽, 해방촌 언덕빼기 판잣집 문간방에서 어머니와 둘이서 살던 때였다. 그 유년 시절은 앞뒤 순서 없이 한토막씩 잘려 떠올랐다. 그 흐릿한 기억 속에 아버지를 만난 적은 한차례도 없었다. 어머니는 미군부대에서 새어나온 헌 옷가지를 사다, 잘 빨고 기워 남대문시장에 내다팔았다. 소년은 늘 해저물녘이면 어머니가 돌아오기를 남산 정자에서 기다리곤 했다. 「네 아버지가 처음에는 내 불쌍한 처지를 그저 동정했지. 추위에 떠는 거지를 보면 당신 옷도 벗어주는 분이었으니깐. 그래서 나한테 글도 가르쳐주고, 호떡 사오면 부엌을 몰래

잃어버린 시간 251

들여다보곤 내게 먹으라고 주기도 했어. 그러니 유독 네 아버지 음식상이나 옷을 빨 때면 신경이 더 쓰였지. 밤마다 무슨 집회니 독서회에 네 아버지가 뛰어다닐 때였어. 비밀편진가 그런 걸 남산 정자 아래 기다리던 사람한테 전해주는 심부름도 내가 자주 하게 됐지. 가진 자 못 가진 자 없이 세상 사람은 다 공평하게 살아야 한다고, 누르는 자 눌리는 자 없이 세상 사람은 모두 평등해야 한다고, 많이 배운 자 적게 배운 자 나누지 않고 세상 사람은 모두 사람 대접을 받아야 한다고, 그런 말씀도 하셨지. 네 아버지를 사람들은 혁명가라 했어. 혁명가가 무슨 일을 하는 사람인지 모르지만 그렇게들 말했지.」 어머니가 푸념 삼아 말했다. 마을 사람들은 막내고모 신랑감을 두곤 이런 말을 했다. 「좋은 집안이라 그래여. 증조부가 함창 현감을 지냈고, 부친은 큰 광산을 한대여. 큰애기씨 시댁에서 중매를 섰으니 오죽 이목구비가 반듯해. 다 끼리끼리 그렇게 맺는 기여. 우리 같은 작이붙이사 감히 어데 넘볼 수 있는 자린가.」

「이기 다 머, 머할 끼라여?」 소년이 백 속에 든 물건을 내려다보며 막내고모에게 물었다.

「피란이사 가든 우짜든 우리도 준비해야지여. 여게도 은제 당할지 모르는데. 그래서 허드레옷하고 신발하고 다른 물건들을 좀 샀어여.」

막내고모 말을 듣고 소년은 교장 선생 말을 되새겼다. 「전쟁은 홍수보담 무서버여. 집과 전답과 사람을 불로써 싹 쓸어가여.」 그래서 강정까지 전쟁이 밀어닥친다면 자기는 물론, 막내고모도 어느 쪽 총알이나 폭탄에 맞아 죽게 되는지 모른다고 소년은 생각했다. 시집도 못 가보고 막내고모가 죽는다면 참으로 슬픈 일이다.

「증말 저, 전쟁이 여게꺼정 미, 밀리온다 그래여?」 소년이 물었다.

「머라 그래여. 여게는 어데 조선 땅 아니여? 전쟁통에 읍내장도 난장판이고, 돈을 아무리 줘도 물건값이 비싸 살 수도 읎어여. 장군들도 피란짐을 챙긴다고 모두 정신이 읎고……」

막내고모가 또 한숨을 내쉬었다. 큰 눈이 근심으로 젖어 있었다. 막내고모는 타작마당에 마을 사람이 많이 모여 있자, 그들 눈을 피해가려는 듯 골목 샛길로 꺾어들었다.

「종구성네가 피란 가, 간데여. 대구로여.」 소년이 말했다.

「그래, 난도 들었어」 하더니 막내고모가 걸음을 늦추며 낮은 소리로 말했다. 「그런데 우리집은 아매도 피란 안 갈 거여. 아부지 어무이가 혹시나 하고 오빠를 기다릴 테이께. 니 아부지 말이다.」

소년은 솟을대문 앞까지 오자 집으로 들어가기 싫어 같이 든 백손잡이를 막내고모에게 넘겨주었다.

「콩밭에 가볼라고여」 하며 소년은 담장을 끼고 사당 오르는 길로 내뺐다.

「콩밭에는 와 가여?」 막내고모가 파라솔을 접으며 물었다.

「어무이가 거게 있을 거여.」 소년은 코앞을 따라오는 말벌 한 마리를 손으로 쫓으며 외쳤다.

돌담을 끼고 밋밋한 경사길을 오르면 대밭이 나섰다. 대밭머리에는 축대를 쌓아 이백여 평 터를 닦았는데, 그 중앙 세 벌 지대 위에 사당이 있었다. 사당 오른쪽에는 팔각정 정자가 있고, 왼쪽으로는 뒤로 물러앉아 고방이 있었다. 소년은 처마조차 보기 싫은 사당을 힐끔 곁눈질하곤 잡목으로 숲이 짙은 에움길로 들어섰다.

■「쟁렬이를 종손으로 하자모 문서 앞으로 된 호적을 바로잡아 한서 앞으로 정식 입적을 시켜야 하고, 그러자모 쟁렬이 에미를 적실로 맞을 수밖에 읎잖아여. 애비 읎는 자슥이 읎듯 에미 읎는 자슥이 어데 있어여.」 체머리를 떨며 학봉 어른이 말한다.

잃어버린 시간 253

「적실로 맞다이. 세상에 그런 법도가 어데 있어여. 여민(黎民)들도 혼례 올리지 않고는 쪽머리를 틀지 몬하는데, 누구 허락도 읎이 지가 먼첨 감히 비녀를 꽂고는…….」 큰기침 끝에 훈장 어른이 몸을 반쯤 틀며 말한다.

「제가 나설 자리는 아닙니다만…….」

무릎 꿇어 어른들 눈치를 살피던 수리조합장 한명아저씨가 훈장 어른을 본다. 「이런 다급한 마당에 그라면 어떡하시자는 말씀이십니까. 만약 한서한테 변고라도 생긴다면 번히 있는 종손을 두고 대를 끊게 하는 결과가 되지 않습니까. 현실대로 일을 처리하셔야여.」 한명아저씨가 면서기인 재종형을 바라본다.

「죙호, 자네가 분명 확인했지여?」

「예, 팔음산에서 화전민 신고로 무장유격대 일당이 발견돼서 군경 합동작전을 폈다 안캅니껴. 일곱은 사살되고, 다섯은 생포되고, 나머지 열댓쯤은 산지사방 도망갔다 그래여. 잡힌 자들은 어데서 신문받고 있을 거라던데, 거게가 어딘지 위치는 알 수도 읎고 알려주지도 않는 비밀이라 그래여. 지서주임이 읍 경찰서에 연락해서 확인한 정보니 믿을 수밖에여.」 꿇어앉은 점박이 재종형 말이다.

「그렇다고 생포된 자 중에 한서가 꼭 있다고 일언지하 단정내리기엔…….」 머리를 틀어 한쪽 귀를 기울이던 훈장 어른이 더 말을 잇지 못한다.

소년의 할아버지는 장침에 비스듬히 기대어 괴로운 숨만 내쉴 뿐, 말이 없다. 눈을 감고 있다.

「도망친 자 중에 둘이 검수골로 흘러들어 강정에 있는 한서 집 아는 사람을 찾더라 안카나. 옥님이 아범이란 자가 전한 말이라이 이치가 맞잖여. 그중 하나는 고향이 군위 중구라 월북하기 전부텀 한서를 잘 안대여.」 훈장 어른과 사촌간인 옥계 어른의 말이다.

「허허, 증말 이거 종손으 대가 끊길 불상사로군. 이 일을 어찌해여.」훈장 어른이 무릎을 치며 자탄한다.

「한동이한테 연락을 취해놓았으이 무신 기별이 오겠지여.」한명아저씨의 별 자신없는 목소리다. 한동아저씨는 한명아저씨와 내종간인데, 육군 소령으로 대구 모 보급부대 참모로 있었다.

「이 급박한 시국에 좌정하고 소식이나 기다리서야 될 일이여. 문중을 다 소집한다면야 무신 묘책이 서겠지만, 시절이 시절이니 연락도 안되고.」훈장 어른도 이제 고개를 꺾고 눈길을 떨군다.

「어차피 대종보에는 정렬이를 종손으로 올려야 할 끼 기정사실이니 우선 한서부터 살리놓고 봐야 해여. 정렬이 에미 입적이사 그다음 문제라여..」옥계 어른의 말이다.

「이라고 있을 때가 아이라여. 벌써 정오가 다되어가여. 퍼뜩 일을 시작해도 빠르잖아여. 안채에 아아들이 기다릴 낀데..」학봉 어른이 말한다.

종가댁 사랑에서의 임시소집 문회는 아무런 결론도 없이 그쯤에서 마무리된다.

「참말 답답도 하네. 지금 시국이 어느 때여. 상투 틀고 앉아 법도나 따질 땐가 말이여. 민주주의도 그렇지만, 공산주의는 더욱 문중이고 족보고 머고 그런 건 인정 안한다잖아여..」어른들을 뒤따라 사랑마당으로 나온 한명아저씨가 재종형에게 소곤소곤 말한다.

「경찰서에 잡히 있다 카모 종택아재는 대통령 특명으로나 살릴 수 있을까. 살질이 옳어여.」점박이 재종형은 머리를 끄덕이며 침통한 어조로 말을 받는다.

사당에 진설된 불천지위(不遷之位) 위패며, 교의(交椅), 고방에 가득 찼던 여러 행장(行狀), 시제 때마다 통풍하며 말려도 곰팡이가 스는 문집 더미, 그 문집을 박아낸 판목들, 손때 닿은 지필연묵(紙筆硯墨), 여러 의관·의장에서부터 신발, 심지어 칠대조 정은

잃어버린 시간 255

공이 쓰던 말 안장에 이르기까지, 이런 조선들 유물을 옮기는 작업은 시간을 물쓰듯 더디고 더디다. 하나하나 고이 다뤄 먼지를 털고 마른 걸레질을 하며 정성들이기 때문이다. 사당 뜰에 의자를 내놓고 앉은 소년 할아버지는 옮기는 순서와 갈무리 방법을 지시하고, 훈장 어른은 돋보기를 끼고 물목책을 들여다보며 실물을 확인한다. 문중 장정 다섯은 유물을 옮기느라 방 마루청 밑을 다람쥐같이 들락거린다. 정조 삼년, 고방을 중건할 때 고방 아래에 화재나 풍수해에도 끄떡없이 견딜 석재 지하실을 따로 만들었으므로, 전란의 화를 면키 위한 단속이다.

「정랑에 갈 때말곤 내 옆을 떠나지 말아여.」

할아버지 영이 있고부터 소년은 집안 어른들이 조선 유물을 털고 닦고 옮기는 일을 아무런 감흥 없이, 지루함을 참으며 지켜본다.

「봐라, 저것은 팔대조 묵은 어르신이 쓰시던 궁시(弓矢)여. 또 저기 저 서책은 그 윗대윗대부터 가례(家禮)를 기록한 것이고, 저기 꺼내놓은 향나무 연상이사말로 정은공 이후 사대에 걸쳐 종손이 써온 귀한 유물이여.」 할아버지는 천천히 숨길을 가누어가며 소년에게 이것저것 유물들을 열심히 설명한다.

소년은 낡고 퇴색한 그 유물들이 지금 무슨 쓸모가 있을까 싶어 한쪽 귀로 들으며 한쪽 귀로 흘려보낸다.

해거름녘에야 빨래판 크기의 석재 여섯 장을 아(亞)자 형으로 물려 서고(書庫) 마루 아래 입구를 봉한다. 작업을 끝내자 모두 한 걱정은 덜었다는 얼굴로 사당을 떠난다.


6

소년이 한적한 숲 사잇길로 걷자, 부엉이 울음이 내딛는 발걸음을 따라왔다.

떡해 묵자 부엉, 양석 없다 부엉.
걱정 말게 부엉, 꿔다 하지 부엉.
언제 갚게 부엉, 갈에 갚지 부엉.

 소년은 걷는 걸음과 부엉이 울음에 맞추어 노랫말을 따라 불렀다.
「엄마 있나 부엉, 엄마 있다 부엉. 아부지 있나 부엉, 아부지 읎다 부엉. 할부지 있나 부엉, 할부지 있다 부엉. 할무이 있나 부엉, 할무이 있다 부엉. 누부야 있나 부엉, 누부야 읎다 부엉. 동상 있나 부엉, 동상 읎다 부엉. 성님 있나 부엉, 성님 읎다 부엉…….」 그러자 옥님이 차돌같이 야문 얼굴이 떠올랐다. 「동무 있나 부엉, 동무 있다 부엉…….」
 소년은 어느 사이 종답 콩밭 어귀에 와 있었다.
「어무이, 어데 있어예?」 소년이 넓은 콩밭을 둘러보며 어머니를 찾았다. 콩밭머리 콩잎 사이로 희끔한 게 눈에 띄었다.
「오냐, 여기 있다.」 머릿수건 쓴 어머니가 허리 펴 일어서며 외쳤다.
 소년이 콩밭 고랑을 내달았다. 어머니가 넘어질 듯 달려오는 아들을 껴안았다.
「공부 열심히 하고 왔지?」 어머니가 소년 머리를 쓰다듬으며 물었다.
「오늘 바, 방학했어여. 전쟁 때문에 시, 신작로는 피란민들로 난리라여.」 소년은 어머니 몸에서 나는 쉰내를 맡으며 대답했다.
「그래, 전쟁이 점점 더 커져야지. 공산군이 여기까지 와야 해. 그래야만 네 아버지를 만날 길도 트이니깐.」
 어머니 말이 의외로 옹골찼다. 소년이 깜짝 놀라 어머니 얼굴을 쳐다보았다. 수건을 벗어 목덜미 땀을 훔치며 사당 쪽을 건너다보

잃어버린 시간 257

는 어머니의 퀭한 눈에 야멸찬 어떤 빛이 서렸다.
「점심은 먹었냐?」 어머니가 물었다.
「묵었어여. 어무이는 저, 점심 안 묵어여?」
「사람이 한 가지 생각만 골몰하면 배고픈 줄도 모르지.」
「그래도 조, 좀 쉬어가며 해야지여. 이라모 이, 일사병 걸린다 그래여.」
「이제 조금 더 매면 끝난다. 아침 먹고 빨래해다 널고, 저 아래 첫 고랑부터 매어왔으니. 봐라, 세 고랑밖에 더 남았냐.」
「그래도 지하고 조, 쪼매 쉬었다 매, 매이소.」
소년은 땀과 흙으로 전 어머니 손목을 끌었다. 흙 묻은 뼈만 만져졌다.
「그래, 너하고 좀 앉았다 하자.」
어머니는 호미를 들고 소년을 따라왔다. 아카시아나무 그늘 아래 모자가 나란히 앉았다. 무명치마 아래 드러난 어머니 종아리는 뱀 허물 같았다. 소년은 어머니의 흙투성이 검정 고무신과 맨발이 보기 싫어 눈을 돌렸다. 몰려오는 구름 덩이를 바라보는 어머니의 검게 탄 깡마른 얼굴은 아무런 표정이 없었다. 기미가 잔뜩 끼었고 턱과 이마에는 마른버짐도 피어 있었다. 오목하게 들어가다 열린 두 눈동자만 생기를 띠었다. 소년은 어머니의 깡마른 얼굴을 보자 열기가 코끝으로 몰려왔다. 왠지 어머니만 보면 서러웠다. 「너 잘 크는 것만 보면 엄마는 아무렇지도 않다. 할머니한테 눈총받으니 엄마 자주 찾으면 안돼. 이 엄마는 어떤 고생을 하더라도 너 하나 이 집안에서 사람 취급받으며 잘 크면, 그게 낙이다.」 어머니가 자주 하는 말이 눈물이 되어 괴어올랐다.
「또 울려는구나. 엄마만 보면 그렇게 눈물이 나오려나 부지? 내가 네 맘을 잘 안다. 그러나 사내는 용감해야지, 자꾸 그렇게 울면 못써.」

마을 아낙네들이 우물가에서 말했다. 「열이 에미는 무서버여, 그 퀭한 눈을 보라모, 살기가 뚝뚝 떴잖이여. 무신 원한에 사로잡힌 무당 같애여.」 「중머슴 둘은 내보내고도 김 서방한테 질세라 그 험한 논밭 매기에다 빨래일, 부엌일까지 다 해내이 사람꼴이 그래 안 되게 생겼어여. 꼭두새벽부텀 자정까지 마소같이 자청해서 그래 일을 하이 실한 황소 두 몫이여.」 「우짜든동 종갓집 종부로 인정받을라꼬 종택 마님으 그 모진 멸시와 시댁 식구 눈총을 견디는 기 가상치도 않아여.」 「본바 있는 집안도 아이고 정식 혼례를 안 올릿다 카지마는 사람을 마소같이 어데 그렇게 부리묵을 수 있어예. 입을 꿰매고 일에 미쳐 쥥렬이 에미는 마소라여.」 전쟁 소식이 있고 어느 날, 먼 들녘에 이내가 자욱했던 저녁 무렵, 그때까지 돌아오지 않던 어머니를 찾아 소년은 강기슭 빨래터로 나갔다. 빨래터에는 여자들이 돌아가고 어머니만 혼자 열심히 방망이질을 하고 있었다. 빨랫감이 무슨 원수라도 되듯 방망이질이 하도 힘차 그 소리가 메아리로 울렸다. 「어무이, 어서 가서 밥 묵어여.」 소년이 말했다. 어머니는 무슨 생각이 그리 깊은지 말이 없었다. 빨래를 다 마치자 어머니가 말했다. 「아까 보이까 열이 너 때가 많이 끼었더라. 여름에는 몸을 자주 씻어야지. 사람도 없으니 자, 옷 벗고 앉거라.」 어머니는 소년을 알몸으로 벗기고 빨랫돌 위에 앉혔다. 가지 씻는 소리가 나게 소년을 씻겨주며 어머니가 말했다. 「아무도 모르는 일이다. 아무도 모르고말고. 그러나 이제 너도 컸으니 너한테 내가 새겨두는 말이다. 여자 원한이 하늘에 맺히면 오뉴월에도 서리가 내린다는 말이 있느니라. 예전에 어느 떠돌이 끈목장수가 어린 네 외할머니를 봉놋방에 맡긴 뒤 소식이 없었단다. 외할머니는 천덕꾸러기로 주막 부엌데기가 되었지. 처녀꼴이 났을 때, 네 외할아버지가 외할머니를 꾀었어. 외할아버지는 이미 처자를 두고 있었는데 말이다. 자기 앞 간수도 힘든 그 지지리도 어려운 처지에 외할머니가 나를 배었으니 세상 눈총이야 오죽했겠냐. 외할아버지는 큰댁 작은댁 눈치보며 마음을 못 잡던 차에, 저 일본 땅 북지탄광으로 끌려가버렸대. 그후 외할머니는 봉놋방을 나와 나를 업고 저잣거리를 돌며 떡장사를 했지. 족두리 한번 써보기가 평생 소원이었단다.」 말하는 어머니 목소리가 소년에게는 다른 사람 목소리같이 들렸다. 어둠에 반쯤 가린 희미한 어머니 얼굴은 잔뜩 화가 나 있었다. 어머니는 이야기 내용에 분풀이라도 하듯 소년 등판을 피가 나게 밀었다. 어머니의 매운 손길이 따갑기도 했지만, 소년은 저녁 강바람에 한기를 느껴 쪼그려앉은 알몸을 움츠렸다. 어머니는 계속 주절거렸다. 「어린 딸년 머리채를 땋아주며 외할머니는 늘 말씀하셨지. 분임아, 분임아, 너는 절대 이 어미꼴이 되지 말아라. 곰배팔이든 앉은뱅이든 총각한테 족두리 쓰고 시집가서 부디 일부종사하거라. 서방이 일찍 죽어도 재취로 가지 말 일이며, 딸자식을 키우거든 자나깨나 몸단속 잘 시켜. 찬물 한 그릇 떠놓고 혼례 올릴 처지의 적빈한 집이라도 족두리는 얹어 시집보내거라. 그러나 사람팔자가 어디 뜻대로만 되던가…….」 그제서야 소년은 어머니 넋두리가 자기에게 하는 말이 아님을 알았다. 꿀로 입을 봉한 듯 늘 말이 없던 어머니가 그렇게 긴 사설을 늘어놓기도, 소년이 그런 이야기를 듣기도 강정에 살게 된 뒤 처음 있는 일이었다. 「내가 어디 네 아버지와는 무엇으로나 견줄 수가 있나. 집안으로 보나 배운 바로 보나 모든 게 하늘과 땅 차이지. 그런데 세상일이란 알고도 모를 것이며, 안다고 다 아는 대로만 되지도 않으니, 내 팔자에 엄마 내림귀신이 씌고 말았잖아. 내 너를 여기다 맡기고 쫓겨나서 이판사판 맹세를 했다. 북으로 떠나버린 네 아버지를 찾아나서, 그때만 해도 막히지 않았던 삼팔선을 넘었지. 소련이 아니라 땅끝까지 헤매서라도 네 아버지를 찾겠다고 말이다. 다섯 달을 저 함경도 청진이란 데서부터 평안도 신의주까지 방방곡곡을 다니지 않았냐. 그러다 평양에서 네 아버지 친구를 만났지. 네 아버지 친구분 말씀이, 정말 수만리 길인 모스크반가 어딘가 거기 당(黨) 학교로 공부를 하러 갔다더라. 이태는 있어야 돌아온다고, 고향으로 내려가 기다리라고 그러데. 거지꼴로 내가 다시 삼팔선을 넘었지. 남한으로 내려와 내 또한번 결심을 했니라. 이제 내가 살길은 네 얼굴이나 한번 보고 어서 죽어 이 집 귀신이 되는 길밖에 없다고 말이다…….」
「종렬아, 너 먼첨 내려가거라. 내 콩밭 어서 매고 내려가마.」
어머니가 호미를 들고 땅바닥에서 일어섰다.
「지는 여게서 기, 기다리께예. 퍼뜩 매, 매이소.」
「너랑 같이 집에 들어가면 나만 아니라 너까지 할머니 눈총받는대두. 어서 내려가!」
홀쭉한 얼굴로 쏘아보는 어머니 눈초리가 소년에게 여우로 둔갑하여 산속에 사는 색시로 여겨졌다. 소년은 콩밭 고랑의 푸석한 흙을 차며 사당 쪽으로 걸었다. 부엉이 울음과 매미 울음이 따라왔다.
소년은 솟을대문 문지방에 무료히 앉아 있었다. 구름이 하늘을 덮었는데 비는 오지 않았고, 무더위는 쪘다. 소년은 마을 아이들과 놀지 않았다. 아이들과 어른들이 자기를 두고 쑥덕거리는 소리가 듣기 싫었다. 「긴긴 해에 우리는 굶는데 죵렬이 집은 요새도 점심밥 묵어여.」「저저 할부지가 다 죽어간대여.」「저 자슥은 겁보에 등신이여.」「꼭 맹꽁이 지집애 같애여.」「우리는 배 곯아도 잘 놀아여. 동무도 많고. 쟈는 노상 호문차 있고 동무도 없어여.」「죵렬이 아부지는 빨갱이래여. 그래서 순경이 잡으로 댕기잖아여..」「지 어무이는 서울서 종질하다 예식도 안 올리고 저 자슥아를 낳았대여.」「죵렬이 어무이는 종택집 종이여. 쌔기 빠지라 일만 해여.」
「죵렬이는 헤엄도 몬 치고 달리기도 몬해여.」

소년은 갖은 험구를 귓바퀴에 새기다 문설주에 기대어 병든 병아리처럼 꾸벅꾸벅 졸았다.

■「여기서 졸고 있다니. 너 종렬이 맞지?」
소년이 깜짝 놀라 눈을 뜬다. 등산모를 눌러쓴, 구레나룻이 시커먼 남자가 눈앞에 버티고 섰다. 농구화와 누런 국방복은 흙투성이요, 걷어붙인 한쪽 팔에는 피 배인 붕대가 감겼다. 정신을 차려 자세히 보니 막내고모 약혼자 근우 씨다. 소년은 근우 씨를 보자 막내고모가 기다리던 서울 편지가 떠오른다. 너무 놀라 한달음에 집으로 뛰어든다.
「왔어여. 마, 막내고모 그, 그 사람이 막 왔어여!」
할머니는 대청에 넋 놓고 앉았다. 막내고모는 건넌방에서, 어머니는 부엌에서 중문으로 몰려나간다. 할머니와 막내고모는 신발 신을 겨를도 없어 맨발이다. 근우 씨 앞에 선 막내고모는 기뻐 뛰더니 울음부터 터뜨린다.
「아이구, 함창 사람이 웬일이여. 인민군이 청장년은 모다 잡아서 전장터로 끌고 간다는데. 그래, 어데서 이래 오는 길이여?」할머니가 다급하게 묻는다.
「아버님 뵙고 차근차근 말씀드리지여.」
어머니만 우두커니 섰고, 할머니와 막내고모가 근우 씨를 싸고 사랑으로 걷는다.
「배가 얼매나 고플 낀데 빨리 상 안 보고 멀 그렇게 서 있어여!」할머니가 돌아보며 어머니에게 다그친다.
어머니를 나무라는 할머니를 흘겨보다 소년은 사랑으로 간다.
누워 있는 할아버지를 할머니가 부축하여 요 위에 앉힌다. 할아버지 근력이 8월 중순 들어서고 더욱 떨어졌다. 배낭을 벗은 근우 씨가 할아버지와 할머니에게 넙죽 큰절을 한다.

「고마우이. 이래 살아 만낸다는 거이. 그 동안 딸애가 자네를 두고 노심초사 걱정이 많았어여.」 할아버지가 근우 씨 손을 잡으며 울먹인다. 할아버지가 또 아버지 생각을 하는 모양이라고 소년은 짐작한다. 「그래, 집안 어른들은 다 어떻게 됐어여?」
「함창도 쑥대밭이 됐지여. 즈이 집은 부산으로 피란 가고 텅 비었습디더. 큰집에 가니 모두 피란 떠나고 할머님만이 집을 지키고 있더만여. 이틀을 숨어 지내다 할머님 만류도 뿌리치고 밤중에 나섰어여. 죽는 한이 있더라도 여게까지는 와서 죽겠다고 말입니더.」 근우 씨가 끝말에 힘을 주며 막내고모를 본다.
「서울서는 언제 떠났어여?」 할머니가 묻는다.
「서울이 그렇게 빨리 무너질 줄 아무도 몰랐지여. 저는 하숙집 마루밑창에 숨어 열흘을 견뎠어여. 호구조사가 자꾸 심해져 더 어떻게 배겨낼 수 있어야지여. 아무래도 남행을 해야겠는데 한강을 건널라 캐도 도강증(渡江證)이 어데 있습니껴. 증명서가 읎으므 한강을 건널 수 읎어여. 그래서 밤중에 집을 나서 남한강을 따라 걸었지여. 이틀 만에 팔당인가 그 어데 도착해서 차고 있던 시계를 풀어주고 겨우 뗏목 하나를 빌렸습니더. 그후 밤에만 산길을 탔는데, 죽을 고비도 여러 차례 넘겼지여. 여름철이라 먹을 것도 흔하고 잠자리도 쉬워 다행이었습니더.」
「참으로 하늘이 도운 일이여. 길이 어딘데 거게서 여게까지 탈읎이 오다이.」
할아버지가 반쯤 눈을 감고 머리를 끄덕인다.
「우리집 짐 서방도 송전에 심부름 나갔다가 그만 내무서원한테 붙들리갔어여. 그러이 마 전쟁 끝날 때꺼정 여게 숨어 있으시여. 사당 옆에 파놓은 구뎅이에 숨어 있으므 감쪽같어여. 저 유학산 다부골에서 하루 몇천 명씩 죽고 다치는 번갯불이 튄다 카데. 인민군이 대구를 해방시킬라고 그래 발버둥쳐도 다부골을 몬 뚫는 모양이

잃어버린 시간 263

라여. 그 쌈터를 넘어 부산꺼정 갈 생각은 아예 말아여.」할머니가 말한다.

7

「데련님, 드가서 자지, 여게서 와 자불고 있어여.」
 소년은 눈을 떴다. 김 서방댁이었다. 소년은 개신거리는 걸음으로 집 안에 들어왔다. 힘이 없고 어지러워 제대로 눈을 뜰 수 없었다. 대청에 눕자마자 등줄기가 시원했다. 소년은 곧 낮잠에 들었다. 오늘 밤은 절대 할머니 이야기를 안 들을 테야. 소년은 잠을 자는 체 가볍게 코를 골기도 하고 입맛을 다시며 머리를 흔들어 잠투정 흉내를 내기도 했다. 그러나 할머니는 소년 잠자리 버릇을 익혀두었는지 소년이 깨어 있음을 용케 알아차렸다. 소년이 내처 잠을 자는 체해도 할머니는 중얼중얼 혼자 이야기를 시작했다. 「옛날 옛적에 봉사 어무이를 모시고 사는 심성 고운 아들이 있었어여. 살림살이가 어려운 중에서도 그 아들 효성이 얼마나 지극했던지 어무이 밥상에 괴기반찬을 떨군 날이 없었대여. 아들이 집을 비울 때도 여편네한테, 어무이 잘 보살펴드리고 괴기반찬을 꼭꼭 해드리라고 당부를 잊지 않았으이, 그런 착한 아들이 어데 있겠어여. 그런데 어느 날, 아들이 먼 질을 떠나게 됐제. 심보 고약한 메누리는 서방도 없는데 시어미한테 괴기반찬 해줄라 카이 아까분 생각이 든기라. 그래서 지렁이를 잡아다 반찬해 주미 시어미한테 괴기라고 속있대여. 그러이께 봉사 시어무이는 메누리가 끼니때마다 괴기반찬을 해주이 고마버서, 애야, 니가 무신 돈이 있어 날마다 괴기를 사와여 했단다. 그 말을 들은 메누리가, 지가 남으 길삼해 주고 번 돈으로 사왔어여 하고 새빨간 거짓말을 했대여. 시어무이는 집 떠나 객지서 지내는 아들이 생각나서, 그 아들은 객지서 맛난 반찬도 못 묵겠제 하미, 아들 돌아오모 줄라꼬 지렁이반찬을 쪼매씩 몰래 싸두었대여……」할머니가 이야기를 멈추고 소년을 돌아보았다. 「죙렬아, 이바구 듣고 있지여?」 소년은 일부러 코고는 소리를 더 크게 냈다. 「니가 자는 체해도 나는 다 안다. 자는 체하민서도 니가 이 할무이 이바구니를 재밌게 듣고 있구나.」 할머니는 이야기를 계속했다. 「그라고 얼마 뒤에 아들이 집으로 돌아오자 어무이가 아들한테 말했제. 착한 메누리가 늘 괴기반찬을 해줘서 얼마나 고맙던지, 그래 니 오모 줄라꼬 남가뒀지러 하미, 숨카뒀던 지렁이반찬을 꺼내줬대여. 그러이께 아들이 얼마나 놀랬겠어여. 앞 몬 보는 시어무이한테 지렁이를 괴기반찬이라고 드렸으이. 그때, 갑재기 하늘에서 천둥 번개가 치더마는 우르르 쾅! 하고 베락이 떨어졌대여. 베락이 메누리한테 떨어진 거여. 그래서 죽은 맘씨 고약한 메누리 영이 천벌받아 두더지가 됐대여. 두더지가 돼서 땅속에만 기어댕기며 지렁이를 묵고 살게 된 거여……」

할머니 이야기가 끝나자, 소년은 한기가 느껴져 눈을 떴다. 할머니 이야기는 꿈이었다. 소년은 자신이 얼마를 잤는지 몰랐다. 대청에 누워 있었다. 베개를 베었고 삼베 홑이불이 가슴께까지 덮였다. 천장 서까래 사이 회칠이 침침한 것으로 보아 저녁때쯤 된 모양이었다. 대숲에서 이는 바람소리가 들렸다. 시계 초침이 데깍데깍 울리고, 부엌에서 그릇 달각대는 소리가 났다. 소년은 덜 풀린 잠을 털고 일어나 앉았다. 할머니는 안방 문 앞에 앉아 할아버지 모시옷에 물을 축이고 있었다.

「열이 실컨 잤어여? 그래 잤으모 또 밤잠이 안 올 끼여.」 할머니가 말했다.

소년은 꿈 생각이 났다. 오늘 하룻밤만이라도 할머니와 자지 않고 어머니 옆에 자고 싶었다. 소년은 언제나 할머니와 함께 안방에서 잠을 잤다. 할아버지는 사랑, 맏고모와 어머니가 건넌방, 막내고모는 건넌방 뒤에 있는 골방을 혼자 썼다.

「또 꿈꿨어여?」할머니가 물었다.

「아, 아니여. 꿈 안 꿨어여.」소년이 조금 전 꿈 생각을 하며 머리를 흔들었다.

「얼굴이 빨개지는 거 보이니 꿈꿨어여. 나가서 낯 씻고 와여. 정신이 번쩍 들게.」

소년은 댓돌에 놓인 신을 신었다. 하늘에는 검은 구름이 두터워 사방이 침침했고 바람이 불었다. 제비 두 마리가 행랑채 처마와 마당 사이를 분주히 날았다. 소년은 몇 시쯤인지 시간을 분간할 수 없었다. 마루 괘종시계를 보았다. 여섯시 이십오분이었다. 부엌엔 어머니가 보이지 않았고 김 서방댁이 그릇을 씻고 있었다.

「한줄기 속시원케 퍼부었으므 좋겠는데 날씨가 왜 이래여.」김 서방댁이 처진 하늘을 보며 말했다.

소년은 부엌 뒷문으로 빠져 우물가로 갔다. 두레박질로 물을 퍼 내 세숫대야에 부었다. 낯을 씻었다.

소년은 대청에 엎드려 연필로 새·다람쥐·토끼 그림을 그리고 있었다. 눈두덩에 무엇인가 희끗한 게 스친다는 느낌에 소년은 중문께 눈을 주었다. 어둠침침한 마당으로 늙은이가 향나무 지팡이에 몸을 의지하여 뒤뚱거리며 들어섰다. 순간, 소년은 기갈이 심해 물이나 밑반찬거리라도 얻을까 쭈뼛거리는 피란민이거나, 할머니 옛이야기에 나오는 귀신이 아닐까 하는 섬뜩함으로 들고 있던 연필을 놓았다. 하얀 모시옷에 흰 머리칼과 흰 수염의 노인이 어기적거리며 걸어오는 모습이 괴이쩍었다. 소년은 얼른 일어나 앉았다. 비로소 할아버지 모습이 제대로 비쳐보였다.

「하, 할부지, 할부지가 나오셨어여!」엉겁결에 소년이 신음을 내질렀다.

할아버지가 영원히 두 다리를 못 쓸 줄 알았던 게 소년의 착각이었다. 다림질할 옷을 밟던 할머니가, 머라꼬 하며 마당을 내다보았다. 뒤란 채마밭에서 상추를 솎아서 건넌방 모퉁이로 돌아나오던 어머니가 소쿠리를 지대에 놓고 부리나케 쫓아갔다. 어머니는 띄엄띄엄 떼어놓는 할아버지 느린 걸음에 한 팔을 끼고 부축했다. 할아버지는 다른 때와 달리 그 부축에 순순히 따르며 어머니 옆모습을 찬찬히 뜯어보았다.

「어이구, 어르신이 나오셨어여.」 부엌에서 김 서방댁이 쫓아나오며 탄성을 질렀다.

「아이구 영감!」 하며 할머니가 달려가고, 건넌방에서 아기 젖을 물리던 맏고모가, 뒷골방에서 막내고모가 마당으로 나왔다. 마치 죽은 사람이 다시 살아나기나 했다는 듯 모두 놀란 얼굴로 할아버지를 에워쌌다.

「끝까지 지 자슥 얼굴도 몬 보게 하고 대문을 잠가뿌이 이런 변고가 생겼어여. 죽지 않았어여? 안죽 숨질은 붙었는데.」 집안 사람들과 마을 사람들이 솟을대문 앞에 소복하고 쓰러진 어머니를 에워쌌다. 개구리 울음이 요란하던 지난 늦봄, 자기만 종택에 떨어뜨리곤 강정 땅에서 쫓겨난 어머니를 소년은 여섯 달 만에 다시 보았다. 꿈에까지 나타났던, 얼마나 그리던 어머니인가. 소년은 죽은 듯 널브러진 어머니 모습을 보곤 그 위에 엎어져 소리쳐 울었다. 「아이구, 이 무슨 집안 망칠 망조여. 이 문전에서 죽다이.」 할머니가 어머니로부터 소년을 한사코 떼어냈다. 「얼른 안채로 옮겨라.」 할아버지가 말했다. 사방은 땅거미가 자욱 깔렸다. 김 서방과 김 서방댁이 어머니 어깻죽지와 다리를 맞잡아 들고 행랑채 쪽마루로 옮겼다. 맏고모가 마을 의원 반구 영감을 부르러 나갔다. 이튿날 정오때야 탕약을 먹은 어머니가 눈을 떴다. 그로부터 어머니는 겨우 종갓집 행랑아낙 신세가 되어 눌러 살게 되었다. 할아버지 허락이 내린 것이었다.

「불야시 같은 꼴이라이, 쯧쯧. 니는 마 니 일이나 보거라.」

잃어버린 시간

할머니가 어머니에게 쏘아붙이곤 할아버지를 넘겨받았다. 진짜 불야시 같은 할마시, 그 자리서 다리나 뿐질러져 뿌라. 소년은 할머니를 보며 아랫입술을 깨물었다. 무르춤해진 어머니는 상추 소쿠리 있는 쪽으로 걸었고, 할머니는 할아버지를 대청 끝에 앉혔다. 할아버지는 긴 숨을 내쉬며 부엌 안으로 뒷모습을 감추는 어머니를 바라보았다. 할아버지가 거처하는 사랑에는 어머니 출입이 금지되어 있었기에 할아버지는 오랜만에 보는 어머니 자태였다.

「얼굴을 아주 베렸어여. 불쌍한 것……」 할아버지가 혼잣말을 했다.

할머니는 어머니 따위는 안중에 없다는 듯 부엌 앞 툇마루에서 부채부터 찾아와 할아버지 얼굴에 바람을 끼얹었다. 「죽을 구신에 씌모 사람이 변한대여. 저승 구신이 사람 마음을 요상시레 돌려놓제. 그래서 평소에 안하던 말도 시키고 안하던 짓도 하게 해여. 그렇게 집안 식구들이 어리둥절해 있을 때, 모 월 모 시에 숨을 덜컥 끊어 영부텀 저승으로 데불고 가여.」 언젠가 할머니가 말했다.

「참말로 이기 우얀 일이여. 우짠 일로 이래 심든 걸음을 다하시여. 이카다가 증말 넘어지기라도 한다모 우짤라는지.」 할머니는 할아버지 안채 나들이가 좋은 징조인지 나쁜 징조인지 채 가늠을 못하고, 숨차게 말했다.

「누버만 있자이 영영 다리를 못쓸 것 같애여. 그저 집 안이나 둘러볼까 하고 나왔지러.」 가쁜 숨길을 진정하며 할아버지가 말했다.

소년은 할아버지 허리뼈가 마디마디 삭아내려 짚둥같이 뒤로 자빠지지 않을까 불안했다. 넘어질 듯하던 교장 선생이 단상에서 무사히 내려간 것으로 미루어 그런 일이 쉬 일어날 것 같지 않았다. 잠을 자다 눈을 뜨면 대들보가 와장창 무너진다든지, 구멍 숭숭한 삭은 나무다리를 건널 때 그 다리가 내려앉지 않나, 잠이 오지 않는 밤 해가 스스로 떠오르기를 깜박 잊고 밤만 계속된다면 얼마나 답답할까, 신작로 맞은쪽에서 뽀얗게 먼지를 일으키며 화물차가 달려올 때 꼭 자기를 칠 것 같은 조마조마함, 그런 불안한 예감은 번번이 어긋나게 마련이었다.

사당 쪽에서 잿빛이 짙어왔다. 대숲은 벌써 컴컴해졌고, 잠자리를 찾아 대숲으로 날아드는 새떼 지저귐이 요란했다.

「아부지, 증말 우짠 일로 이렇게 힘든 걸음을 하셨어여.」 막내고모가 활짝 웃으며 물었다.

「이 무슨 길운인지. 어무이가 새벽마다 그래 열심으로 터줏자리에 빌더마는 영험이 내리신 모양이라여.」 맏고모가 두 손을 깍지끼며 말했다.

어머니는 먼발치 부엌문 앞에서 밥그릇을 행주로 닦으며 덤덤한 얼굴로 할아버지를 보고 있었다. 할아버지는 아무 말도 귀에 들어오지 않는지 지팡이에 저승꽃 거멓게 핀 두 손을 괴고 묽은 눈으로 천천히 집 안을 둘러보았다. 할아버지가 누워 지낸 두 달 동안 안채는 예전과 달라진 점이 없었다. 안채 건너쪽, 기둥이 곰삭은 행랑채며 봉당, 광과 외양간, 늙은 감나무와 대추나무도 다 그대로였다. 여기저기 널린 세간살이도 마찬가지였다. 그것들이 젖어오는 어둠에 잠겨갔다.

무엇부터 먼저 손을 써야 할지 몰라 허둥대던 할머니가 우선 마루 상기둥에 걸린 석유등잔에 불을 댕겼다. 깨끗이 닦인 유리갓 안에서 불꽃이 밝게 피어났으나 아직도 뭉그적거리는 박모로 그 밝음이 상기둥 주위만 밝혔다. 어디에 숨어 있었던지 불빛을 본 하루살이들이 등잔 주위로 몰려들었다. 잠시 뒤, 그것들이 무리를 이루었다. 소년은 하롱대는 불꽃과 그 주위를 나는 하루살이를 올려다보았다. 「저늠들은 불만 보모 쫓아와 저렇게 길길이 날다 심이 다하모 땅에 떨어져 숨을 끊어여. 하루밖에 살지 몬하지.」 작년 여름 어느 날 밤, 할아버지가 말했다. 그 뒤 소년은 하루밖에 살지 못하는 곤충이 있나 싶어 하루살이가 죽는 꼴을 자세히 살펴본 적 있었다. 하루살이는 땅에 떨어지면 날개를 파닥대며 기어다니다 늘어져 꼼짝을 않았다. 등잔 아래 마루나 땅바닥은 하루살이의 죽은 몸이 민들레씨같이 깔렸다. 소년은, 죽기 전 땅으로 기어다니는 하루살이가 죽기 직전 얼마나 아프면 저렇게 정신없이 헤맬까 하는 생각이 들었다. 자신의 태어남과 죽음 사이가 하루뿐이라 너무 바쁘다 보니 동무 죽음을 슬퍼할 겨를도 없으리라. 하루살이는 하루만 살아 있으니 어쩜 제 아버지는 물론 제 자식을 보지 못하고 죽을는지 몰랐다. 「사람도 따지고 보모 마찬가지여. 아무리 오래 살아야 팔구십, 저 먼 옛조상 적부터 앞으로 먼 훗날 후손까지 다 따지자모 사람 한평생은 하루살이와 다름이 없어여. 또 우리가 살고 있는 이 땅덩어리만 생각해도 그래여. 정렬아, 저 하늘을 보아여. 이 땅도 멀리서 보모 저 넓고 넓은 우주에 좁쌀보다 작은 별 하나여. 참말로 작은 땅에서 많은 사람이 복작거리며 살지러. 서양 사람, 흑인, 동양 사람, 그중에서도 조선 사람, 우리는 또 뭐여. 조선 사람 중에서도 우리 문중 아녀? 지 핏줄을 천년 만년 이어서 그 족적을 남기겠다는 이 뜻은 또 무엇이여? 참으로 인간사는 오묘하제.」 자리보전하기 전, 밤하늘을 바라보며 할아버지가 말했다. 소년은 별의 생성과 소멸 사이의 그 길고긴 영겁의 시간은 상상으로도 가늠이 되지 않았다. 다만 하루살이 일생이 너무 짧다는 애석함에만 동정이 갔다.

　만고모가 보리짚 한 단을 봉당 앞 타다 만 등겨 더미에 붓고 모깃불을 피웠다. 늘 한약 달이는 냄새로 찼던 집 안에 곧 매캐한 등겨 짚불 냄새가 섞여들었다. 소년은 기침이 나지 않을 정도로 가볍게 코에 스미는 등겨 타는 냄새가 좋았다. 소년은 날이 어두워 더이상 그림을 그릴 수 없었으므로 공책을 덮었다. 옆에 둔 책과 공책을 챙겨 쌀뒤주 위로 치우며 당분간 그림 그리기를 뺀 다른 공부는 하지 않기로 작정했다.
 먹을 것을 물어다 나르는 어미제비가 안채 처마 아래 제집으로 바삐 들락거렸고, 그럴 때마다 새끼제비들의 재잘거림이 요란했다. 해질 무렵과 비 오기 전이 제비들은 대목이라고 할머니가 말했다. 날벌레들이 가장 많이 쏘대는 시간이라 했다.
 넋 놓고 앉았던 할아버지의 여윈 목이 그 소리를 좇아 제비집으로 기울어졌다. 새끼제비 세 마리가 어미제비가 물고 온 먹이를 서로 받아먹으려 노란 부리를 한껏 벌렸다. 할아버지가 잠시 동안 처마를 올려다보고 있을 때, 소년은 할아버지 눈길을 좇았고 할머니는 병색된 할아버지 얼굴을 보고 있었다. 소년은 할아버지가 제비어미와 새끼를 보고 무엇을 연상하는지를 생각했다. 아버지, 또는 어머니. 아니, 아버지와 할아버지 자신. 아니, 아버지와 나. 소년은 아버지를 사진으로만 보았을 뿐이었다. 대청마루에 걸린 두 개의 사진틀에는 주먹만한 여러 종류의 사진들 중 중학교 교복을 입은 아버지 독사진이 있었다. 또 소년은 어머니가 가지고 있는 사진도 본 적 있었다. 어머니가 운동모 쓴 소년을 안고 앉았고 아버지는 그 옆에 선 사진이었다. '광복의 감격을 기념하여.' 사진 아래에는 흰 글씨로 그렇게 씌어 있었다. 흰 노타이 차림의 아버지는 빡빡머리였다. 「광복이 되고 감옥소에서 풀려나 찍은 사진이란다. 이 사진이 너하고 내하고 네 아버지를 묶어주는 도민증 같은 거야.」 어머니가 말했다. 강정으로 내려오기 일 년 전이니 여섯 살, 아니만 다섯 살 때 찍은 사진인데, 소년은 그 사진 찍을 때를 아무리 떠올리려 해도 기억에 남아 있지 않았다.
 「오늘은 여게서 졍렬이하고 저녁밥을 묵을 기여.」 할아버지가 제비집을 보느라 젖혔던 목을 바로하며 말했다.
 할아버지는 힘들게 한 손을 목뒤로 돌려 늘어진 목 뒷살을 가만가만 주물렀다. 할머니는 대청마루에 꽃자리를 깔아 할아버지를 부

잃어버린 시간 271

축해서 앉히고, 소년에게 안방 장침을 가져오라 일렀다. 소년은 안방에서 장침을 가져와 할아버지가 한쪽 팔을 기댈 수 있게 놓았다.

「인자 눈치도 늘어 하는 짓이 어른 같아여.」할머니가 상기둥을 짚고 지대로 내려서며, 소년을 보고 말했다.

할머니 말에 소년은 어머니가 하던 말이 생각났다.「언제쯤이나 눈칫밥 먹는 이 신세를 면할꼬. 그날이 언제일꼬. 네 아버지 오시기 전, 그전에는 가망이 없어.」어머니가 소년 얼굴을 가슴에 품었다. 이명으로 어머니 가쁜 숨소리가 들렸고, 퀴퀴한 쉰내가 났다.

할머니는 세숫대야에 물을 떠와 할아버지 손발을 공들여 씻기곤, 부엌으로 들어갔다. 할아버지 상보기는 어머니나 김 서방댁에게 맡기지 않고 할머니가 손수 했기에, 부엌 안에서 할머니 잔소리가 끊이지 않았다.

드디어, 마른번개가 하늘을 가르고 뇌성이 쳤다. 소년은 깜짝 놀라 할아버지 등뒤로 몸을 숨겼다. 낮꿈 생각이 났고, 전쟁터가 떠올랐다. 마당은 더욱 어두워지고, 호롱불빛이 밝게 살아났다. 하루살이들이 기를 쓰며 불빛 주위를 맴돌았다. 하루살이들이 땅바닥에 널브러졌다. 하루살이 시체가 수북이 쌓여갔다.「돌격, 돌격!」어느쪽인지 모르지만 고함소리가 들렸다. 총소리와 포소리가 고막을 찢었다.

사당 뒤쪽 하늘에서 번개가 쪼개져 내렸다. 행랑채 지붕 위에서 천둥이 으깨졌다. 그래도 할아버지는 장침에 비스듬히 기대어 앉아 꿈쩍을 않고 하늘을 보고 있었다.

「할부지, 무, 무섭잖이여?」소년이 물었다. 할아버지는 대답이 없었다.「할부지는 처, 천둥 번개가 무, 무섭잖이여?」

「뭐라 그랬나?」하염없이 생각에 잠겨 있은 듯 할아버지가 비로소 힘들게 턱을 돌렸다.

■「할부지, 종택 첫째할부지. 제 말 들립니껴?」점박이 재종형이 말한다.
할아버지는 숨을 헐떡일 뿐 눈을 감은 채 표정도 대답도 없다.
「인민군이 들어오고부텀 할부지가 정신을 몬 채리여. 이래 몸이 편찮은데 무신 대답을 제대로 하겠어. 아이구, 무신 늠으 세상이 이 꼴이제.」할아버지 베갯머리에 앉았던 할머니가 눈물을 닦으며 말한다.
「첫째할무이, 의용군에 끌리가모 그저 생목숨 잃을 끼 뻔합니더. 우선 대전에 집결시켜서 일주일 정도 총 쏘는 거만 갈쳐서는 최전방으로 돼지새끼 내몰드키 내몰아여. 지금 대구를 뺏느냐 몬 뺏느냐 공방전이 한참이랍니더.」
점박이 재종형이 이마의 진땀을 닦는다.
「니가 면소에 있으니 그런 멩단을 맹글 텐데 니를 끌어내다이, 그기 어데 될 말이여.」할머니가 말한다.
「그러니 죽일 늠들 아입니껴. 동무도 용감한 혁명전사가 되라느니 머니. 아무래도 눈치가 이상해여.」
재종형도 누워 있는 할아버지만큼 숨이 찬지 헐떡인다.
「근우 그 사람도 지금 숨이 있기사 해여.」할머니가 주위를 살피며 낮은 목소리로 말한다.
「저도 송전 할부지한테 들었심더. 의용군에 빠질라 카모 저도 일찌감치 무슨 방도를 강구해야 될 거 같애여. 지금이 일찍도 아니지마는.」
재종형이 마루에 걸터앉아 있는 소년을 힐끔 돌아본다.
「갸는 갠찮다. 원체 입이 무거분 아이여.」
할머니도 소년을 본다.
「내 나이 서른넷에 큰늠이 이학년인데, 이기 무슨 꼴입니껴. 첫째할무이, 우째 좀 방도를 강구해 주이소. 아무래도 숨을 데리고는

잃어버린 시간 273

여게밖에 읎어여. 그래도 들어앉은 마실이라 놈들이 어데 여게까지 사······.」 재종형이 할머니의 두 손을 잡고 애걸한다.
「강정이사 집안사람들 아니모 올 삼월까지만 해도 다 소작붙이들이었으이께 찔러바칠 사람이사 읎기는 하지마는, 우리도 양석이 넉넉잖아여.」 할머니가 말끝을 흐린다.
「그거는 지가 안사람 편에 우쨰 마련하겠어여. 그러이 근우 그 사람 숨은 데 지도 좀 끼아주이소. 세상이 우쨰될란지 모르지마는 발등에 불은 우선 끄고 바야지 않아여. 한서 성님 면목을 봐서라도 가장 안전한 데라고는 여게밖에 읎습니더.」
그때, 헐떡이는 할아버지가 갑자기 숨이 막히는지 속기침을 한다. 검누런 얼굴색이 쥠물같이 죽어간다.
「정렬아, 어서 냉수 한 사발 뜨와여.」 할머니가 소년에게 소리친다.
소년이 사랑마당을 거쳐 안채로 뛰어간다.


8
「할부지, 버, 번개가 무섭지 아, 않냐구여?」 소년이 물었다.
할아버지가 머리를 끄덕였다. 할아버지는 하늘을 가르며 쪼개지는 번개를 눈 깜박 하지 않고 처연한 표정으로 쳐다보았다.
「하늘이 저런 심판을 내려야 하는데······. 저런 무서분 심판으로 인간으 마음을 선을 돌려 감복으로 참회케 해야 해여. 그러나 현금 이 땅의 인간들은 순자(筍子)께서 말씀하셨듯, 천성이 악하여 하늘으 심판을 믿지 않아여. 단지 앞 이익만 따질 줄 알았제, 하늘으 순리를 몰라여. 전쟁도 그래서 일어나고, 피를 흘리고, 죽고······.」
할머니가 쪼그락진 입이 찢어지라 웃음을 머금고 밥상을 날랐다.
「자, 저녁 드시구려. 모처럼 조손이 겸상하시어서.」 통영반을 할아버지 앞에 놓고 할머니는 어두운 하늘을 바라보았다. 「김 서방은

와 안죽 돌아오지 않아여. 도롱이도 안 쓰고 나갔는데 비 맞겠어.」

 소년과 할아버지는 겸상으로 저녁밥을 먹었다. 할아버지가 사랑에서 따로 식사할 때도 할머니는 손수 밥상을 날랐고, 할아버지 식사가 끝나 그 밥상을 들고 나올 때까지 늘 상머리에 붙어앉아 있었다. 나머지 식구 식사는 반드시 할아버지 밥상이 나온 뒤에야 할머니를 중심으로 안채에서 시작되었다.

 할머니는 할아버지 옆에 앉아 찬과 관계된 집안 이야기를 심심찮게 들려주었다.「그 짐치 심심하게 잘 담겄지여?」「올개는 고치농사하고 마늘농사가 그런대로 괜찮을 거 같애여.」할아버지 젓가락이 간갈치구이에 머물면 갈치 이야기를 곁들였다.「내일 해평장이니 장에 나가서 열 마리쯤 사올까 하는데, 시상이 하도 어수선해서 장이 제대로 설랑가, 해물이나 제대로 나올동 모르겠네여.」

 할아버지 반찬은 간이 맞지 않게 싱거웠으나, 특별히 올랐음이 틀림없는 연한 쇠고기볶음이 있어 소년의 젓가락이 자주 그쪽으로 갔다. 그러면 할아버지는 수저질을 멈추고 한동안 물끄러미 손자를 건너보곤 했는데, 그 눈길이 안쓰러움을 담고 있었다. 소년은 할아버지와 눈길이 마주칠 때마다 눈칫밥이란 말이 생각났다.「인자 할배 할매 귀염을 독차지해서 눈칫밥 안 묵을 낀데 종택 어른 저 손주는 와 저래 꼬치꼬치 말라여.」「귀한 집안 종손이 어데 튼튼한 걸 봤어여. 쟈 삼춘도 젓가락맨쿠로 마르더마는 열아홉에 폐병으로 죽지 않았어여.」마을 아낙네들이 우물가에서 하던 말이었다.

「우째 저래 째작째작 묵는 것조차 아비를 닮았을꼬.」할머니가 소년을 보고 말했다.

 할머니는 무엇이든 소년을 통해 자식 어린 시절을 연상하는 게 습관이었다. 소년 옷 색깔을 두고, 가는 검정물 들인 옷을 좋아했다든가, 손자가 여름에 강풀먹인 옷을 입기 싫어하는 것도 지 아비와 똑같다고 말했다. 심지어 집 안 감나무를 보고, 가가 열이 니만

잃어버린 시간 275

할 때 그 감나무에 기대서 엿 사달라 칭얼거리다 풀쐐기한테 쏘였지러 하며, 잠시 울적한 추억에 젖기도 했다.
 할아버지의 특별 분부로 그날은 맏고모와 막내고모가 따로 상을 차려 같은 시간에 밥을 먹었으나, 그 자리에 소년 어머니는 끼일 수 없었다. 할아버지는 물론 맏고모와 막내고모조차 어머니에게 같이 식사하자는 말을 꺼내지 않았다. 다만 맏고모가 할머니에게, 그라모 우리 먼첨 묵어예 하고 말했을 뿐이었다. 사실 할머니가 식사를 하지 않고 있었으므로 소년 어머니가 감히 먼저 먹을 수는 없었다. 식구가 같이 밥 먹을 때라도 어머니는 바가지에 담은 눌은밥을 부엌에서 고양이 밥 먹듯 집식구들 눈치를 살피며 먹었다. 식사만 그랬던 게 아니었다. 할아버지 동의를 얻어낸 할머니 엄명으로, 어머니는 모든 면에서 며느리로 대접받지 못했다. 맏고모와 막내고모도 할머니 앞에서는 소년 어머니에게 언니라는 말을 쓰지 못해 열이 엄마라고 불렀다.
「아부지가 진지 드시는 걸 보니 오늘 저녁밥이 더 맛있어예.」 상추쌈을 싸며 맏고모가 말했다.
 보름 전 첫아기를 낳아 젖을 빨려서 그런지 식구 중 맏고모 식성이 가장 걸었다. 맏고모는 늘 한 그릇 밥을 다 먹고, 살이 찐다며 밥을 조금씩 남기는 막내고모 밥까지 먹어치웠다. 맏고모는 손바닥에 가득 싼 상추쌈을 입에 아귀아귀 밀어넣었다. 어둑한 행랑채 쪽 마루에는 김 서방 어린 두 딸이 안채 마루 식사 광경을 뚫어져라 눈총 세워 보고 있었다. 그 눈길만 받으면 소년은 그만 목이 메어 밥덩이를 제대로 삼킬 수 없었다.
 안채 용마루를 흔들며 천둥이 우렁차게 쳤다. 번개가 다시 행랑채 지붕 위에서 갈라져 내렸다. 이어, 굵은 빗방울이 땅을 파며 후드득 쏟아졌다. 봉당 앞에 피웠던 모깃불이 푸른 연기를 뿜으며 사그라들었다. 건넌방에 재워둔 맏고모 아기가 까무러치게 울었다.

막고모가 상추쌈을 싸던 손을 털며 건넌방으로 건너갔다.
「우박이라도 쏟아지모 밭농사가 큰일이여.」할머니가 말했다.
빗줄기가 세차게 쏟아져 내렸다.
「아이구, 마 들어올 일이제, 머 한다고 여태 꾸물대여. 태영이도 안죽 안 왔네.」김 서방댁이 부엌 앞에서 하늘을 보며 말했다.
먹장구름과 쏟아지는 소나기로 마당이 금세 컴컴해졌다. 그때, 김 서방이 빈 지게에 삽을 얹어 중문으로 들어섰다. 그 뒤로 김 서방 아들 태영이 암소 고삐를 잡고 뒤따랐다. 암소 뒤에는 송아지가 요령소리를 달랑대며 따라왔다. 송아지 요령은 소년이 장에 나간 김 서방에게 특별히 부탁하여 사다 달아주었다. 사람과 짐승이 비에 흠뻑 젖어 있었다. 행랑채 쪽마루에 앉았던 김 서방 어린 두 딸이 제 아버지와 오빠를 맞으러 비를 맞으며 마당을 질러갔다.
「일찍 좀 안 들어오고 와 이래 비를 맞고 와여.」
김 서방댁이 아들을 나무라곤 소 고삐를 낚아채 외양간으로 암소를 몰고 갔다.
「와따, 공산군이 벌씨러 천안 시내까지 들왔다는 소문이 파다하던데여. 그래서 단양·청주도 그 사람들 수중에 떨어지기가 오늘낼 칸다 그래여.」딸애 손을 잡고 행랑채 처마 아래로 걸으며 김 서방이 말했다.
할아버지가 잠시 숟가락질을 멈추고 김 서방을 보았으나 달리 말이 없었다. 다른 식구도 김 서방 말에 묵묵부답이었다. 대청은 무거운 침묵과 빗소리에 눌려 수저질소리조차 들리지 않았다. 소년은 어미소를 따라 외양간으로 들어가는 송아지를 보고 있었다. 「피란 갈 때 큰소는 달구지를 끌고 가지만 송아지는 아무짝에도 쓸데없어 잡아묵고 떠난다여.」며칠 전 반 애가 말했다. 막내고모가 한숨 끝에 숟가락을 놓더니 밥상에서 물러앉았다.
「아니, 어르신이 웬일이시여. 안채에서 진지를 다 드시다이. 날

잃어버린 시간 277

이 어두버 지가 깜박 몰라뵜었군여.」 김 서방이 식구 사이에 섞인 할아버지를 뒤늦게 알아보곤 지게를 벗더니 한달음에 안채로 쫓아왔다. 「이분에 지어온 약이 아주 효험이 많았던 모양입니더. 마님, 어르신이 언제 일어나싰어여?」

「난도 무신 영문인지 안죽 모르겠어여. 이래도 되는강 어떤강.」 할머니가 말했다.

「그래, 인자 기동 쪼매 하기로 작심했어. 코앞에 불이 닥쳤으이 누버만 있을 수 읎고. 참, 오늘 못물 뺀다 카더마는 비가 올 줄 알았나?」 할아버지가 느린 목소리로 물었다.

「햐, 말도 마시어여. 이 전쟁통에 지 곡석이 될지 우짤지도 모르는 판국 아입니꺼. 그런데도 지 논에 물 많이 댈라꼬 목에 핏대 올려 대가리 터지도록 쌈질하는 통에 한바탕 난리가 났어여. 못도 거지반 바닥이 나서 뺄 물도 없었고여. 그런데 저녁답이 돼서 비 올 징조가 보이자, 햐, 농사꾼 인심 한분 푸짐합디더.」 보리짚모자를 벗고 삼베 바짓가랑이에 괸 빗물을 짜며 김 서방이 말했다. 「어르신이 기동하셨으이 천만다행이라여. 오늘도 그런 이바구가 있었습니더마는, 아무래도 잠시 피란 떠나야 될 것 같습니더. 서로간에 총질하는 틈새에 오도가도 몬하고 앉아서 목숨 베릴 필요야 읎을 것 같애여. 마님, 안 그렇습니꺼?」 「그 언걸증 나는 지긋지긋한 전장 이바구는 그만 좀 하게. 앉은자리서 당했으모 당했지 우리는 피란 안 가여. 큰 죄 안 짓고 살았으모 어느 핀이나 다 사람 사는 시상 아이겠나. 그도 그렇제. 농사꾼이 자슥같이 커가는 나락 놔두고 고향 떠나 어데로 가. 객지서 굶어 죽기보담사 여게가 차라리 낫지러.」 할머니가 김 서방에게 쏘아붙이곤, 그렇지 않소 하는 얼굴로 할아버지를 바라보았다.

「마님, 그 무슨 말씀이십니꺼. 지 말은 공산군이 여게를 쓸고 지나갈 때사 아무려모 몸을 숨겨야지여. 시상이 좀 조용해지고 난 뒤에 벨탈 읎다 싶으모 집으로 들어오더라도, 그냥 앉은뱅이 용 쓰드키 지 자리서 당할 수야 없잖겠어여.」
「마, 그만큼 해두고 몸이나 씻으소.」 부엌으로 들어가며 김 서방 댁이 제 서방에게 말했다.
할머니도 더는 말없이 할아버지 눈치를 살폈다. 할아버지는 천천히 밥을 꼭꼭 씹고 있었다.
공산군이 여기까지 쳐들어온다면 아버지도 그들과 함께 여기로 오리라는, 어머니 말을 소년은 떠올렸다. 아버지가 온다면 할머니는 춤을 추고, 맏고모·막내고모는 아버지 손을 잡고 깡충깡충 뛸 터이다. 어머니는 부엌 문설주에 기대어 기쁨을 안으로 지그시 삭이며 오랜만에 함박 웃음을 깨물 것이다. 나는 너무 부끄러워 뒤란이나 어머니 뒤로 숨고 말 테야. 숨어서 아버지를 똑똑히 봐야지. 그러면 아버지는 내가 없는 줄 알고, 종렬이 어딨어여 하고 찾겠지. 그래도 나는 나타나지 말아야지. 소년은 고소한 상념에 젖었다. 또다른 생각이 소년 머릿속을 스쳐갔다. 할머니는 아버지가 돌아왔으니 늘 하는 말로, 문벌 좋은 집안에 새장가들라고 아버지를 부추길 것이다. 그렇게도 보기 싫어하는 어머니를 내쫓고 말 테지. 어쩜 내까지 쫓겨날는지 몰랐다. 「인자 니들은 니들대로 어데 가서든 살아여. 내 눈에 흙 드가기 전에 자슥하고 한지붕 밑에서는 몬 살아여.」 할머니 악퍼지름이 떠오르자 소년은 아버지를 만날 일이 두려웠다.

■ 마을 장정 셋이 관을 실은 손수레를 끌고 있다. 그 뒤로 인민군 복장의 내무서원 둘, 면소 인민위원회 위원 셋, 초등학교 선생 넷, 붉은 완장 찬 한 무리의 청년동맹 장정과 마을 사람들이 손수레 뒤를 따른다. 선생 넷 중에는 전쟁 전 소년 담임 선생과 갈래머리 여선생도 섞였다. 면소 초등학교에서 이한서 동무의 성대한 인

민영웅장을 치르고 돌아오는 길이라, 뙤약볕 아래 모두 땀에 흠뻑 젖었다. 일행은 강정 타작마당을 거쳐 곧장 종가댁으로 올라간다. 토담 너머로 일행을 내다보던 마을 사람들이 쫓아나와 뒤따른다.

「정렬이 아부지가 우짜다가 저래된 거여?」 인민영웅장에 동원되었다 돌아오는 마을 사람에게 마을에 남았던 사람이 소곤소곤 묻는다.

「선발대로 내리와 인민봉기를 지도할라 카다 잡혔대여. 시신은 집천경찰서 뒷마당에서 찾아냈다 그래여. 후퇴 직전에 남한 경찰이 진짜배기 붉은 사람은 한군데 모아놓고 다 쏴죽였대여. 시체를 그저께 파냈는데 데련님도 거게 끼여 있었대여. 날이 너무 더버 얼굴도 다 문드러졌는데 용케 목에 개패(명찰)를 달고 있었다 그래여.」

소년의 할머니는 머리에 수건을 동이고 안방에 누워 어제부터 내지르던 헛소리로, 「한서야, 한서야」 하며 아들 이름만 부른다. 훈장 어른·학봉 어른·옥계 어른은 인민영웅장에 참석하지 않은 채 대청에 가부좌하고 앉아 종갓집 장자 시신이 돌아오기를 기다리는 참이다. 한쪽에 점박이 재종형이 소년 할아버지를 부축하고 있는데, 앉아 있는 할아버지는 재종형 가슴에 윗몸을 묻고 가쁜 숨만 헐떡거린다.

「이래 죽어 돌아올 줄이야.」「젊디젊은 목숨이 그래 허무히……」「그래도 씨손을 뒀으니…….」 서너 마디씩 나누던 말도 김서방댁이 중문으로 쫓아 들어오며, 「인자 다 왔어여」 하자, 대청은 다시 침묵 속에 더위만 찐득이 찬다.

「객사했으이 시신을 집 안에 들여놓을 수 읎고, 자, 나가들 봐여.」 훈장 어른이 말한다.

학봉 어른과 옥계 어른이 일어선다. 소년 할아버지도 몸을 일으키려 용을 쓴다. 재종형이, 큰아부님은 마 계시이여 하고 말린다.

「애비보다 먼첨 간 불효자식 시신은 봐서 안되여..」 옥계 어른이 댓돌의 흰 고무신을 신으며 말한다.
「봐야 해여, 내 눈으로 한서가 진짜 죽었는지 똑똑히 봐야 해여!」 소년 할아버지가 헐떡이며 소리친다.
재종형이, 마 참으시여, 큰아부지는 병중이시여 하며 소년 할아버지가 내두르는 팔을 잡는다. 소년은 중문 앞에 서서 훌쩍인다. 어머니는 아무리 찾아도 어디 있는지 오전 내내 보이지 않는다.
「한서야, 내 자슥 한서야!」
할머니가 옷고름을 풀어헤친 채 맨발로 마당을 질러온다. 중문 문지방에 걸려 넘어진 할머니가 땅을 엉금엉금 기며 아들 이름을 목놓아 부른다.

9
젖을 물려 아기를 재웠는지 만고모가 건넌방에서 나오며, 김 서방을 보고 울먹였다.
「김 서방여, 그라모 상주도 조만간에 당하겠네여? 학교는 우찌 됐는지, 이 일을 우짜모 좋아여..」
만고모는 작년 봄에 상주로 시집갔었는데, 지난달 전쟁 소식이 알려지기 전, 배가 만삭이 되어 친정으로 왔다. 딸을 순산하고 몸조리가 끝나자 곧 시댁으로 가려 했으나 그쪽에서, 공산군이 수원·오산으로 밀려 내려오니 당분간 친정에 눌러 있는 게 좋겠다는 기별이 와서 오도가도 못한 채 전전긍긍하던 참이었다. 상주에서 강정까지는 새벽밥 먹고 나서야 하는 빠듯한 하룻길이지만, 그 동안 거기 농잠학교 선생으로 있는 소년 고모부가 한 번 다녀가기도 했고, 며칠 전에는 북상하는 군 트럭에 얹혀 김 서방도 상주 만고모 시댁을 다녀오기도 했다. 그런데 그쪽 만고모 시아버지가 지주에 부읍장이라 어차피 피란을 떠나야 한다며, 내려가는 길에 며느리를 데리고 같이 떠나야겠다는 소식만 안고 돌아온 터였다.
「모르기사 하지마는 지 생각으로는 메칠 안에 그쪽 집안들이 여게를 거쳐갈 것 같심더.」 김 서방이 몸을 씻으러 부엌 뒤꼍으로 가며 맏고모에게 말했다.
「짐 서방, 나 좀 봐여.」 할아버지가 숟가락을 상에 조용히 놓으며 비를 피해 부엌 처마 아래를 걷는 김 서방을 불렀다. 「저녁밥 묵거덩 사랑으로 건너와여.」
「모레쯤 종회 열 것 아니시여?」 할머니가 할아버지에게 물었다.
「송전에서 서찰이 왔어여. 사당으 조선님 유품을 마루 밑 고방에 다 옮기자고. 그라고 또 으논할 것도 있고.」
할머니는 더 할아버지에게 묻지 않았다. 「아녀자가 아무리 궁금한 게 있더라도 지아비는 물론 다른 남정네한테 무엇이든 한 분 이상 물으모 안되며, 물을 떠다 바칠 때도 쟁반 받쳐 손을 감춰야 해여. 아랫것들이 마당에 비질을 할 때 그 마당을 밟지 말아야 하고, 시상이 달라져 아녀자으 문밖 출입이사 막지 못하지마는 길을 갈 때 눈을 바로 들지 말 것이며, 사람이 모인 데는 피해 가고, 걸을 때 몸을 흔들거나 신발 바닥을 보여선 안되여.」 할머니가 고모들에게 자주 이르던 말이었다.
「오늘은 많이 자셨구려.」
나붓이 담은 밥그릇을 반 남짓 비운 할아버지를 보고 할머니가 흐뭇해 했다. 할아버지 안채 나들이가 당신 건강에 좋은 징조로 해석됐던지, 할머니 목소리는 전쟁 이야기와 상관없이 기쁨에 들떴다.
할아버지가 식사를 마쳤으므로 소년은 자리를 뜰 수 있었다. 댓돌에 놓인 고무신을 꿰어신었다. 부엌으로 갔다. 앞뒷문을 열어놓았는데도 부엌 안은 찜통같이 무더웠다. 흐린 호롱불 아래 김 서방댁은 들일에서 돌아온 서방과 제 식구들 밥상을 차리고 있었다. 어머니는 중간솥 아궁이 앞에 부지깽이를 든 채 짚방석에 쪼그리고 앉아 뒷문 밖을 멍하니 내다보고 있었다. 빗발이 직선으로 쏟아져 내렸고, 우물가 석류나무가 세찬 빗발에 후들거렸다. 천둥이 한 차례 치자, 바깥이 하얗게 드러났다 어두워졌다.
「할부지 지, 진지 다 드셨어여. 어무이도 어서 밥 잡숴여.」 소년이 부엌 문설주에 기대어 서서 말했다.
어머니 얼굴이 소년 쪽으로 돌아왔다. 어머니의 여윈 얼굴에는 아무런 표정이 없었다. 호롱불빛에 붉게 떠오르는 어머니 얼굴은 병든 암소 같았다. 눈동자만 퀭하니 살아 번득였다.
「밥 많이 먹었냐?」 힘없는 목소리로 어머니가 물었다.
「어무이도 밥 자시야 힘이 생기여.」
소년은 부엌 안으로 들어갔다.
「나는 먹고 싶은 마음이 없다. 너도 보잖니. 양식 떨어진 마을 사람들이 두 끼니 죽도 양껏 못 먹구 이 여름 전쟁을 견디지 않냐.」

■「한서 동무의 영웅적 죽음을 생각한다면 우리가 꼭 이래 할 필요까지는 없어여. 그러나 이 종가는 대대로 지주였어여. 소작인과 고용머슴 고혈을 빨아 고대광실 높은 집에서 배부르게 잘살아왔잖아여. 춘궁기에 부황 걸려 우리 새끼들이 곯아죽을 때, 이 집은 포식하고 남은 쌀밥을 개한테 믹였어여.」 삼식이 아버지가 댓돌에 서서 말한다.
사랑 마당에는 죽창 든 청년동맹 장정 넷이 섰다. 할아버지는 숨을 헐떡이며 누웠고, 할머니는 물수건으로 풀어헤친 할아버지 가슴을 닦아준다.
「자네 보다시피 우리집이 쌀밥 은제 개한테 믹여. 그래서, 우짜자는 기여. 우리가 지주라고 여태껏 자네들한테 무슨 몬할 짓을 했

잃어버린 시간 283

어여..」할머니가 삼식이 아버지에게 대거리를 놓는다.
「할망구 지랄하네. 인자 지주나 우리나 똑같은 인민이라여. 그러 이 양석 좀 같이 나눠 묵자 말이여!」 뒤에 섰던 칠봉이가 호통친다.
「큰 소도 끌고 가고 송아지도 잡아묵고, 인자 또 뭘 내놓으라는 기여. 우리가 양석이 어데 있다고. 우리도 점심밥 안 묵은 지 오래 됐고, 두 끼 죽으로 때우여. 자네들도 우리집에 와서 조석으로 보잖는가.」 칠봉이 서슬에 할머니 목소리가 떨린다.
소년은 두려워 숨을 할딱이며 사랑 마당 대추나무 그늘 아래 섰다.
「아무려모 하루를 멀죽 한 끼로 넘기는 우리보담사 헹편이 낫겠제. 새 시상은 묵어도 같이 묵고 굶어도 같이 굶자는 주의란 거 종택 할무이 동무도 아실 테지여?」
삼식이 아버지가 농구화 신은 한쪽 발을 마루에 걸친다.
「그래서 어쩌자는 거여!」 할머니가 더 못 참겠다는 듯 목청을 높인다.
「광은 비었을 끼고, 어덴가 양석 숨깄을 테이까 집 안을 몽땅 뒤지겠어여!」 삼식이 아버지가 힘주어 말한다.
소년은 숨을 멈추고 눈을 감는다. 사당 옆 대밭 끝머리 토굴에 숨어 있는 근우 씨와 종호형의 떨고 있을 모습이 떠오른다.
「양석을 숨카다이? 양석이 어데 있다꼬. 차라리 날 쥑이라. 너 거들 손에 죽는 기 나아여!」 할머니가 마루로 나서며 맵게 쏘아붙인다.
할아버지가 무어라고 한마디 하려 입술을 움직이는데, 말이 되어 나오지 않는다. 삼식이 아버지가 뒤에 선 장정들에게 눈짓한다. 장정 넷이 안채로 뛰어간다. 소년도 그들 뒤를 따른다. 어느 날 초저녁, 소년은 분을 하얗게 바른 막내고모가 뒤란으로 발소리 죽여 돌아나가는 모습을 우연히 본 적 있었다. 종호형이 토굴에 숨기 전이었다. 대숲 끝머리 토굴로 하루 두 차례 음식을 나르는 일은 막내고모 몫이었지만, 그날따라 소년은 이상한 생각이 들었다. 소년은 몸을 숨겨 고모 뒤를 밟았다. 그날 초저녁, 소년은 막내고모와 근우 씨가 한몸으로 엉겨 대밭에 엎어지던 장면을 보았다. 둘은 그런 순간만이 살아 있음을 확인하듯 오랫동안 떨어지지 않았다.

장정들은 신발을 신은 채 외양간 짚북더기, 부엌 솥가리더미, 안방 다락, 건넌방 장롱, 막내고모 방까지 마구 뒤진다.

「어무이, 어무이!」

소년이 어머니를 찾는다. 들일을 나갔는지 어머니도 김 서방댁도 보이지 않았다. 장정들은 부엌, 큰솥 아궁이 속, 봉당 바닥, 마루 밑까지 죽창으로 쑤셔본다. 소년은 막내고모와 근우 씨의 합쳐진 몸을 떠올리자 얼굴이 화끈 달아 자꾸만 사당 뒤 대숲에 눈이 간다. 장정들은 끝내 양식을 찾아내지 못한다.

「이렇게 씨가 말랐다모 머로 조석을 끓이 묵어. 저 저 자식을 조지뿔자. 저 씨종자가 알고 있을 거여!」

칠봉이가 광에서 나오며 소년을 가리킨다. 재작년까지 종갓집 중머슴이었던 일근이 소년 멱살을 걸머쥔다.

「말해, 양석 어데서 퍼내오는강 니늠이 퍼뜩 불어여!」

일근이 소년 뺨을 후려친다. 소년은 숨이 막혀 말을 할 수 없다. 얼굴이 하얗게 질린다.

「인자 모든 곡석을 똑같이 나눠 묵자는 거여. 증말 말 안할 거여!」

일근이 손아귀로 소년 숨통을 죈다. 소년 동공이 윗눈까풀에 달라붙는다.

「사당 쪽도 찾아봐여.」

삼식이 아버지 말에 두 장정이 대숲이 있는 사당 쪽으로 올라간다.
「놔여, 우리 죙렬이를 놔여! 야는 이 집안 종손이라여!」할머니가 일근이 두 팔을 잡고 늘어진다.
「양석 숨카둔 데를 말 안하모 이 자슥아를 쥑일 끼여.」
일근이 소년 목을 더욱 죈다. 소년은 숨을 쉴 수 없어 차츰 의식을 잃어간다.
「우리 손주를 놓아줘. 내 말할 테여, 양석 있는 데를 말할 테여!」할머니가 울며 소리친다.
그제서야 일근이 소년 목을 죄던 손을 푼다. 소년이 장작토막같이 그 자리에 쓰러진다. 대숲이 있는 사당으로 가던 두 장정이 돌아보더니, 양석을 내놓겠대여 하며 걸음을 돌린다.

10
「열아, 정지서 머 해여, 안 나오고. 남정네가 정지에 드가모 안 된다고 그래 말해도 또 거게 있어여. 대체 누굴 닮아 그래여.」대청에서 할머니가 소년을 불렀다.
소년은 얼른 부엌에서 나왔다. 귀신맨쿠로 용하기도 해여. 저 쪼그락진 입에 문딩이병이나 붙어뿌라. 소년은 속으로 악담을 퍼붓고 부엌 앞 쪽마루에 앉았다. 그러나 그런 몹쓸 말을 뇌까린 자기 속마음까지 늙은 여우 같은 할머니가 거울 보듯 들여다보고 있을까봐 겁이 났다. 할머니는 소년이 잠시만 어머니와 함께 있어도 눈에 쌍심지를 켜 그 꼴을 보아내지 못했다.
저녁밥 먹으면 마을 아이들이 놀이동무를 불러내려 집집 토담을 돌며 불러대는 노랫소리가 이제 들리지 않았다. 천둥과 번개가 치고 비가 쏟아지므로 모두 마루에서 하늘만 쳐다보며 비 구경을 하고 있을 터였다. 소년은 밤마을을 나가고 싶지 않았고, 할머니가 밤마을을 철저히 단속하기도 했지만, 밤마다 사랑으로 건너가 무릎

꿇고 앉아 할아버지로부터 선대어른 율곡 선생이 지으신 〈격몽요결〉을 배워야 했다. 소년은 아이들 노래를 입 속에서 불러보았다.

동무동무 어깨동무 어디든지 같이가고
동무동무 어깨동무 언제든지 같이놀고
동무동무 어깨동무 해도달도 따라오고
동무동무 어깨동무 같이살고 같이죽고……

「나는 마 사랑으로 건너갈라여.」할아버지가 말했다.
 할머니가 할아버지를 부축했고, 식사를 끝내고 앉았던 막내고모가 고미다락에서 지우산을 꺼냈다. 강쪽에서 번개가 번쩍이고 우레가 연달아 굉음을 터뜨렸다. 건넌방에서 맏고모가 나오더니 할머니와 함께 할아버지를 부축하여 일으켜세웠다.
「괜찮다니 그래여. 내 심으로 걸을 테여.」할아버지가 말했다.
「그냥 가만계시여. 비도 이래 오는데. 얼마나 반가분 비여. 곡석이 좋아서 풀풀 살아 널뛰겠어여.」할머니가 말했다.
 소년은 신방돌 위에 놓인 할아버지 고무신을 신기 편하게 가지런히 놓고, 기둥에 세워둔 지팡이를 할아버지 손에 쥐어드렸다.
「이 비가 무슨 비여. 곡석이야 좋겠지마는 이 종가에 무슨 말씀을 전할라고 이래 천지가 요란한지…….」할아버지가 하늘을 쳐다보며 꺼져가는 목소리로 말했다.

■ 연 이틀째 초가을 늦장마비가 쉼없이 부슬부슬 내린다. 바깥은 이미 어둠이 깔렸다. 사랑 안은 할머니와 막내고모의 소리 죽인 흐느낌이 고즈넉이 흐른다. 석유등잔 두 개가 불을 밝힌 가운데 할아버지는 얇은 이불을 덮고 누웠다. 오후를 넘기면서부터 정신이 오락가락하더니 할아버지가 말문을 닫은 지 댓 시간이 넘는다. 할

아버지 머리맡 양쪽으로 학봉 어른과 훈장 어른이 앉아 있다. 옥계 어른한테 연락을 취했으나 시오리 빗길이라 아직 도착하지 않았다. 학봉 어른 옆에는 마을 의원 반구영감이 할아버지 손목을 진맥한다. 소년은 훈장 어른 옆에 무릎 꿇어 앉았다. 사랑 안에는 직계가족 중 소년 맏고모만 빠졌다. 인민군이 마을로 들어오기 엿새 전, 피란길에 들른 시가댁 가족과 합류하여 대구로 떠났기 때문이다.

방문이 활짝 열린 마루에는 문중 젊은이들이 숨을 죽인 채 방안 동정을 기웃거린다. 남녀 합하여 스무 명에 가까워 마루가 비좁다. 그중 할머니 친정 남동생도 옷갓하여 가부좌하고 있다. 할머니 친정은 강정에서 불과 시오릿길로, 조선조 초기 심덕부·심온·심회, 삼대에 걸쳐 영상(領相)을 낸 문벌 집안이다. 할머니 친정 마을 예강동 앞산에는 심회 양아버지 강거민 내외 묘가 있고, 영의정 심회가 자기를 길러준 양아버지를 육 년간 시묘(侍墓)했다는 거유암(居留岩)이란 유적지가 있다. 소년 어머니도 마루 끝 축담에 쪼그려앉아 초췌한 모습으로 비가 오는 사랑마당을 바라본다.

「아무래도 자꾸 기력이 더 떨어지이.」 반구영감이 머리를 가로 흔들며 학봉 어른에게 소곤거린다.

소년은 할아버지 얼굴을 본다. 할아버지는 고르지 못한 숨길로 된숨을 가쁘게 내뿜는다. 동공은 천장 한 점에 고정되었고, 입은 반쯤 벌어졌다. 얼굴은 이미 꺼멓게 변한 사색이다. 그 얼굴색이 먹물에 녹두죽을 푼 것 같다고 소년은 생각한다. 갑자기 할아버지 입이 씰룩거린다. 무슨 말을 할 듯하다 말이 되어 나오지 않는다. 이불 밖으로 나온 손가락이 곰지락거린다.

「누구를 찾는 모양이여..」 훈장 어른이 말한다.

「쩡렬아, 네가 할부지 손 좀 잡아드려여..」 체머리를 떨며 학봉 어른이 말한다.

소년이 조심스럽게 할아버지 손을 잡는다. 힘없는 할아버지 손이 찬 땀으로 젖었다. 이불을 덮었는데 복수가 차 동산같이 솟은 할아버지 배가 잠시 들썩거린다.
「죄, 죄……」 하며 할아버지가 가쁜 숨길로 숨차게 내뱉는다.
주위 사람이 모두 할아버지 입을 뚫어지게 본다. 할머니만 이제 눈을 감고 무슨 주문인가 외며 합장한 손을 열심히 비빈다. 눈물로 얼룩진 얼굴은 오히려 평온하다. 할아버지는 '죄' 이외 말을 더 잇지 못한다. 숨길만 거칠어지고, 머리가 뒤로 젖혀진다. 목울대가 개구리 울음 울 때처럼 꺼졌다 부풀었다 한다.
「고비여, 이 고비를 넘겨야 하는디…….」 반구영감이 할아버지 양 어깨를 가벼이 누르며 말한다.
절정으로 치닫던 할아버지의 숨결이 차츰 낮아진다. 소년은 할아버지가 그대로 숨을 멈출까 싶어 조마조마하다. 「죽마고우로 한 마실서 클 때는 어깨동무해서 온 산천을 뛰댕기며 놀았건만 떠날 때는 모두 이래 호문차 가는가 봐여.」 학봉 어른이 말한다.
할아버지의 벌어진 입술이 다시 달싹인다. 훈장 어른이 한쪽 귀를 할아버지 입에 가져댄다.
「뭐라고 말을 하는 모양인데 알아들을 수가 없어여.」 훈장 어른이 말한다.
「한서 시신이 돌아오고부턴은 마치 잿불 사그라지듯 영 기운을 잃더마는. 내가 와서 말을 붙여도 무슨 생각이 그래 깊은지 그저 멍해져서. 다 종가으 장래를 걱정하는 눈치였어여.」 학봉 어른이 머리를 떨며 말한다.
「조, 조용해여.」 윗몸을 할아버지 안전에 숙인 훈장 어른이 손을 내젓는다. 「에미를 찾는 모양인데, 뉘여?」
훈장 어른이 주위를 둘러본다. 할머니는 눈을 감고 여전히 주문을 왼다.

「죄, 죄 카는 걸 보이 쥉렬이 에미를 찾는 게 아니여?」 학봉 어른이 묻는다.

할머니가 감았던 눈을 떠 학봉 어른을 본다. 학봉 어른이 지분대는 말이 듣기 싫던 차에 종렬이 에미까지 거론하자 할머니의 눈길이 곱지 못하다.

「죄, 쥉렬이 에미, 에미를 호, 호적, 호적에…….」

할아버지는 더 말을 잇지 못한 채 양미간을 찌푸린다. 잠시 뒤, 평온했던 숨길이 다시 가빠지더니, 컥하며 재치기하듯 한 번 숨을 내쏜다. 이어, 할아버지의 입·눈·표정이 돌같이 굳어진다.

인민군이 선산 땅에서 퇴각한 날이 9월 22일, 그 열흘 전날이다.

11

할아버지와, 할아버지를 따라 할머니·만고모·막내고모가 사랑으로 나가자, 소년은 외양간으로 가보았다. 송아지가 무얼 하고 있나 싶어 궁금했다. 행랑 앞을 지나자 등잔걸이 위에 호롱불을 밝혀 둥글상을 가운데 놓고 김 서방네 식구가 저녁밥을 먹고 있었다. 소년은 외양간 앞에 쪼그려앉아 희미하게 드러나는 어미소와 송아지를 살펴보았다. 몸을 비스듬히 눕혀 앉은 어미소는 되새김질을 했고, 송아지는 어미소 배 아래 머리를 처박고 있었다.

「마, 많이 묵고 어서서 크그라. 우리집은 피, 피란을 안 간다 카이 니는 안 잡아믹힐지도 몰라여.」 소년이 송아지의 비에 젖은 등을 쓸어주며 말했다.

어미소가 채찍같이 꼬리를 휘두르자 소년은 놀라 일어났다. 외양간을 떠났다. 그새 소년은 모기 떼한테 종아리며 팔을 여러 군데 물렸다.

설거지 따위의 집안일이 대충 끝나자, 안채 대청에는 할머니·만고모·어머니가 제각기 일감을 들고 모였다. 할머니는 내일 아침에 다림질할 할아버지 겉옷을 광목보에 싸 자근자근 밟았고, 어머니는 할아버지 모시옷을 시침질했고, 맏고모는 빨아 말린 아기 기저귀를 개었다. 늘 그 자리에 끼였던 김 서방댁은 열무김치를 소금에 재워 놓곤 마을갔는지 보이지 않았다. 막내고모는 자기 방에서, 띄워도 닿지 않을 서울로 부칠 편지라도 쓰는지 꼼짝을 않았다. 저녁 식사 뒤면 막내고모 방에서 곧잘 흘러나오던 '아베마리아'나 '고향' 따위의 노랫소리가 끊긴 지 벌써 열흘이 넘었다.

소년은 마루에 앉았다 안방으로 들어와 찬 방바닥에 누웠다. 줄기차게 내리는 빗소리에 귀를 기울였다. 구름이 자기가 품었던 화약을 다 써버린 듯 천둥과 번개는 이제 치지 않았다. 포소리와 총소리에 쫓겨 내려왔는지 7월 들고 부쩍 잦았던 산짐승들 울음도 비탓으로 들리지 않았다. 대청에는 할머니와 맏고모가 도란도란 이야기를 나누고 있었다. 어머니 말소리는 들리지 않았다. 할머니는 어머니에게 말을 잘 붙이지 않았기에 언제나 있듯 없듯했다. 어머니는 스스로 무슨 이야기를 먼저 꺼낸 적이 없었다. 그럼에도 어머니는 소년처럼 마음대로 잠을 잘 수 없었다. 「인자 자야지. 너들도 자여.」 할머니 이 말이 떨어져야 모두 제가끔 잠자리로 돌아갔다. 할머니가 다림질할 때도 맞잡아줄 김 서방댁이 없으면 맏고모·막내고모를 찾았지 어머니를 부르지 않았다. 할머니는 어머니와 마주앉아 있기조차 싫어했다.

「오늘도 혹시 밤똥이 마려울지 모르니 제발 밤똥 안 누게 해주이소. 그리고 할무이 옛이바구도 안 듣고 잠을 자게 해주시고. 무서분 꿈도 안 꾸게 해주이소.」 소년이 입속말로 중얼거렸다.

소년은 낮꿈은 물론, 날마다 밤꿈을 꾸었다. 하룻밤 사이 세 가지나 다른 꿈을 꿀 때도 있었다. 꿈 종류도 여러 가지라, 이튿날 아침에 깨면 기억도 못하는 토막꿈에서부터, 이치에 전혀 맞지 않는 황당무계한 꿈, 할머니 옛이야기가 되풀이되는 꿈, 낮에 있었던 일이 소롯이 다시 나타나는 꿈, 어머니와 신기하고 이상한 세계로 떠돌아다니는 꿈을 꾸기도 했다. 꿈은 언제나 무섭고 아슬아슬한 장면으로 치달아, 그럴 때는 온몸이 식은땀에 젖어 헛소리를 내지를 적도 있었다.

「내 처자 적만 해도, 부모님 별세하시모 머리 풀고 사흘 안에는 상제들이 상복을 안 입어여. 밥도 안 묵고. 먼첨은 미음을 쪼매 주고 다음에는 죽을 주제. 염하고 나서야 상제들이 밥을 묵어여. 머리 풀고 있으모 밥상에 밥을 안 주고 쟁반에 찬도 간장종지만 얹어줘여. 부모가 돌아가셨는데 어떻게 상에 밥 채려 반찬하고 묵겠어여. 그런데 요새는 시월이 달라져 누가 어데 그걸 지키여. 모다 서양식 하는 기 좋다미 안할라 그래여. 우선 귀찮거덩.」

소년은 대청에서 들려오는 할머니 말을 들으며 어렴풋이 잠에 빠져들었다.

■ 안채 마당에 병풍을 치고, 신랑 대신 교의에 이한서 사진을 올려놓았다. 소년 어머니는 빨간 다홍치마 노랑저고리에 족두리 쓰고, 얼굴에 연지 곤지를 찍었다. 모든 격식을 범절대로 갖춘 그 이상한 대례(大禮)를 문중 사람과 마을 사람들이 구경한, 이틀 뒤다.

소년은 안채 마당에서 공기놀이를 한다. 아침 볕이 다사롭다. 김 서방댁이 팔을 내두르며 헐레벌떡 중문을 뛰어든다.

「아이구, 마님여. 사당 서, 서까래에 열이 어무이가, 쬥렬이 어무이가 목을 매었어여!」

대청에 멍하니 앉았던 할머니가 무슨 날벼락인지 잘 알아듣지 못하고 소리치는 김 서방댁을 멍하니 바라본다.

「누가, 죽었어여? 또 누가 죽었어여?」할머니가 눈을 깜박이며 묻는다.

「아이구, 노망들 연세도 안됐는데 마님이 와 이래여. 이 일을 어째여!」

김 서방댁이 발을 동동 구른다.

소년은 눈을 뜬다.

「또 꿈을 꿨어여?」 부채로 바람을 날리던 할머니가 묻는다.


12

소년은 악몽에서 채 깨어나지 못하고 멍해져 있었다. 「자, 일어나거라. 요 깔고 바로 자야제.」

할머니가 등바닥에 손을 넣어 소년을 일으켜 앉혔다. 늘 그렇듯 문고리가 채워져 방문과 창문이 모두 닫혀 있었다. 「아녀자가 자는 방은 아무리 더분 염천 삼복이라도 방문과 창문을 열어놓으면 안되여.」 할머니가 늘 하는 말이었다. 소년은 방 가장자리로 옮아앉았다. 할머니가 장지를 열고 두 사람이 잘 수 있는 요와 삼베 홑이불을 꺼냈다. 소년은 요 위로 옮아앉아 그대로 누워버렸다. 할머니가 소년 머리에 베개를 받쳐주었다. 몇 시쯤 됐을까. 소년은 마루 꽤 종시계소리에 귀를 기울였다. 이제 빗발이 약해져 주룩주룩 내리는 빗소리만 들렸지 시계 초침소리는 들리지 않았다. 할머니가 소년 몸에 홑이불을 덮어주었다.

「똥 안 매려버여?」 할머니가 물었다.

소년이 머리를 흔들었다. 호롱불 일렁거림에 따라 천장 도배지 마름모꼴 연속무늬가 흐려졌다 밝아졌다 했다. 어느 사이 잠이 달아난 소년은 불안했다. 또 할머니가 자기 불알을 쓸며 옛이야기를 들려줄지 몰랐다. 할머니가 호롱불을 껐다. 방안이 깜깜해졌다. 이제 자신은 없어지고 할머니와 귀신만 방안에 가득 차서 노니는 밤이 되었다고 소년은 생각했다. 할머니 치마 벗는 소리가 들렸다.

이어 속치마 벗는 소리가 들렸다. 할머니는 여름철에도 치마 안에 속치마, 속치마 안에 고쟁이를 입었다. 할머니가 어둠 속에서 벗은 옷을 개었다. 옷을 차곡차곡 다 개어놓곤 소년 옆에 누웠다. 소년은 귀신이 옆에 눕기라도 한 듯 진저리를 쳤다.

「열아, 잠이 안 오제?」할머니가 물었다.

소년은 대답하지 않고 눈을 감았다.

「너 아부지도 잠이 없었어여. 유별나게 새북잠이 없었제. 긴긴 동지밤은 물론이고 오뉴월 한철에도 새북이모 일어나 글을 좔좔 읽었어여.」

소년 귀에 할머니의 목소리가 음험하게 들렸다. 「여자가 한을 품으면 오뉴월 한철에도 서리가 내린단다.」어머니가 말했다. 어머니는 무슨 생각을 하며 잠자리에 들었을까. 잠을 자며 무슨 꿈을 꿀까. 족두리 쓰는 꿈을, 아버지와 만나는 꿈을 꾸고 있을까. 그때, 할머니의 손이 소년 홑이불 안으로 슬며시 들어왔다. 소년은 바짝 몸이 오그라들며 순간적으로 숨을 죽였다. 이어, 할머니의 껄끄러운 손이 소년 허리춤 고무줄 안으로 들어왔다. 소년은 몸을 떨었다. 온몸에 소름이 돋고 가슴은 가위눌린 듯 안으로 쿵쿵 뛰었다.

「불알 밑 불룩한 굵은 대롱이 꼿꼿하모 자슥이 흔하고 오래 수를 누린다는데 열이 너꺼는 그새 대롱이 쪼매 꼿꼿해졌는지 우째됐는지 어데 한분 보자.」할머니가 말했다.

소년은 참았던 숨을 어쩔 수 없이 내쉬었다. 건넌방에서 만고모 아기 우는 소리가 들렸다. 할머니 손이 소년 고추를 쪼물락거리다 드디어 불알을 쓸기 시작했다. 소년은 부끄러움으로 죽고 싶은 마음이었다. 감은 눈앞에 꼬리 달린 뭇별이 춤을 추며 너울거렸다. 소년은 차마 할머니 손을 떨쳐버리거나 고함을 내지를 수 없었다.

「내가 죙렬이 니 담력 키아줄 이바구나 한차례 해줘여?」할머니가 넌지시 물었다.

안 들을 테여. 할무이 이바구는 안 듣고 잠잘 테여! 소년이 속으로 외쳤다. 건넌방 아기 울음소리가 그치자, 빗소리만 들릴 뿐 사위가 조용했다.

■ 가을 끝 무렵, 그루터기만 앙상하게 남은 빈 들에서 찬비를 맞던 허수아비가 제풀에 쓰러졌다. 늦가을비를 맞으며 어머니가 미친 듯 빈 논을 헤매고 다녔다. 「여보, 이제 내 소원은 풀었어요. 나를 이 집 종택 며느리로 앉히겠다고 드디어 문중회의에서 결정을 보았어요. 종렬이하고 당신 사진하고 같이 살으라고 그렇게 결정을 보았어요. 나도 이 집 귀신이 되었으니 이제는 죽어도 원이 없어요. 종렬이를 튼튼한 뿌리로 박아놓았으니, 내 소원을 풀었어요. 어디 있소? 이제 제발 나를 데려가요!」 팔을 너울대며 천방지축 뛰던 어머니가 끝내 고꾸라졌다. 어머니는 너무 야위어 비에 젖은 넝마옷 속에는 살도 뼈도 없는 듯했다. 진창에 처박힌 어머니 얼굴은 해골이었다. 산발이 된 젖은 머리칼이 얼굴을 가렸는데, 머리카락 사이로 보이는 눈을 뜬 검은 동공이 고정되어 있었다. 「종렬아, 어서 돌아가거라. 여기 있으면 할머니한테 꾸중들어. 우리 사이를 떼어놓으려 날 또 쫓아낼런지 몰라. 그러니 어서 가!」

소년은 눈을 뜬다. 꿈이다.

할머니를 깨워 밤똥을 누러 갈까, 좀더 참을까. 소년은 이불을 머리 끝까지 덮어쓰고 뭉그적거린다. 마루 괘종시계가 치지 않아 시간을 가늠할 수 없다. 만약 배가 고프고 이어 똥이 마렵지 않았다면 소년은 아직도 악몽에 시달리고 있을 것이다. 멀리서 난장질하듯 포소리와 총소리가 들려온다.

소년은 눈을 감았다 뜬다. 눈앞에 삶은 국수타래같이 가닥가닥 엮인 푸른 힘줄 덩어리가 피를 뚝뚝 떨군다. 피를 떨구는 힘줄이 꿈틀댈 때마다 무리로 엉긴 지렁이 같다. 머릿속이 점점 뜨거워지더니 여러 총소리가 고막을 치고 나간다. 힘줄 덩어리가 총소리에 놀라 마구 요동친다. 고춧가루를 뿌린 미꾸라지통 같다. 소년은 총소리를 듣지 않으려 귀를 막는다. 숨을 헐떡인다. 「할무이, 할무이!」 소년은 할머니를 외쳐 부른다. 익은 벼가 고개를 떨군 논에 외로이 서 있던 허수아비가 제풀에 쓰러진다. 참새 떼가 하늘로 날아오른다. 「어데 가여, 할무이 어데 가여!」 소년은 노을이 타는 강 쪽으로 뛰어가는 할머니 뒤를 따른다. 「한서야, 한서야, 니는 종택 종손인데 어데 있어여! 영감, 인자 마 날 데불고 가여!」 할머니가 강둑 넘어 갈대밭으로 달려간다. 「강을 봐여, 이 유구하게 흐르는 강물도 똑같은 강물은 아니여. 늘 새 물이 흘러 내리오지마는 사람이 보기엔, 똑같은 강물이여. 집안도 마찬가지여. 한 사람이 죽고 다시 한 생명이 생겨나고 하지마는 혈통은 멈추는 법 없이 늘 이어져서 흘러 내려가여.」 저물어 자주색 어둠에 누운 강을 보며 할머니가 우렁우렁한 목소리로 말한다. 소년이 그 목소리를 찾아 두리번거릴 때, 할머니는 한사코 어두운 갈대밭 뻘창을 헤집고 들어간다. 「할무이 할무이, 거게로 가모 죽어여. 죽으모 안되여. 내 호문차 이 너른 집에 우째 살아여! 할무이라도 없으모 난 증말 무서버서 몬살아여. 허구헌 긴긴 날 밤을 내 호문차 우째 살라꼬 훌훌 가뿌린단 말이여!」 소년은 소리쳐 울며 갈대밭으로 할머니 뒤를 따라 뛰어간다. 「종택 마님 실성하고부텀 쟁렬이 쟈가 말을 덜 더듬어여. 꼭 지 할무이 뒤를 따라댕기여.」 마을 사람들이 강둑에 몰려 서서 쑥덕거린다. 할머니는 입에 거품을 뿜으며 갈대밭에 쓰러진다. 소년이 할머니를 들쳐업는다. 할머니 몸이 가벼운데도 소년은 기운이 없어 걸을 수 없다. 발은 뻘창으로 자꾸 빠져든다. 그때 총알이 머리 위로 날아간다. 소년은 할머니를 업은 채 앞으로 고꾸라진다. 지네 떼, 지렁이 떼, 뼈만 남은 개구리들이 소년과 할머니에게 덤벼든다. 참새 떼까지 달려들어 마구 살을 쫀다. 소년은 아픔으로 고함을 지른다. 꿈인지 생시인지 분간할 수 없다.

그때, 마루 시계가, 탱 하며 몇 시인지 삼십분을 알린다. 시계소리와 더불어 갈대밭이, 할머니가, 모든 징그러운 것들도 순간적으로 사라진다. 사위는 고즈넉해진다. 멀리에 총소리와 포소리가 들린다. 엉덩이 밑이 축축하다. 낮에 있었던 일과 몽상의 뒤섞임 속에 시달릴 사이 소년은 또 몇 순가락 양의 설사를 해버렸다. 소년은 덮어썼던 이불을 눈 밑으로 천천히 당겨내린다. 깜깜하다. 눈을 감았나 싶어 몇 차례 눈까풀을 깜짝여보아도 아무것도 보이지 않는다. 소년은 할머니 자리 쪽으로 슬그머니 손을 넣어본다. 자리가 비었다. 이 밤중에 할머니는 어디로 갔을까. 장독대 터줏자리에 갔을까. 불타버린 사당으로 올라갔을까. 아니면 낮처럼 갈대밭을 헤매며 아버지를 찾고 있을까. 자세히 귀를 기울이니 나뭇잎 떨리는 소리가 들린다. 눈을 치켜뜨자 희미한 대청이 내다보인다. 할머니가 방문을 열어놓은 채 어디론가 가버렸다.

갑자기 대문 두드리는 소리가 들린다. 방학하던 날 운동장 조회를 알리는 종소리같이 요란하다. 쿵쿵, 쾅쾅! 누구인가 주먹으로 대문을 힘껏 두들겨댄다. 누굴까. 공산군일까, 국군일까.

「마님, 종택 마님!」

할머니를 외쳐부르는 남자 목소리인데 소년은 그 목소리 임자를 떠올릴 수 없다. 소년은 도무지 일어날 수 없다.

「마님, 종택 마님!」

허겁지게 부르며 남자는 계속 대문을 두들겨댄다. 이윽고 행랑 방문이 열리는 소리가 난다.

「이 밤중에 누구여?」

김 서방댁 목소리다. 네 해 전, 소년이 처음 할아버지댁에 왔을 때 그 목소리다. 그때보다도 더 겁먹은 목소리 같다고 소년은 느낀다. 신발을 끌며 김 서방댁이 대문 쪽으로 가는 소리가 들린다. 대문 삐걱이는 소리에 이어 성급한 발자국소리가 난다.
「짐 서방댁이여? 나여, 나란 말이여! 마님, 마님이 어디 있어여?」
중문을 거쳐오며 헐떡이는 남자 목소리다. 그제서야 소년은 그 목소리의 임자가 옥님이 아범임을 안다.
「안 계시는가 봐여. 마님이 그만 실성하였어여. 마님은 밤만 되모 아무도 모르게 어데로 나간데여.」
김 서방댁 말을 들으며, 소년은 할머니가 이제 반쯤 귀신이 되었다고 생각한다. 열어놓은 방문을 통해 찬바람이 밀려든다. 이제 가을이 닥쳐 밤이면 홑이불만 덮으면 추운데도 할머니는 솜이불을 내놓지 않는다. 「한서가 와야 새 솜이불 꺼낼 거여.」 할머니가 하는 말이었다.
「아니, 옥님이 아범, 지금 새북이 다돼가는데 웬일이여? 어느 편에 죽을지 몰라 막내 아씨도, 새신랑 될 그 사람도, 삼식이 아범도, 아이들만 남기두고 사람들이 산지사방 흩어져 마실이 텅 비었어여. 그런데 옥님이 아범은 어데서 오는 길이여? 검수골은 우째 됐어여? 국군이 인자 쳐들어 올라온다 카쌓던데.」 김 서방댁의 목소리가 떨려나온다.
「아이구 짐 서방댁여, 이 무신 원수가 졌다고!」 옥님이 아범 목소리가 울음에 차더니 봇물 터지듯이 통곡이 쏟아진다. 「다 죽었어여, 마누래도 옥님이도 다 죽었어여!」
옥님이 아범 장탄식이 늘어진다. 마루청인지 땅바닥인지 무엇을 치는 소리도 들린다.
「저녁답부터 꺼멍재에서 국군하고 공산군하고 맞붙더마는 마실이 박살이 나고, 마실 사람도 거지반 다 죽었어여. 공산군이 내리올 때 김천 치는 길목이 꺼멍재라 마실이 반쯤 불에 타고 마실 사람도 많이 생목숨 잃더마는, 이분에는 상주 가는 질목이라 또 그 산에서

서로가 맞붙었지여. 뿔뿔이 도망질치다 죽고, 산에 숨었다 비행기 폭탄 맞아 죽고……」 옥님이 아범 말소리가 울음 속에 잦아진다.
 옥님이, 옥님이가 죽다니. 소년은 다시 이불을 뒤집어쓴다.
「난도 내 정신이 아닌더. 우짜다가 여게꺼정 왔는지 모르겠어여. 폭탄이 쾅 터지자 비명 한분 몬 지르고, 온 숲속이 불바다되고, 금세 옆에 있던 마누래고 옥님이고 어데로 날아갔는지. 시체고 머고, 구뎅이만 푹 파였고……. 아이구, 아이구, 무신 귀신에 쓰이서 내가 여게꺼정 와, 왔노!」
 옥님이 아범의 목소리는 이제 헛소리다. 김 서방댁 말은 들리지 않는다. 소년도 정신이 가물가물해져 옥님이 아범 통곡을 더 들을 수 없다. 몸이 가랑잎이 되어 뙤약볕 아래 증기처럼 하늘로 끝없이 올라간다. 식은땀이 온몸 숨구멍마다 배어나오고 가냘픈 할딱거림도 까무러진다. 끝내 소년은 의식을 잃는다.　　　　(1984. 6)

## 가을 볕

　나는 입원실 문을 소리 나지 않게 조금 열었다. 안에서 어머니 말소리가 들렸다. 언제 들어도 어머니 목소리는 맑고 명랑했다. 당신 말처럼, 내가 무슨 환자라고 입원하고 있는지 모르겠구나 하는 말에 절로 머리가 끄덕여지는 목소리였다. 나는 병실로 들어서려다 잠시 머뭇거렸다.
　「자식은요, 키울 때가 재미나고 마음 부풀지요. 다 키워 결혼시키고 나면 부모 자식 간 정은 천리만리 멀어지지요.」 푸념조였다면 어울리는 말인데도, 물방울 구르듯한 목소리와 말 내용이 어울리지 않아, 어머니는 꼭 남의 이야기하듯했다.
　「그래도 시집 장가 가서 제 식구 잘 다독거리고 살면 시름을 잊지요. 자식 키운 보람이 거기 있잖아요. 키울 때야 아프면 애간장이 녹지, 그늠으 공부 신경쓰랴, 나다닐 때 교통사고 안 당할까, 어두울 때까지 돌아오지 않으면 불량배나 만났나, 누구 꾐에 빠졌나, 저녁인들 어디 수월하게 넘어갑디까. 사내애는 또 삼 년 동안 군을 마쳐야지요. 그러다 보면 자나깨나 어디 걱정 떠날 날 있습디까. 그런저런 생각으로 한세월 보내다 차례대로 짝지워 떠나보내면 섭섭하기야 해도 마음이 홀가분하지요.」이인용 병실에 같이 입원한 신림동 산다는 할머니 말이었다.
「글쎄요. 아주머니야 그렇게 생각하는지 모르지만, 저는 그런저런 걱정 하며, 잘못하면 꾸짖고 잘한 일은 보듬어줄 때가 좋았어요. 길길이 키워내 머리 파뿌리되도록 같이 살자 했건만 가랑잎처럼 하나 둘 에미를 떠나가면 꼭 벗은 몸으로 섰는 나무 같아 얼마나 허전하고 남 보기 흉해요.」
벗은 몸으로 섰는 나무라니, 나는 늙은이답지 않은 어머니 표현에 실소를 지었다.
「그래도 아주머니야 큰아들과 같이 살잖수?」신림동 할머니가 정곡을 찔렀다. 알고 하는 말인지 몰랐으나, 아니 눈썰미 밝고 말귀 훤히 꿰뚫는 그 늙은이가 모르고 하는 말은 아닌 듯싶었다.
「그렇기야 하지만…….」어머니 말끝이 그제서야 흐려졌다.
다른 사람 말은 들리지 않았다. 나는 헛기침을 하곤 잠시 뜸을 들였다 병실로 들어섰다. 침침한 복도에 비해 실내의 밝은 불빛이 눈에 시었다. 해주엄마는 없었다. 어머니가 입원한 다음날인 이틀 전, 나는 퇴근길에 무심결로 병실에 들어섰다 해주엄마와 맞닥뜨렸다. 그네가 찾아온 것이 예상 밖이어서 나는 엉겁결에 놀랐다. 짙은 화장에 귀고리와 목걸이까지 건 해주엄마가 마치 단골손님 대하듯, 안녕하세요 하고 보조개를 파며 내게 인사했을 때, 나는 마치 낭패한 꼴을 들킨 학생같이 황망히 병실을 빠져나오고 말았다. 당황하여 자리를 떴다기보다 천연덕스러운 그네의 인사에 심한 모욕감을 느꼈다는 게 정확한 답이다. 이 년 남짓 만에 보는 해주엄마는 후줄근한 점퍼 차림의 나와는 벌써 다른 계층에서 살고 있었다. 아래층 홀 약제실 대기 의자에 앉아 텔레비전을 보다 삼십 분쯤 뒤 병실에 들르니 어느 사이 해주엄마는 가버리고 없었다. 「해주가 보고 싶어 명호한테 전화해 달랬더니, 글쎄 에미가 불쑥 왔더구나. 저 케이크 들고. 차리고 다니는 걸 보니 장사는 잘되는 모양이더라.」해주엄마 앞에서 당황해 하던 내 꼴을 떠올렸음인지 어머니가 변명 삼아 말했다. 대기실을 통해 출입구로 나가게 되어 있으므로 해주엄마가 돌아가는 길에 내 뒷모습을 보았으련만 이제 남남간이니 미련 없이 떠났겠거니 하고, 어머니의 말을 들으며 나는 아무렇지 않게 생각했다. 해주엄마가 말을 붙여왔으면 나는 필경 귓불이 붉어져 아무 대답도 못한 채 바삐 걸음을 돌렸을 터이니 말이다.

「우리가 농담을 좀 했더랬는데, 너 밖에서 들었니?」어머니가 베개를 세워 머리를 조금 일으키며 물었다. 아들이 불쑥 들어서자 조금 전 말에 겸연쩍어하는 표정이었다.

「듣긴 뭘 들어요. 그냥 들어오는 길인데.」

「얼굴이 붉은 걸 보니 너 술 한잔 한 게로구나. 못 마시는 술 주는 대로 받아 마시지 말거라.」

나는 대답 없이 문병 온 사람들이 앉거나 간병하는 환자 가족이 밤을 새울 때 침대 대용으로 쓰는 등받이 없는 긴 나무의자에 앉았다. 창 옆이라 바깥이 잘 내다보였다. 어두운 창 밖으로 고층 아파트의 창마다 켜진 불빛이 멀리서 반짝였다. 더러 뻐끔하게 불이 꺼진 창문도 있었다. 마치 살아숨쉬던 자리를 비우고 생명이 떠나간 흔적같이.

「저녁밥도 안 먹었겠구나. 내 밥 남겨뒀으니 어서 먹거라.」

어머니가 탁자에 얹힌 스테인리스 식기반에 눈을 주었다.

「공사장 인부들과 술 마시며 안주를 좀 집적거렸더니 별 생각이 없어요.」내가 시무룩이 대답했다. 그러자, 어머니가 저녁 식사를 걸렀겠구나 싶어, 「어머닌 왜 그러세요. 주는 밥이나 제때 챙겨 드시잖고요.」하며 짜증을 냈다.

전쟁이 끝나고 그 어려운 시절에 우리 삼 형제를 키울 때도 어머니는 늘 그랬다. 그 점은 모성이라기보다 천성이었다.
「큰애야, 병원밥은 정말 못 먹겠구나. 밥은 화기가 나고, 찬이라곤 간도 맞지 않고. 무슨 음식이 그런지. 병든 사람은 오히려 병이 도지겠더라. 내가 왜 여기 누워 있는지 알고도 모르겠어. 내일이라도 퇴원수속을 해서 내 집으로 어서 돌아가야지. 가서 내 손으로 맛있는 걸 만들어 먹을 테야.」 어머니는 마치 소녀처럼 투정 섞인 소리로 말했다. 그러더니 깜빡 잊었다는 듯 청랑한 목소리로 재잘재잘 말을 풀어놓았다. 「큰애야, 낮에 말이다, 명호댁이 전복죽을 끓여왔더라. 얼마나 맛있던지. 그걸 먹었더니 통 저녁 생각이 없어. 움직이질 않으니 애 설 때도 아닌데 무슨 배가 끼니때마다 고프니. 저녁은 우유 한 봉지만 먹었어. 그런데 저걸 젓가락도 안 대보고 내보내려니 아까운 생각이 들어서 그냥 뒀지. 저녁 안 먹었으면 어서 먹으래도 그러네. 아까도 식당 아줌마가 그릇 챙겨가려는 걸 그냥 두라 그랬다. 나돌아다니는 남자가 끼니때 놓치면 몸 상해. 예전에 네 아버지가 당최 제 끼니를 안 챙겨 먹고 밖으로만 싸돌더니 결국엔 남 다 멀쩡한데 덜컥 병이 걸려 제 명대로 살지 못했잖나.」

어머니는 평소에도 말이 많은 편이었다. 어떤 때는 제비 새끼마냥 혼자 재잘재잘 지껄이기도 했다. 자식이 자기 말을 건성으로 듣든 대답을 하지 않든, 어머니에게 그 점은 별 상관이 없었다. 하고 싶은 말을 밖으로 뱉어버려야 직성이 풀리는 분이었다.

「사랑은 내리사랑이라더니, 저 자상한 마음 씀씀이 좀 봐. 엄마 정성을 생각해서라두 한술 뜨시우. 살아 계실 때 부모 청대로 해주는 게 효도라우..」

자는 체 눈을 감고 있던 신림동 할머니가 말을 뱉곤 용심이라도 나는지 끙 하며 몸을 돌려 벽 쪽으로 돌아누웠다. 음식 먹는 것 안 볼 테니 걱정 마시우, 하는 몸놀림이었다.

어머니가 그렇게 권하고 간절한 눈으로 바라보기까지 하니 신림동 할머니 말처럼 효도하는 셈치고 나는 몇 숟갈 먹기로 작정했다. 식기반을 덮어놓은 신문지를 벗겼다. 밥그릇에는 쌀 반에 보리쌀과 콩이 드문드문 섞여 있었다. 찬은 식어버린 된장국에 시금치무침·쇠고기조림·두부부침·고춧가루를 별로 쓰지 않은 김치쪽이 올라 있었다. 나는 식기반을 무릎에 얹고 식사를 시작했다. 청승맞은 생각도 들었으나 점심을 라면으로 때웠다 보니 배가 출출하기도 했다.

「해주가 그렇게 공부를 잘한다더구나. 피아노도 잘 치고. 요즘은 실내 풀장에 나가 수영을 배운다더라.」 어머니가 말했다.

「걔 오늘 왔다갔어요?」 해주는 제 엄마와 함께 살면서 한 달에 한 번쯤 어머니와 내가 사는 수유리로 놀러 오곤 했다. 해주한테 물어볼 성질도 아니지만, 혈육의 정이 아주 떨어질까 봐 제 엄마가 보내는지도 몰랐다.

「학교 갔다 가는 길이라며 잠깐 들렀더라. 이것저것 묻고 싶어 잡아두려 했지만 피아노 배우러 갈 때라 해서 그냥 보냈다.」

해주는 여중 일학년이었다. 피아노에 수영이라니. 팔팔년에 올림픽이 있으니 이제 체조도, 아니 농구나 마라톤까지 시키려 들겠지. 나는 해주엄마의 허영심을 잘 알고 있었다. 남 앞에 겉치레로 뽐내는 일이라면 둘째가 되더라도 서러워하는 그 시샘이, 자식이라고 그냥 손 재어놓고 놔두겠냐는 생각이 들었다.

「해주엄마도 그렇지. 우리집에 시집올 때야 얼마나 착하고 바지런했냐. 똑똑한 티를 내어 좀 뭣했다만. 사람들은 모두 맏며느리 잘 얻었다고 칭찬이 늘어졌었지. 시동생 시누이 비위를 하도 싹싹하게 잘 맞춰, 네 동생들도 우리 형수 우리 언니가 최고라 그랬잖았냐. 그런데 전생의 인연이 무언지. 사람과 사람의 만남과 헤어짐만큼 뜻대로 안되는 게 없더구나. 내 누워 오늘은 종일 그런 생각만 했다. 네 아버지만 해도 그렇지. 호열자에 덜컥 걸렸을 때도 나는 사람이 그렇게 쉬 죽을 줄 몰랐어. 상여 나갈 때는 날씨가 얼마나 쪘냐. 그때 내 배가 앞산만큼 불렀다. 이미 땅에 묻혀 구천의 넋이 되었는데도 늘 옆이나 뒤에 있는 것 같아 돌아보면 없고……. 난 두어 달 곡기를 끊다시피 하며 늘어져 누웠는데도 얼마나 목숨줄이 질겼던지 명희가 알토란같이 태어나지 않았냐. 한 목숨 잃구 새로 얻은 그 한 목숨에 정을 붙여 내가 살힘을 얻었더랬지. 그런데 큰애야, 참말 이상도 하지. 지금두 네 아버지 얼굴은 그저 응석부리 샌님같이 젊게만 떠오르는데, 나만 이렇게 폭삭 늙어 머리칼이 파뿌리가 되었으니……. 허기사 세월이 살같이 빠르다는 말두 맞아. 아버지 얼굴도 모르고 태어난 명희가 시집가서 아들을 둘이나 보았잖나.」

귀에 딱지가 앉도록 들은 말인데도 어머니는 끝없이 말을 하고 싶어했다. 약간 애절한 느낌도 스몄으나 목소리는 여전히 맑고 고왔다. 수예로 생활을 꾸려온 육이오 전쟁 뒤 그 간난스럽던 추억담을 늘어놓을 때도 어머니는 별 슬픈 기색이 없었다.

「……널 중학교에 입학시켜 놓고, 세상 자식이 내 자식만큼만 되라구 내가 속으로 큰소리를 쳤지. 얌전한 성품에 말 잘 듣고, 부지런하고. 넌 어디 내가 입 댈 데가 없었느니라. 오히려 둘째가 운동을 한답시고 껄렁하게 경중거려, 저러다 몸 다칠까 늘 애간장을 태웠더랬지.」

어머니가 온실의 화초같이 나를 그렇게 감싸고만 키워 내가 홀아비 청승이나 떠는 이 꼴이 됐죠, 하고 한마디 통을 놓고 싶었으나 나는 그 말을 삼켰다. 그 점은 어머니 탓만도 아니었다. 아둔한 머리에 우유부단하고 소심한 내 성격적 결함으로 보아야 옳았다.

몇 숟갈만 뜬다는 게 먹다 보니 또 그렇지가 않아 꾸역꾸역 밥그릇을 다 비울 때까지 어머니는 내 미련스러운 식사 모습을 지켜보며 말을 계속했다.

「……나는 꼭 돈을 벌겠다고 욕심을 내지는 않았다. 한올 한올 정성으로 색실을 떠서 그것이 이파리가 되고, 줄기가 되고, 꽃이 되고, 새가 될 때마다 형체를 갖춰가는 그 모양이 나는 너들 삼형제가 커가는 모습이라 여겨 수틀에 너희들을 새겼지 않았냐. 내 실땀이 가는 자국마다 꽃이 되고 이파리가 되어 피어나듯 너들도 얼렁얼렁 그렇게 자라주기를 바라는 맘으로 말이다. 만약 일에만 욕심을 냈다면 옳은 물건이 되지 않았을 게다. 자수란 오로지 정성이지. 실땀이 거칠게 간 구석은 한눈에 들어와 박히니깐. 내 손으로 만든 병풍만 해도 차로 몇 대는 될 게다. 그러나 세월은 못 속여 초롱하던 눈도 묽어지고 내 손마디에 방울만한 못이 박여 일손이 영 굼떠질 때, 기계자수가 마구잡이로 흉하게 물건을 뽑아내니 내 일감도 자연 떨어졌지…….」

처녀 적부터 그 방면에 손재주가 알려졌던 어머니는 홀로된 뒤 전통자수로 우리 삼형제를 키웠다. 화조(花鳥)와 산수(山水), 어머니는 특히 병풍용 사군자에 능했다. 처음은 일감이 많지 않았으나 차츰 솜씨가 알려져 주문받은 일감도 제때 완성을 못할 정도여서 차례를 기다려야 했다. 집집마다 관혼상제와 안방·사랑에 장식용으로 쓰던 한두 벌 병풍이 전쟁통에 유실되자, 전후에 안정을 찾은 집부터 병풍 장만을 시작했던 것이다.

어머니는 전화 벨소리에 가까스로 입을 닫았다. 내가 전화를 받았다. 억병으로 마셨는지 명호 목소리는 이미 혀가 꼬부라져 있었다.

「형이군. 오늘도 형이 밤샘을 할 텐가?」

「그렇게 하지 뭘.」

「야, 이거 차남은 효도 한번 하구 싶어도 기회가 없군.」 명호가 너털웃음 끝에 기분좋게 투덜거렸다.

닷새 전인가, 제수씨가 어머니를 뵈오려 쇠고기 세 근을 사들고 아파트에 들렀다. 그때, 날씨가 차가워지니 왠지 한쪽 팔다리가 저려 통 힘을 쓸 수 없구나 하는 어머니의 흘린 말을 제수씨가 제 서방에게 옮겨, 병원은 한사코 마다하는 어머니를 자기 승용차에 밀어넣다시피 태워 입원을 시킨 게 명호였다.
「제수씨가 낮 동안 죽 지킨 모양이던데?」
「형, 그럼 오늘 하루만 더 수고해 줘. 내일이 토요일이니 내일은 기필코 내가 불침번을 설게. 일요일은 명희가 밤샘을 하기로 했어. 그렇게 되면 우리 삼 형제가 예전처럼 하루씩 엄마 곁에 자게 되는 셈 아닌가.」
「김 서방 보기도 뭣한데 명희까지 그럴 필요야 없지. 걘 출가외인 아냐. 어머니가 위독하신 것도 아닌데 그런 걱정은 그만두라그래. 나야 뭐 여기 자나 집에서 자나 독수공방 신세니 상관없어.」
나는 전화를 끊었다.
「왜들 그렇게 호들갑인지 모르겠구나. 너들 하는 작태 보니 내가 꼭 오늘내일 죽을 중병환자 같으다. 아서라, 너는 오늘 집에 들어가 편히 자거라. 따뜻하고 편안한 아파트 두고 왜 여기서 자. 내일은 내 손으로라도 퇴원수속을 밟아야겠다.」
어머니가 홑이불 밖으로 불편하지 않은 한쪽 팔을 빼내어 홰홰 내저었다. 자식들이 번갈아 들랑거리고, 해외 수주가 활발한 건설회사의 전무로 일 년에 서너 달은 외국에서 보내는 그 바쁜 외삼촌까지 문병을 와서 일금 오십만 원을 어머님 치료비에 보태라며 선뜻 내놓고 갔으므로, 어머니로서는 모처럼 자기에게 돌려진 가족과 친척의 왁자한 관심에 내심으로는 즐거워하는 기색이 역력했다. 아버지가 삼대 독자였으므로 내 친가 쪽으론 일가붙이가 귀했지만 외가는 집안이 번성해 날마다 문병객이 끊이지 않았다. 그러나 퇴원수속만 하더라도 입원할 때 이미 일주일간 약을 쓰기로 명호가 병원측과 합의를 보았으므로 상태가 더 나빠지지 않으면 월요일에 자연 퇴원이 되는 셈이었다.
「이제 사흘만 있으면 퇴원하실 텐데 뭘 그렇게 졸갑증을 냅니까. 그 동안 혈압이나 정상으로 떨어뜨려 퇴원하시면 기동하시기가 한결 수월할 텐데요.」
그때, 문에 손기척소리가 들리고 간호사 둘이 병실로 들어왔다. 돌아누워 자는 체하던 신림동 할머니가 몸을 돌리더니 얼굴을 찌푸려 간호사를 보았다. 주사 기운이 가시면 배를 붙안고 외마디 비명을 지르며 앓던 그네가 그 동안 잘도 참는다 싶었는데, 다시 통증이 시작되는지 깡마른 두 손을 깍지끼며 복부를 지그시 눌렀다.
「아무것도 잡숫지 않으셨지요?」흰 간호복에 검정 스웨터를 걸친 간호사가 신림동 할머니 옆으로 다가서며 물었다.
「그래. 아무것두. 그런데, 봐요. 내일 아침 몇 시에 수술실에 들어가누?」신림동 할머니가 윗몸을 일으키며 물었다.
「움직이지 말고 그냥 누워 계세요. 내일은 열시쯤 수술실로 가게 될 거예요.」스웨터를 입은 간호사가 말했다.
간호사 둘이 신림동 할머니 옆에 붙어서서 혈압과 체온을 재고, 주사 두 대를 놓을 동안 나는 깜깜한 창 밖을 내다보고 있었다. 교외 숲과 집이 어둠 속에 낮게 웅크려 있었고, 띄엄띄엄 흩어진 고층 아파트만이 신기루마냥 우뚝 솟았다. 하늘에는 별이 보이지 않았다. 입원실이 오층이라 바람을 타는지 창문 문살이 가늘게 떨렸다.
수술은 꼭 해야 되느냐, 수술비가 얼마 정도 나오느냐, 애들이 수술비를 구하려 동분서주하는데 왜 연락이 없는지 모르겠다, 밤중에도 통증이 심하면 꼭 와서 주사를 놓아달라. 이제 신림동 할머니가 조갈증나게 연방 지껄였다. 간호사는 아무렇게나 적당히 말대답을 할 뿐 자기 일에 열중했다.
 그쪽 회진이 끝나자 간호사는 어머니 쪽으로 다가왔다. 어머니가 덮고 있는 홑이불을 간호사가 벗길 때, 어머니가 환자복을 입고 있음에도 나는 무심결에 창 밖으로 눈을 돌렸다. 홀로 오래 산 여자들이 대체로 그렇듯, 어머니는 우리 형제를 키울 때 속옷 차림의 당신 모습을 한번도 보인 적이 없었다. 방문을 잠가 그런 일이 좀체 없었지만 어쩌다 내가 문을 열면,「어서 문 닫거라. 망측하게 불쑥 문을 열면 어떡해」하며, 옷을 갈아입던 어머니가 얼른 겉옷으로 몸을 가렸다.
「이봐요. 멀쩡한 내가 이렇게 누워 있다니. 내일 퇴원수속을 할 테니 의사 선생께 꼭 그렇게 전해줘요. 약은 타다 집에서도 먹을 수 있으니깐.」어머니가 간호사에게 말했다.
 어머니 역시 신림동 할머니만큼 간호사에게 여러 가지를 묻겠거니 싶어 나는 잠시 자리를 피하기로 했다. 아직 잠을 청할 시간이 아니었고, 후텁지근한 병실을 벗어나 담배를 피우고 싶기도 했다.
 전기를 절약하려는지, 천장 형광등을 몇 등 건너 한 등씩 밝힌 복도는 을씨년스럽게 적요했다. 어디선가 아이 울음과 여자의 앓는 소리가 가냘프게 흘러나왔다. 환자의 피고름과 타액과 숨결은 물론, 그들의 절망적인 하소연과 눈물이 그 복도에 눅진하게 배어 있듯 느껴져 나는 담배 피울 마음이 나지 않았다. 복도를 그대로 질러가 비상구 계단을 밟았다.
 영동 근교에 넓게 터를 잡은 종합병원의 뒤뜰은 작은 공원으로 꾸며놓았다. 잔디밭 가운데 연못도 있었다. 연못 주위로 정원수를 심고 샛길을 만들어 곳곳에 벤치도 마련해 놓았다. 밤바람이 차가웠다. 나는 외눈박이 가등 하나가 오도카니 켜진 쪽 벤치에 앉았다. 한차례씩 소슬바람이 몰아 불 때마다 등나무 이파리가 우수수 떨어졌다. 가을도 이미 깊을 대로 깊어, 나무들은 여름의 그 무성하던 잎을 털고 빈 가지로 어두운 하늘을 떠받치고 있었다.
 평소에도 혈압이 높던 어머니에게 발병 첫 조짐은 작년 이맘때였다. 해주엄마가 갈라설 때 스물일곱 평 아파트를 내게 주고 떠났으므로, 어머니와 내가 둘이서 단출하게 살던 무렵이었다. 어머니 생신을 하루 앞둔 날, 명희가 친정으로 와서 속옷과 고깃근이라도 사드린다고 어머니를 모시고 시장으로 나갔다. 장 구경을 두루 한 어머니는 시장 좌판에 진열된 탐스럽게 익은 홍시를 보곤, 참말 빛깔이 곱기도 하다며 걸음을 멈추고 욕심을 낸 모양이었다. 어린 시절, 낮은 토담 너머 친정 고향집 감나무에 조롱조롱 달린 그 붉던 감이라도 떠올린 듯, 어머니는 좌판 앞에 쪼그려앉아 홍시 두 개를 맛있게 자셨다. 그게 관격이 된 듯 그날 밤 어머니는 밤새 토하시더니, 이튿날 아침께는 왼쪽 온몸에 마비 증세가 오고 입까지 돌아가기 시작했다. 그때 나는 직장이 없어 놀고 있었으므로 부랴부랴 어머니를 동네 내과병원에 입원시켰다. 일주일 만에 어머니는 퇴원했는데, 왼쪽 다리가 조금 부자연스럽기는 했으나 부엌일에는 별 지장이 없었다. 보름이 지나자 삐뚤어졌던 입도 제대로 돌아와 언어소통도 어눌하지 않게 되었다. 그 동안 어머니는 삐뚤어진 입을 당신 스스로가 얼마나 흉하게 생각했던지 시장조차 나가지 않으셔서 내가 찬거리를 사오거나 소형 트럭에 스피커를 달고 아파트 동을 누비는 도붓장수에게만 물건을 샀을 정도였다. 그 일이 있고부터 어머니가 말씀은 하지 않았지만 기력이 현저하게 떨어진 점은 내 눈으로도 쉽게 관찰되었다.
 그날 밤을 어머니와 함께 자고, 이튿날 나는 곧장 일터로 출근했다. 일터래야 외삼촌이 다니는 건설회사가 도급맡은 쇼핑센터의 현장감독 서리 역할이었다. 그 일은 특별한 기술이 요구되지 않는, 자재 입출과 공사장 인부 일당과 부식비를 계산하는 따위의 잡사무직이었다. 어느 일터에서나 진득하니 오래 견디어내지 못한 내가 사회에 나온 뒤 일곱 번째 옮긴 직장인 셈이었다. 고등학교에 입학하고부터 머리도 아둔한 데다 공부에 영 취미가 없어 사년제대학은 시험쳐 볼 엄두를 내지 못했다. 어영부영 초급대학을 졸업하자 군에 입대했는데, 외삼촌 주선 덕분에 전방 사단장 당번으로 이 년 반을 편케 지냈다. 제대하고 나서 처음 근무한 직장이 출판사 월부수금사원이었다. 그로부터 일 년을 못 채워 옮기기 시작한 직업이 가구대리점 점원, 자동차학원 사무원, 동사무소 임시직원이었다. 동사무소에서 민방위 담당임직에 근무할 때 나는 중매결혼을 했다. 외가인 평택에서 여중을 나온 아내는 그곳 장거리 포목점 딸로 집안 장삿일을 도우고 있었는데, 얼굴이 반반하고 똑똑하다고 이모가 주선했던 것이다. 어머니가 며느리 될 처녀를 두 차롄가 만나곤, 배운 게 좀 모자라지만 야무지고 재빠른 게 맏며느리감으로선 알맞다고 내 의견과는 상관없이 결혼을 서둘렀다. 모든 일에 어머니 의견을 좇아 끌려가는 입장이었지만, 내가 보기에도 그 처녀는 구김살이 없고 활달하여, 부끄럼 잘 타고 굼뜬 나와는 대조를 이루어 세 번째 만날 때는 내가 이미 그녀에게 꼼짝달싹 못하게 쥐여버린 처지였다. 「너한테는 여자 학력 높구 집안 떵떵거리며 잘살아도 남자 업신여겨 덤빌 테니 안되고, 부부가 다같이 마음씨 곱고 너무 얌전해도 이 어려운 세상 살기 힘들어. 내가 보기엔 참한 배필감이다.」 나는 스물여덟 살 나던 해 가을, 결혼식을 올렸다. 동사무소 임직이란 월급이 박봉이라 집안 쌀값 찬값 대기에도 늘 빠듯하여 살림살이가 궁색할 수밖에 없었다. 거기에다 해주가 태어났다. 그때는 이미 어머니 벌이도 시원치 않은 데다 명호는 대학을 졸업했지만 군에 있었고, 여고를 졸업한 명희도 집에서 놀고 있을 때였다. 보다못했던지 아내가 자기라도 뭐든지 해야 되겠다며 나와 어머니를 조르기 시작했다. 붙임성 있고 활달한 성미라 집 안에 눌러앉아 날마다 시어머니와 시누이를 마주보고 있기도 뭣했던 모양이었다. 그래서 어머니가 평생을 걸려 수예로 장만한 일반주택 집칸을 줄여 시작한 장사가 아내의 양품점이었다. 처음엔 동네 시장 입구에서 네 평으로 시작한 점포가 시집오기 전 친정에서 익힌 눈치 탓인지 아내의 장사 수완에 힘입어 일 년이 못가 배로 확장되었다. 이 년째, 아내는 광화문통 중심가로 점포를 옮겼다. 아내가 새벽같이 나갔다 밤늦게 돌아오므로 해주는 이제 어머니가 맡아 키웠고, 명희가 가사를 전담했다. 그즈음 약질에 격무를 배겨내지 못해 나는 동사무소를 그만두고 다른 직장을 찾기 시작했다. 육 개월을 놀다 어떻게 들어가게 된 직장이 어느 봉제공장 경비원이었다. 일주일씩 주야로 바꿔가며 교대 근무하는 그 일자리가 별 탐탁하진 않았으나 집 안에 우두커니 앉아 있자니 어머니와 아내 보기가 민망하여 다녔는데, 일 년 남짓 만에 절도사건이 생겨 그 책임소재를 따지자, 나는 스스로 사표를 내고 말았다. 그로부터 두 군데 일자리를 더 옮겼으나 내 벌이는 여전히 시원치 않아 겨우 찬값을 댈 정도밖에 되지 않았다. 그러니 생활비는 물론 두 동생 결혼비용까지 아내가 꾸려나가던 양품점 수익금으로 충당되었다. 자연 아내 콧대가 높아져 우리 부부는 한 달에 한 번도 잠자리를 같이하지 않을 때도 있었다. 며느리를 험담하는 어머니의 재잘거림도 그치지 않았다. 아내가 계모임과 춤바람에 휩쓸리게 된 건 해주가 초등학교에 입학했을 때였다. 그러나 경제권을 쥐고 있던 아내에게 어머니의 간섭과 내 간청이 통할 리 없었다. 아내에게 다른 남자가 생겼음을 내가 눈치챈 것은 해주가 삼학년에 올라가서였다. 일 년 동안 다른 방을 쓰며 별거 아닌 별거 끝에, 아내가 자청하여 이혼을 요구해 왔다. 나는 아내를 굳어버린 가정생활로부터 자유롭게 풀어주는 게 옳은 방법이라고 생각했다. 그러나 어머니는 손 귀한 집안에 맏며느리로 들어와 상제감 하나 못 둔 채 이혼을 할 수 없다고 반대했다. 해주 밑으로 자식을 못 둔 점은 아내가 점포를 처음 차렸을 때 바깥일을 핑계로 한동안 피임을 했는데 그 뒤부터 왠지 배태가 되지 않았던 것이다. 지지부진으로 냉전이 계속된 일 년 뒤, 우리 부부는 정식으로 이혼합의서에 도장을 찍었다. 아내 쪽에서 요구한 이혼이기에 아파트는 내게 주고 해주는 아내가 맡기로 했다. 자기도 재가를 하고 싶은 마음은 없으니 당분간 떨어져 살며 서로 식은 정이 회복되기를 기다리자고 아내가 말했다. 아내는 더 늦기 전에 자기 생활을 누구의 간섭 없이 즐기고 싶어함을 그렇게 표현한 셈이었다. 그러자 어머니는 내게 재혼을 서둘러 권했다. 당신이 맏며느리감을 잘못 선택했음을 시인한만큼, 더 늙기 전에 맏손자를 보아야 한다는 고집이 완강했다. 나는 짙은 화장내와 사치, 간혹 풍기는 술내와, 아내에 관한 온갖 추잡한 연상으로부터 홀가분해지고 싶었을 따름이지 재혼할 마음은 애초에 없었다. 새 아내를 맞는다면 먹여살릴 일과 또 여자 비위를 맞추며 살아야 한다는 데 두려움마저 느꼈을 정도였다.

크리스마스에 때맞춰 쇼핑센터를 개관하기로 계약이 되었으므로 내 일터는 토요일도 바빴다. 나는 해가 지고 나서야 일감에서 풀려 병원에 들렀다. 약속대로 명호는 자기가 사온 바나나를 먹성 좋게 먹으며 어머니 병실을 지키고 있었다. 신림동 할머니 침대는 비어 있었다. 아마 오전에 수술을 마치고 회복실에 있는 모양이었다.

「……그래서 말이다, 내가 아침마다 대님을 매어주곤 했지. 네 아버지는 꼭 철부지 어린애 같으셨다. 부잣집에 삼대독자로 태어나 층층 여자들 손에 금지옥엽으로 키워졌으니 그럴 만도 했지…….」

어머니는 침대에 앉아 명호에게 아버지 이야기를 들려주고 있었다. 내가 명호 옆 자리에 앉자, 「날이 추운데 고생스럽지?」 하며 어머니는 내게 잠시 안쓰러운 눈길을 보냈다.

「어머니, 얘기 계속하세요.」 명호가 바나나 하나를 내게 건네주며 말했다.

「늘 듣던 얘긴데 뭐 재미난 거리라고 그러니.」 내가 명호에게 말했다.

「형, 얼마나 재미있는데 그래. 어머니 저 목소리를 들은 지 하도 오래돼서, 아는 얘기지만 밤새워 다시 듣고 싶어. 형은 어머니 모시고 함께 살고 있으니 동생 심정 모를 거야. 어떤 날 밤은 어머니 얘기가 얼마나 듣고 싶은지 한밤중에라도 차를 몰고 달려가고 싶다니깐. 이젠 받아주지도 않으시겠지만 어머니 팔에 머리를 누이고 무슨 얘기든 듣고 싶어.」

어머니는 정이 담뿍 담긴 눈길로 명호를 바라보았다. 한 손으로 머리 매무새를 고치곤 환자복 섶을 여몄다.

「네 아버지가 열아홉 살에 장가를 왔으니 그럴 만도 했지. 그런데 해방되고 토지개혁이 실시되자 안성 그 넓은 들을 소작인에게 다 뺏겼어. 지가증권을 받기야 했지만 한 달에도 일할 이상 오르는 물간데 오 년 상환 지가증권이 무슨 소용이 있었겠니. 그렇다고 집안을 지킬 튼튼한 남자가 있나…….」

병실 문이 열려 어머니는 하던 말을 멈추었다. 신림동 할머니 며느리와 딸이었다. 두 젊은 아낙네는 간병하는 사람이 덮던 이불과 보온물통과 자잘한 그릇을 챙기기 시작했다. 말이 없는 두 아낙네의 표정이 밝지 않았다.

「수술 결과가 어때요?」 어머니가 신림동 할머니 딸에게 조심스럽게 물었다.

「암이란 병이 원래 그렇잖아요. 어머니는 아직두 모르시구 계시지만 암 세포가 벌써 전신으로 퍼졌대요. 그래서 수술을 하려다 그냥 덮어버렸다지 뭡니까. 내일은 퇴원이 안된다기에 월요일 아침에 집으로 모시려구요.」 신림동 할머니 딸이 말했다.

「아이구 이 일을 어째. 글쎄, 사람 한평생이 저렇다니깐.」 어머니가 혀를 찼다.

「그럴 줄 알았다면 수술을 안하는 건데 공연히 돈만 버렸어요. 의료보험 혜택두 없는 우리 처지에 그 수술비가 어디 적은 액숩니까. 애 아버지가 그 돈 구하려 동으로 서로 뛰어다닌 걸 생각하면 기가 차요.」며느리 목소리는 울먹이던 딸의 목소리에 비해 퍽 또록하고 냉정했다.

「언니, 말을 왜 그렇게 해요. 오빠가 어머니 별세 후 후회할 짓 안한다며 스스로 택한 수술인데.」

신림동 할머니 딸이 올케에게 눈을 흘겼다.

두 아낙네는 짐을 챙기더니 딸이, 「아주머니 그 동안 신세두 졌구 불편하게 해드려 죄송해요. 조리 잘하시구 퇴원하세요」하며 인사하곤 총총히 복도로 빠져나갔다.

「너희들도 들었지? 딸하고 며느리 말하는 것 봐. 제 핏줄과 남의 핏줄은 말 한마디라도 저렇게 다른 법이다. 물론 며느리도 없는 살림에 자식 키우자니 돈이 아깝기야 하겠지. 그러나 말 한마디로 천냥 빚을 갚는다는 속담도 있잖냐. 명호 너도 부디 집사람 교육 잘 시키거라. 여자란 여필종부라, 한번 시집오면 이제 친정이 제집이 아니니라. 잘났든 못났든 시댁 식구를 제 핏줄로 알고 그 그늘이 하늘만큼 크다고 높이 보며 살아야지. 요즘은 그런 착한 색시를 보기도 힘든 세상이 되었으니······.」

부신 형광등을 쳐다보는 어머니 눈이 잠시 멍하게 풀어졌다. 필경 떠나버린 맏며느리를 생각하리라, 나는 그렇게 짐작했다.

「오늘은 일찍 좀 쉬어야겠어요.」

들고 있던 바나나를 점퍼 주머니에 넣으며 나는 의자에서 일어섰다.

나는 사흘 만에 아파트로 돌아왔다. 어머니조차 없는 썰렁한 빈 집 안이 꼭 남의 집에 들어선 듯한 느낌이었다. 언젠가는 이렇게 나 혼자 살게 될 테지, 하고 생각하자 어머니가 좀더 오래 살았으면 하는 바람이 새삼 간절했다. 아니, 어머니가 살아 계시지 않는 이 지상에서 혼자의 삶이 너무나 두렵게 여겨져 나는 그런 쪽으론 상상조차 하기 싫었다. 그러나 그날은 모처럼 편안한 잠을 잤다.

일요일도 나는 현장으로 출근했다. 열한시쯤 되었을까, 공사 현장으로 전화가 왔다.

「형이야, 여기 병원인데 빨리 좀 와야겠어.」

명호였다.

「왜, 무슨 일이 생겼냐?」

내 목소리가 떨렸다.

「아니, 뭐 염려할 것까진 없고.」 명호 말이 태평스러웠다. 「식구들이 다 모였는데 형만 빠졌어. 병실로 오지 말구 병원 뒤뜰 있지, 거기로 곧장 와. 점심 전에 와야 해.」

「일이 바빠 점심땐 안되겠는데. 저녁때나 들르지. 어머닌 아무 일도 없지?」

「형이 안 오면 식구가 모두 점심 굶게 돼. 얼른 식사나 하고 가지 뭘. 내가 차로 현장까지 실어다줄 테니깐 택시 타고 얼른 와야 해. 어머니가 형을 찾으셔.」 자기 말을 마치자 명호는 전화를 끊었다.

한 시간 뒤 내가 병원 뒤뜰에 들어서자, 따뜻한 가을 볕 아래 연못 옆에는 명호 말대로 집안 식구가 죄 모여 있었다. 명호 식구 넷에, 김 서방까지 포함한 명희네 식구 넷, 그리고 해주까지 와 있었다. 어머니 슬하의 우리 가족은 벤치 주위에 깔개까지 깔고 앉아 싸온 찬합을 펼쳐놓은 채 막 식사를 시작하려던 참이었다. 마치 교외로 놀이라도 나온 듯한 화기애애한 분위기였다.

「이건 말이야, 어젯밤에 형이 돌아간 후 내가 생각해 낸 아이디어야. 내가 명희한테 연락했지, 일요일에 어머닐 한번 기쁘게 해드리자고.」 명호가 휴대용 가스 버너에 불고기를 볶아대며 말했다.

어머니는 두툼한 스웨터를 걸치고 휠체어에 앉아 맑은 가을 볕을 달게 쬐고 있었다.

「큰애 오는구나. 어서 와라. 너 기다린다고 모두 아직 밥 안 먹고 있다..」 어머니가 팔을 벌리며 껴안을 듯 나를 맞았다. 사촌 애들과 함께 연못의 잉어를 구경하던 해주가 내게 와서 인사했다.

「아버지 안녕하세요..」 이제 어린 숙녀티가 나게 불쑥 커버린 해주는 외탁보다 친탁을 해 동그란 이마와 큰 눈과 얇은 입술이 어머니의 젊은 시절 사진과 많이 닮은 모습이었다.

「해주편에 너 내의와 스웨터를 보냈더구나. 공사장으로 나돈다니 춥겠거니 하고 어미가 마음을 쓴 게지..」 어머니가 말했다.

「오빠, 제가 다리 놓을 테니 다시 합가하세요. 제가 한번 광화문에 나간 길에 들렀더니 언니도 그런 눈치를 보입디다. 허전하다며 한숨을 폭폭 쉬대요. 제 발로 먼저 걸어나갔다 보니 말은 못해도 그 속이야 뻔하죠 뭘..」 해주가 연못 쪽으로 뛰어가는 뒷모습을 보곤 명희가 말을 이었다. 「한때 바람도 잘 날이 있잖아요. 영리한 언니가 헤픈 돈 쓰며 언제까지 나돌 줄 알았어요? 언니 나이도 이제 마흔이 다되어가는데 해주를 봐서라도 오빠가 마음을 돌려요. 떠날 땐 자기 배짱이었지만 지금은 모든 게 오빠 마음에 달렸어요..」

김 서방은 연못가에서 잉어 먹이로 빵 부스러기를 던지고 있는 아이들 사진 찍어주기에 열심이었다.

「그러면 오죽 좋으랴. 나마저 눈감으면 썰렁한 아파트에 혼자 사는 큰애가 얼마나 외로울꼬. 그 생각하면 내 마음이 편치 않아 눈 못 감는다. 나도 이젠 해주엄마를 용서하기로 했다. 큰애도 지금이야 저렇게 심통 부리지만, 이 어미 마음 하나는 읽을 줄 아느니라..」 어머니가 말했다.

「어머니, 그 문제는 저한테 맡겨요. 제가 무엇이든 떨어지잖게

붙이는 전문가 아닙니까.」명호가 너스레를 떨었다.
 공대 건축과를 나온 명호는 외삼촌 회사에서 오 년을 근무한 끝에 지금은 독립하여 을지로 삼가에서 건축 자재상을 열고 있었다. 타일과 욕조, 알루미늄 새시 따위를 취급했는데 그런대로 장사가 잘되는지 씀씀이가 늘 시원했다.
「김 서방, 자네도 오게. 우선 이 고기 안주 삼아 술부터 한잔 걸치세.」명호가 연못 쪽을 보고 외쳤다.
「예, 곧 가지요.」
 김 서방이 카메라를 들고 이쪽으로 뛰어왔다.
 아이들 다섯이 김 서방을 따라 몰려오더니 그중 나이 어린 명희 어린 남매가,「외할머니!」하며 어머니 품에 안겼다.
「오냐, 오냐, 내 새끼들. 얼마나 예쁜고. 요 오목조목한 얼굴 하며.」어머니가 명희 막내 사내애를 한 손으로 들어 휠체어 무릎에 덜렁 앉히며 뺨에 소리 나게 입을 맞추었다.「식구들이 이렇게 다 모이니 얼마나 즐겁고 좋은 날이냐. 내 밑으로 새로 난 가지가 다섯이나 되니 영감도 저승에서 날 나무라지 않을 게다. 흐뭇이 미소 띠시고 이 광경을 보시겠지.」
 어른은 천천히 먹기로 하고 아이들부터 식사가 시작되었다. 일요일 단잠을 설쳐가며 명호댁과 명희가 준비를 착실히 해서 반찬이 푸짐했다. 다섯은 머리를 맞대고 둘러앉아 먹기 경쟁이라도 하듯 김밥과 불고기를 번갈아 집어먹었다. 명호가 나부터 잔을 건넸고, 김 서방은 아이들 식사 모습을 사진 찍느라고 무릎걸음으로 깔개 주위를 싸고 돌았다.
「다 모였는데 꼭 있어야 할 두 사람이 빠졌어. 어쩔 수 없지. 그 일까지 어찌 인력으로 다 되랴. 난 이 정도만도 복에 넘친다. 복에 넘치구말고.」어머니 목소리는 예의 맑고 투명했다. 마치 가을 볕살같이.

어머니는 아이들 먹성을 정말 흐뭇한 표정으로 내려다보며, 제 논에 물 들어가는 것과 자기 자식 입에 밥 들어가는 것이 제일 보기 좋다는 말 그대로, 즐거움에 겨운지 소리 내어 웃었다.
「어머닌 또 약올리느라 아버지 생각이셔. 난 얼굴도 못 뵈었는데.」 유복자인 명희가 일부러 새초롬한 표정을 지어보였다.
「큰애는 얌전하구 심성 곱고, 둘째애는 사내다웁게 씩씩하고, 저 딸애는 살림 야무지게 잘하지, 김 서방은 어디 내놔두 헌칠한 사위에 착실한 공무원이고, 둘째며느리는 또 얼마나 부지런하고 알뜰하냐. 거기에다 튼튼한 사내애만 둘을 햇무같이 뽑아줬으니……. 난 내일 죽어도 원이 없어. 큰애 걱정까지 없다면 내 저승에서 네 아버지와 새 살림살이가 너무 재미나 너들 생각은 잊을 것 같으다. 그 정도 걱정 하나쯤은 갖고 있어야 내가 또 자주 너들을 생각하게 될 게 아닌가. 사람 한평생 사는 보람이 이쯤이면 됐지, 더 영화를 바라 무엇하랴. 자, 너희들도 벌여놓은 김에 어서 밥 먹거라. 난 너들이 맛있게 먹는 것 구경하마. 구경만 해도 배가 불러 난 아무것도 못 먹을 것 같으다. 이 자애스런 가을 볕까지 더없이 좋구나.」
어머니는 재잘재잘 끝없이 덕담을 늘어놓았다. 당신의 얼굴은 정말 행복으로 넘쳐 있었다.
늙은이 건강은 가을 볕이란 말이 있듯, 그해 겨울 끝머리에 어머니는 중풍으로 쓰러져 다시 일어나지 못하셨다. 숨을 멈추기는 이듬해 봄, 만물이 소생할 때였다. 그날, 병원 뒤뜰에 모인 식구가 모두 그 임종을 지켰다. 숨을 거둘 때, 어머니는 아무 말씀이 없었으나 어진 보살같이 미소를 띠고 눈을 감으셨다. 향년 예순여섯.

(1985. 3)

■ 해설

# 자신만의 진리를 위한 서사적 모험

류 보 선
문학평론가·군산대 교수

### 1. 그리운 아버지 두려운 어머니, 혹은 김원일 문학의 원천

　김원일은 항시 두 가지 진리내용 사이에서 갈등할 수밖에 없는 운명을 타고난, 그리고 이 갈등을 어느 누구도 흉내내기 힘든 미학적 수준으로 승화시킨 그런 작가이다. 김원일은 두 가지 진리내용 중 어느 한쪽으로 귀의하지 못한다. 아니, 귀의하지 않는다. 그는 줄곧 어떤 경계에 서 있다. 말하자면 그는 어느 한쪽의 진리내용에 자신의 영혼을 맡길 수 없는 불행한 운명을 타고난 개인이며 동시에 그 불행한 운명을 헤쳐나가고자 하는 불행한 의식의 소유자이다.

　작가 김원일은, 그의 자전적 성장소설인 〈마당 깊은 집〉에서 확인할 수 있듯, '부재하는 아버지'와 '엄격한 어머니'라는 두 개의 이율배반적인 진리내용 중 어느 한쪽으로 쉽게 귀의할 수 없었다. 김원일에게 아버지란 작가 김원일의 성장을 불우한 것으로 결정지은 장본인이었다. 유년의 김원일은 이 부재하는 아버지로 인하여 자신의 성장기가 타자들과 얼마나 다른지, 또 얼마나 불행한지를 잘 알고 있었다. 하지만 동시에 유년의 김원일에게 아버지는 자신의 꿈을 이루고자 전력투구하는 '아름다운' 존재였다. 김원일은 이 아버지를 쉽게 부정할 수 없었다. 반면, 어머니는 그에게 거세 공포를 안겨줄 정도로 전율스러운 존재 (가령 〈김원일 중단편전집〉 제5권에 수록된 「깨끗한 몸」을 보라. 어머니의 손에 이끌려 '여탕'으로 들어서면서 어린 김원일은 자신의 남성성 (꿈, 희망)이 소멸되는 공포를 맛본다)였다. 하지만 유년의 김원일은 어머니의 이러한 삶의 방식 역시 거부할 수 없었다. 그에게 한없는 공포를 안겨준 것이 사실이지만 당시 어머니의 삶의 방식이야말로 아버지가 없는 집안을 이끌기 위한 최선의 선택이라는 점을 인정할 수밖에 없었기 때문이다. 즉 어머니 역시 유년의 김원일에겐 충분한 개연성과 현실성을 지닌 자족적이면서도 통일적인 논리의 소유자였던 것이다.

작가 김원일의 삶에는 이념 혹은 이상을 찾아 가족을 등진 아버지가 한편에 장승처럼 버티고 있으며, 다른 한편으로는 「홀에미한테 불효하고 처자슥 버리고 도망질 간 늠이 땅에 두 발 딛고 우째 살 수 있겠」(「미망」)냐며, 「너는 이제 애비 없는 이 집안의 장자다. ……니가 아무리 어렸기로서니 두 눈으로 가난 설움이 어떤 긴 줄 똑똑히 봤을 끼다. 오직 성한 몸뚱이뿐인 사람이 이 세상 파도를 이기고 살라 카모 남보다 갑절은 노력을 해야 겨우 입에 풀칠을 한다. ……신문을 팔지 몬하겠거덩 그 돈으로 차비를 해서 다시 진영으로 내려가 술집 중노미가 되든 장돌뱅이가 되든 마음대로 해라」(〈마당 깊은 집〉, 문학과지성사, 1988, pp. 27~29)라는 생활의 논리를 강조하는 어머니가 놓여 있었던 것이다. 김원일은 생활세계의 엄정함을 일깨우던 어머니와 꿈의 소중함을 환기시킨 아버지 사이에서 고통스럽게 성장했던 것이다.

김원일의 이 일그러진 유년기는 김원일에게 매우 깊은 인상 하나를 남겨놓은 셈인데, 그것은 다름아닌 꿈과 현실 중 어느 하나만을 배타적으로 고집할 경우 그 집착은 수많은 사람들의 삶을 공포로 몰아넣을 수 있다는 사실이다. 다시 말해 작가 김원일은 이념과 생활세계, 이상과 현실, 욕망과 당위 중 어느 하나를 배타적으로 추구할 경우, 그것은 곧 인식상의 광기 혹은 광기의 인식으로 전락할 가능성이 높다는 사실을 아주 일찍부터 감지하고 있었던 것이다. 유년기에 자연스레 형성된, 개념으로서가 아니라 본능적으로 감지된 이 감각은, 김원일 소설의 유형무형의 중요한 원천이다. '부재하는(혹은 그리운) 아버지'와 '엄격한(혹은 두려운) 어머니', 이 두 개의 기억은 이처럼 작가 김원일을 불행한 의식의 소유자로 만든 중요한 동인이며 동시에 김원일의 문학을 형성시키고 변화시키는 가장 핵심적인 서사원리이다.

그런데 여기서 한 가지 짚고 넘어가야 할 사실은 김원일의 문학이 출발하는 그 지점이 지니는 문제성이다. 한국 문학사에 있어 '부재하는 아버지'와 '엄격한 어머니'라는 기억은 단순히 의미 있는 문학적 소재의 차원을 넘어선다. '부재하는 아버지'와 '엄격한 어머니'야말로 한국 근대사의 파란만장한 사회적·역사적 관계가 모두 담겨 있는 바로 소재라고 말할 수 있다. 따라서 운명적으로 이 문제로부터 출발할 수밖에 없었던 김원일이야말로, 만약 그가 그의 개인적·역사적 경험을 외면하지 않는다면, 한국 근대사의 본질에 보다 가까이 갈 수 있는 위치에 놓여 있었다고 해도 과언은 아니다.

한국 근대소설사 더 나아가 한국 근대사는 크게 두 가지 원리에 의해 형성되고 전개되어 왔다고 할 수 있다. 하나의 추동력을 우리는 '집 떠나는 남성'들의 출사표 혹은 귀환하는 오디세우스들의 참회록이라 부를 수 있을 듯하다. 한국 소설사에서 지속적으로 나타나는 또하나의 풍경, 곧 또하나의 서사적 원리(혹은 사회운영 원리)는 '집 떠난 지아비(혹은 아들)를 기다리는 어머니(혹은 아내)' 혹은 페넬로페 후예들의 한숨소리이다.

한국은 이제까지 필연의 왕국에서 자유의 왕국으로 비상하는, 그런 역사적 경험을 한 적이 없었으며, 대신에 어떤 필연성 (혹은 고정관념)에 맞추어 사는 것, 혹은 자신의 지성을 사용하기보다는 타자가 만들어놓은 실존의 어두운 그늘에 자신을 끼워맞추는 것, 이것이 삶의 평온함을 가져다주는 역사적 상황의 연속이었다. 이로 인해 생의 본능적 감각과 생활의 논리는 점점 더 견고해졌다. 하여, 한국의 근대사는 다음과 같은 역사적인 풍경과 상당한 유비관계를 이루며 전개되었다.

> 프랑스에서는 어떤 사람이 모든 것이 되기 위해서는 그가 어떤 것 (etwas)이 되는 것만으로도 충분하다. 그러나 독일에서는 어떤 사람이 모든 것을 포기하지 않으면 아무도 그 무엇이 될 수 없다. 프랑스에서는 부분적인 해방이 보편적인 해방의 토대이다. 그러나 독일에서는 보편적인 해방이 모든 부분적인 해방의 필수조건이다. ……실천적 삶이 정신을 결여하고 있을 뿐 아니라, 정신적 삶이 비실천적인 독일에서는, 시민사회의 어떤 계급도 그들이 자신의 직접적인 처지에 의해서, 물질적인 필연성에 의해서 나아가 자신의 속박 그 자체에 의해서 강요받지 않는 한 보편적인 해방에로의 욕구와 능력을 가지지 못한다. ……독일에서는 모든 종류의 예속을 타파하지 않고서는 어떤 종류의 예속도 타파할 수 없다. 근본에서부터 변혁되지 않고서는 독일의 근본적 뿌리는 혁신될 수 없다 (K. 마르크스, 홍영두 옮김, 〈헤겔 법철학 비판〉, 아침, pp. 201~204).

한국의 근현대사에서는 한 개인이 자신을 완성하는 단계적인 해방은 사회제도의 변화나 사회의 보편적인 해방으로 이어지지 않았으며, 따라서 자신의 삶을 개선하고자 하는 자들 대부분이 모든 종류의 예속을 타파하고자 했다. 하여, 어떤 것 (etwas)이 되고자 하는 자들은 대부분 한국 사회의 근본적 혁신을 꿈꾸었으며, 그 무엇이 되고자 모든 것을 포기해야 했다. 그들은 집을 떠났다. 하지만, 이들의 꿈은 거의 현실화되지 못했다. 꿈의 실현이란 뜨거운 가슴뿐만 아니라 냉정한 두뇌가 필요하기 때문이다. 한국 사회에서 꿈을 꾸었던 자들은 대부분 전면적으로 사회에 대한 획기적인 이상형만을 제시했을 뿐 현실을 분석하는 데는 인색했다. 그들에게서 우리는 실증주의적이고도 엄정한 객관적 방법에 기반해 현실 혹은 생활세계를 개념적으로 재배열하고, 더 나아가 또다시 변화하게 마련인 현실과의 소통체계를 통해 개념을 재정립하는 사유의 변증법적 도정을 찾아보기 힘들다. 그들은 단지 선험적인 개념이나 그에 따른 금욕적 실천의지만을 지상선으로 설정했다. 현실 혹은 생활세계에 대한 이러한 홀대로 그들은 그들의 선험적 개념을 물리적인 힘과 결합시켜 현실을 보다 나은 터전으로 만드는 데 실패할 수밖에 없었다. 결국 한국의 오디세우스들은 그들이 설정한 목표를 성취하고 돌아오지 못했다. 그들은 낡은 질서로부터 이탈하여 전면적으로 새로운 질서를 재기획해 내고자 사회의 중심부를 찾아나섰건만 자신의 꿈을 실현하여 자기 주변의 세계를 혁명적으로 변화시킨 적은 없었으며, 이러한 자유의지의 잇따른 좌절로 인하여 이론·인륜성·시대에의 동참의지 등은 그들의 의도와는 반대로 무의미한 것으로 전락한다. 단지 그들을 기다리던 어머니와 아내들에게 모진 고통과 슬픔을 안겨주었을 뿐이다. 그 결과 페넬로페의 후예들의 한숨소리와 악다구니는 더욱 강화되고 그녀들은 자신의 아들들에게 모든 일탈적 행위들을 금지시킨다. 그러면 오디세우스의 후예들은 이 숨막힐 듯한 분위기로부터 벗어나기 위해, 혹은 사회를 근본으로부터 변혁하기 위해 또다른 이념으로 무장하여 고향을 떠난다. 하지만 또 좌절하고, 그러면 페넬로페의 후예들의 한숨소리와 악다구니는 일종의 신앙처럼 견고해지고……

그러나 이제까지의 한국 문학사는 대부분 '집 떠나는 지아비 (혹은 아들)'와 '기다리는 어머니'라는 두 개의 축을 의미 있게 병존시키려 하기보다는 그중 어느 한쪽의 입장에 대한 배타적인 편들기로 점철되었다고 해도 과언은 아니다. 생활세계의 엄정함을 존중하는 작가들은 이론이나 이념을 배제했으며, 이론이나 이념을 본질적인 것으로 설정한 작가들은 생활세계를 돌보지 않았기에 한국 문학사의 양대 서사원리는, 한편으로는 뒤틀린 한국 근대사 전반에 대한 철저한 저항이면서 다른 한편으로는 그 과정의 내면화이기도 하다. 이제까지 한국 문학은 주로 '공적인 아비'들의 입장에 절대적인 지지를 보낸 바 있다. 소위 '모던 걸' 혹은 '카페 여급'이 품어내는 향기에 취해서, 또 때로는 자신의 이념에 충실하기 위해서 (김소진의 표현을 빌리자면 '헛것'에 눈이 멀어서), 그렇게 집을, 고향을, 자식을 버리고 한국 사회의 중심부 혹은 세계의 중심부로 떠나간 '공적인 아비'들을, 문제적인 개인이라는 이름으로 혹은 도시를 향한 오디세이적 열정 등으로 주목해 왔다. 대부분의 주인공들이 가족을, 고향을 떠났으며, 그것에 비장한 의미를 부여했다 (그렇다고 그 반대쪽 입장, 그러니까 '기다리는 어머니'에게 보다 중요한 의미를 부여하는 문학이 없었던 것은 아니다). 예컨대 한국 근대문학도 실제의 현실과 마찬가지로 희망과 절망, 이상주의와 현실순응주의, 변혁의 논리와 생활의 논리의 악무한적 (惡無限的)인 대치와 반복을 거듭해 왔던 것이다. 이러한 사실은, 한국 근대문학 전반이 잘못된 현실 독법 (혹은 보편성)을 부정하고 정확한 현실 읽기를 통해 올바른 삶의 방향을 찾고자 하는 노력에도 불구하고 기실은 한국 근대사를 지탱해 왔던 착종된 현실 독법의 원리를 반성 없이 내면화해 왔다는 것을 의미한다.

아니, 좀더 정확하게 표현하자면, 한국 문학사에 명멸했던 많은 작가들이야말로 한국 근대사의 가장 충실한 오디세우스의 후예들이었다고 할 수 있다. 한국 근대문인들은 어느 현실적 운동보다도 빠르게 출사표를 던져왔다. 그리고 이 출사표에는 엄정한 객관성에 기초해 현실을 재구성한 흔적을 찾아보기 힘들다(좀더 정확히 말하자면 현실을 재구성하지 않았기에 그들은 근본적으로 사회를 부정했는지도 모를 일이다). 그들은 사회의 구석구석을 관찰할 시간적 여유가 없을 듯한 20대 초반의 나이에 출사표를 던지고 사회의 중심부로 나아갔으며, 대부분 사회의 높은 벽에 좌절하고 집으로 돌아왔다. 그리고 자신의 출사표를 손질하는 대신에 그 기간 동안 심한 고초를 겪었던 어머니의 품에 안겨 참회의 눈물을 흘리거나 생활 논리에 안주하는 면모를 보여왔다. 결국 한국 근대문학 전반은, 그들이 부정하고자 했던 사회운영 원리와 동일한 방식으로 현실을 폭력적으로 재구성했을 뿐만 아니라 더 나아가 그러한 부정적 현실의 전위부대이기도 했던 것이다.

일찍이 최인훈은 이러한 현상을 두고 「나의 책임에서 너무도 멀리 벗어난 짐, 그것을 나는 짊어질 힘이 없다. 힘이 없는 것을 맡아서 쓰러지는 데 어떤 뜻이 있는지 나는 모른다」(최인훈, 〈서유기〉)라고 비판한 바 있거니와, 만약 최인훈의 이러한 비판이 나름대로 설득력을 지니는 것이라면, 한국 문학을 대하는 우리의 시선도 이제는 바뀌어야 할 것이다. 이제까지 한국 문학 전반은 '힘이 없는 것을 맡아서 쓰러지는' 문학(개인의 삶 혹은 한국 사회와는 너무 멀리 떨어진 보편적 이론에 기댄 문학)에 대해 너무 관대했으며, 대신에 거듭되는 시행착오의 과정을 통해 서서히 세계의 중심부로 나가는 문학에 대해서는 너무 인색했던 것이 사실이다. 앞서 우리가 사용했던 개념을 통해 표현하자면, '집 떠나는 지아비(아들)의 출사표'나 '기다리는 어머니의 한숨소리'에 너무 큰 의미를 부여했다고나 할까. 그렇다면 이제 우리의 시선은 이 양자 사이에서 어떤 길항관계를 찾아내려는 노력에 가 닿아야 할 것이며, 또한

해설 : 자신만의 진리를 위한 서사적 모험

만약 이전에 이러한 서사적 모험이 있었다면 그러한 서사적 전통을 복원해 내는 데에 두어져야 할 것이다.

이러한 저간의 사정을 염두에 둔다면, 김원일만큼 문제적인 작가도 드물다. 작가 김원일은 앞서 우리가 살펴본 대로 '집 떠난 아비'와 '기다리는 어머니'라는 두 가지 진리내용 사이에서 끊임없이 갈등할 수밖에 없는 운명을 타고난 작가이기 때문이다. 즉 김원일은 한국 근대사의 본질에 보다 가까이 근접할 가능성이 높은 위치에서 있는 작가인 셈이며, 또한 「어둠의 혼」, 「도요새에 관한 명상」, 「마음의 감옥」, 〈노을〉, 〈겨울 골짜기〉, 〈마당 깊은 집〉, 〈바람과 강〉, 〈늘푸른 소나무〉, 〈불의 제전〉 등에서 확인할 수 있듯 그 가능성을 구체적인 성과로 전화시킨 바 있다. 김원일 소설의 문제성은 바로 여기에 두어져야 할 것이다. 그런데 분명히 해두어야 할 점이 있다. 인간의 삶은 어떤 것이나 다 사회적 관계의 총화이다. 즉 자신에 머물거나 자신을 버리지 않고 객관화하려 한다면 어떤 운명을 타고났건 역사의 본질에 접근할 수 있는 것이다. 하지만 자신을 즉자적인 존재에서 대자적인 존재로, 혹은 자기보존적인 개인에서 세계사적 개인으로 끌어올리는 경우는 드물다. 따라서 김원일의 소설을 살펴보는 데 있어서 반드시 짚고 넘어가야 할 점은, 김원일이 어떤 경로를 통하여 자신의 존재적인 조건을 객관화시키는가 (다시 말해 역사와 사회의 총체적인 관계 속에서 자신의 삶을 규정하는가) 하는 점이다.

이제 우리의 관심사는 분명해진 셈이다. 이제까지 한국 문학사 전반이 '집 떠나는 지아비'와 '기다리는 어머니'라는 두 요소 중 어느 한쪽만을 본질로 간주하여 결국 한국사의 본질을 읽어내는 데 한계를 드러낸 것이 사실이라면, 우리는 작가 김원일이 어떤 매개를 통해 이 두 요소를 길항시키는지, 동시에 이 길항관계를 향해 나아가는 서사적 모험이 얼마나 문제적이며 장엄한지를 확인하는 일이다. 그리고 그를 통해 지난 시대에 씌어진 김원일의 소설이 왜 지금도 여전히 의미 있는 지표인지를 살펴보는 일이다.

## 2. '자신만의 진리'를 위한 서사적 모험, 혹은 장자의식

김원일 소설을 변화(혹은 발전)시키는 추동력은, 그리고 동시에 각각의 소설을 구성하는 서사원리를 개념화하는 것은 쉽지 않다. 김원일은 어떤 선험적이며 개념적인 진리틀을 표면에 내세우지 않기 때문이다. 그의 문학은 아주 작은 문제의식, 혹은 작은 소망으로부터 출발한다. 우선 다음을 보자.

여보, 난들 왜 여자가 그립지 않겠소. 나도 젊을 땐 그런 기회가 많았구 여러 차례 새 장가를 들 뻔한 적도 있었소. ······차츰 나이 들고 주위를 돌아보니 나처럼 북에 처자를 두구 내려온 분들이 외로움을 더 견뎌내지 못해 많이 새 장가를 가고 슬하에 자식을 두었습디다. 그 고독이 얼마나 뼈저린가를 아는 나로서는 북에서 내려온 그분들 마음을 충분히 이해하며, 그렇기에 새 가정을 꾸민 그분들을 위해 천주님이 바다 같은 연민으로 축복을 내려달라고 기도했소. 내 마음이 그럼에도, 그러지 않아도 되는데 그분들은 혼자 사는 나를 보고 부끄러워하며 무슨 큰 죄나 지은 듯 말끝마다 북에 두구 온 처자식을 생각하면 나도 수절을 해야 하는데······ 하며 꼬리말을 달기에, 나는 내가 결혼하지 않은 이유를 곧이곧대로 밝힐 수 없었다오. 내가 당신과 자식 때문에 결혼하지 않기로 했다고 말하면, 그분들이야말로 북에 남겨둔 가족에게 얼마나 미안해 하겠소······.
그는 그 편지를 써 금고에 넣은 뒤, 낡고 색 바랜 사진을 금고에서 꺼냈다. 그 사진은 한준호 나이 스물일곱 살 때 고향 신포 사진관에서 찍은 가족 사진이었다. 사진에는 세 사람의 반

신상이 담겨 있었는데, 한준호는 단정한 양복 차림에 당시 유행하던 중절모를 쓰고 서 있었다. 그 옆 의자에는 흰 한복에 바른 가르마를 탄 순박해 뵈는 새악시가 눈을 살풋 내려뜬 채, 돌 갓 지난 사내아이를 안고 있었다(「사진 한 장」, pp. 84~85).

여기, 한준호라는 인물이 있다. 남에 비해 어디 하나 빠질 만한 조건이 없는 이 유능한 의사는 많은 사람들의 권유에도 불구하고 결혼을 하지 않는다. 이 사실 때문에 그는 지인들의 관심 대상이 된다. 한준호가 결혼을 하지 않은 그럴 법한 이유가 여러 지인들에 의해 추론되나, 결국 그가 결혼하지 않은 중요한 원인이 위의 인용으로 밝혀진다. 한준호가 결혼을 하지 않았던 정작 중요한 이유는 사진 한 장 때문이었던 것. 물론 사진 안의 풍경이 중요할 터이다. 그 풍경 안에 담겨 있을 어떤 과거가 한준호의 그 이후의 삶을 규정했을 것이므로. 그 사진에는 한준호와 아내, 아들이라는 한 가족의 행복한 한때가 담겨 있다. 그리고 겉으로는 보이지 않는 어떤 끈, 즉 사랑도 같이 찍혀 있다. 한준호는 이 보이지 않는 끈 때문에 재혼을 할 수 없었던 것이다. 즉 가족에 대한 애정과 책임감. 한마디로 「사진 한 장」은 북쪽의 가족을 그리워하는 한 가장을 통해 통일의 필연성과 당위성을 강하게 제기한 작품이라 할 수 있다.

그런데 우리가 「사진 한 장」에서 주목해야 할 사실 하나가 있다. 이는 물론 김원일의 여타의 소설까지를 염두에 둔 것이다. 가장인 아버지가 있고 그 가장의 그늘에서 행복해 하는 아내와 아들이 있는, 말 그대로 단란한 가족 풍경에 대한 작가의 내밀한 동경이 바로 그것이다 (작가는, 어디선가 자신의 아버지가 「사진 한 장」의 한준호처럼 자신을 기억해 주고 있길 바라면서, 사진 속의 아이에게 내밀하게 작가 자신을 투영하고 있는지도 모를 일이다). 「사진 한

장」의 한준호의 가치관을 우리는 가족공동체주의 혹은 가족에 대한 책임의식이라 이름할 수 있을 것이며, 한준호의 가치관을 작가 자신의 가치관으로 환치시켜도 그리 큰 무리는 없을 듯하다. 여러 작품에서 확인할 수 있듯, 작가 김원일의 단란한 가족 풍경에 대한 동경은 그만큼 강렬하며 지속적이다.

이처럼 작가 김원일에게 가족공동체주의 혹은 가족 질서의 보존 의지는 그만큼 큰 위치를 차지한다. 김원일의 가족공동체주의는 가족이라는 공동체를 훼손하는 질서에 대해서는 그것이 어느것이건 아주 강한 비판을 행하게 하는 동력이 되며, 작가 김원일이 가족이라는 공동체를 파괴하는 주요 대상으로 설정하는 것은 전쟁 (그로 인한 분단)과 환경문제 (더 나아가 자연의 조화로운 질서를 파괴하는 사물화된 가치관)이다. 「오누이」와 「미망」은 전자에 해당하는 소설이며, 「따뜻한 돌」은 후자에 해당하는 작품이다.

작가 김원일은 환경문제에 일찍부터 관심을 가져온, 환경문제에 관한 한 선구자적 작가이며, 「도요새에 관한 명상」「그곳에 이르는 먼 길」 등의 수작으로 결실을 맺었음은 잘 알려진 사실이다. 「따뜻한 돌」은 그의 환경문제에 대한 초기적 관심을 비교적 분명하게 확인해 볼 수 있는 작품으로, 환경오염 또는 공해가 가져다주는 비인간적 조건을 다룬 소설이다. 작가 김원일은 환경오염으로 인해 아이를 낳을 수 없는 두 남녀의 일그러진 표정을 무엇보다 부각시킨다. 서로 절실하게 사랑하고 따라서 결혼과 출산으로 낭만적 사랑을 완성하려는, 즉 단란한 가족을 가지려는 두 남녀의 염원이, 「최소한의 투자로 최대한의 이윤을!」이라는 누군가의 희생을 전제로 한 타락한 가치로 인해 좌절되는 다음의 장면은 특히나 절실하다.

그녀는 뱃속에 든 아기를 지워야 할는지, 아니면 함께 죽는 한이 있더라도 십 개월까지 견뎌내야 할는지 얼른 판단을 내릴 수 없었다. 가녀린 숨을 붙이고 있는 핏덩이 하나, 아니 성장을 멈춘 채 아직 온기가 남은 돌덩이 하나가 뱃속에 있다는 사실이 그녀에게는 쉬 실감되지 않는다. ……그러다 드레스 입은 눈이 동그란 소녀 인형을 보자, 그녀는 끌리듯 완구점 안으로 들어섰다. 어릴 적 그림에서 그런 인형을 봤을 때 무척 갖고 싶어 꿈까지 꾼 적이 있었다. ……「아니, 그 인형말고, 소리 나는 인형은 없어예? 울고 노래하고 손짓까지 하는, 인형이 아이고 진짜 알라 같은 그런 거 말입니더.」(「따뜻한 돌」, pp. 104~105)

작가 김원일이 단란한 가정을 파괴하는 가장 중요한 현실적 구조로 설정하는 문제는 아무래도 분단문제이다. 작가 김원일만큼 분단문제를 집중적으로 형상화해 득의의 성과를 거둔 작가도 드물거니와, 이는 그만큼 김원일 자신이 동시대의 풍요로운 삶을 저해하는 궁극적인 요건으로 분단문제를 설정하고 있다는 사실의 반증이기도 할 것이다. 간첩사건에 연루된 아버지 때문에 서로 떨어져 살아야 하는 오누이를 주요 등장인물로 설정한 「오누이」는 분단이라는 비정상적인 사회구조가 가족의 삶을 어떻게 근본적으로 훼손하는지를 요령 있게 보여주는 소설이다. 「오누이」에서 사물이나 사회를 바라보는 가장 중요한 서사원리는 바로 온전한 가족 질서의 보존 의지이다. 작가는 주요 등장인물인 오누이의 아버지가 간첩사건에 연루되었다는 사실, 그 결과로 아버지는 죽고 어머니는 옥살이를 하고 있다는 사실만을 스치듯 제시하고 있을 뿐, 이 사건의 실상은 무엇이며 아버지가 그런 사건에 연루된 (혹은 중심인물이 된) 동기가 무엇인지에 대해서는 거의 아무런 정보도 제공하지 않는다. 작가는 오히려 그 사건으로 인해 단란한 가족이 산산이 흩어졌다는 사실을 중시하고 있으며, 동시에 누나인 '주희'라는 인물이 흩어진 가족을 한군데로 합치려는 의지를 집중적으로 부각시키고 있다. 다시 말해 작가 김원일은 흔히 '대학교수 간첩사건' 하면 연상하게 될 여러 요소들(혹시 그 사건이 조작은 아닌가, 아니면 대학교수가 북한의 요원과 접촉한 것은 혹여 분단이라는 현실을 넘어서기 위한 모험적인 행동은 아니었을까)을 제쳐두고 가족의 이산과 재결합에 초점을 맞출 정도로 온전한 가족 질서에 대한 강한 동경을 보이고 있는 것이다.

「미망」은, 작가 김원일의 소설적 도정에 있어서나 한국 소설사 전반에 있어서도, 이러한 가족공동체주의가 만들어낸 가장 뛰어난 수작이라 할 만하다. 이 소설은 작중 화자인 '나'의 '할머니'와 '어머니'의 갈등이 중요한 서사의 근간으로 놓여 있다. 우선 이 갈등은, 할머니가 갈치구이를 좋아하는 데 반하여 어머니는 그것을 싫어한다든가, 할머니가 담배를 피우는 데 반하여 어머니는 피우지 않는다든가, 할머니는 키가 작고 마른 데 반하여 어머니는 키가 크다든가 하는 일상의 사소한 대립관계에서 시작된다. 그러나 서사가 진행되면서 이 대립관계는 일상생활의 이해관계에서 비롯되는 것이 아니라, 남북분단이라는 역사적 사건에 깊은 뿌리를 두고 있음이 밝혀진다. 실질적인 역사적 상황은 전면에 드러나지 않은 채 배경화로 설정되어 있는 것이 이 소설의 특징이라 할 수 있는데, 그 역사적 상황은 작중 화자인 '나'의 과거의 회상— 주로 할머니와 어머니의 진술로 자리매겨진 과거의 모습— 을 통해 점진적으로 드러난다. 이를 통해 작가는 이들의 갈등 속에서 한국전쟁과 남북분단이라는 역사적 상흔을 성공적으로 제시하는 것이다.

할머니의 아들이고 어머니의 남편인 '나'의 '아버지'가 바로 할머니와 어머니의 갈등을 촉발시키는 계기가 된다. 아버지는 「수리조합이니 면서기니 금융조합이니, 그 좋다는 직장을 다 마다하고 모화에서 야학당을 개설하여 농민운동을 시작」했고 해방 후 '본격적인 좌익운동에 나섰다'가 6·25 때 행방불명된 인물이다. 좌익운동에 헌신적이었던 아버지로 인하여 남은 가족들이 가난과 불안 속에 살게 되었음은 물론이다. 그러나 작가는 '나'의 아버지를 할머니와 어머니와의 불화를 유발시킨 직접적 당사자로 제시하지는 않는다. 작가는 아버지라는 인물의 개인적 행동을 넘어선 어떤 사실을 주목한다. 그리고 할머니와 어머니 사이의 갈등의 궁극적인 원인이 된 분단 과정에서 벌어졌던 좌우익의 대립과 그로 인한 인식상의 광기나 폭력구조를 지목한다. 다시 말해 할머니와 어머니는 다만 당시의 폭력적인 현실 속에서 살아남고자 했을 뿐이라는 것이다. 어머니가 「전짓불을 비추며 저들이 또 들이닥칠까 봐 밤을 무서워」했을 정도로 공포스러운 상황과 연행당할 때마다 맞던 '타작매' 때문에 할머니를 애타게 찾는 것은 충분히 이해가 가는 행동이며, 또 새 며느리를 맞고 나서 연신 벌어지는 집안의 불행 때문에 「말 같은 메누리가 이 집 귀신될라고 간택되는 바람에 멀쩡한 서방 죽고 자슥까지도 좌익에 미치갱이」가 됐다고 파악하고 며느리를 꺼려했던 행동 역시 피치 못한 행동이었다고 작가는 제시한다.

할머니의 죽음을 앞두고 이 갈등은 해소된다. 할머니와 어머니는 서로의 대립에도 불구하고 결국 둘 다 역사의 피해자이며 좌절된 삶을 사는 동류항의 인간이었음을 인식하는 것이다. 할머니와 어머니 서로는 인간다운 삶이 좌절당한 어머니의 운명에 대한 연민에 도달한다. 그리하여 할머니와 어머니 모두는 서로가 동일한 존재이면서도 역사적 시련 속에서 살아남기 위한 삶의 태도의 상이함에서 갈등할 수밖에 없었음을 확인하고, 결국은 화해의 길로 들어선다. 우리는 「미망」을 통해서 작가가 온전한 가족의 삶을 파괴하는 폭력적인 구조에 어떻게 민감한 촉수를 들이대는지, 그리고 가족끼리의 이해와 화해를 중요하게 설정하는지를 단적으로 확인해 볼 수 있으며, 또한 가족 성원의 화해마저도 불가능하게 했던 분단의 역사적 상흔을 충분히 읽어낼 수 있다. 이것이야말로 「미망」이 지니는, 그것도 「미망」만이 지니는 문제성이다.

「미망」에서 마지막으로 주목해야 할 사실이 있다. '간갈치구이' 에피소드. 「미망」은 '간갈치구이'를 둘러싼 할머니와 어머니의 언쟁으로 시작해서 어머니가 할머니가 좋아하는 '간갈치'를 사들고 오는 대목으로 끝난다. 처음에 등장하는 '갈치구이' 에피소드는 단절의 상징으로, 작품 끝에 등장하는 '갈치구이' 에피소드는 화해의 상징으로 각각 의미를 지닌다. 작품을 열고 닫는 '간갈치구이' 에피소드는 각각 단절과 화해라는 의미연관을 지님으로써 사소한 일상적 삶의 방식조차도 전민족의 삶과 역사의 관계 속에서 파악하려는 작가의 의도를 소설 내에 자연스레 용해시킨다. 「미망」은 이처럼 역사적 언어를 문학적 언어로 승화시키는 작가의 성실성이 돋보이는 작품이며, 「미망」의 우수함은 의식의 건강성에만 있는 것이 아니라 그 의식의 건강성을 문학 내적 논리로 승화시키려는 장인정신과도 관련이 깊다.

그렇다고 김원일의 소설세계를 변화시키고 김원일을 여타의 작가와 구분하게 하는 서사적 원리를 가족공동체주의로 환원할 수 있는 것은 아니다. 김원일에게는 가족공동체의식 외에 또하나의 독특한 의식이 자리하고 있는데, 바로 '장자의식'이다. 우리는, 앞서 살펴본 「사진 한 장」에서 또하나의 중요한 특징을 덧붙일 필요가 있는데, 그것은 한준호의 가족공동체주의가 결코 배타적이지 않다는 사실이다. 한준호는, 그러니까 작가 김원일은 가족 질서의 보존유지를 절대선으로 규정하지는 않는다. 만약 가족의 온전한 질서만을 고집할 경우 이것은 많은 것들의 차이를 지워버릴 수 있다. 가령 김원일 어머니의 경우처럼 '모던 걸을 좇는 행위'나 '좌익운동'은 동질적인 것으로 환원되어 버린다. 김원일의 가족공동체주의는 「사진 한 장」의 한준호의 경우에서 볼 수 있듯, 가족의 안온한 결속을 위해 자기희생은 마다하지 않으면서도, 그렇다고 타인에게 그것을 강요하는 배타적 태도는 없는 그런 특징을 지닌다. 다시 말해 어떤 사람이 가족을 위해 자기를 희생하는 모습도 충분히 아름다운 모습이지만 그렇다고 모든 사람이 가족을 위해 자신의 욕망·꿈·이상을 포기할 필요는 없으며, 그러한 삶의 방식은 오히려 삶의 방식대로 의미가 있다고 판단한다.

아니, 오히려 작가 김원일은 가족이라는 질서로부터 이탈하고픈 강렬한 욕망의 소유자라는 것이 보다 정확한 표현일 것이다. 「연」은, 현실로부터 이탈하고픈 작가의 욕망이 내밀하게 표출된 소설이다. 「연」의 아버지는 항시 떠난다. 돌아올 때면 누추한 모습인 것으로 보아 고난의 길임에도 불구하고 아버지는 잠시 가족의 곁에 머물다간 또다시 떠나간다. 작중 화자는 이 아버지의 삶을 한편으로는 증오하며, 또한편으로는 동경한다. 증오는 가족의 고난을 모른 체하는 가장으로서의 아버지에 대한 증오이며, 동경은 자유롭게 살아가는 자연인으로서 아버지를 대할 때 느끼는 감정이다. 「연」은 유치환의 「깃발」을 연상시킨다. 「깃발」이 떠나고픈 그러나 떠날 수 없는 자의 절규를 뛰어나게 형상화한 작품이듯, 「연」 역시 일상에서 벗어나고픈 욕망과 머물러 있어야 하는 당위 사이에서 갈등하는 작중 화자의 미묘한 심리가 '연'이라는 상징물을 통하여 뛰어나게 형상화된 소설인 것이다.

그러나 작가는 당위를 벗어던지는 대신에 욕망을 억누른다. 왜냐하면 장자이기 때문이다. 작가 김원일은 떠나고픈 욕망(이념적인 삶)과 머물러야 하는 당위(생활인으로서의 삶) 사이의 갈등을 장자의식이라는 매개로 결합해 낸다. 자신은 장자이기에 생활인으로서의 위치를 지켜야 하지만, 여타의 사람들이 행하는 자율적이고도 모험적인 행동도 충분히 인정하는, 그런 인간관을 지니고 있는 셈이다. 이러한 인간관은, 가족공동체의 온존한 존속은 금기와 허용, 위엄과 관대, 낡은 것과 새로운 것, 당위와 욕망이 미묘하게 어우려져 화음을 만들 때 가능하다는 가족에 대한 열린 정신을 낳으며, 이것은 사회 역시 그러해야 한다는 인식틀로 확장된다. 작가 김원일은 인간 각자의 자유의지를 인정하지 않는 당위적인 논리도, 그리고 질서를 염두에 두지 않은 맹목적인 일탈의지도 단호하게 부정하며, 이 양자의 생산적인 대화가 가능한 어떤 터전을 꿈꾼다. 「가을 볕」은 이러한 작가의 태도를 단적으로 확인할 수 있는 소설이며, 이러한 세계관의 소설적 가능성은 「마음의 감옥」이라는 수작을 통하여 결정적으로 미적 성취를 이루어낸다.

이처럼 김원일의 여러 소설을 결정짓는 제일 중요한 원리는 장자의식에 입각한 가족공동체주의라 이름할 수 있거니와, 이는 김원일 자신을 한국 소설사의 중요한 계보로 위치시키는 데 더할 나위 없이 튼실한 원천이다. 이는 두 가지 이유 때문이다. 첫번째는 한국 사회에서 가족 자체가 지니는 위상. 한국 사회는 여러 급격한 산업화나 근대적인 변화의 과정에도 불구하고 가족 혹은 가족주의라는 틀은 한시도 그 영향력을 잃지 않았다고 할 수 있다. 좀 과장하여 말하자면, 가족중심적 사고는 한국인의 무의식에 깊숙이 잠재되어 표면적으로는 잘 보이지 않지만 어떠한 지성이나 오성도 행하지 못하는 막대한 역할을 행하고 있다고 해도 과언은 아니다. 어떠한 이념도 가족중심적 사고를 해체시키지 못했다. 한국 소설사에 유난히 가출이나 탈향이 많은 것은, 한편으로는 현실을 극복하려는 파토스에 의해 촉발된 것이기도 하지만, 다른 한편으로는 가족이라는 질서를 넘어설 수 없다는 좌절감의 표현이기도 한 것이다. 또 가족의 훼손 혹은 생애 최대의 기억으로 일컬어지는 행복한 유년기에 대한 향수라는 잣대만큼 한국 근대사를 전체적으로 통괄하는 데 유효한 시점도 드물다는 점 또한 김원일의 문학을 문제적이게 하는 요소라 할 수 있다. 가족이란 이념과 생활이 부딪치는 곳이며, 또 사회의 변화를 감지할 수 있는 최소한의 그리고 가장 마지막 단위이다. 따라서 어떻게 보면 가족이라는 질서가 변할 때 사회 전체의 구조가 바뀔 수 있는지도 모른다. 그러나 불행하게도 한국 문학 전반에서 염상섭·박완서·박경리 등 몇몇을 제외하고는, 이처럼 굳건한 가족이라는 질서에 관심을 기울이지 않았다고 한다면, 김원일은 외롭게 이 작업을 수행해 왔던 셈이다.

장자의식에 의거한 가족공동체에 대한 동경이 문제적인 또하나의 이유는 이것이 작가 김원일에게는 자신의 고유한 가치 혹은 자신만이 지닌 진리였기 때문이다. 작가 김원일이 태어났을 때, 그의 아버지는 그의 곁에 없었다. 그 이후에도 작가 김원일의 아버지는 아주 잠시만 그에게 곁을 주었을 뿐 항시 떠나 있었다. 김원일의 아버지는 '모던 걸'을 좇아 집을 나선 '모던 보이'였으며 또한 '빨치산'이었으니, '사적인 아비'가 아닌 '공적인 아비'였으며, 가족으로 표상되는 생활세계는 안중에도 없는 이념지향적 존재였던 셈이다. 아버지가 없는 그 자리를 그의 어머니가 메웠다. 어머니는 전통적인 (혹은 전근대적인) 가치관을 지닌 여성이었다. 작가 김원일의 어머니는 집 떠난 지아비를 원망하면서도 동시에 애타게 기다리는 가족이라는 테두리를 절대시하는 존재였으며, 또 가장이 없는 집의 생계를 그악스레 꾸려내야 했던 생활인이었다. 김원일은 이처럼 '아버지의 부재, 엄격한 어머니'라는 부조리한 가족환경 속에 던져진 불행한 운명을 타고난 존재였다. 작가 김원일에게는 이 불우한 조건을 설명해 주고 치유해 주는 이론만이 의미 있는 참고자료일 수 있었다. 그러한 한국 문학사에 등장했던 수많은 담론들은 아예 김원일의 이러한 고통을 외면하거나, 아니면 아버지의 편을 들거나 또 그것도 아니면 어머니의 편만을 들었다. 이 어느것도 작가의 삶을 설명해 줄 수도 치유해 줄 수도 없었다. 하여, 김원일은 비록 자신의 진리틀이 상식적이고 미약하다 하더라도 자신만의 진리를 만들어나갈 수밖에 없었고, 또한 그 과정에서 수많은 가설들과 충돌하게 되었다. 자신의 진리를 포기하면 곧 자신의 경험이 무화되는 것이기에 김원일은, 자신의 가설을 객관적으로 증명하기 위해 현실 구석구석을 뒤졌으며 그 관찰물들을 비교·대조·유추·분석하여 자신의 가설을 더욱 정교하게 다듬었다. 그 결과물들이 바로 「어둠의 혼」, 〈노을〉, 「도요새에 관한 명상」, 〈겨울 골짜기〉, 〈마당 깊은 집〉, 〈바람과 강〉, 「마음의 감옥」, 〈늘푸른 소나무〉, 〈불의 제전〉 등임은 물론이다. 자신의 내면적 가치를 소중히 하고 그것을 타자에게 증명하려고 하지 않는 한 사회의 총체성에 대한 이해는 불가능하다는 사실을, 김원일은 온몸으로 보여주고 있는 셈이다.

### 3. 물신화된 이성과의 대결—동화적인 세계의 동경

김원일 소설의 구조를 결정짓는 또하나의 중요한 서사원리는 바로 동화적인 세계의 동경이다. 동화의 세계란, 한마디로 인류의 유년기를 상징하는 그런 세계일 터이다. 개인의 모험과 사회적 발전이 원환적인 조화를 이루며, 인간이 자연적 질서의 한 부분으로 살아가는 세계. 그리하여, 자연에게서 또다른 인간을 발견하고, 낯선 것을 두려워하여 그것을 합리적인 가치 혹은 세속적인 가치로 환원해 내지 않는 세계. 이 세계는 물론 허구이고 가상이며, 따라서 이제는 현실적으로 불가능한 질서라는 것을 누구나가 알고 있다. 그러나 작가 김원일은, 쉴러의 표현을 빌리면, 「자연과 조화된 인간의 삶은 과거의 우리의 모습이다. 그리고 우리가 앞으로 그렇게 되어야 할 모습」이라고 상정하고 있음이 분명하다. 김원일은 지금 이곳은 분명 아닌 과거의 현실상을 미래의 현실상으로 전화시키고자 한다. 이를 위해 김원일은 현재 우리의 삶, 또는 과거 우리의 역사가 스러져버린, 그러나 다가서야 할 가상의 현실과 얼마나 멀리 떨어져 있는지를 측량하고자 한다.

「세상살이・1」은 김원일의 작가적 면모를 잘 드러내주는 소설이다. 「세상살이・1」의 주인공 '태희'는 남들에 비해서 성장이 더딘, 성장이 멈출 나이이지만 남보다 지나치게 왜소한 인물이다. '태희'는 신체적으로만 성장이 멈춘 것이 아니라 정신적으로도 어른의 세계로 진입하지 못한 인물이다. 그는 정신적으로 유아기의 상태를 유지하고 있으며, 그 때문에 그는 어떤 꿈, 즉 자연과 조화로운 삶을 지향한다. 이 인물에 대한 주변 사람들의 폭력적인 간섭이 시작된다. 그렇게 그는 여전히 자연이 그 위용을 잃지 않는 공간에서, 자연의 냄새와는 거리가 먼 인공낙원의 지대로 쫓겨난다. 그러나 사회 전반이 '태희'에게 행하는 동일화 작업은 여기서 그치지 않는다. 개연성이라는 이름 밑에서 그는 도둑으로 몰리는가 하면, 세상의 이치를 배워야 한다는 명목 하에 인간의 상품화가 가장 첨예하게 이루어지는 곳(룸살롱)으로 끌려다닌다. 그렇게 그는 지치고, 위협받고, 훼손당한다. '태희'의 말에 어느 누구도 귀기울이지 않으며, 태희 또한 공상하고 어떤 세계를 동경할 뿐 자신의 견해를 자신있게 표현하지 못한다. 작가는 사물화되고 물신화된 세계와 왜소하기 짝이 없는 '태희'의 형상을 집요하게 비교한다. 그리고 태희의 고독과 유폐, 그리고 말더듬증을 통해 우리네 삶이 자연과 질서를 이루는 삶에서 얼마나 멀어져 있는가를 정확하게 제시한다.

「시골 여인숙」 역시 이와 마찬가지 의식을 담고 있다. 아직도 물물교환이 이루어지는, 따라서 상품-화폐의 형식이 전면적으로 관철되지 않는 시골의 장터를 배경으로 하고 있는 이 소설은, 동화적인 세계가 현대의 물신화 논리에 전면적으로 대항하는 일종의 모험적인 서사이다. 여기 절름발이 소년이 있고, 또 부모에게 버려진 소녀가 있다. 이 둘 사이에 싹튼 우정, 혹은 동병상련. 그러나 이 우정은 정신적 동물왕국의 논리에 의해 심하게 위협받는다.

정례로 봐도 그렇제, 부잣집에 가서 호강하고 핵교도 넣어줄 줄 누가 알아예. 황씨, 어데 내가 주선을 한분 해볼까? 일이 십만 원이야 따놓은 당상이고, 잘 팔모 한 삼십만 원도 받을 거로예. 생긴 것도 반반한 데다, 갸 커도 데불고 갈 부모가 없으이. 아인말로 화류계로 팔아넘가모 돈을 더……. (「시골 여인숙」, p. 70)

토속적인 사투리를 통해 전달되는 전율할 만한 물신화 논리는 현재 우리의 삶이 동화적인 세계로부터 얼마나 멀어져 있는가를 단적으로 보여주기에 충분하다.

「숨어 있는 땅」 역시 이러한 문제의식을 가지고 있다. 어느 한적한 역사 주변의 풍경을 담은 이 소설에서도 역시 우리는 물신화 논리가 어느 정도까지 침투해 있는가를 아프게 확인해야 한다. 작가는 영원한 파괴와 쇄신이라는 근대적인 원리를 상징하는 기차가 이제 어느 정도까지 인간의 삶에 영향을 주기 시작했으며, 그로 인해 자연과 조화를 이루는 삶의 방식이 얼마나 철저하게 해체되고 있는지를 정밀하게 보여주고자 한다.

이 동화적인 세계의 동경이라는 은밀한 시선이 가장 높은 환기력을 뿜어내는 작품은 아무래도 「잃어버린 시간」이라 할 수 있다. 우선 「잃어버린 시간」은 특이한 구조를 지니고 있다. 1950년 7월 8일이라는 시점(전쟁의 확대로 인해 학교가 휴교하는 날)과 그 이후 인민군이 진주한 상황이 서로 병렬되어 있다(작가 김원일이 자신의 주제를 충실하게 전달하기 위해 얼마나 다양한 기법과 방법들을 모색하는지는 이미 잘 알려진 사실이다. 「도요새에 관한 명상」의 경우 가족간의 단절감을 보다 선명하게 제시하기 위해 작중 화자를 각장마다 변화시켜 전지적 시점의 의도적 파괴라는 새로운 시도를 행한 바 있다. 이를 두고 한 비평가는 '기법의 승리'라 일컬은 바 있다). 작가는 국방군 치하에서 인민군 치하라는 질적으로 변화한 상황을 병치 혹은 병렬시켜 한국전쟁의 실상이 무엇이었는가를 치밀하게 묘사한다. 각자의 이데올로기의 정당성을 강압하는 폭력적인 분위기와 살아남고자 이쪽 저쪽을 오가는 일반 민중의 삶이 대비되면서 당시 양대 이데올로기가 얼마나 광기에 젖은 것이었던가 하는 점이 충실하게 재현된다.

　작가에 따르면 한국전쟁은 광기의 전쟁이며 동시에 전쟁의 광기에 휩싸인 전율스런 상황이다. 전쟁의 기원이 되었으며, 동족간의 전쟁을 광기의 상태로 몰아넣은 양대 이데올로기는 자율적인 주체를 용인하지 않을 뿐더러 사실로부터 추상화되지 않았으며, 따라서 당대 민중들의 염원을 반영하지 못하는 개념틀에 불과함을 「잃어버린 시간」은 분명히 지적한다. 이제까지 우리는, 한국전쟁을 사회주의와 민족주의라는 양대 이데올로기의 쟁투로 이해해 왔다고 할 수 있다. 이 양대 이데올로기는 자본가와 노동자, 지배자와 피지배자, 주인과 노예, 욕망과 당위, 현실과 이상, 단자의식과 공동체의식, 낙관적 종말론과 비관적 유토피아주의자라는 대립항의 한축을 극단적으로 지향함으로써 근원적으로 화해하기 힘든 속성을 보이며, 또한 한국전쟁의 두 주체가 각기 민족주의와 사회주의를 각기의 이데올로기로 강하게 내세웠다는 사실을 감안한다면, 민족주의와 사회주의의 대립으로 한국전쟁을 설명하는 시각은 나름대로의 설득력을 지닌다. 〈태백산맥〉과 〈영웅시대〉가 나름대로 형상적 깊이를 지닐 수 있었던 것도 이러한 시각이 지니는 개연성에 기반한 것이라 할 수 있다.

　그러나 한국전쟁은 이것만으로 설명하기 힘든 여러 요소를 지니고 있는 것이 사실이다. 예컨대 한국전쟁에서 각각 좌익과 우익을 선택했던 인물들이 양대 이데올로기를 충분히 자기화했는가 하는 점은 의문의 여지가 많다. 자유로운 주체가 분명한 삶의 목적을 가지고 그 목적을 실현하기 위하여 각각의 이데올로기를 선택했던가 라는 질문에 그렇다고 답하기 힘든 요소가 한국전쟁에는 많이 나타난다. 오히려 당대의 연기 혹은 포즈로서의 이데올로그였는지도 모른다. 아니면 단지 살아남기 위하여 마지못해 특정의 이데올로기를 선택했던 경우가 많았으며, 그것도 아니면 개인의 권력의지나 어떤 불길한 욕망을 성취하기 위한 입신양명의 수단으로 이념을 선택했던 경우도 많았던 것이다. 당대의 인간들에게서 보이는 이 철저한 표리부동은 살아남고자 하는 생존전략이었으며, 또 좌익과 우익이 서로를 불신하는 근원적인 이유였으며, 동시에 한국전쟁이 광기로 치달은 중요한 요인 (한국전쟁의 과정에서 평범한 민초들이 실제 그들의 가치관이나 세계관과 관계없이 좌익, 혹은 우익으로 규정되고, 또 그에 그치지 않고 무차별의 죽음으로 내몰렸음은 김원일의 〈겨울 골짜기〉에서 이미 충분하게 밝혀진 바 있다)이 되었던 것이다. 「잃어버린 시간」은 바로 이 점에 주목한다.

그리고 이를 위해 작가는 앞서 언급한 것처럼 두 개의 질적으로 다른 상황을 병렬시킬 뿐만 아니라 또하나의 중요한 대비를 행하는데, 바로 어른들의 세계와 아이들의 세계 (동심 혹은 동화의 세계)를 대비시킨다. '종렬'이라는 인물을 작중 화자로 설정하고 있는 「잃어버린 시간」은, 행복한 유년을 꿈꾸는 동화적 세계와 광기에 빠진 전쟁의 상황이 유비되며, 그 결과 전쟁의 광기는 더욱 선명하게 부각된다. 천진난만하기 짝이 없는 유년들에게 각각의 이데올로기의 정당성을 주입시키기 위해 그들의 배고픔을 외면하고 땀을 뻘뻘 흘리는 양대 이데올로그들의 모습은 권태를 느끼며 또 때로는 공포를 느끼는 유년이라는 거울 형상 앞에서 여지없이 일그러지고 희화화된다. 이처럼 「잃어버린 시간」은 인생의 최대 전성기인 유년이라는 시공간을 통하여 양대 이데올로기의 인식론적 또는 물리적 폭력성을 여지없이 묘파한 수작이라 할 만하며, 이러한 성공의 저

변에는 동화적 세계를 그리워하고 동경하는 김원일의 또하나의 서사원리가 작용하고 있는 셈이다.

### 4. '바로 이 사람'의 창조와 김원일 소설의 문학사적 의의

소설의 궁극적인 목적은, 만일 소설의 목적이 있고 또 그 목적을 소설의 내적 형식에 국한시켜 이야기한다면, 헤겔이 강조했던 '바로 이 사람(ein Dieser)'의 창조일지도 모른다. 모든 소설은, 그 작품이 위대하면 위대할수록, 다른 작품에서는 찾아볼 수 없는 고유한 세계, 즉 '바로 이 사람'의 형상을 지닌다. 인간 일반도 아닌 그렇다고 고립된 개인도 아닌, 즉 인간 일반이면서 동시에 고립된 개인의 특질을 지닌, 권위주의적 담론과 내적 설득의 담론 사이를 오가며 어떻게든 타자와 미묘한 차이를 유지하고 있는, 이성적인 존재를 지양하면서도 때로는 설명할 수 없는 무의식의 세계에 자신을 맡기고 마는, 전지구적인 삶을 좇으면서도 어쩔 수 없이 자신의 민족적인 전통이나 관습에 얽매인 인간상. '바로 이 사람'을 창조하려는 열망에 들떠 각각의 작가들은 특정 개인의 얼굴에 섬광처럼 스치는 미소와 그늘에서 인간 전체의 역사를 찾아내려 하고, 또 역사 서술이나 사회과학의 측면에서 보자면 모세관과도 같은 자그만 한 삶의 표정에 민감한 촉수를 들이대곤 한다. 아니면, 대다수의 사람들이 한번쯤 시선을 주고는 넘어감 직한 문제에 생사를 건 모색을 감행한다. 이처럼 '바로 이 사람'을 창조하고자 하는 열망은 여타의 학문과 문학을 다르게 만들며, 여타의 학문이 미처 주목하지 못한 인간적 본성을 밝혀내는 계기가 되기도 한다.

뿐만 아니라 '바로 이 사람'을 창조하려는 열망은 한 민족의 문학과 여타 민족의 문학과의 차이를 형성하게 하는 내적 요인이 된다. 한 시대의 인간의 존재방식은 과거로부터 잔류된 요소들과 미래를 향해 부상하는 요소들의 다양한 결합에 의해서 그 형태가 결정되나, 삶의 외형에만 주목하는 경우 과거로부터 잔류되는 요소들은 쉽게 읽어내기가 힘들다. 제임슨이 문화혁명이라 칭한 바 있는 근대라는 거대한 전환은 생산관계를 근본적으로 변화시켰을 뿐만 아니라 기존에 신성시되었던 모든 봉건적 후광을 벗겨내고 질을 수량화하며 고립되고 단자화된 주체를 만들어냄으로써 근대사회에서는 모든 대상이나 사물 혹은 인간이 각각의 사용가치가 아닌 교환가치로 단일화되고 그 결과 신화적인 것, 전통적인 것, 민족적인 것, 개별적인 것 등의 역할이 현저히 축소되기 때문이다. 이를 두고 버먼은 「근대적 환경의 모든 경험은 지역・종교・계급・민족・이데올로기의 모든 경계들을 넘어선다. 이러한 의미에서 근대성은 인류 전체를 통일시킨다고 할 수 있다」고 표현한 바 있거니와, 이처럼 근대라는 무색무취의 기관차는 인간에게서 각 민족 혹은 각 개인이 지녔던 개별적인 특성과 사물의 핵심, 구체적인 가치, 독특성, 비교 불가능의 성질들을 다시 회복할 수 없는 방식으로 도려내면서 질주하는 것이 사실이다.

그러나 다시 한번 생각해 보면, 근대적인 환경이 아무리 지역・종교・계급・민족 등의 경계를 넘어서는 속성을 지니고 있다 하더라도 전통적인 것, 신화적인 것, 종교적인 것 등의 영향력이 모두 사라지는 것은 아닐 터이다. 근대적인 환경은, 비록 동시적인 것의 매혹이라 할 정도로 개인과 개인, 민족과 민족 간의 차별성을 지워나가는 것도 사실이지만, 그렇다고 이제까지 전혀 다른 문화적・자연적・계급적 환경 속에서 살아왔던 각 민족의 삶이 한순간에 동질화될 리는 만무하다. 게다가 근대는, 베네딕트 앤더슨이 고찰한 것처럼, 한편으로는 무색무취의 합리성으로 과거의 중심을 해체하면서 민족이라는 상상의 공동체로 새로운 공동체적 질서를 확립해 왔던 것도 사실이다. 그 결과 현재는 과거로부터 잔류되어진 것과 미래로 향하는 것, 영원한 것과 일시적인 것, 신화적인 것과 탈마법

화된 것, 성스러운 것과 세속적인 것, 기독교적인 것과 이단적인 것, 종교와 매춘, 진리와 미신 제 요소가 길항하고 갈등하면서 만들어지며, 때문에 어느 곳 어느 시기의 역사이건 간에 보편적이면서 동시에 개별적인 특성을 지닐 수밖에 없다.

이처럼 그때그때의 사회적·문화적 환경은 개별적인 것과 보편적인 것의 다양한 순열조합에 의해 결정되는 면모를 보인다. 그러나 이 다양한 순열조합의 방식에 주목하지 않으면, 다시 말해 각국 역사의 구체적인 동시에 보편적인 특성에 냉정하게 착목하지 않으면, 각각의 인식은 보편사나 개별사 중 어느 한 측면만을 배타적으로 고집할 가능성이 높다. '바로 이 사람'을 창조하려는 파토스, 그것만이 각국이 처한 환경 사이의 미묘한 차이를 읽어낼 수 있음은 물론이다. 각국의 문학사가 평균적인 인간상이 아닌 전형적인 상황에서의 전형적인 인물을 창조해 낸 문제적 작품들로 형성·전개된다면, 다시 말해 각국의 문학사가 '바로 이 사람'을 향한 파토스에 기반해 민족적이면서도 보편적 삶의 형질을 찾아낸 위대한 문학들에 의해 발전하는 것이라면, 각국의 문학사가 각기 다른 법칙성을 지니며 자신만의 문학사적 궤적을 그리는 것은 오히려 당연하다.

그런데 개별사와 보편사의 차이를 읽어내려는 열정은 자본주의가 후기에 이를수록, 또 저개발의 자본주의 국가일수록 훨씬 더 약화되는 성향을 보인다는 사실은 특기할 만하다. 선진 자본주의 국가의 경우 전통적인 것, 신화적인 것, 민족적인 것 등이 한 사회에서 행하는 역할이 아직도 강력하기 때문에 그들은 형식 파괴를 감행하면서도 언제나 전통적인 것의 견제를 받는 반면, 저개발 자본주의 국가일수록 과거로부터 잔류되어지는 요소들이 그 사회에서 행하는 역할이 현저하게 미약할 뿐만 아니라 저개발 국가의 지성인들은 전통적인 것 자체를 오히려 뒤늦은 발전의 요인으로 설정, 전통에 대한 맹목적인 반감을 보이게 된다. 따라서 일반적으로 문학사가 항시 낡은 것과 새로운 것, 영원한 것과 일시적인 것 사이의 의미 있는 병존에 의해서 형성·전개된다면, 저개발 자본주의 국가에서는 낡은 것과 영원한 것이라는 대립의 한축이 작동하지 않음으로써 새로운 것, 일시적인 것이 모든 문학사를 규정하는 요소로 작용하게 된다.

한국 문학 전반도 역시 저개발 자본주의 국가와 마찬가지로 개별사와 보편사의 차이를 읽어내려는 열정이 현저히 미약하다고 할 수 있다. 다시 말해 한국적이면서도 세계적인 '바로 이 사람'에 대한 집요한 천착이 부족한 셈이다. 20여 년 전 씌어진 한 문학사는 이러한 현상을 두고 '향보편(向普遍) 콤플렉스' 혹은 '새것 콤플렉스'라 불렀거니와 (김윤식·김현 공저, 〈한국문학사〉), 이러한 사정은 지금도 변함이 없는 것으로 보인다. 아니 이러한 현상은 더욱 두드러져 현재의 한국 문학 전반은 한국인의 고유한 삶의 결을 찾으려는 노력 자체가 무의미한 것으로 인식되는 분위기가 팽배해 있다.

이런 점에 비추어보면 김원일 소설이 행하고 있는 일련의 작업은 큰 문학사적 의미를 지닌다고 할 수 있다. 아니, 소중하기까지 하다. 자신의 존재론적 기반으로부터 출발해 한국사를 총체적으로 읽어내 온 김원일의 소설적 도정이야말로 한국 문학사가 두고두고 음미해야 할 어떤 정전이라고도 할 수 있다. 만약 누군가가 짧은 시간 안에 한국의 역사와 문학에 대해 알고자 한다면, 나는 김원일의 작품을 권하고 싶다. 주관적인 판단이 허용된다면, 좀더 표현의 강도를 높이고 싶다. 한국 사회를 총체적으로 확인하려거든, 그리고 자신의 객관적 조건을 알고 싶거든 김원일을 보라, 더 나아가 한국의 역사와 지성사를 보려거든 역시 김원일의 소설을 보라고.

## 김원일 중단편전집 제4권
### 원문출처 및 기타

「연」
《작단》 2집, 1979. 〈도요새에 관한 명상〉, 홍성사, 1979. 영어로 번역. TV로 극화.

「오누이」
《문예중앙》, 1980. 〈환멸을 찾아서〉, 동서문화사, 1983.

「시골 여인숙」
《작단》 3집, 1980. 〈환멸을 찾아서〉, 동서문화사, 1983.

「사진 한 장」
《소설문학》, 1981. 〈환멸을 찾아서〉, 동서문화사, 1983.

「따뜻한 돌」
《세계의 문학》, 1981. 〈환멸을 찾아서〉, 동서문화사, 1983.

「미망」
《문예중앙》, 1982. 〈환멸을 찾아서〉, 동서문화사, 1983. TV로 극화.

「세상살이 · 1」
《문예중앙》, 1983. 〈환멸을 찾아서〉, 동서문화사, 1983.

「숨어 있는 땅」
《세계의 문학》, 1984. 〈그곳에 이르는 먼 길〉, 현대소설사, 1992.

**「잃어버린 시간」**

《현대문학》, 1984. (원제 「불망(不忘)」), 〈마당 깊은 집〉, 문학과지성사, 1988.

**「가을 별」**

《말과 삶의 자유》, 1985. 〈그곳에 이르는 먼 길〉, 현대소설사, 1992.

잃어버린 시간

초판 1쇄 인쇄일 • 1997년 11월 10일
초판 1쇄 발행일 • 1997년 11월 15일
지은이 • **김원일**
펴낸이 • **임성규**
펴낸곳 • **문이당**

등록 • 1988. 11. 5 제1-832호
주소 • 서울시 성북구 동선동 4가 208-1호
전화 • 928-8741 팩스 • 925-5406
ⓒ 1997 김원일

ISBN 89-7456-082-8 03810
89-7456-078-X 03810(전5권)
하이텔 • 나우누리 ID munidang

값 • 7,500원

잘못된 책은 바꾸어드립니다.
저자와의 협의로 인지는 생략합니다.
이 책의 판권은 지은이와 문이당에 있습니다.
양측의 서면 동의 없는 무단 전재 및 복제를 금합니다.